SAMANTHA JAMES

PFAND DER LIEBE

Roman

Aus dem Amerikanischen
von Beate Darius

WILHELM HEYNE VERLAG
MÜNCHEN

HEYNE ROMANE FÜR ›SIE‹
NR. 04/322

Titel der Originalausgabe:
A PROMISE GIVEN

Umwelthinweis:
Dieses Buch wurde auf chlor- und säurefreiem
Papier gedruckt.

Deutsche Erstausgabe 3/2000

http://www.heyne.de
Printed in Germany 2000
Umschlagillustration: John Ennis/Agentur Schlück
Umschlaggestaltung: Nele Schütz Design, München
Satz: Prechtl, Passau
Druck und Bindung: Brodard & Taupin

ISBN: 3-453-15975-6

Prolog

Schottland
Im späten 13. Jahrhundert

Glucksendes Lachen lockte den jungen Burschen zum Stall. Er stand auf der Schwelle zum Mannesalter, war ziemlich groß für einen Fünfzehnjährigen, und seine sehnigen Arme und Beine ließen Stärke und Muskelkraft versprechen; unter seinem Kilt schauten seine kräftigen, langen Beine hervor.

Stirnrunzelnd stand er für einen Moment im Eingang und fragte sich, ob sein Gehör ihn vielleicht getäuscht hatte.

Aber dann nahm er aus den Augenwinkeln eine kurze Bewegung wahr – in der dunklen Ecke hinter einem unordentlich aufgeschichteten Heustapel. Das melodiöse Lachen einer Frau drang aus dem düsteren Inneren.

Er kannte dieses Lachen.

Unwillkürlich seufzte der Junge. Warum war das Mädchen nicht zum Gebet in der Kirche? Ihr Vater Duncan wäre außer sich vor Zorn, wenn er wüßte, daß sie nicht dort war – ihn überraschte es allerdings nicht, dachte der Bursche in einem Anflug von Sarkasmus. »Ständig in Schwierigkeiten«, würde der Vater des Mädchens toben.

Gewiß, das war sie, dachte der Bursche. Denn genau in diesem Moment erspähte er sie, auf den Knien im Schmutz, zusammen mit einem halben Dutzend Burschen aus dem Dorf.

Alle Augen waren gebannt auf zwei Würfel gerichtet,

die in diesem Moment auf dem Boden zum Halten kamen.

Das Mädchen kreischte und klatschte vor Begeisterung in die Hände. »Ich habe schon wieder gewonnen!« Sie lachte und zeigte dabei ihre weißen, ebenmäßigen Zähne. Im Nu stand sie auf ihren nackten, kleinen Füßen und warf ihre Arme in die Luft. Ihre abgetragenen Röcke wirbelten herum, als sie sich im Kreis drehte. Wenn sie sich der unverhohlenen Blicke, welche die Burschen auf ihre sonnengebräunten Knöchel und die geschmeidigen Waden warfen, bewußt war, so ließ sie es sich nicht anmerken.

Sie war keine Schönheit – nein, nicht wie ihre Schwester Margaret. Ihre ungebändigten Locken waren feuerrot mit einem honigfarbenen Schimmer. Doch ihre strahlenden, von dunklen Wimpern umrahmten Augen schimmerten wie frische, grüne Felder – in ihren Tiefen schäumten Energie und Lebensfreude. Und auch diesmal war er hingerissen von solcher Reinheit und Farbe …

Der Bursche lächelte. »Aber das Spiel ist noch nicht zu Ende«, sagte er aus der Dunkelheit heraus. »Ich habe noch nicht gewürfelt.«

Das Mädchen wirbelte herum. Ihre faszinierenden Augen verdüsterten sich augenblicklich und verrieten auf diesem Weise ihren Zorn über sein plötzliches Auftauchen. Sie musterte ihn mit stummem, unheilvollem Blick, als er aus dem Schatten trat und sich der Gruppe näherte. Die anderen Burschen aus dem Dorf begrüßten ihn fröhlich.

»Ian!«

»Komm, setz dich zu uns!«

»Ja, dieses kleine Mädchen stiehlt uns noch die Kleider vom Leib!«

Dort, wo das Mädchen gesessen hatte, bemerkte Ian ein Häufchen kleinerer Münzen. Ein unmerkliches Lächeln huschte über seine Lippen. »Sie betrügt schon wieder, nicht wahr, Jungs?«

Ihre Kiefer klappten zusammen. »Ich betrüge nicht!«, brauste sie auf. »Und du darfst nicht würfeln, denn du nimmst an diesem Spiel nicht teil!«

Wohlmeinendes Gemurmel erklang.

»Ach, komm schon, Sabrina. Laß ihn doch würfeln!« Diese Worte kamen von dem vierzehnjährigen Jeremy, einem blonden, sommersprossigen Burschen.

»Natürlich!« bekräftigte ein anderer. »Was ist schon dabei, wenn noch jemand mitspielt?«

Ein Junge stieß einen anderen vorsichtig an. »Vielleicht möchte sie nicht, daß er würfelt, weil sie wirklich betrügt.«

»Tu' ich nicht!« ereiferte sie sich.

»Dann beweise es«, sagte ein weiterer mit einem durchtriebenen Grinsen. »Laß Ian würfeln.«

Stirnrunzelnd nagte sie an ihrer Unterlippe. »Also gut, dann soll er würfeln!«

»Und was ist der Einsatz?«

»Es gibt keinen Einsatz«, sagte sie kurz angebunden.

»He, aber es muß doch etwas geben ...« – er brach ab, denn ihre Augen sprühten Blitze.

Trotzig schob sie ihr Kinn vor. Ihre Mundwinkel umspielte ein hinterhältiges Lächeln. »Nun gut, ich habe eine Idee«, murmelte sie. »Falls ich gewinne, mußt du die nächsten zwei Wochen mit Douglas im Hochland verbringen.«

Douglas war der erfahrenste Schafhirte ihres Vaters, der die meiste Zeit fernab von ihrem Anwesen in Gesellschaft dieser wollenen, vierbeinigen Geschöpfe lebte. Nun, vermutlich wollte sie ihn einfach loswerden!

Ians schlagfertige Reaktion duldete keinen Widerspruch, obwohl er kaum das Zucken seiner Mundwinkel unterdrücken konnte. »Und wenn ich gewinne, mußt du Robert küssen.« Er deutete auf einen Burschen im Hintergrund, der etwa sein Alter hatte und sie immer mit großen Kuhaugen anstarrte, wenn er annahm, daß sie es nicht bemerkte.

Zutiefst empört kreischte sie: »Robert küssen! Weshalb denn das?«

»Weil das der Wetteinsatz ist. Aber natürlich nur, falls du verlierst.«

Das Entsetzen war schon wieder aus ihrem Blick gewichen. Der Bursche taxierte sie fragend. »Nun, Sabrina? Akzeptierst du diese Wette?«

Sie hatte den Kopf gesenkt und ihre leuchtende Haarpracht verbarg ihren Gesichtsausdruck vor ihm, dennoch glaubte der Bursche beinahe ihren Gesinnungswandel zu spüren – oh, das war eine gefährliche Sache! Dann warf sie plötzlich ihren Kopf zurück. »Ich tu's, Ian! Ich tu's.« Sie schenkte ihm ein strahlendes Lächeln und beugte sich dann hinab, um die Würfel vom Boden aufzuheben.

»Nein«, gebot ihr der Junge Einhalt. »Wir werden Jeremys Würfel benutzen.«

Bereitwillig suchte Jeremy in seinen Taschen nach einem Paar grob geschnitzter Würfel und ließ sie in Ians Hand gleiten. Ian wiederum überreichte sie mit einer galanten Verbeugung dem Mädchen. »Du darfst zuerst würfeln«, sagte er mit einem angedeuteten Lächeln.

Sie riß sie aus seiner Hand, blickte beschwörend gen Himmel und holte tief Atem. Dann rieb sie die Würfel in ihren Handflächen und ließ sie auf den staubigen Boden fallen.

Sie warf eine Acht. Ein Lächeln verbergend griff sie nach den Würfeln und gab sie Ian zurück. »Du bist dran«, murmelte sie, zufrieden mit dem Ergebnis ihres Wurfes.

Wortlos drückte Ian die Würfel fest in seinen Handflächen und ließ sie dann los.

Jubelrufe ertönten.

»Sieh dir das an! Er hat gewonnen!«

»Ja, er hat gewonnen! Ian hat sie besiegt!«

»Robert, du Glückspilz! Du darfst sie küssen!«

Sämtliche Blicke fixierten das rothaarige Mädchen. Sie war aufgesprungen und stand völlig erstarrt vor ihnen. Wie bei einem Wetterleuchten funkelten ihre Augen in einem dunklen Türkis.

»Du hast verloren«, betonte Ian. »Du mußt Robert küssen.«

Zum ersten Mal sah sie aus, als wollte sie davonlaufen. Die anderen Burschen hielten den Atem an, bis Ian endlich das Schweigen brach. »Ein Versprechen geben, bedeutet, ein Versprechen halten«, sagte er sehr ruhig.

Inzwischen hatte sich auch Robert mit einem tölpelhaften Grinsen erhoben. Nach einem letzten vernichtenden Blick auf Ian marschierte das Mädchen los. Mit weit aufgerissenen Augen beugte sie sich vor und preßte ihre Lippen fest auf Roberts Mund.

Aufgeregte Rufe erschollen. Angefeuert vom Jubelgeschrei legte Robert seine Arme um ihre Taille und riß sie an sich. Er preßte seinen Mund auf den ihren. Seine Zunge versuchte, sich einen Weg durch ihre verschlossenen Lippen zu bahnen. Mit einer Heftigkeit, als hätte sie sich soeben verbrannt, entwand Sabrina sich ihm. »Das ist ja widerlich!« schrie sie.

Schallendes Gelächter erklang, als sie sich mit dem Handrücken über ihren Mund fuhr. Auch der Junge, der an der Tür Wache gehalten hatte, konnte nicht anders und stimmte in das Lachen mit ein. Sie fuhr herum. Ihr zorniger Blick musterte die Horde. »Verschwindet!« rief sie.

Bester Stimmung zerstreuten sich die Halbwüchsigen.

Dann fiel ihr funkelnder Blick wieder auf den Burschen, der immer noch in der Nähe des Eingangs verharrte.

»Das hat dir wohl Spaß gemacht«, fuhr sie ihn an.

Er machte keinen Hehl daraus. »Gewiß«, stimmte er zu.

»Warum? Gefällt es dir, wenn ich gedemütigt werde? Ist es das?«

»Gedemütigt? Du?« Allein der Gedanke ließ ihn von neuem kichern. »Sabrina, solltest du jemals von irgend jemandem gedemütigt werden, würde Gott vermutlich Blitze vom Himmel herabsenden.«

Sie gab keine Antwort, reckte aber ihr Kinn so hoch, daß er belustigt dachte, ihr Rückgrat müsse brechen. »Was machst du eigentlich hier?« fragte sie. »Ach, ich kann es mir schon denken. Ihr Highlander seid ein faules Pack.« Sie steckte ihm die Zunge heraus. »Und du bist der schlimmste von allen, mein hochwohlgeborener Highland-Prinz.«

Der Bursche ließ sich nicht beirren. »Ich könnte dich dasselbe fragen. Ich weiß sehr wohl, daß dein Vater im Morgengrauen zur Jagd aufgebrochen ist, Sabrina. Aber solltest du nicht den Morgen in der Kirche verbringen, in dich gehen und beten, daß deine Zunge in Zukunft salbungsvoller werde – in der Hoffnung, daß du die Sittsamkeit unserer Heiligen Jungfrau erwerben mögest?«

Das Mädchen murmelte leise vor sich hin. Ian unterdrückte ein Grinsen. Zweifellos hatte sie eine freche, scharfe Zunge – und genau diese Scharfzüngigkeit handelte ihr immer wieder den Zorn ihres Vaters und empfindliche Strafen ein.

Ganz sicher gefielen auch seinen Ohren die Worte des Mädchens nicht. Aber er ignorierte das und fuhr leichtherzig fort: »Der Morgentau liegt noch auf den Feldern, und schon vergnügst du dich beim Würfelspiel!« Er schüttelte den Kopf, denn er konnte es nicht lassen, sie zu foppen. »Obendrein eine äußerst unchristliche Beschäftigung.«

»Was denn!« schrie sie mit trotzig vorgeschobenem Kinn. »Glaubst du etwa, du bist mein Aufpasser?«

»Nein, ganz und gar nicht – wenngleich du vielleicht einen bräuchtest.«

Seine schlagfertige Bemerkung trug wenig zu ihrer Besänftigung bei.

»Ich danke dem Herrn, daß ich nicht die Erstgeborene bin. Margaret tut mir leid, wenn ich daran denke, daß sie dich eines Tages heiraten muß. Noch dazu einen Highlander!«

Ian richtete ebenfalls ein Stoßgebet gen Himmel, daß sie die Jüngere war, denn ihre Väter hatten die Vereinbarung getroffen, daß er die älteste Tochter heiraten sollte – und Margaret war ganz anders als Sabrina. Trotz ihrer Jugend konnte Sabrina beißend wie ein scharfer Ostwind sein. Nun ja, sie war fast noch ein Kind, ein hübsches, verzogenes kleines Luder.

»Ich will dir nichts Böses, meine Kleine. Und vielleicht tröstet es dich, daß du die Wette letztlich vermutlich doch noch gewonnen hast. Du brauchst mich nicht von hier fort zu wünschen, denn ich muß ohnehin zurück nach Hause.«

Sie blinzelte. »Nach Hause … in die Highlands?«

»Mein Vater hat beschlossen, daß ich hier in Dunlevy nicht mehr gebraucht werde. Wenn dein Vater von der Jagd zurückgekehrt ist, werde ich mich von ihm verabschieden, und dann breche ich auf.«

Seine Worte hatten sie verblüfft. Mit vor Entsetzen weit aufgerissenem Mund starrte sie ihn an.

»Nun! Möchtest du mir nicht Lebewohl sagen?«

Schließlich blinzelte sie. »Gewiß«, meinte sie zaghaft und fügte dann hinzu: »Ja natürlich. Ich wünsche dir eine zügige Reise.«

Er stellte mit Belustigung fest, daß sie ihm keine sichere Reise gewünscht hatte. Nun, wen wunderte das, schließlich waren sie, wie es schien, immer uneins.

Er machte eine tiefe, ritterliche Verbeugung vor ihr. »Ich hoffe, daß du mich lange in guter Erinnerung behalten wirst, Sabrina, denn ich bin stets dein aufrichtiger und treuer Diener.«

Sie ballte ihre kleinen Hände zu Fäusten und stampfte mit dem Fuß auf. »Aufrichtig? Nein, sicherlich nicht mir gegenüber! Treu? Nur dir selbst, wage ich zu behaupten.«

Er zuckte die Schultern. »Und was ist daran falsch, frage ich dich?«

Erneut stampfte sie mit dem Fuß auf.

Ian warf den Kopf in den Nacken und lachte wenig überrascht, denn er kannte das Temperament der jungen Dame. Mit einem breiten Grinsen wandte er sich zum Aufbruch. Doch bevor er auch nur einen Schritt gegangen war, ließ ihn der Klang ihrer Stimme innehalten.

»Ian!«

Er blickte sich zu ihr um. »Ja?«

»Du wirst Papa doch nicht erzählen, daß du mich hier gesehen hast?«

Da war etwas in ihrem Tonfall, etwas, was sich beinahe wie Furcht anhörte …

Leicht verwirrt runzelte er die Stirn.

Sabrina war ein wildes Mädchen – das wußte er nur zu gut. Und Donald Kincaid war oft streng, aber nicht hart zu seiner Tochter. Obwohl er sich selbst gelegentlich über ihre Kapriolen ärgerte, wollte er dennoch nicht, daß sie bestraft würde.

Er schüttelte den Kopf. »Ich werde ihm nichts sagen.«

»Versprichst du mir das?«

»Versprochen.«

Sie senkte die Lider. Als sie ihre Augen erneut auf ihn richtete, schienen sie Blitze zu sprühen. »Denk daran«, sagte sie beinahe grimmig. »Ein Versprechen geben, bedeutet, ein Versprechen halten.«

»Ich werde es nicht vergessen, meine Kleine«, sagte er leise.

Ein leichtes Kopfnicken war ihre einzige Reaktion. Dann riß sie die Tür auf und strebte hinter ihm ins Freie. Ian beobachtete, wie sie im Nebel verschwand.

Welches Unheil würde sie jetzt wieder anrichten?

Er lächelte und erfreute sich plötzlich bester Laune. Zweifellos würde dieses hübsche, kleine Ding in den kommenden Jahren noch manchen Mann an der Nase herumführen, der vermutlich nicht ahnte, auf welch einen Wirbelwind er sich eingelassen hatte.

Nun, er beneidete diesen Mann nicht!

Eine fröhliche, alte Melodie pfeifend entfernte er sich von der Scheune. Gott sei Dank würde er die ältere Tochter Margaret und nicht sie heiraten. Und dennoch ging ihm der Gedanke nicht aus dem Kopf, was wohl aus Sabrina Kincaid werden würde. Zwangsläufig trafen sich ihre Wege erneut, denn eines Tages würde er ihre Schwester zum Traualtar führen. Auf diese Weise würde ihr Schicksal niemals miteinander verwoben sein …

So glaubte er zumindest.

Kapitel 1

Im Jahre des Herrn 1306

Der Sommer neigte sich dem Ende entgegen. Ein sanfter Windhauch verströmte den süßen Geruch frischer, praller Rosen.

Auf dem Anwesen von Dunlevy herrschte geschäftiges Treiben. Menschen, Pferde und Vieh bahnten sich ihren Weg; Hühner liefen gackernd über den Hof. Über alldem hing das klirrende Rasseln von Kampfspeeren. Auf der holzgeschnitzten Empore des Rittersaals ertönte wütendes Gebrüll.

»Sabrina! Wo ist dieses verdammte Mädchen? Gütiger Himmel, nie ist sie da, wenn man sie braucht!«

Zwei Mägde tauschten verstohlene Blicke aus. Die jüngere der beiden eilte zu dem Gebäude, in dem sich die Wirtschaftsräume befanden. Sie stürmte durch den Gemüsegarten, dann um die Ecke und blieb schließlich atemlos stehen. Beschämt senkte sie den Blick, denn sie hatte ihre Herrin in den Armen eines blonden Hünen entdeckt.

»Pst«, warnte sie im Flüsterton, »Ihr Vater ruft nach Ihnen, Mylady.«

Sofort versuchte die junge Frau sich der Umarmung zu entwinden. Aber der blonde Riese umschlang sie statt dessen noch fester.

Obwohl die junge Dame seine Anhänglichkeit genoß, gemahnte sie ihn doch zur Vorsicht. »Jamie«, drängte sie ihn leise, »ich muß gehen. Es wäre unklug, Papa warten zu lassen.«

Er lockerte seine Umarmung, gab sie jedoch nicht frei. Wütend hob der blonde Hüne den Kopf. »Zur Hölle mit diesem Mann«, schnaubte er barsch. »Warum ruft er nie nach Margaret?«

Naserümpfend blickte Sabrina Kincaid ihn an. »Margaret hat auch ihre Pflichten. Sicherlich erledigt sie andere Aufgaben.«

Jamie MacDougalls Lippen verzogen sich zu einem mißfälligen Grinsen. »Ach!« Er machte keinen Hehl aus seiner Verachtung. »Der Mann läßt dich nie in Ruhe. Er sieht in dir eher eine Dienstmagd als seine Tochter.«

Sabrinas Lächeln erstarb. Der Widerspruch, der ihr auf der Zunge lag, wollte ihr jedoch nicht über die Lippen kommen. Ihr war klar, daß ihr Vater sie auf seine Art liebte. Und dennoch ... Sie wußte genau, daß er sie für den Tod ihrer bedauernswerten Mutter verantwortlich machte, da diese bei ihrer Geburt gestorben war.

Als spürte Jamie ihren Kummer, zog er sie erneut an sich. »Hab' doch Vertrauen. Ich wünschte, ich könnte dich sofort heiraten«, sagte er inbrünstig. »Bei allen Heiligen, am liebsten noch heute.«

Sabrina legte ihren Kopf in den Nacken, um ihm ins Gesicht zu blicken. Eine Spur von Traurigkeit lag in ihrem Lächeln. »Ich auch. Aber wir wissen beide, daß Papa das nie erlauben würde. Ich bin die Jüngere. Margaret muß zuerst Ian heiraten.«

Jamie ließ seine Arme hängen. »Es hat einfach damit zu tun, daß ich ein MacDougall bin.«

»Nein«, erwiderte sie schnell, doch in Wahrheit war sie sich da gar nicht so sicher. Ihr Vater hegte in der Tat keine Sympathien für den Clan der MacDougalls. Und sie wußte, daß er ihre Verabredungen mit Jamie mißbilligte; bislang hatte sie Jamie stets davon abgeraten, um ihre Hand anzuhalten, da ihr klar war, daß ihr Vater einer Heirat nicht zustimmen würde. Vielleicht würde er ja einwilligen, wenn Margaret erst verheiratet war.

»Ian«, schnaubte Jamie. »Was hält ihn eigentlich in den Highlands – und fernab von seiner Braut?«

Sabrina runzelte die Stirn. »Ich weiß es nicht«, seufzte sie. »Sein Vater starb vor ungefähr einem Jahr. Und Papa meinte, es gäbe Gerüchte über Meinungsverschiedenheiten in seinem Clan.«

Jamie höhnte: »Vielleicht hat er gar nicht vor, Margaret zu heiraten.«

Nein, das konnte nicht sein. Nun ja, manchmal war Margarets Zunge messerscharf, doch war sie schön wie eine englische Rose – so schön wie ihre arme, verstorbene Mutter. Sabrina konnte sich keinen Mann vorstellen, der eine solche Schönheit nicht gern sein eigen genannt hätte.

»Sabrina!«

Sie zuckte zusammen, als sie ihren wütenden Vater näherkommen hörte. »Geh«, bat sie inständig. »Jamie, du mußt verschwinden!«

Ein kurzer, flüchtiger Kuß auf ihre Lippen … und schon war er fort, sprang flink über eine niedrige, mit Efeu bewachsene Steinmauer und verschwand in dem dahinter liegenden Wald. Sabrina raffte ihre Röcke und eilte zurück zur Burg.

Ihr beleibter Vater kam ihr bereits entgegen. »Sabrina!« brüllte er und blieb abrupt stehen, als er sie erblickte. Er sah sie finster an. »Da bist du ja, Mädchen! Wo, zum Teufel, hast du gesteckt?«

Sabrina rang nach Atem. »Ich war im Gemüsegarten. Sicherlich werden wir riesige Kohlköpfe und Porree ernten, die wir für den Winter einlagern können.« Hastig führte sie ihren Vater aus dem Küchengarten. »Du wolltest mich sprechen, Papa?«

»Ja!« Duncan Kincaid richtete sich zu seiner vollen Größe auf. »Der MacGregor kommt, Sabrina! Er trifft noch heute auf Dunlevy ein!«

»Der MacGregor«, wiederholte sie, blaß geworden, denn ihr Herzschlag schien plötzlich auszusetzen. Wollte er damit sagen …

»Ian?« flüsterte sie. »Ian kommt?«

»Ja, höchstpersönlich.«

Sabrina schluckte. Sie war es nicht gewohnt, in Ian den MacGregor zu sehen. Eigentlich wollte sie am liebsten überhaupt nicht mehr an diesen Schuft aus den Highlands denken!

Aber sie war kein Kind mehr. Obwohl Zurückhaltung nicht zu ihren nennenswerten Charaktereigenschaften zählte, hatte sie doch über die Jahre hinweg hart daran gearbeitet, ihre Zunge im Zaum und ihre Meinung für sich zu behalten.

Sie schaute ihren Vater an. »Weiß es Margaret schon?«

»Ja. Er hat eine Nachricht überbringen lassen, daß die Hochzeitsvorbereitungen getroffen werden sollen. Sie ist in der Kirche und betet, daß er wohlbehalten hier eintrifft.«

Er warf ihr einen schiefen Seitenblick zu. Dessen Bedeutung entging Sabrina keineswegs; sie wußte nur zu gut, daß sie sich seiner Ansicht nach viel zu selten in der Kirche sehen ließ.

Doch diesmal schalt er sie nicht. »Es gibt viel zu tun«, sagte er kurz angebunden. »Das Essen und die Zimmer müssen für den MacGregor und sein Gefolge vorbereitet werden. Kümmere dich darum, mein Mädchen.«

Eilig gehorchte Sabrina. Und bald darauf herrschte rege Betriebsamkeit auf dem Anwesen. Innerhalb einer Stunde flatterten die frisch gewaschenen Laken wie weiße Segel unter dem azurblauen Himmel im Wind. Sabrina schickte drei Mägde nach oben, um mehrere freie Kammern zu säubern, und machte sich dann auf die Suche nach Margaret.

Sie fand ihre Schwester in deren Zimmer, wo sie in einem Armlehnstuhl am Fenster saß, als ließe sie die bevorstehende Ankunft ihres zukünftigen Ehemannes völlig ungerührt – es schien, als würde sich dieser Tag nicht von allen anderen unterscheiden.

Sabrina hielt an der Türschwelle inne. Weder Margaret noch das Dienstmädchen Edna hatten ihre Anwesenheit bislang bemerkt. Die beiden Schwestern waren sich genau genommen in nichts ähnlich – nein, weder in ihrem Aussehen noch in ihrem Wesen. Margaret war groß und schlank, ihr Gesicht blaß und herzförmig. Ihre Augen funkelten lebhaft wie blaue Saphire. Und blondes Haar umschmeichelte ihre grazilen Schultern wie schimmerndes Mondlicht.

Unwillkürlich zerrten Sabrinas schmutzige Hände an ihrem störrischen, rotgoldenen Zopf. Als Kind hatte Sabrina sich sehnsüchtig gewünscht, weiches, glänzendes Haar wie das von Margaret anstelle ihrer widerspenstigen Locken zu haben. Tatsächlich hatte sie den Allmächtigen viele Jahre lang dafür verflucht, daß Er Margaret das Aussehen ihrer Mutter geschenkt hatte – daß Er ihre Schwester auf diese Weise begünstigt hatte und diese deshalb die ungeteilte Zuneigung und Liebe ihres Vaters genoß, während sie selbst als lästige Plage betrachtet wurde, weil sie weder Vater noch Mutter ähnlich sah. Doch dieses Gefühl währte nicht lange, das war nicht ihre Art.

Sabrina verweilte noch einen Augenblick an der Tür. Ihre leuchtendgrünen Augen musterten das makellose, alabastergleiche Profil ihrer Schwester, das wie stets ruhige Gelassenheit ausstrahlte. Ihre Schwester hatte schon viele Male die Pflichten der Gastgeberin für die Besucher ihres Vaters übernommen; alle waren hingerissen von ihrem Charme und ihrer Schönheit. Ihr Lachen war wie das liebliche Zwitschern von Singvögeln … Eigentlich schien es kaum möglich, daß Margaret jemals grobe Worte äußern könnte. Aber Sabrina hatte sich längst an die scharfe Zunge ihrer Schwester gewöhnt – und natürlich an deren Temperament.

Einige Jahre zuvor hatte sie einmal versehentlich auf den Saum von Margarets neuem Kleid getreten und es mit ihren schlammbespritzten Schuhen beschmutzt. Margaret war außer sich gewesen. Mit einem wütenden Aufschrei war sie herumgewirbelt und hatte ihr ins Gesicht geschlagen.

Seltsam, daß sie sich jetzt plötzlich wieder daran erinnerte, nach all den Jahren ... Sie kannte Margaret besser als jeder andere. Doch es gab auch Momente, in denen Sabrina das Gefühl hatte, ihre Schwester wäre ihr fremd ... Trotzdem war sie sich sicher, daß ihre Schwester keiner Menschenseele vorsätzlich Schaden zufügen würde.

Sie schloß die schwere Holztür und trat näher. »Soso«, sagte sie scherzhaft. »Vermutlich bist du heute die einzige, die ruhig und gelassen bleibt.« Sie lächelte ihre um ein Jahr ältere Schwester an. »Es würde mich wundern, wenn Papas Geschrei um MacGregor nicht ganz Schottland gehört hat.«

Margaret legte ihre Näharbeit in den Schoß. »Und warum sollte ich aufgeregt sein? Es ist doch nur Ian.«

»Ja, aber die MacGregors sind furchterregende Hünen«, bemerkte das Dienstmädchen mit schreckgeweiteten Augen. Sie unterbrach ihre Arbeit und bekreuzigte sich rasch. »Wer sie reizt, wird bei lebendigem Leibe aufgefressen, heißt es doch immer!«

Sabrina preßte die Lippen zusammen, um nicht laut loszuprusten. Edna war ein schüchternes, abergläubisches junges Mädchen, das Angst vor seinem eigenen Schatten hatte, dennoch liebte Sabrina sie von ganzem Herzen.

Ihre Augen funkelten schelmisch. Sie schürzte die Lippen und versuchte, eine besorgte Miene aufzusetzen. »Nun ja, immerhin ist er ein Highlander. Und wir alle wissen, wie diese Barbaren sind. Aber vielleicht wurde Ian gerade deshalb als Kind nach Dunlevy geschickt – um seine Sippe vor dem Aussterben zu bewahren.«

Edna fielen fast die Augen aus dem Kopf. Sie preßte

eine Hand auf ihren Busen. »Hat er denn keine Brüder? Und keine Schwestern?« flüsterte sie.

Sabrina schüttelte den Kopf. »Nein, niemanden. Keiner überlebte die Kindheit.« Das entsprach der Wahrheit. Die beiden jüngeren Brüder waren bereits im Kindesalter gestorben.

Edna war zutiefst entsetzt. »Wilde! Lauter Wilde!« Mit einem lauten Aufschrei ergriff sie die schmutzige Bettwäsche und verschwand.

Margaret seufzte. »Du weißt genau«, meinte sie süffisant, »daß sie dieses Märchen Papa auftischen wird – und das zweifellos um einiges ausgeschmückter.«

Sabrinas Mundwinkel verzogen sich zu einem fröhlichen Grinsen. »Nun, das hoffe ich doch. Ich habe sogar versucht, ihre Phantasie noch etwas zu beflügeln.«

»Aber in einem hat sie recht«, meinte Margaret. »Ian ist ein Hüne.«

»Ein Hüne!« Sabrinas Schnauben war alles andere als damenhaft. »Das finde ich nicht, Margaret. Er war doch immer schlaksig und hager.«

»Ach ja, das hatte ich ganz vergessen. Du hast ihn nicht gesehen, als Papa und ich nach Edinburgh reisten, nicht wahr, Sabrina? Sein Cousin Alasdair war bei ihm, auch er ein typischer MacGregor. Ja, jetzt erinnere ich mich, damals warst du krank und konntest uns deshalb nicht begleiten.«

Daran hatte Sabrina in der Tat nicht mehr gedacht. Ians letzter Besuch hatte vor mehreren Jahren stattgefunden, doch sie hatte ihn nicht gesehen. Laut Cecilia, der Dorfheilerin, hatte Sabrina etwas Verdorbenes gegessen – sie war so krank gewesen, daß sie tagelang das Bett hüten mußte.

Den ganzen Nachmittag lang hatte sie jeden Gedanken an Ian verdrängt. Aber jetzt wurden die Erinnerungen erneut in ihr wach. Das letzte Mal hatte sie ihn vor Jahren an jenem Tag im Stall gesehen. Ihr Gesicht verfinsterte sich, und Bitterkeit übermannte sie. Er hatte ein Versprechen gegeben … ein Versprechen … um dann schließlich seinen wahren Charakter zu enthüllen.

Margaret hatte sie intensiv beobachtet. »Ich glaube, du magst Ian nicht besonders, nicht wahr? Aber das war doch nicht immer so, oder?«

»Nein«, ereiferte sich Sabrina, denn das entsprach der Wahrheit. Obwohl sie wie Bruder und Schwester zusammen gespielt – und sich auch gelegentlich gestritten - hatten, hatte es heimliche Momente gegeben, in denen sie alles andere als schwesterlich an Ian gedacht hatte …

Seltsam, daß sie sich daran erinnerte … und das gerade jetzt …

Aber all das lag lange zurück. Und Margarets durchdringender Blick ließ in ihr den Wunsch aufkeimen, ihre wahren Gefühle geschickter verbergen zu können. Rasch erklärte sie: »Mach dir keine Sorgen, Margaret. Natürlich werde ich ihn in unserer Familie willkommen heißen.«

Margarets schöngeschwungene, goldblonde Brauen zogen sich nach oben. »Gut«, meinte sie gedehnt. »Trotzdem sähest du lieber einen anderen Ehemann an meiner Seite, nicht wahr?«

»Über eine solche Frage habe ich eigentlich nie nachgedacht«, räumte Sabrina ein. »Diese Heirat steht schon so lange fest, wie ich denken kann.«

»Ja«, murmelte Margaret. »Ja, vermutlich wäre jede Überlegung sinnlos. Die Männer, dich ich kenne, sind entweder Familienmitglieder, verlobt, verheiratet oder zu jung.«

Sabrinas Gedanken kreisten bereits wieder um Jamie. Von Schuldgefühlen übermannt dachte sie voller Betrübnis, daß Margaret niemals die Chance gehabt hatte, die Wahl ihres zukünftigen Ehemannes selbst in die Hand zu nehmen. Vielleicht war es egoistisch von ihr, trotzdem war sie grenzenlos dankbar dafür, daß Papa keine ähnlichen Anstrengungen unternommen hatte, um seine jüngste Tochter unter die Haube zu bringen. Zum ersten Mal überlegte sie, ob Margaret Ian wohl liebte …

Erst sehr viel später gelang es ihr schließlich, sich wieder zurückzuziehen. Sie schlenderte über einen staubigen, verschwiegenen Pfad, der von der Burg zu einer tief im Dunkel des Waldes versteckten Lichtung führte – ihrem geheimen Versteck. Dort wurde sie nie in ihren Träumereien gestört, und dorthin flüchtete sie, wenn sie Papas mißbilligendes Gebrüll nicht mehr ertrug.

Die letzten Sonnenstrahlen des Tages brachen rotgolden durch die Äste der sich über ihr wiegenden Tannen. Mitten im Hafen ihrer Zuflucht befand sich ein kleiner, von Farnen gesäumter Teich mit glasklarem, glitzerndem Wasser.

Die Burg schien Welten von ihr entfernt. Sabrina setzte sich in das satte, duftende Gras und wurde zunehmend erregter. Margaret würde bald heiraten. Die Aussicht, Jamie mitteilen zu können, daß ihrer beider Eheschließung vielleicht schon eher stattfand, als selbst sie gehofft hatte, erfüllte sie mit unbändiger Freude. Sie hatte ihre unangenehmen Seiten aus ihrer Jugendzeit bezähmt, und es gab keinen Grund, warum Papa nicht zustimmen sollte. Zweifellos würde er sich glücklich schätzen, sie endlich loszuwerden.

Ein Lächeln umspielte ihre Lippen, als sie ihre winzigen Schuhe abstreifte und verträumt ihre nackten Zehen betrachtete. Sie liebte das kühle Gras unter ihren Fußsohlen – festes Schuhwerk war ihr immer schon verhaßt gewesen. Plötzlich fühlte sie sich so frei und sorglos, wie das in Gesellschaft anderer nie der Fall war. Sie löste ihren Zopf und ließ ihre zierlichen, schlanken Finger durch die schweren, roten Strähnen gleiten.

Ein Schmetterling schwebte über den Teich, dessen Oberfläche das Sonnenlicht reflektierte; das Wasser schimmerte einladend, und schlagartig wurde ihr bewußt, daß die Anstrengungen des Tages diesen Zoll gefordert hatten und sie Schweißperlen an ihrem Körper spürte.

Ihre Finger tasteten nach dem Verschluß ihres Mieders, während sie nachdenklich an ihrer Unterlippe nagte. Hoch oben in den Ästen zwitscherten die Vögel. Ein Kaninchen hoppelte neben ihr durch das Gras.

Weit und breit war niemand zu sehen. Es bestand kein Anlaß zur Beunruhigung. Außerdem wäre es ja nicht das erstemal …

Sie konnte der Versuchung nicht widerstehen und streifte ihr Kleid ab. Wenige Augenblicke später sprang sie völlig nackt von einem nahen Felsvorsprung in den Teich. Die Kälte des Wassers ließ sie nach Atem ringen, dennoch genoß sie das Gefühl aus tiefster Seele, denn der Tag war außergewöhnlich heiß gewesen.

Mit einem atemlosen, kleinen Lachen tauchte sie an die Wasseroberfläche. Gütiger Himmel, wie sie diesen Ort liebte! Hier würde sie niemand schelten, niemand mit mißfälligen Blicken strafen. Keiner machte ihr Vorhaltungen. Hier war sie frei wie nie zuvor.

Erneut tauchte sie in das erfrischend kühle Naß und schwamm in Richtung Ufer. Nachdem sie auf dem sandigen Boden Halt gefunden hatte, stand sie dort und drückte das Wasser aus ihren Haaren. Sie drehte es zu einem langen Strang und warf es über ihre nackte Schulter. Kurz darauf glitt ihr Blick über die Lichtung.

Plötzlich entfuhr ihr ein erstickter Aufschrei. Eiskaltes Entsetzen lähmte ihren Atem. O weh, sie hatte einen schrecklichen, schrecklichen Fehler gemacht …!

Denn sie war keineswegs allein.

Kapitel 2

Der Clanchef der MacGregors war im besten Mannesalter, sein Körper durchtrainiert und muskelgestählt. Wie schon sein Vater war auch er hochaufgeschossen und überragte die Mitglieder seines Clans. Von seiner Mutter hatte er den scharfen Verstand und die Eloquenz geerbt, und er war stolz auf seine Herkunft.

Hoch zu Roß spähten seine scharfen, grauen Augen über das Tal, das sich vor ihm erstreckte. Es war ein herrlicher Tag. Weder Wind noch Regen oder Nebel beeinträchtigten die Sicht über die sanften Hügel, die das Anwesen von Dunlevy umgaben. Satte, goldfarbene Kornfelder erstreckten sich bis weit nach Süden und Westen. Vor ihm lag der Wald wie ein ungezähmtes, dunkles Geheimnis.

Es war beinahe so, als wäre er nie fortgewesen ... als hätte sich nichts verändert ...

Das abgewetzte Leder knarrte, als er sich im Sattel bewegte. Sein Cousin Alasdair war bereits vorausgeritten – vermutlich hatte er die Burg bereits erreicht. Ian war froh, daß sich seine Reise ihrem Ende zuneigte. Ein warmes Essen, ein Glas Ale und ein weiches Bett würden die Schmerzen aus seinen Gliedern vertreiben.

In Wahrheit hätte Ian nicht behaupten können, daß er Duncan Kincaid sonderlich mochte. Seiner Meinung nach war Duncan weder überaus warmherzig noch ein besonders kluger oder geduldiger Mann. Und er war auch nicht immer gerecht und edelmütig, denn er war ein Mensch, der sich von seinen Gefühlen leiten ließ und unumstößliche Prinzipien vertrat.

Ians Vater David hatte die Kincaids während seiner Jugendzeit kennengelernt, denn seine Großmutter väterlicherseits hatte Verwandte in den Lowlands – diese Freundschaft währte auch noch im Erwachsenenalter. Sein Vater hatte es für wichtig erachtet, Verbündete außerhalb seines eigenen Clans zu haben, und deshalb war Ian als Heranwachsender auf Burg Dunlevy in Pflege gegeben worden.

Und so kam es, daß er und Kincaids Tochter Margaret bereits im Kindesalter verlobt worden waren.

Sein leiblicher Vater war ein Ehrenmann gewesen. Trotz seines aufbrausenden Temperaments hatten ihm Brutalität oder Grausamkeit ferngelegen. O ja, er konnte toben, brüllen und kämpfen wie viele seiner schottischen Landsleute, aber Rachsucht und Mißgunst hatte er genau wie sein Sohn verachtet. Von ihm hatte Ian Werte wie Ehre, Stolz und Tapferkeit übernommen.

Nur ein einziges Mal hatte sein Vater in eigener Sache einer Schwäche nachgegeben. Und das hatte ihn letztlich sein ganzes Glück gekostet …

Und schließlich das Leben, an dem er so hing.

Er erinnerte sich noch sehr gut an jenen Tag. Er hatte es kaum erwarten können, in die Highlands zurückzukehren, um dort voller Stolz mit seinen neu erworbenen, kämpferischen Fähigkeiten zu prahlen, wie alle Jungen in ihrem denkwürdigsten Lebensabschnitt – auf der Schwelle vom Knaben zum Mann.

Statt dessen kam er nach Hause, um seinem Vater zur gerade vollzogenen Hochzeit zu gratuliren. Nicht, daß er es ihm übelgenommen hätte, denn seine Mutter war schon lange tot. Er bewunderte seine neue Stiefmutter, denn Fionna war jung und fröhlich und die liebenswerteste Frau, die ihm jemals begegnet war.

Fionna. Eine schwache Bitterkeit überkam ihn. Aber jetzt war sie tot …

Und sein Vater ebenso.

Ian hatte seinen Vater von ganzem Herzen geliebt. Und deshalb respektierte er dessen Wünsche und war nach Dunlevy zurückgekehrt, um Duncans älteste Tochter Margaret zu heiraten.

Seltsam, daß ihn die Aussicht auf ein Wiedersehen mit seiner zukünftigen Braut kaum berührte, obwohl sie doch als außergewöhnliche Schönheit galt. Um ehrlich zu sein, war seine Zuneigung zu Margaret nie sonderlich ausgeprägt gewesen. Eigentlich erstaunte es ihn sogar, daß Duncan nicht schon längst auf seine Eheschließung mit Margaret gedrängt hatte. Er selbst hatte es nicht eilig gehabt zu heiraten, zumal Duncan diese Angelegenheit nie forciert hatte. Und so hatte Ian seine rastlose Seele im Zaum gehalten – und auch seine männlichen Bedürfnisse, denn er wußte, daß die Zeit kommen und er sein Versprechen einlösen würde.

Der harte Zug um seine Mundwinkel wurde unmerklich sanfter. In den langen Jahren seiner Abwesenheit hatte er nicht an Dunlevy denken können, ohne sich an diese grünen Augen zu erinnern.

Seine Mundwinkel verzogen sich zu einem unmerklichen Lächeln. Mein Gott, er gestand es nur ungern ein, aber … er hatte die Kleine vermißt. Sie hatte ihm tatsächlich gefehlt …

Sabrina.

Schlagartig stürmten die Erinnerungen auf ihn ein. Er nahm an, daß Margaret sich kaum verändert hatte, denn er hatte sie noch vor zwei Jahren gesehen; zweifellos war sie so anmutig wie eh und je. Aber Sabrina …

Er hatte sich häufig gewundert, daß die beiden Schwestern waren. Es bestand kaum Ähnlichkeit zwischen ihnen: Margaret war blond, kühl und beherrscht, während Sabrina feuerrotes Haar hatte und ein Mundwerk, das nie stillstand. Er lachte beinahe laut auf, als er daran dachte, wie sie sein Schwert gestohlen und ihren Rock abgeschnitten hatte, damit dieser seinem Kilt ähnlicher würde. Schließlich war sie zum Abendessen in den Rittersaal stolziert wie ein kampfbereiter Krieger.

Damals hatte ihn das keineswegs belustigt.

Und auch ihr Vater war wenig begeistert gewesen.

Bei der Erinnerung huschte ein Lächeln über Ians Gesicht, er gab seinem Pferd die Sporen und trieb es durch den vor ihm liegenden Wald. Der kräftige, erdige Geruch der Bäume und des dampfenden Waldbodens erfüllte seine Sinne, doch seine Gedanken kreisten um das Mädchen. Welchen Unfug würde die Kleine diesmal anstellen? Damals hatte sie ihn ständig mit ihren Streichen und ihrem Geplapper geplagt! Sie hatte seinen Zorn provoziert – und manchmal auch sein Mitgefühl, obwohl er ihr das nie zu erkennen gab. Nie hatte er verstanden, warum Duncan seine jüngste Tochter so ungezügelt aufwachsen ließ, ohne jede Achtung vor Autorität oder Disziplin – mit Ausnahme der drakonischen Prügelstrafen ihres Vaters. Erneut schmunzelte er, als er an die kleine Hexe dachte.

Plötzlich erregte ein plätscherndes Geräusch seine Aufmerksamkeit. Neugierig folgte er diesem bis zu dessen Ursprung – einem kleinen, glasklaren Teich, der unter einem grünen Dach aus Zweigen und Blättern versteckt lag.

Erneut vernahm er das Plätschern. Und was er nun sah, verschlug ihm den Atem, denn dieser Anblick ließ jeden Gedanken an das kleine Biest schlagartig verblassen.

Denn das hier war eine Frau … o ja, noch dazu eine, die zweifellos so manchem Mann den Kopf verdreht hätte! Ihr Körper bot sich ihm nackt und in seiner ganzen Schönheit dar, als sie zu einem nahegelegenen Felsvorsprung schlenderte. Ihr dunkles Haar war zu einem nassen Zopf geflochten, der weit über ihr Gesäß reichte.

Ians Mund war wie ausgetrocknet. Nun, sie war vielleicht eine Waldnymphe, die aus einer verborgenen Lichtung aufgetaucht war, um seine sämtlichen Sinne zu beflügeln. Tatsächlich fand er es schöner, diese anmutige, wohlgeformte junge Frau zu betrachten, als über den boshaften kleinen Kobold aus seiner Jugendzeit nachzudenken.

Ohne den Blick von ihr abzuwenden, saß er ab. Sie war klein und doch ungewöhnlich reizvoll. Ihre Haut schimmerte wie seidiges Perlmutt. Sie hatte erstaunlich volle Brüste mit rosigen, aufgrund des kalten Wassers knospenden Spitzen. Ihre schmale Taille und ihre wohlgeformten Hüften versprachen sinnliche Verlockungen. Sie hob eine Hand, um eine vorwitzige Locke zurückzustreichen, und offenbarte dabei die Rundung ihres vollen Busens, dann glitt sie erneut ins Wasser. Unter sanftem Plätschern schwamm sie in Richtung Ufer. Wasser perlte über ihren Körper, als ihre Füße schließlich Halt fanden. Sie watete ans Ufer und näherte sich der Stelle, wo er am Fuß einer mächtigen Eiche kauerte …

Männliches Begehren keimte in ihm auf. Unkontrolliertes Verlangen durchströmte seine Adern. Kühne, graue Augen musterten sie glutvoll und begehrlich, denn bislang hatte sie ihn noch nicht bemerkt. Seine Gedanken waren von erotischen Phantasien beherrscht, und er verspürte den Wunsch, dieses Gesicht an sich ziehen, da das Profil, das sie ihm bot, erlesene Schönheit versprach – eine Anmut und Jugend, die er nur vermuten konnte. Alles, wonach er sich sehnte, war ein kurzer Blick. Ach, würde sie doch nur einmal ihren Kopf drehen …

Das tat sie, während sie mit geschlossenen Lidern das Wasser aus ihrem Haar schüttelte.

Die Form ihres Gesichts war schmal und anziehend. Ihr Mund war mit Wassertropfen benetzt, und er hatte exakt den rosafarbenen Schimmer ihrer Brustwarzen. Ihre schöngeschwungenen Brauen verliehen ihr ein beinahe elfenhaftes Aussehen. Ihn beschlich das seltsame Gefühl, daß sie ihm irgendwie vertraut vorkam.

Ihre Wimpern hoben sich. Plötzlich hatte er das Gefühl, von einer Speerspitze durchbohrt zu werden. Er starrte in Augen, die so dunkelgrün waren wie …

Wie die Hügel von Dunlevy.

Seine Gedanken wirbelten im Kreis. Nein, dachte er wie betäubt. Es konnte nicht sein …

Endlos lange schauten sie sich in die Augen. Für einen schrecklichen Augenblick konnten beide sich weder bewegen noch sprechen.

Schließlich brach sie den Zauber, und es schien, als habe sie keinerlei Zweifel an seiner Identität. Sie stolperte zurück und ließ sich fallen, sobald das Wasser ihre Oberschenkel umspielte. Hastig zog sie ihre Knie an die Brust und blickte ihn zornig an.

Sie merkte gar nicht, daß sie ihm immer noch einen äußerst reizvollen Anblick bot.

»Du … du Schuft!« stieß sie hervor. »Was, zum Teufel, machst du hier?«

In geheuchelter Unschuld rang er die Hände. »Was denkst du?! Ich genieße nur die Schönheit dieses Tages. Und außerdem«, er warf ihr einen übertrieben lustvollen Blick zu, »gibt es überaus viel zu sehen.«

Er hatte sie schockiert, das erkannte er an ihren weitaufgerissenen Augen.

Er seufzte. »Ich kenne dich, Kleine«, bemerkte er scherzhaft. »Du bist wütend.«

Ihr Entsetzen legte sich langsam. Wenn Blicke töten könnten, hätte sie ihn allerdings in ein loderndes Flammenmeer verwandelt. »Natürlich bin ich wütend. Du hast mich heimlich beobachtet!«

Er nickte unmerklich. »Vielen Dank, Madam. Freut mich zu hören, daß ich Ihnen wenigstens keinen Schrecken eingejagt habe.«

Mit einer vernichtenden Beschimpfung, die keinen Zweifel daran ließ, was sie von ihm hielt, machte sie ihrem Unmut Luft. Ian schenkte dem keine Beachtung.

Dreist schritt er in Richtung Ufer. Schließlich beugte er sich vor, sammelte ihre Kleidung vom Boden auf und warf sie sich über die Schulter.

Ihre Schimpftirade endete abrupt. »Ian! Was … was tust du da?« Sie taumelte vorwärts, erinnerte sich aber sogleich ihrer Blößen und sank zurück ins Wasser.

Sein Blick verharrte auf ihren nackten Schultern. Schließlich besann er sich und machte eine tiefe, galante Verbeugung. »Ich möchte nur eine Jahre zurückliegende Gefälligkeit erwidern.«

Eine dunkle Röte überzog ihre Wangen.

Er fuhr fort: »Sicherlich hast du das eine Mal nicht vergessen, als du mich beobachtetest, wie ich nackt aus dem Fluß kam und überall nach meiner Kleidung suchte.«

Ihre Stimme war nur noch ein Flüstern. »Du … du wußtest das?«

Ian lachte rauh. »Ich wußte es, mein Mädchen, und fand das damals bedeutend weniger amüsant als heute. Trotzdem habe ich mich oft gefragt … gefiel dir eigentlich, was du da gesehen hast?«

Ihre Augen sprühten Blitze. »Soweit ich mich erinnere, war da nicht viel zu sehen«, erwiderte sie mit honigsüßer Stimme.

Ian lachte noch herzlicher. »Zweifellos hast du recht«, bekräftigte er fröhlich. »Ich war damals ein junger Bursche – nur Haut und Knochen. Und da ich gerade dem kalten Fluß entstiegen war, fiel dein Blick vermutlich auf etwas, das starke Ähnlichkeit mit einer runzeligen, kleinen Karotte hatte.«

Sein Blick wanderte zu ihren Brüsten, die sie schützend hinter ihren Armen verbarg. »Aber du, Sabrina«, sagte er leise, »du, meine Kleine, hast dich zu einer Schönheit entwickelt, die ich nicht erwartet hätte.«

»Und du bist immer noch so unverschämt wie früher!«

»Und du bist, wie ich sehe, immer noch dieselbe schlagfertige kleine Hexe.«

Er verschränkte die Arme vor der Brust. »Du solltest besser herauskommen. Deine Lippen werden blau. Ich werde mich gerne als deine Zofe betätigen.«

Sie öffnete den Mund und schloß ihn rasch wieder. »Das wirst du nicht tun!« brachte sie schließlich hervor.

Stirnrunzelnd baute er sich vor ihr auf.

Und so entwickelte sich ein hartnäckiger Widerstreit zwischen den beiden. Ihm machte es lediglich Spaß, sie zu foppen, doch ihr Blick brannte heißer als die glühende Wüstensonne.

»Du bist ein Idiot!«

Er nickte. »In der Tat.«

»Ein gemeiner Schuft. Das abscheulichste Wesen auf dieser Erde ...«

»Wenn es sein muß, habe ich nichts dagegen, die ganze Nacht zu warten«, bemerkte er in süffisantem Ton.

Sie schwieg, während die Minuten verstrichen. Ihre Zähne klapperten – Ian hatte ihren Dickkopf unterschätzt.

»Dreh dich um«, zischte sie schließlich.

Er spielte mit dem Gedanken, sich zu widersetzen, da ihre Stimme befehlend geklungen hatte. Aber sie mußte seine Absicht geahnt haben, denn sie gab einen leisen, erstickten Ton von sich.

»B ... b ... bitte.« Sie blinzelte, und diese leuchtenden, grünen Augen schimmerten verdächtig.

Ian stutzte. Tränen? Von diesem hübschen kleinen Luder? dachte er schmunzelnd. Nein, nicht von Sabrina.

Er hörte ihre stoßweisen Atemgeräusch. »Ian ...«

»Einen Moment.« Sein Tonfall war grob. Abrupt drehte er ihr den Rücken zu. Aber irgendein kleiner Teufel hatte von ihm Besitz ergriffen, denn er entfernte sich nicht und nahm auch nicht ihre Kleider von seinen Schultern. Statt dessen verharrte er bewegungslos.

Hinter ihm plätscherte es.

Er spürte sie direkt hinter sich. Ihr Mieder wurde so rasch von seiner Schulter gerissen, als befürchtete sie, er könnte sich jeden Moment umdrehen. Und in der Tat war er versucht, genau das zu tun. Tief in seinem Innern war er von dieser Versuchung überrascht – und auch erschrocken. O ja, er hätte nicht abstreiten können, daß er den Anblick eines schönen Gesichts und eines attraktiven Körpers wie jeder andere Mann genoß. Aber das hier war Sabrina, das hübsche kleine Luder aus seiner Kinderzeit …

»In Ordnung. Ich bin fertig.« Ihre Stimme klang schneidend.

Ian drehte sich um. Und begegnete einem Blick, der so kalt war wie die schottischen Hochlandseen. Das also war die Sachlage, dachte er im stillen. Sie war immer noch so giftig wie früher.

Er pfiff nach seinem träge grasenden Pferd. Als das Tier herantrabte, verbeugte er sich galant vor ihr. »Brechen wir auf?«

Sie schob ihr Kinn vor. »Ich kann nicht gemeinsam mit dir zurückkehren.«

Ihr herausfordernder Blick schmerzte ihn tief. »Und warum nicht?«

»Es wäre unschicklich«, teilte sie ihm hochmütig mit.

»Unschicklich? Wann hast du dich jemals schicklich verhalten, wenn ich fragen darf?«

»Es ist offensichtlich, wo ich gewesen bin! Was würden die Leute denken? Wenn Sie wüßten, daß du mich, na …« Sie brach plötzlich ab.

Er grinste durchtrieben. »Nackt gesehen hast?« meinte er.

Sprachlos starrte sie ihn an. »Du mußt vorausreiten«, war alles, was sie herausbrachte.

Mit dem Finger versetzte Ian ihr einen sanften Nasenstupser, und sie hatte nicht übel Lust, ihm diesen abzubeißen. »Ich nehme an, du hast recht, mein Mädchen.« Bei Gott, er mußte immer das letzte Wort haben. Prüfend wanderte sein Blick über ihren Körper und verweilte mit unverhohlenem Interesse auf ihren Brüsten.

Ian konnte nicht anders. Ein winziges Lächeln umspielte seine Mundwinkel, denn er hegte nur einen Gedanken. Seltsamerweise hatte er sich Sabrina irgendwie immer noch als Kind vorgestellt. Aber er hatte sich geirrt – denn die Dinge lagen völlig anders. O ja, das seinerzeit schlaksige Mädchen war heute grazil und anmutig, ihre früher flachen Brüste hatten sich zu sinnlicher Üppigkeit entfaltet.

»Ich muß sagen, Kleines«, meinte er gedehnt, »du hast dich verändert. Und zwar auf entzückende Weise.«

Ihre Augen sprühten Blitze. »Zur Hölle mit dir … du … du abscheulicher Highland-Schuft!«

Belustigt schwang Ian sich in den Sattel. Als er durch den Wald davonritt, beschimpfte und verfluchte sie ihn immer noch.

Lachend warf er den Kopf in den Nacken. Ja, das war die Sabrina, die er kannte. Er spürte eine innere Leichtigkeit wie schon seit Jahren nicht mehr. Gütiger Himmel, es war herrlich, wieder hier zu sein.

Kapitel 3

Diese Einschätzung teilte Sabrina beileibe nicht.

Nach ihrer Rückkehr auf die die Burg flüchtete sie in ihre Kammer. Dort sank sie auf ihr Bett und preßte ihre kalten Hände auf ihre glühenden Wangen. Nie zuvor in ihrem Leben war sie so in Verlegenheit geraten. Heilige Mutter Gottes, wenn sie ihm noch einmal begegnete, würde sie vor lauter Scham im Erdboden versinken.

Die Erinnerung fegte wie ein Wirbelsturm durch ihren Kopf und ließ sich nicht verdrängen. Ian hatte sie nackt gesehen … nackt! Noch schockierender war, daß er sie mit unverhohlener Bewunderung angestarrt hatte. Warum?, fragte sie sich verstört. Sie war beileibe keine Schönheit wie Margaret. Oder hatte er sie nur verspotten wollen?

Sie versuchte, sich zu konzentrieren, schob einen Hocker vor das prasselnde Kaminfeuer und bürstete ihre prachtvollen, immer noch feuchten Locken.

Erneut dachte sie an seine Bemerkung, daß sie ihn einmal nackt gesehen habe. Ja, in der Tat, das stimmte. Als er eines Tages im Fluß schwamm, hatte sie sich unbemerkt herangeschlichen, seine Kleider eingesammelt und im Gebüsch versteckt. Während er wie ein Wahnsinniger gesucht hatte, hatte sie ihn von einem Baum aus beobachtet – und keine Sekunde lang daran gedacht, daß er ihre Anwesenheit bemerkt haben konnte! Eigentlich war es reiner Übermut, der sie zu diesem Streich bewogen hatte. Außerdem war sie wie alle jungen Mädchen neugierig darauf gewesen, was er unter seinem Kilt verborgen hatte und wie er nackt aussah …

Ihre Gedanken ließen ihr keine Ruhe. Warum hatte er sie nicht allein gelassen, damit sie sich unbeobachtet anziehen konnte? Aber nein, sie hatte keine Wahl gehabt. Wenn sie nur bis zum Einbruch der Dunkelheit hätte warten können … Wenn sie nicht so feige gewesen wäre … Aber allein bei dem Gedanken, in der Dunkelheit zum Anwesen zurückkehren zu müssen, wurde ihr ziemlich mulmig.

Energisch preßte sie ihre wohlgeformten Lippen zusammen. O ja, er war schon immer ein gräßlicher Bursche gewesen! Und jetzt war er ein abscheulicher Mann!

Ein Klopfen an der Tür unterbrach ihre Überlegungen. Die Tür sprang auf, und Margaret trat ein. Ihr Blick verfinsterte sich, als sie Sabrina in ihrem feuchten, zerknitterten Kleid sah. »Sabrina, du mußt dich umziehen! Papa erwartet uns unten zum Abendessen!«

»Ist er schon eingetroffen?« Obwohl Sabrina die Antwort bereits kannte, brachte sie seinen Namen nicht über die Lippen.

»Ja. Und sein Cousin Alasdair ist bereits heute nachmittag angekommen.«

»Dann hast du ihn also gesehen?«

»Ja«, bestätigte Margaret kurz angebunden. »Und nun komm, Sabrina. Zieh dich rasch um.«

Es lag ihr auf der Zunge, etwas entgegenzusetzen –zu kontern, daß sie Ian MacGregor nie wieder im Leben begegnen wolle. Aber Margaret hatte bereits die Truhe geöffnet, in der sich ihre Kleider befanden.

»Ich bin angemessen gekleidet«, brummte sie.

»Das kannst du nicht tragen«, rief Margaret über ihre Schulter. »Es sieht aus, als seist du damit durch den Wald gerannt.«

Vielleicht habe ich das tatsächlich getan. Sabrina mußte sich zurückhalten, um nicht damit herauszuplatzen.

Mit zwei Kleidern bewaffnet drehte Margaret sich zu ihr um. »Welches willst du anziehen, Sabrina? Das blaue Wollkleid?«

Sabrina zog eine Grimasse. »Nein, das ist mir zu warm.«

»Welches dann? Das dunkelrote Samtkleid?« Als Margaret das Kleid in die Höhe hielt, stellte sie fluchend fest, daß der Saum sich an einer Stelle gelöst hatte. »Sabrina! Du hast es immer noch nicht ausgebessert!«

Sabrina zuckte die Schultern. Margaret standen solche hausfraulichen Pflichten weitaus besser zu Gesicht als ihr. Margaret seufzte: »Du wirst darin aussehen wie eine Hausiererin!«

Sabrina grinste ihre Schwester an. »Ist doch egal, was ich trage«, spottete sie. »Aller Augen werden ohnehin auf dich gerichtet sein.«

Margaret bestritt dies zwar, trotzdem bemerkte Sabrina, daß sie sich geschmeichelt fühlte. Ihr war klar, daß sie sich nicht ständig würde verstecken können, deshalb kleidete sie sich rasch an und frisierte ihr Haar zu einem dicken Zopf, den sie über ihren Rücken hängen ließ. Als die schwere Holztür hinter ihnen ins Schloß fiel, folgte sie Margaret nach unten. Für einen kurzen Augenblick beneidete sie Margaret um ihre hübschen Korkenzieherlocken, die ihre Schläfen und ihren Nacken betonten.

Die Stimmen der Männr drangen zu ihnen hinauf. Lautes Gelächter ertönte aus dem Rittersaal. Als sie näherkamen, schluckte Sabrina heftig, denn ihre Kehle war vor Furcht wie zugeschnürt.

Die Dienerschaft huschte geschäftig umher und trug die auf Silberplatten angerichteten Speisen zu der mitten im Saal stehenden Tafel. Wuchtige, an den Wänden angebrachte Kerzen warfen zuckende Schatten in den Raum, und ein loderndes Feuer knisterte im Kamin. Dort stand ihr Vater mit Ian und einem Mann, von dem sie annahm, daß er dessen Cousin Alasdair sein mußte. Sabrina riß die Augen auf. Ihr Vater war beileibe kein kleiner Mann, sondern stattlich und hünenhaft, doch neben den beiden Highlandern wirkte er beinahe wie ein Zwerg; sie überragten ihn und ließen ihn klein, ja fast schmächtig erscheinen.

Neben ihr war Margaret stehengeblieben. Sie streckte ihr wohlgeformtes Kinn vor und räusperte sich.

Mehr war nicht erforderlich, um die Aufmerksamkeit der drei Männer auf sich zu ziehen.

Margaret lächelte und neigte wortlos ihren Kopf zur Begrüßung.

Sabrina wäre am liebten im Erdboden versunken. Statt dessen jedoch holte sie tief und entschlossen Luft, während das Trio zu ihnen herüberkam.

Ian murmelte Margaret einen Gruß zu – um dann seinen Blick auf sie zu richten. »Sabrina! Wie schön, dich nach so vielen Jahren wiederzusehen. Du warst ... laß mich nachdenken ... ein junges Ding von zwölf Jahren, als wir uns das letzte Mal begegneten, nicht wahr?«

Seine herzliche Begrüßung konnte sie nicht täuschen. Zähneknirschend verzogen sich ihre Mundwinkel zu einem angedeuteten Lächeln.

»Na, wenn das nicht der MacGregor ist.« Ihr zynischer Tonfall war unüberhörbar. Bei allen Heiligen, sie würde sich nicht von ihm demütigen lassen!

Als sie sich jedoch Ians Cousin zuwenden wollte, umschloß er plötzlich energisch ihre Hand. »Ach, komm schon«, meinte er launig. »Eine solche Förmlichkeit zwischen Freunden aus Kindertagen? Möchtest du mir nicht einen Beweis deiner Zuneigung schenken? Immerhin haben wir uns so viele Jahre lang nicht gesehen.«

Er machte sich über sie lustig – o ja, und das auf übelste Art und Weise. Seine Dreistigkeit brachte ihr Temperament zum Überschäumen. Sie öffnete den Mund und begegnete in diesem Augenblick dem warnenden Blick ihres Vaters.

»Nein? Nun, dann vielleicht später?« Sein Blick wanderte zum Ausschnitt ihres Kleides. Er lächelte. Trotz ihres Zorns spürte Sabrina, wie sie errötete. »Ich muß schon sagen, du hast dich zu einer hübschen, jungen Dame entwickelt.«

Oh, sie hätte den Schuft auf der Stelle umbringen können! Sie versuchte, ihm ihre Hand zu entziehen; sein Griff wurde jedoch fester, als weigerte er sich, sie freizugeben … doch schließlich ließ er sie los. Und, dem Himmel sei Dank, erübrigte sich eine Antwort, denn Margaret legte ihre Hand auf seinen Arm.

»Ian, du hast es versäumt, Alasdair vorzustellen. Er und Sabrina haben sich noch nicht kennengelernt.«

»Stimmt. Nun ja, wie du weißt, stamme ich aus den Highlands. Wir sind nicht gerade für unsere gute Kinderstube berühmt.« Sein auf Sabrina ruhender Blick schweifte zu seinem Cousin. »Alasdair, wie du zweifellos erraten hast, ist das Sabrina, Margarets jüngere Schwester. Sabrina, mein Cousin Alasdair aus dem MacGregor-Clan.«

Alasdair nahm ihre eiskalten Hände in die seinen. Ians Haar war rabenschwarz, das seines Cousins jedoch kastanienbraun. Er war zwar kleiner als Ian, aber dennoch eine stattliche Erscheinung. Sie mochte die Lachfältchen, die seine sanften, braunen Augen umgaben.

»Jetzt verstehe ich«, schmunzelte Alasdair, »warum du Margaret versprochen bist und nicht Sabrina. Vielleicht sollte ich mich zwischen euch zwei Kampfhähne stellen … oder besser möglichst weit weg von euch?«

»Das ist nicht erforderlich, Alasdair.« Ians Stimme klang sanft. »Eigentlich mögen wir einander sehr, nicht wahr, Sabrina?«

Aufgrund seines herausfordernden Gesichtsausdrucks mußte Sabrina kapitulieren. »Natürlich«, stimmte sie widerwillig zu.

Doch ihr Blick spiegelte exakt das Gegenteil.

Alasdair trat neben sie und ergriff erneut ihre Hand. »Nun, ich habe schon viel von Ihnen gehört, Sabrina.

Und obwohl Sie vielleicht anderes vermuten, fühlte ich mich überaus geschmeichelt, Sie kennenzulernen. Nun, und jetzt bin ich froh, daß ich gekommen bin.« Er nickte in Richtung der Tafel. »Ich glaube, Ihr Vater erwartet uns bereits. Wollen wir?«

Sabrina blinzelte, als er sie zum Tisch führte. Sie überlegte fieberhaft, ob er ihr soeben ein Kompliment gemacht hatte, denn Schmeicheleien waren ihr fremd.

Wie üblich nahm Duncan Kincaid seinen Platz am Kopf der Tafel ein. Ian saß gemeinsam mit Margaret zu seiner Rechten. Sabrina und Alasdair ließen sich zur Linken ihres Vaters nieder. Sie empfand es als verwirrend, Ian unmittelbar gegenüber zu sitzen; obwohl die Tischbreite sie trennte, war er ihr immer noch zu nah. Und als sich ihre Blicke zufällig trafen, durchströmte ihren Körper eine glühende Hitze.

Sie ballte die Hände in ihrem Schoß zu Fäusten und entkrampfte sie erst langsam wieder. Er hatte behauptet, sie habe sich verändert. Aber das traf auch auf ihn zu. Er war stattlicher geworden; unter dem schweren Tuch seines Waffenrocks zeichneten sich seine durchtrainierten Schultern ab. Ein seltsames Kribbeln durchfuhr ihre Magengegend. Nein, er war alles andere als der hohlwangige, schmächtige Knabe aus ihren Jugendtagen. Vor ihrem geistigen Auge entstand das Bild des wilden Highland-Kriegers, der sich mit Sicherheit hinter diesem Mann verbarg.

Sie bemerkte die Reaktion der Dienerschaft auf die beiden Gäste. Edna und eine weitere Bedienstete halfen an diesem Abend in der Küche. Beide schienen sichtlich nervös. Tatsächlich zitterte Edna, als sie Ian auf einer großen Holzplatte köstliches Wildbret anbot. Ian nahm eine dampfende Keule und flüsterte der Magd etwas zu. Sabrina meinte, beinahe Ednas erleichterten Seufzer hören zu können, als sie sich endlich ihrem Vater zuwenden konnte.

Sie nahm allen Mut zusammen und wandte sich seinem Cousin zu. »Ist dies Ihre erste Reise in die Lowlands, Alasdair?«

»Ja, aber ich schwöre, es wird nicht meine letzte sein.« Seine braunen Augen blitzten schalkhaft – zumindest ein positiver Charakterzug, stellte Sabrina hocherfreut fest.

»Sie gehören zu Ians Clan?«

»Ja, wir sind blutsverwandt.«

»Oh?« Sabrina musterte ihn neugierig. Soweit sie wußte, hatte Ian keine Geschwister.

»Ja, mein Vater war der Bruder von Ians Vater.«

Wäre Alasdair nicht gewesen, hätte sich das Essen qualvoll hingezogen. Zu ihrer Verblüffung entspannte sie sich jedoch zunehmend, denn Alasdair war ein überaus angenehmer Tischnachbar.

Als ihr Weinkelch nachgefüllt wurde, hörte sie, wie ihr Vater sich an Ian wandte.

»Wie wir gehört haben, ist es nach dem Tod deines Vaters zu Zwistigkeiten in eurem Clan gekommen.«

Sabrinas Blick wanderte zu Ian. Sein schlagartig veränderter Gesichtsausdruck verblüffte sie. Jede Spur von Freundlichkeit war verschwunden, und er wirkte ernst und sachlich. Sie spürte eine Härte an ihm, die sie nie vermutet hätte … aber vielleicht war das keineswegs überraschend. Tatsächlich hatte er nach dem gemeinen Trick, mit dem er ihr als Kind übel mitgespielt hatte … Es hatte nicht unbedingt damit zu tun, daß sie Robert damals, vor langer Zeit im Stall, hatte küssen müssen. Das hätte sie hinnehmen können. Aber daß er Papa erzählt hatte …

Seine Stimme war so frostig, daß sie erstarrte. »In der Tat. Und was genau hast du gehört?«

Duncan stockte.

Sabrina war sprachlos. Noch nie hatte es jemand geschafft, daß ihr Vater sich unbehaglich fühlte – und dennoch beschlich sie das sonderbare Gefühl, daß Ian genau das erreichen wollte!

»Es ist nur … die Dinge liegen nicht mehr so wie früher.« Duncan zögerte und spreizte seine Finger. »Nun, damit war zu rechnen – die kleine Streiterei beispielsweise, wer als Stammesführer die Nachfolge antritt. So sind die Schotten nun einmal.«

Ian deutete ein leichtes Lächeln an. »Ich hoffe nur, du hast keinen Zweifel an meiner Position als Stammesführer.«

»Nein … nein, nicht im geringsten!« versicherte Duncan schnell. »Du bist im ganzen Land als der tapferste Highland-Krieger bekannt. Und bei Gott, ich würde meine Margaret auch keinem Schwächling anvertrauen.«

Für einen langen Augenblick schwieg Ian. Sein maskenhaft erstarrtes Gesicht verriet keine Regung. Unbewußt senkte er den Kopf, legte seine Hände auf den Tisch und schob die Finger ineinander. Als er schließlich den Kopf hob, wirkte er wieder gefaßt.

Er wandte sich an Duncan. »Ich habe Gerüchte gehört, daß es Befürworter des Red Comyn geben soll, die in der Nähe von Dunlevy leben.«

Die Mundwinkel ihres Vaters zuckten verärgert. »Zweifellos meinst du die MacDougalls. Sie sind mit den MacDougalls von den Hebriden verwandt und leben in einem der umliegenden Täler. Einer von ihnen macht ständig Ärger …«

Sabrina hielt den Atem an. Gütiger Gott, er konnte doch nicht wissen …?

»Jamie … das ist er … ja genau, sein Name lautet Jamie!«

Sie verschluckte sich beinahe an ihrem Wein.

Glücklicherweise erholte sie sich rasch, und keiner schien es bemerkt zu haben. Jetzt hatte ihr Vater sich in Rage geredet. »Seit Monaten versucht dieser junge Halunke nun schon, andere für seine Sache zu gewinnen.«

Fragend legte Ian den Kopf schief. »Und was genau will er damit bezwecken?«

Papa schnaubte. »Die Baliols erneut auf den Thron zu bringen!«

Sabrina hatte das Gefühl, daß ihr Herz ins Bodenlose sank.

Ihr gegenüber schürzte Margaret die Lippen. »Wie denn das?« murmelte sie. »Baliol floh doch in die Normandie, nachdem er auf die Krone verzichtet hatte, oder?«

»Ja«, bekräftigte ihr Vater. »Aber Lord John von Badenoch, der Black Comyn, hat früher um den Thron gekämpft. Er heiratete Baliols Schwester und hatte einen Sohn – John, den Red Comyn. Als Baliols Neffe hatte sein Sohn John ein doppeltes Anrecht auf den Thron.«

Interessiert lauschte Sabrina der Unterhaltung. Noch vor ihrer Geburt war Alexander, der schottische König, in einer stürmischen Frühlingsnacht bei einem Anschlag ums Leben gekommen. Seine rechtmäßige Nachfolgerin wäre seine dreijährige Enkelin Margaret gewesen, die in Norwegen lebte. Doch die Infantin starb auf dem Weg nach Schottland und hinterließ Schottland ohne eindeutigen Thronerben.

Kurz nach Alexanders Tod hatten mehrere per Dekret ernannte Stellvertreter das Reich regiert, bis Margaret ihren rechtmäßigen Platz als Königin einnehmen sollte. Doch als das Kind starb, traten schon bald diverse Konkurrenten auf den Plan, die das Recht auf den Thron für sich beanspruchten. Die beiden stärksten waren Robert the Bruce und John de Baliol. Sie stützten ihre Forderung auf ihre Erbrechte als direkte Nachkommen von David, seines Zeichens Graf von Huntingdon und jüngerer Bruder von Malcolm IV. Schließlich zog man König Edward von England in dieser Angelegenheit zu Rate.

Er entschied zugunsten Baliols, der dem englischen König daraufhin natürlich die Treue schwor. Als Edward nach einer Weile von Baliol – und von Schottland – verlangte, sich seiner Invasion Frankreichs anzuschließen, leistete Baliol Widerstand und ging statt dessen eine Allianz mit Frankreich ein. König Edward war außer sich. Er belagerte Schloß Dunbar und besiegte die schottischen Truppen. Baliol wurde des Throns enthoben und nach Frankreich ins Exil verbannt.

Der Red Comyn war ebenfalls tot. Er war von Robert the Bruce, dem Enkel jenes Bruce, der den Thron an Baliol verloren hatte, getötet worden – Bruce hatte ihn in der Kirche von Dumfries niedergestreckt. Von dort war er nach Scone marschiert, wo man ihn zum König gekrönt hatte. Aber dann war Bruces Armee von Graf Pembroke nur wenige Monate nach seiner Krönung geschlagen worden. Der Bruce floh …

Aber niemand wußte wohin.

»Wir haben viel zu lange unter dem Joch Englands gelebt«, sagte ihr Vater mit finsterem Blick. »Sie sind nie zufrieden. Ständig fordern sie das ein, was anderen – uns – gehört. Es wird höchste Zeit, daß wir einen schottischen König bekommen.«

»Aber den haben wir doch«, warf Alasdair ein. »Zu einem strategisch günstigen Zeitpunkt wird der Bruce sein Versteck verlassen und diese englische Plage aus unserem Land vertreiben.«

»Aber es erscheint doch nur gerecht, daß der Sohn des Red Comyn den Thron besteigt, denn er ist der Großneffe von Baliol. Und Baliol war zuvor König. Er wurde Robert the Bruce vorgezogen«, bemerkte Sabrina unbedacht.

»Vorgezogen von den Engländern, wenn ich daran

erinnern darf!« knurrte ihr Vater. »Baliol war während seiner Regentschaft nichts als eine Marionette. Er durfte keine eigene Meinung vertreten.«

»Und was ist mit dem Bruce? Er will lediglich König werden, das Wohl Schottlands interessiert ihn nicht.«

Duncan musterte sie kritisch. »Ach, was weißt du schon davon!«

Sabrina senkte die Lider, beharrte jedoch auf ihren Standpunkt. »Ich habe Ohren und nicht etwa Stroh im Kopf, Papa. Ich bin sehr wohl in der Lage, mir eine eigene Meinung zu bilden.«

»Dies ist nicht der richtige Ort für eine Frau, ihre Meinung kundzutun, Mädchen. Wirst du denn niemals lernen, deine Zunge im Zaum zu halten?«

Sabrina funkelte ihn an. »Es sieht nicht so aus, Papa.« Ihre Stimme klang zwar zurückhaltend und sanftmütig – doch innerlich schäumte sie vor Zorn!

Ihr Vater verdrehte die Augen. »Du bist beileibe nicht so hübsch wie deine Schwester, Kleine, aber ich gebe die Hoffnung nicht auf ... Dennoch möge Gott dem Mann beistehen, der mir diese Verantwortung abnimmt!«

Trotzig schob sie ihr Kinn vor. »Wenn du damit andeuten willst, daß mich niemand haben will«, erklärte sie nüchtern, »dann irrst du dich.«

Duncans Kopf fuhr herum. »Was willst du damit sagen?« Argwöhnisch kniff er die Augen zusammen. Erst jetzt begriff Sabrina, daß sie vermutlich zu weit gegangen war ...

Er schlug mit der Faust auf den Tisch, daß die Teller und Platten erzitterten. »Bei Gott«, schnaubte er. »Damit meinst du doch hoffentlich nicht ... diesen Rüpel Jamie MacDougall? Ich habe dir gesagt, daß ich ihn nicht in deiner Nähe sehen will. Er ist der Teufel in Menschengestalt, und ich möchte meine Tochter nicht mit einem Mann wie ihm zusammen wissen, haben wir uns verstanden! Du kannst dir sicher sein, daß er nur das eine will, Sabrina, und das gewährst du ihm besser nicht, hörst du?«

Sabrinas Mundwinkel zuckten. Seine verletzenden Anschuldigungen trafen sie wie ein Schlag ins Gesicht. Ständig verhielt er sich ihr gegenüber ungerecht ... Ständig. Zwischen Tränen und Trotz schwankend, holte sie tief Luft. Doch bevor sie auch nur ein Wort herausbrachte, kam er ihr zuvor.

»Nein, sag jetzt nichts!« schnaubte er. »Du tätest gut daran, dem Beispiel deiner Schwester zu folgen, mein Kind. Sie weiß, wo der Platz einer Frau ist. Und jetzt geh mir aus den Augen, Mädchen.«

Eine glühendheiße Welle der Beschämung durchfuhr sie – das paßte zu Papa, sie vor Ian und seinem Cousin bloßzustellen! Aber Sabrina war sich auch bewußt, daß weitere Diskussionen zu nichts führten. Ihr Vater würde ihr in seiner engstirnigen Art gar nicht zuhören, stellte sie erbittert fest. Unter Aufbietung ihrer ganzen Würde erhob sie sich ohne ein weiteres Wort und verließ den Saal. Bildete sie sich das ein ... oder spürte sie tatsächlich Ians durchbohrenden Blick im Rücken? O ja, zweifellos genoß er ihre Demütigung über die Maßen!

Sie schritt in ihrer Kammer auf und ab, bis sie schließlich ein Klopfen an der Tür vernahm. Bevor sie rufen konnte, daß sie nicht gestört werden wollte, flog die Tür auf, und Margaret schlüpfte ins Zimmer.

»Was ist?« fragte sie müde. »Bist du gekommen, um mich ebenfalls zu tadeln. Ich bitte dich, erspar mir das.«

Margaret schenkte dem keine Beachtung. »Du provozierst ihn.«

Ganz offensichtlich meinte sie damit Papa. Sabrina seufzte und ließ sich aufs Bett fallen. »Ich äußere kein einziges Wort, das ihn nicht provozieren würde.« Es gelang ihr nicht, ihre Bitterkeit zu verbergen. »Ich bin nicht wie du, Margaret«, bemerkte sie kopfschüttelnd.

»Ich trage mein Herz auf der Zunge, und alle wissen, was ich fühle ...«

»Ja, jeder weiß, wie du empfindest, Sabrina. Papa hat recht. Wann wirst du endlich lernen, deine Zunge im Zaum zu halten? Manchmal bezweifle ich, daß du meine Schwester bist. Ich habe schon häufiger gedacht, daß man dich als Baby vertauscht hat – tatsächlich habe ich mir oft gewünscht, es wäre so!«

Tief verletzt von Margarets unverhohlener Verachtung starrte Sabrina auf die vollkommenen Gesichtszüge ihrer Schwester, die jetzt durch ein höhnisches Lächeln verzerrt wurden. Ihr Herz verkrampfte sich schmerzvoll. Warum mußte Margaret immer so verletzend sein?

Es war nicht Sabrinas Art, boshaft und gemein zu sein, auch wenn man sie provozierte. »Ich bedaure, daß du das so empfindest«, sagte sie leise, »trotzdem sind wir Schwestern. Das ist so sicher wie der Tod unserer Mutter. Und ich habe es noch nie bereut.« Das entsprach der Wahrheit. Sie teilten dieselbe Mutter und denselben Vater – aber leider nicht die gleichen Ansichten.

Margaret zuckte die Schultern, erwiderte jedoch nichts. Nach einer Weile sagte sie: »Ich kam, um dir mitzuteilen, daß die Hochzeit in einer Woche stattfinden soll. Wirst du bei den Vorbereitungen helfen?«

Margarets Tonfall machte deutlich, daß sie selbstverständlich mit Sabrinas Unterstützung rechnete. Sabrina überlegte kurz, wie ihre Schwester wohl auf eine ablehnende Antwort reagiert hätte. Zweifellos würde sie ihr hartnäckig in den Ohren liegen und betonen, daß sie erst nachdenken und dann reden sollte.

Sabrina nickte. »Ich helfe gerne, wo immer ich kann«, murmelte sie.

Margarets verhaltenes Lächeln signalisierte ihr, daß ihre Schwester zufrieden war. Kurz darauf verschwand sie.

Sabrina ging zu Bett, konnte aber nicht einschlafen. Ihre Gedanken kreisten um die Neuigkeiten, die Margaret ihr soeben mitgeteilt hatte.

In einer Woche würde die Hochzeit von Margaret und Ian stattfinden. Nun, sie war froh, denn das bedeutete, daß sie und Jamie auch bald heiraten konnten ...

Wieso war da nur der seltsam stechende Schmerz in ihrer Herzgegend, wenn sie daran dachte, daß Margaret Ian heiratete?

Gütiger Himmel, sie hatte keine Ahnung.

Kapitel Vier

Die Hochzeitsvorbereitungen waren in vollem Gange.

Berittene Boten schwärmten von der Burg aus, denn Duncan wollte sämtliche Nachbarn von der bevorstehenden Heirat seiner ältesten Tochter unterrichten, damit sie an den Feierlichkeiten teilnahmen.

Ian verbrachte seine erste Nacht auf Dunlevy unruhig, da er fieberhaft überlegte, was Duncan wohl über den Tod seines Vaters wußte. Daß sein Vater sich das Leben genommen hatte, war zweifellos allgemein bekannt. Glaubte Duncan allen Ernstes, sein Vater habe dies getan, weil der Tod seiner hübschen, jungen Frau ihm das Herz gebrochen hatte? Dieses Gerücht hatte Ian selbst verbreitet. Nein. Nein! Duncan konnte unmöglich die Wahrheit kennen – niemand außer ihm wußte genau, was vorgefallen war …

Ian war entschlossen, dies auch so zu belassen. Er würde nicht zulassen, daß der Name seines Vaters noch weiter beschmutzt würde.

Nach seiner Rückkehr auf die Burg Dunlevy hatte er das Gefühl, erneut auf den Pfaden seiner Jugend zu wandeln. Er schlief in derselben Kammer. Und eine vage Erinnerung keimte in ihm auf, eine Erinnerung, die er bislang verdrängt hatte.

Er dachte an jenen Tag, an dem ein Bote die Nachricht überbracht hatte, daß William Wallace Männer für den Kampf gegen die Engländer bei Stirling Bridge suchte. Er hatte sich Wallaces Armee anschließen wollen, da er als hitzköpfiger junger Kerl seinen Landsleuten beistehen und seine in den vergangenen Jahren erworbenen kriegerischen Fertigkeiten in die Praxis umsetzen wollte. Aber Duncan hatte ihn daran gehindert, er hatte seine Zustimmung lediglich dann geben wollen, wenn sich sein Vater David einverstanden erklärte.

Die Schlacht bei Stirling Bridge wurde gefochten und gewonnen ... und er war ziemlich niedergeschlagen gewesen, daß Wallaces Armee auch ohne seine tatkräftige Unterstützung gesiegt hatte.

Ian lächelte. In Wahrheit gehörte das alles längst der Vergangenheit an, denn jetzt lag ihm etwas anderes am Herzen. Er hatte Robert the Bruce sein Schwert und seine Tatkraft angeboten, da er glaubte, daß alle unter einem Mann vereint sein müßten, wenn Schottland sich ein für alle Male von der englischen Geißel befreien wollte.

Hinsichtlich seiner Eheschließung verspürte Ian eher Gleichgültigkeit. Teilweise war er aufgrund des langen Wartens gereizt, denn Ian war kein sonderlich geduldiger Mann. Aber Margaret hatte darauf beharrt, daß die Vorbereitungen erst in einer Woche abgeschlossen seien. Für ihn als den zukünftigen Ehemann gab es wenig zu tun, und so verbrachte er viele Stunden damit, über die Hügel zu reiten oder den Wehrgang zu inspizieren.

Manchmal überkamen ihn Schuldgefühle, denn seltsamerweise war es nicht seine zukünftige Frau, die seine Gedanken beherrschte ...

Es war Sabrina.

Darauf fand er keine Antwort – tatsächlich zweifelte er gelegentlich an seinem Verstand. Seine einzige Erklärung war, daß sie zu einem anziehenden Geschöpf herangewachsen war. Warum diese Tatsache seine Aufmerksamkeit erregte, wußte er nicht, denn viele hätten Margaret als die hübschere der beiden Schwestern bezeichnet. Und tatsächlich hatte er mit vielen Frauen das Bett geteilt, die mindestens ebenso anziehend gewesen waren!

Was Sabrina anbelangte, so war sie höflich, aber distanziert, wenn sie sich zufällig begegneten. Ian war gelinde gesagt verwirrt. Er hätte schwören können, daß sie zornig auf ihn war. Dennoch konnte er sich ihr Verhalten nicht erklären.

Seit ihrer gemeinsam verbrachten Kinderzeit hatte sich wenig verändert. Margaret blieb mit Ausnahme der Mahlzeiten die meiste Zeit allein. Mehr als einmal war Ian über Duncan verärgert gewesen, weil Duncan seiner jüngsten Tochter kaum Beachtung schenkte – es sei denn, er rief sie, um ihr irgendeine Aufgabe zu übertragen, was ziemlich häufig der Fall war. Das Mädchen gehorchte stets widerspruchslos, obwohl ihr Vater sie von morgens bis in die späten Abendstunden zu beschäftigen wußte. Und nie erhielt sie ein Wort des Lobes oder der Anerkennung.

Als er eines frühen Abends hoch oben auf der Burgmauer stand, bemerkte er unten im Hof eine kleine zierliche Person mit schimmerndem, kupferfarbenem Haar. Seine Augen verfolgten das Ziel wie ein Falke auf Beutezug. Sie behielt ihre Umgebung genau im Auge, so, als befürchtete sie, beobachtet zu werden. Ein vages Lächeln umspielte seine Mundwinkel. Sie stahl sich also davon, oder? Nun, das konnte er ihr nicht verdenken. Er beobachtete, wie sie durch den engen Treppenschacht schlüpfte, der zum Turm und zum Wehrgang führte.

Noch bevor er sie sehen konnte, kündigten ihre leichtfüßigen Schritte ihre Ankunft an. Mit gesenktem Kopf und eingezogenen Schultern huschte sie durch den zugigen Wehrgang. Doch auf halbem Weg blieb sie an der Mauer stehen, drehte sich dann um und blickte in Richtung Wald.

Ihr offenes Haar fiel wie ein loderndes Flammenmeer über ihre Schultern. Ian hielt die Luft an, als sie ihm ihr Profil darbot. Mein Gott, sie war noch reizender, als er je vermutet hätte. Sein Blick schweifte langsam über ihr anziehendes, elfenbeinfarbenes Gesichtsoval hinunter zu ihrem schlanken Hals. Ein Windstoß preßte das dünne Kleid an ihren Körper und ließ die Rundungen ihrer vollen, sinnlichen Brüste erkennen. Gluthitze durchzuckte seinen Körper wie ein Feuerstrahl. Er mußte wohl ein leises Geräusch verursacht haben, denn sie wirbelte herum und erblickte ihn. Er hatte sie erschreckt, dachte er.

Und das hatte er in der Tat.

»Du solltest dich schämen!« schrie sie. »Spionierst du mir etwa schon wieder nach? Aber das ist ja typisch für dich, Ian!« Ednas Worte kamen Sabrina erneut in Erinnerung. »Weißt du, daß man von dir behauptet, du seist ein furchterregender Hüne! Aber du wirkst als Erwachsener genauso mickrig wie als junger Bursche!«

Er lachte, verflucht – er lachte! »Hmmm, mein Mädchen, du führst mich in große Versuchung, dich vom Gegenteil zu überzeugen. Ich frage mich, warum du mich immer wie deinen ärgsten Widersacher behandelst? Wir sind doch als Kinder nie Feinde gewesen, oder?«

Seine Stimme klang sanft und verführerisch. Und sie wußte, daß er recht hatte. Manchmal hatte sogar ein unausgesprochenes Bündnis zwischen ihnen bestanden, denn keiner von ihnen hatte die Liebe oder Geborgenheit einer Mutter erfahren. Sabrinas Mutter war im Wochenbett gestorben – eine Tatsache, die ihr Vater sie niemals vergessen ließ, während Ian seine Mutter in jungen Jahren durch Krankheit verloren hatte.

Ja, Ian war oft nett zu ihr gewesen. Er hatte ihr geholfen, ihr geliebtes, graues Kätzchen zu beerdigen, als es erkrankt und schließlich gestorben war. Sie war am Boden zerstört gewesen … doch während Margaret nur mit den Schultern gezuckt und sich abgewandt hatte, hatte ihr Ian Trost gespendet.

Aber all das hatte sich geändert. Ian hatte ein Versprechen gegeben … Ein Versprechen geben, bedeutet, ein Versprechen halten, hatte er vor so langer Zeit im

Stall gesagt. Aber er hatte sein Versprechen nicht eingehalten – er hatte ihrem Vater erzählt, daß sie sich im Stall beim Würfelspiel vergnügt hatte, obwohl sie eigentlich in der Kirche hatte sein sollen. Wegen ihm – und der Strafe ihres Vaters – hatte sie schreckliche Furcht vor der Dunkelheit. Obwohl sie sich für ihre Schwäche verachtete, konnte sie diese Angst nicht besiegen.

Aber das würde sie ihm niemals eingestehen. Nein, dafür war sie zu stolz. Sie schwieg und beobachtete ihn statt dessen vorsichtig.

»So langsam begreife ich«, sagte er mit sanfter, schmeichelnder Stimme. »Nun, es sieht so aus, als müsse ich daran etwas ändern.« Er räusperte sich und fuhr dann fort: »Wir hatten bisher kaum Gelegenheit, miteinander zu reden, Sabrina. Du bist in der Zwischenzeit zu einer reizenden, jungen Dame herangewachsen. Erzähl mir von deinem Leben in den Jahren, in denen wir uns nicht gesehen haben.«

Seine Reaktion überraschte sie. Sie wußte nicht, was sie sagen sollte. »Da gibt es wenig zu erzählen«, sagte sie langsam. Mit einer Gewißheit, die sie ihm gegenüber niemals zugegeben hätte, und trotz des Schmerzes über seinen Verrat erinnerte sie sich lebhaft, daß sie ihn eine Zeitlang schrecklich vermißt hatte. Nach seiner Abreise hatte sie sich manche Nacht in den Schlaf geweint.

»Dann erzähle ich dir von mir. Nach meiner Rückkehr in die Highlands war mein Vater mit meinen kriegerischen Fähigkeiten, die ich unter Anleitung deines Vaters erworben hatte, sehr zufrieden. Trotzdem bestand er darauf, daß meine Ausbildung erst abgeschlossen – und ich ein richtiger Mann – sei, wenn ich auch die Sitten und Gebräuche anderer Völker kennengelernt hätte, und deshalb schickte er mich nach Frankreich ...«

Gespannt lauschte Sabrina seinen Reiseerlebnissen. Er hatte nicht nur in Frankreich gelebt, sondern auch

Deutschland und Italien besucht. In ihrem Herzen wurde Sabrina von einer schmerzvollen Sehnsucht ergriffen, denn sie war nie weiter als in die umliegenden Täler gereist. Sie hatte ihren Vater oft gebeten, sie mit nach Edinburgh zu nehmen, doch er hatte stets abgelehnt. Das einzige Mal, als er eingewilligt hatte, war sie krank geworden und durfte nicht reisen.

»Wie lange bist du in Frankreich gewesen?«

»Beinahe ein Jahr.«

Sie war äußerst neugierig. »Und welche typisch männlichen Dinge hast du dort gelernt?«

»Welche typisch männlichen Dinge soll ich denn deiner Ansicht nach dort gelernt haben?« Das Grinsen, das sich langsam auf seinem Gesicht ausbreitete, war äußerst schalkhaft, der Blick seiner Augen ungerührt.

Schlagartig begriff Sabrina, und ihre Wangen wurden feuerrot. »Zweifellos bist du mit Scharen von Frauen ins Bett gegangen.« Sie wollte es ihm gleich tun und sich über ihn lustig machen, doch ihre Stimme klang seltsam verhalten.

Er kicherte leise. »Ohne entsprechende Erfahrung kann ich ja wohl kaum die Pflichten eines Ehemanns erfüllen. Aber das sind Dinge, von denen du besser nichts wissen solltest.«

»Ich bin kein kleines Kind mehr«, zischte sie aufgebracht.

Sein Gesicht nahm einen seltsamen Ausdruck an. »Nein«, meinte er gedehnt. »Das bist du nicht.« Er wandte sich von ihr ab und blickte in den Hof, wo gerade ein voller Heukarren zum Stall gezogen wurde.

Plötzlich deutete Sabrina nach unten. »Schau, da ist Margaret. Aber wer ist bei ihr … Alasdair?«

Als er keine Antwort gab, blickte sie zu ihm auf. Seine Aufmerksamkeit galt nicht dem Treiben im Hof, sondern ihr. Nur lachte er diesmal nicht. Er wirkte beinahe ernst.

»Dein Vater war bei unserem ersten gemeinsamen Abendessen nicht sonderlich begeistert«, sagte er, »daß du gegen den Bruce Partei ergriffen hast.«

»Es gibt nichts, was Papa an mir gefällt.« Sie versuchte, beiläufig zu klingen, war sich aber nicht sicher, ob ihr das gelungen war.

Er betrachtete sie. Fragend hob er seine Brauen. »Glaubst du wirklich, die Comyns gehören auf den Thron? Oder möchtest du einfach nur aus Trotz eine andere Meinung vertreten als dein Vater?«

Trotz? Das stimmte wirklich nicht! Ihr ganzes Leben lang hatte sie versucht, ihren Vater zufriedenzustellen. Ein stechender Schmerz durchzuckte sie, denn leider war es ihr nie gelungen …

Nun, was sollte sie antworten? Was sie über Robert the Bruce und die Comyns wußte, hatte sie im Grunde genommen von Jamie erfahren. Im Gegensatz zu ihrem Vater hielt er sie nicht für so unbedarft, daß sie die aufrührerischen Zeiten nicht verstanden hätte.

Trotzig schob sie ihr Kinn vor. »Es verhält sich exakt so, wie ich es Papa erklärt habe – ich vertrete eine eigene Meinung. Was den Bruce anbelangt, so wechselt er ständig die Seiten. An einem Tag ist er Longshanks Verbündeter, am nächsten dann wieder sein Widersacher.«

»Das ist in der Vergangenheit der Fall gewesen«, gab Ian zu, »aber ich glaube, jetzt liegt ihm das Wohl Schottlands wirklich am Herzen.«

Sabrina hätte ihn beinahe als Idioten beschimpft. »Seine Familie besitzt seit den Zeiten der Normannen Ländereien in England. Und er ist am Hofe Longshanks aufgewachsen«, betonte sie. »Ich glaube, er ist mehr Engländer als Schotte. Und du vergißt – er hat den Red Comyn vor dem Hochaltar in der Kirche getötet!«

So! Das sollte ihn zum Schweigen bringen. Aber leider war das nicht der Fall.

»Comyn ließ Longshanks von einer Verschwörung

wissen, die Bruce ausgeheckt hatte, um den Thron von Schottland zu erobern. Er konnte gerade noch sein Haut retten. Darum wurde Comyn getötet.«

Sabrina ließ sich nicht überzeugen. »Das sagst du. Aber vielleicht wollte er nur den anderen Thronanwärter – den rechtmäßigen Anwärter – beseitigen.«

Er strich sich über sein Kinn und warf ihr einen langen, nachdenklichen Blick zu. »Und wessen Worte sind das, wenn ich fragen darf?«

Sie stutzte für einen Moment, doch dann erwiderte sie mit fester Stimme: »Meine!«

»Tatsächlich«, sein Blick war frostig und unbeirrt, »ich hingegen könnte schwören, daß deine Worte viel eher wie die … wie die eines MacDougall klingen.« Er zögerte. »Du hast mich neugierig gemacht, Sabrina. Ist Jamie MacDougall stattlich und blond? Und trefft ihr beiden euch manchmal im Gemüsegarten?«

Sabrina war zu verwirrt, um etwas zu entgegnen. Ahnte er etwa … Schlagartig wich sämtliche Farbe aus ihrem Gesicht. Um Himmels willen, wußte Papa davon?

Schließlich fand sie den Mut, auf seine herausfordernde Bemerkung zu reagieren. »Ich kann mir nicht vorstellen, warum du so etwas sagst.«

»Nein?« Die Angewohnheit, eine seiner dunklen Brauen hochzuziehen, verlieh ihm ein satanisches Aussehen. »Dann ist dein Verstand vielleicht doch nicht so scharf, wie du annimmst, Sabrina, denn Edna war sehr mitteilsam, was deine Verabredungen mit dem Burschen angeht.«

Edna! Sie biß die Zähne zusammen. Nun, dieser Schuft hatte Edna irgendwie beeindruckt – ausgerechnet sie, die geglaubt hatte, der MacGregor sei ein widerwärtiges Ungeheuer!

Eigensinnig hob sie ihr Kinn. »Und was wäre, wenn ich ihn tatsächlich getroffen hätte?«

»Dann würde ich mich fragen, was dein Vater wohl von einem solchen Treffen hält. Denn ich irre mich wohl nicht, wenn ich behaupte, daß er die MacDougalls nicht sonderlich schätzt.«

Sabrina preßte die Lippen fest zusammen. Es wäre typisch für ihn, Papa ihr Geheimnis zu verraten – nach seinem früheren Verhalten zu urteilen, mußte sie sogar damit rechnen.

Sie war empört, trotzdem verlor sie wie durch ein Wunder nicht die Beherrschung. »Papa kennt Jamie nicht so, wie ich ihn kenne.«

Er runzelte die Stirn und schien etwas erwidern zu wollen. Ein Windstoß ließ Sabrina erschauern.

Mürrisch musterte er sie. »Komm, es wird kalt hier.« Er nahm ihren Arm und führte sie zu dem engen Treppenaufgang. Erst nachdem sie hinabgestiegen und den Rittersaal erreicht hatten, ließ er sie los. Außer einem Jagdhund, der neben dem Kamin döste, befand sich niemand im Raum.

In diesem Augenblick kam ein Diener mit einer Platte Bratenfleisch herein und trug diese zu der Tafel am anderen Ende des Saales. Ein aromatischer Duft strömte in ihre Richtung, doch Sabrinas Magen rebellierte sogleich vor Ekel.

»Das Abendessen wird in Kürze serviert«, bemerkte Ian. »Sollen wir unsere Plätze einnehmen?«

Rasch schüttelte sie den Kopf. »Ich … ich denke, ich werde ein Tablett mit in meine Kammer nehmen. Mir … mir ist nicht gut.«

Das war eine glatte Lüge. Etwas Seltsames ging in ihr vor. Ihr Herz raste. Sie war ihm so entsetzlich nahe, dachte sie im stillen, und er war ein Hüne von einem Mann, denn er strahlte eine wilde, ungezügelte Männlichkeit aus. Noch nie war sie sich der Gegenwart eines Mannes so bewußt gewesen wie in seiner Nähe – nicht einmal bei Jamie.

Sie schluckte und blickte zu ihm auf. Ein dunkler Schatten lag auf seinen Wangen, obwohl er sich offensichtlich am Morgen rasiert hatte. Ihr Blick schweifte ab und glitt über seine breiten, von einem Lederwams bedeckten Schultern. Er trug die typischen, enganliegenden Beinkleider der Hochlandschotten, die seine muskulösen Schenkel betonten. Sie wußte nicht, wohin sie schauen sollte, und sie wußte auch nicht, was sie sagen sollte. Sie versteckte ihre zur Faust geballten Hände hinter ihrem Rock und fühlte sich wie ein kleines Kind, das sie doch beileibe nicht war!

»Dann begleite ich dich auf dein Zimmer.«

»Nein, das ist nicht notwendig ...«

»Bitte, laß uns nicht streiten, Sabrina. Es stimmt – du bist wirklich blaß.«

Erneut umklammerten seine schlanken Hände ihren Arm. Rühr mich nicht an!, wollte sie herausschreien. Seine Gegenwart erfüllte sie mit einer Art von Entsetzen, und sie dachte nur noch an Flucht. Der lange Flur lag im Dunkeln, da die an den Wänden angebrachten Kerzen noch nicht angezündet worden waren. Als sie stolperte, wurde Ians Griff fester, er konnte ihren Sturz gerade noch verhindern. Sie huschten durch die Dunkelheit, und als sie schließlich vor ihrer Kammer standen, seufzte sie erleichtert auf.

Er ließ sie los, aber er wünschte ihr keine gute Nacht, wie sie das erwartet hatte. Statt dessen sagte er leise: »Dein Vater hätte das gestern abend nicht sagen sollen.«

Sabrina blinzelte. »Was meinst du damit?« fragte sie zaghaft.

Sein Blick war ernst und sein Gesicht zur Maske erstarrt. »Daß du nicht so hübsch bist wie Margaret.«

Sabrinas Gesicht brannte wie Feuer. Sie rang nach Atem. »Das macht mir nichts aus, und ich bin auch nicht neidisch. Ich ... ich akzeptiere sie so, wie sie ist. Und genauso akzeptiere ich auch mich.«

»Es war grausam von ihm.« Er klang beinahe wütend. »Und außerdem stimmt es nicht.«

Wieder wußte sie nicht, was sie darauf erwidern sollte, und deshalb schwieg sie. Doch die Stille wurde zunehmend unangenehmer …

Sein Blick fixierte ihre Lippen.

Sabrinas Herz klopfte wie das eines aufgeschreckten Kaninchens. Er war ihr so nah – sie konnte kaum noch atmen.

Er senkte den Kopf, doch sie konnte ihren Blick nicht von seinem Mund losreißen. Ein ihr bislang unbekanntes Kribbeln durchströmte ihre Magengegend. Aber er strich nur mit seiner Fingerspitze über ihre Wange.

»Schlaf gut, meine Kleine«, war alles, was er sagte.

Diese zärtliche Geste hatte sie so verwirrt, daß sie den Atem anhielt. Nachdem er sich umgedreht hatte und gegangen war, stand sie noch lange wie erstarrt vor ihrem Zimmer.

Er hatte sie als hübsch bezeichnet. Warum? Warum? Häßlich, das hätte eher zu dem Ian aus ihren Kindertagen gepaßt. Trotzdem hatte er in einem recht. Sie war kein Kind mehr. Und – nun, sie konnte es keineswegs verleugnen! – Ian war der anziehendste Mann, der ihr jemals begegnet war.

»Wir haben dich beim Abendessen vermißt.«

Als ihre Zimmertür knarrend aufsprang, blickte Sabrina erschrocken auf. Margaret stand auf der Schwelle. Sie winkte ihre Schwester ins Zimmer und setzte sich rasch im Bett auf.

Sie lächelte Margaret an. »Zweifellos war meine Abwesenheit doch allen willkommen, die sich nach Frieden und Ruhe sehnten.«

»Eigentlich war es ziemlich qualvoll«, maulte ihre Schwester. »Ich kann mich an kein langweiligeres Abendessen erinnern.«

Sabrinas Gedanken wanderten sofort zu Ian. Hatte er sie ebenfalls vermißt? Sie zwang sich zur Konzentration. Mein Gott, was war eigentlich in sie gefahren?

Einer plötzlichen Eingebung folgend deutete sie auf ihre Bettdecke. »Komm und setz dich«, meinte sie einladend.

Zögernd folgte Margaret ihrer Bitte. »Ich kann nicht lange bleiben«, entgegnete sie. »Alasdair und ich wollen im Rittersaal eine Partie Schach spielen.«

Sabrina war tief verletzt. Schon in wenigen Tagen würde Margaret ihre Heimat Dunlevy verlassen und in die Highlands ziehen. Und dann würde sie nie mehr mit ihrer Schwester zusammenleben.

Ihre innere Stimme sagte ihr, daß sie Margaret nicht im geringsten fehlen würde. Unzählige Male hatte sie im Laufe der Jahre versucht, Margaret näherzukommen – mit ihr zu plaudern und ihre Gesellschaft zu genießen. Allerdings war es Margaret jedesmal gelungen, ihr das Gefühl zu vermitteln, daß sie in ihren Augen lediglich eine lästige Plage darstellte.

Sabrina liebte ihre Schwester; sie bewunderte ihre Anmut und ihren Charme. Doch die Wärme, die sie bei ihrer Schwester gesucht hatte, war einfach nicht vorhanden, zumindest nicht für sie. Und so war es immer gewesen. Von einem plötzlichen Schuldgefühl übermannt, gestand sie sich ein, daß sie sich in ihrer Kindheit Ian häufig näher gefühlt hatte als ihrer Schwester …

Ian. Warum mußte sie nur ständig an ihn denken? Sein Bild entstand vor ihrem geistigen Auge: ein markantes, geheimnisvolles Gesicht und ein durchtrainierter, anziehender Körper. Fand Margaret ihn ebenso attraktiv wie sie?

Margaret seufzte. »Was ist denn los, Sabrina?« Ihre Stimme klang ungeduldig.

Sabrina biß sich auf die Lippen. »Es ist nichts«, murmelte sie. Sie zog ihre Knie an die Brust und umschlang sie mit ihren Armen.

Margaret zog eine Grimasse. »Ich sehe doch, daß dich etwas beschäftigt. Nun sag schon.«

Sabrina spürte, wie sie errötete. »Es ist nichts. Ich möchte dich nicht länger aufhalten ...«

»Ach, komm schon, Sabrina.« Margaret blickte sie durchdringend an.

»Also gut. Weißt du, ich habe mich nur gefragt, ob er« – schließlich platzte sie damit heraus, »nun, ich frage mich, ob ... ob er dich geküßt hat!«

»Wer?« fragte Margaret mit scharfer Stimme.

Sabrina blinzelte. »Ian.« Von wem hätte sie ansonsten sprechen können?

Margaret wirkte nicht sonderlich erfreut. »Nein«, erwiderte sie nur kurz angebunden.

Sabrina öffnete ihren Mund. »Noch nie?« flüsterte sie.

»Etwas Derartiges sollte der Ehe vorbehalten bleiben. Und vor Gott sind wir noch nicht Mann und Frau.« Margarets Stimme klang schneidend, da ihr offensichtlich die unverblümte Frage ihrer Schwester mißfiel. »Warum fragst du mich das?«

Ja, warum eigentlich ... Weil sie wissen wollte, wie es war, von Ian geküßt zu werden ... weil sie damit gerechnet hatte, daß er sie küßte, und sie sich fragte, wie sein Kuß wohl gewesen wäre ... Schließlich hatte sie Jamie geküßt und hätte nur zu gern erfahren, ob es bei Ian anders war ...

Gütiger Himmel, sie war vollkommen durcheinander! Und plötzlich schämte sie sich, weil sie Jamie geküßt hatte, denn aus Margarets Mund klang das so ... so verwerflich. Aber war es das wirklich? Sie und Jamie würden doch eines Tages Mann und Frau sein ...

»Ich ... ich weiß nicht«, stammelte sie. Sie riß sich zusammen und lächelte. »Ich rede einfach mal wieder dummes Zeug, Margaret. Nun geh schon zu deinem Schachspiel mit Alasdair.«

Margaret warf ihr einen Blick zu, als zweifelte sie an Sabrinas Verstand, dann huschte sie rasch zur Tür.

»Gute Nacht, Sabrina«, murmelte sie und war verschwunden.

»Gute Nacht, Margaret.«

Es dauerte unendlich lange, bis Sabrina einschlief. Zuvor betete sie noch, daß sie von ihrem Liebsten ... von Jamie träumen möge.

In der Tat träumte sie ... aber nicht von Jamie. Nein, es waren Ians markante Gesichtszüge, die das Schattenreich ihrer Phantasie beflügelten.

Und sie hatte keine Ahnung, daß es Ian in seiner Kammer genauso erging.

Denn auch er wollte in Gedanken bei der Schönheit weilen, die er bald heiratete ...

Statt dessen träumte er von Sabrina.

Am darauffolgenden Nachmittag machte sich Edna auf die Suche nach Sabrina, die gerade in der Speisekammer die Vorräte kontrollierte.

»Mylady«, flüsterte sie, während sie ihr zuwinkte.

Rasch ließ Sabrina ihre Schlüssel in einen an ihrem Kleid befestigten Beutel gleiten und eilte zu dem Mädchen an der Tür.

»Was ist denn, Edna?«

»Ihr Jamie möchte Sie am Teich treffen, Mylady«, flüsterte ihr das Dienstmädchen zu, »sobald Sie Zeit finden.«

Nachdenklich nagte Sabrina an ihrer Unterlippe. Sie haßte sich für ihr Mißtrauen, dachte jedoch schlagartig daran, daß Edna Ian Dinge anvertraut hatte, die sie lieber geheimhalten wollte.

»Erzähl niemandem davon, Edna.« Ihr Ton war ungewöhnlich streng, und in ihren Augen lag eine unausgesprochene Warnung. »Hast du mich verstanden?«

Edna senkte ihren Blick. »Gewiß, Mylady«, erwiderte sie kleinlaut.

Aufmunternd klopfte Sabrina dem Mädchen auf die Schulter. Sie konnte ihr einfach nicht böse sein. »Du bist eine gute Seele, Edna«, meinte sie sanft. »Sollte irgend jemand nach mir fragen, dann weißt du nicht, wo ich bin.«

Edna nickte. Sabrina stürmte davon. Sie verließ die Burg durch einen der Hinterausgänge neben den Stallungen.

Es war ein warmer Spätsommertag voller Düfte und Sphärenklänge. Das helle Sonnenlicht stahl sich durch die hohen Baumkronen, die Luft vibrierte vom Summen der Insekten, und die Vögel zwitscherten im Chor, ohne die einsame Wanderin zu beachten.

Schließlich kam der Teich in Sichtweite. Sabrina blieb stehen und ließ ihren Blick über die Lichtung schweifen. Wo war er denn nur ...?

Ein schlanke Gestalt trat hinter einer Baumgruppe hervor: groß und anziehend, mit einem Hemd und einer Hose aus grobem Leinen bekleidet.

»Jamie!«

Mit einem Freudenschrei raffte Sabrina ihre Röcke und lief ihm mit klopfendem Herzen entgegen. Zärtlich zog er sie an sich. Sie umschlang ihn und vergrub ihr Gesicht an seiner Brust, sehnte sich nach der sicheren Geborgenheit, die sie nur in seiner Nähe empfand ... und hoffte inständig, das markante Gesicht mit den stahlharten Augen endlich zu verdrängen, da es sie wie ein Albtraum verfolgte.

In Jamies tiefer Stimme schwang unterschwellige Belustigung, als er ihr ins Ohr flüsterte: »Bei einer solchen Wiedersehensfreude denke ich fast, daß ich dich häufiger zappeln lassen sollte.«

Ein angedeutetes Lächeln umspielte ihre Mundwinkel. Schlagartig kam sie sich wie eine Idiotin vor. »Du hast mir gefehlt.«

Jamie hob eine seiner dichten, blonden Brauen. »Das hoffe ich, mein Mädchen«, sagte er mit tiefer, schmeichelnder Stimme. »Das hoffe ich doch.«

Er legte einen Arm um ihre Schultern und führte sie zu einem lauschigen Platz mit weichem, moosbewachsenem Boden. Dort ließ er sich nieder und zog sie sanft zu sich.

»Ich habe gehört, daß Margaret den MacGregor heiraten wird.«

Sabrina nickte. »Die Hochzeit wird morgen stattfinden.«

»Hervorragend! Dann kann ich deinen Vater um deine Hand bitten ...« Er hielt inne, als er ihren Gesichtsausdruck bemerkte. »Was ist los, meine Liebste? Ich verspreche dir, wir sind die nächsten.«

Sabrina starrte ihn bekümmert an. »Vielleicht macht Papa dir Schwierigkeiten«, wandte sie in ernstem Ton ein.

Sein selbstbewußtes Lächeln verschwand. »Weil ich ein MacDougall bin«, erwiderte er niedergeschlagen.

Noch nie zuvor hatte Sabrina sich so hilflos gefühlt. »Weil deine Familie die Comyns unterstützt.«

Jamie runzelte die Stirn. »Ich möchte doch nicht ihn, sondern seine Tochter heiraten.«

Sabrina legte eine Hand auf seinen Arm. »Wir werden schon einen Weg finden. Ich schwöre dir, ich werde nicht zulassen, daß Papa uns auseinanderbringt ...«

Sie verstummte, als sie seinen schuldbewußten Gesichtsausdruck bemerkte. Schlagartig war sie wie gelähmt von eiskaltem Entsetzen.

»Was ist?« rief sie leise. »Was ist denn?«

Er nahm ihre beiden Hände in die seinen, denn plötzlich war auch sein Gesicht von Furcht gezeichnet.

»Du weißt, wie lange ich mich schon danach sehne, dich zu heiraten, Sabrina.« Aufgrund seiner tiefen Empfindungen klang seine Stimme rauh und schleppend.

Schweigend nickte sie und musterte sein Gesicht.

»Und du bezweifelst sicherlich nicht, daß ich dich liebe.«

Nein, niemals. Aber irgend etwas stimmte da nicht. Vergeblich suchte sie in seinem Gesicht nach einer Antwort. »Ja, aber?« fragte sie zaghaft.

Er zögerte. »Aber wir werden vielleicht doch länger warten müssen, als wir vermutet haben. Denn da ist nicht nur die Sache mit der Einwilligung seitens deines Vaters ...«

»Wir könnten davonlaufen. Irgendwohin, wo uns niemand kennt ...«

Er unterbrach sie. »Ich kann nicht.«

Sabrina war zutiefst verletzt. »Warum nicht?« flüsterte sie.

Das Schweigen schien endlos zu währen, bis er ihr schließlich antwortete. »Es heißt, daß der Bruce bald zurückkehrt.«

Ein unbehaglicher Schauer jagte ihr über den Rücken. Alasdair hatte am Abend seiner Ankunft exakt die gleiche Prognose gestellt. Sollte sie Jamie davon erzählen? Sie zögerte, denn sie hatte das Gefühl, in einem Spinnennetz gefangen zu sein, aus dem es kein Entrinnen gab.

»Aber das hat mit uns doch nichts zu tun ...«

»Ich kann meine Familie nicht im Stich lassen. Es ist auch meine Angelegenheit. Der Bruce darf nicht König bleiben. Ich hoffe, du verzeihst mir, aber ... ich werde in Kürze abreisen.«

Obwohl es ihr fast das Herz zerriß, verstand sie ihn. Dennoch hätte sie liebend gern gefleht, getobt und geschrien, damit er bei ihr blieb ... aber das hier war eine Sache von Ehre und Loyalität.

Seine Pflicht.

»Wann?« hauchte sie.

»Übermorgen. Gewiß, ich hätte es dir früher mitteilen müssen, aber ich habe noch auf Nachricht von meinem Onkel aus den Highlands gewartet.« Er zögerte. »Sag mir, daß du mich nicht haßt, Sabrina. Versprich mir, daß du auf mich warten wirst.«

Ihr Herz raste. Er war so tapfer, so mutig. Zärtlich umschloß sie sein Gesicht mit ihren beiden Händen und blickte in seine himmelblauen Augen.

»Ich werde auf dich warten«, sagte sie sanft.

Seine Augen verdunkelten sich. »Dann laß mich dich noch einmal umarmen ... laß mich dich küssen, damit ich die Süße deiner Lippen in Erinnerung behalte und du in Gedanken immer bei mir bist ...«

Stöhnend zog er sie an sich. Sie schlang ihre Arme um seinen Nacken und klammerte sich hemmungslos an ihn, um den Augenblick zu genießen. Sie verstand zwar nicht recht, warum er sie so ungestüm küßte, trotzdem war sie bereit, ihm alles zu geben, wonach er verlangte.

Sein Gewicht drückte sie zu Boden. Seine heißen Lippen preßten sich fordernd auf die ihren. Eine Hand glitt von ihrer Taille zu ihrem Busen. Mit seiner Daumenspitze streifte er eine ihrer Brüste. Sabrinas Herz klopfte zum Zerspringen – sie besaß im Liebesspiel keinerlei Erfahrung.

Sie spürte, wie seine Finger durch ihr Haar glitten.

»Bitte, meine Geliebte.« Seine Worte waren nurmehr ein heiseres Flüstern. »Weise mich nicht ab.«

Wie ihre Antwort ausgefallen wäre, würde sie auch selbst niemals erfahren. Denn genau in diesem Moment öffnete sie die Augen und starrte fassungslos und entsetzt nach oben. Wieder einmal, so schien es, war sie nicht allein ... besser gesagt, waren sie nicht allein.

Ian stand kaum einen Meter entfernt von ihnen.

Kapitel 5

Irgendwie gelang es ihr, sich Jamies Lippen zu entziehen. Wie von Sinnen zerrte sie an seinen Schultern. »Hör auf!« keuchte sie. »Da ... da ist jemand!«

Fluchend sprang er mit einem Satz auf, um Ian zu attakieren. »Wer, zum Teufel, bist du?« wollte er wissen, während er nach dem in seinem Gürtel steckenden Dolch tastete.

Inzwischen hatte sich auch Sabrina erhoben und packte ihn am Arm. »Jamie, nein!« rief sie. »Es ist Ian!«

Entsetzen spiegelte sich auf seinen Zügen, und sie spürte, wie sich seine Unterarmmuskulatur entspannte. »Margarets Verlobter?«

»Ja.«

Das kam von Ian – ihr wurde bewußt, daß in ihren Ohren bislang noch nie ein Wort so unheilvoll geklungen hatte.

Seine Lippen waren nur noch ein gefährlich schmaler Strich, sein Kinn energisch vorgeschoben. Ihr Gefühl sagte ihr, daß er nicht nur aufgebracht war, sondern rasend vor Wut.

Ians vernichtender Blick wanderte zu ihr. »Wie ich sehe, bist du völlig wiederhergestellt.«

Seine Stimme klang spöttisch. Sie mußte nun allen Mut zusammennehmen, wollte sie nicht klein beigeben, und wie zufällig umfaßte sie Jamies Ellbogen. »Jamie und ich werden heiraten«, teilte sie ihm überheblich mit.

Er lachte ohne jede Spur von Heiterkeit. »Tatsächlich? Nun, ich glaube, dein Vater hatte recht, Sabrina. Dieser Bursche«, aus seinem Mund klang das Wort wie eine Beleidigung, »möchte wirklich nur das eine von dir.«

Neben ihr erstarrte Jamie. »Wie kannst du es wagen, so etwas zu behaupten …«

»Nun, mich kannst du nicht täuschen«, erwiderte Ian tonlos. »Ich weiß, was ich gesehen habe. Du hast sie angefaßt, wie kein ehrbarer Mann eine Frau berühren würde, die er zu seiner Ehefrau nehmen möchte.«

Dann hatte er also Jamies Hand auf ihrer Brust bemerkt … Vor lauter Scham hätte Sabrina sich am liebsten in Luft aufgelöst.

Jamie errötete. »Du verstehst gar nichts. Und ich werde dir auch nicht antworten …«

»Ich verlange gar keine Antwort. Eigentlich sollte ich dich gleich hier an Ort und Stelle umbringen.«

Wütend baute Jamie sich zu seiner vollen Größe auf. »Ich habe vor niemandem Angst, und am allerwenigsten vor dir.«

»Salbungsvolle Worte, mein Junge. Aber nur ein Narr hält sich für unbesiegbar.« Ians Hand lag auf seinem Dolch. »Allerdings will ich großherzig sein. Verschwinde. Verschwinde, solange du es noch kannst. Denn ich schwöre, ich werde es nicht zulassen, daß dieses Rendezvous noch länger währt.«

Sabrina Herz klopfte wie verrückt. Jamie war zwar groß und durchtrainiert, Ian aber muskulöser und kräftiger gebaut. Auf Ians Gesichtszügen spiegelte sich eiskalte Entschlossenheit. Aus einem Zweikampf konnte Jamie leicht als Verlierer hervorgehen, dachte sie voller Entsetzen.

»Geh«, bat sie ihn. »Ich schaffe das schon allein. Mir wird er nichts tun. Es ist sinnlos, daß du noch länger bleibst …«

Jamie brachte einen halbherzigen Einwand. »Ich soll dich hier bei ihm lassen? Nein, Sabrina …«

»Doch! Jamie, bitte!« flehte sie ihn völlig aufgelöst an.

Er blickte finster. »Sabrina …«

Sie blickte ihn beschörend an und flehte inständig:

»Ich will nicht, daß wegen mir Blut vergossen wird. Bitte, geh. Geh jetzt.«

Die Zeit schien endlos langsam zu verstreichen. Sie befürchtete, daß er ihr gar nicht zuhörte, doch schließlich senkte er die Lider und sagte mit Bedauern in der Stimme: »Vergiß nicht, daß ich mich in zwei Tagen dem Kampf anschließen werde, der den Comyns erneut den Thron sichert. Falls du mich vorher noch brauchen solltest …«

»Tu, was du willst … was du tun mußt.« Sie lächelte, doch ihre Lippen bebten und ihr Herz schmerzte, schließlich wußte sie nicht, ob sie ihn je wiedersehen würde. »Und denk daran, ich werde auf dich warten.«

Sein Blick verfinsterte sich. Er zog sie in seine Arme und preßte einen leidenschaftlichen Kuß auf ihre Lippen. Sabrina hielt ihn wie eine Ertrinkende umklammert – es kümmerte sie nicht, daß Ian zusah.

Schließlich hob Jamie den Kopf, drückte einen Finger auf ihre Lippen und war fort.

Sabrina beobachtete, wie er im Wald verschwand. Unablässig spürte sie Ians flammenden Blick auf sich ruhen. Als sie sich schließlich zu ihm umdrehte, schien dessen Glut sie innerlich zu verbrennen.

»Warum bist du so wütend?« fragte sie beherzt. »Weil ich mich mit einem Mann treffe? Oder weil dieser Mann ein MacDougall ist?«

»Es liegt doch klar auf der Hand, daß dein Vater mit einem MacDougall nicht einverstanden wäre.«

»Das geht dich überhaupt nichts an!« erwiderte sie trotzig.

Er grinste hämisch. »Doch, ich glaube schon – als dein zukünftiger Schwager.«

Sie funkelte ihn zornig an – allerdings fiel ihr keine Retourkutsche ein – außer …

»Jamie liebt mich.«

»Er liebt das, was sich zwischen deinen Schenkeln befindet.«

Aufgrund seiner unverblümten Äußerung riß Sabrina entsetzt die Augen auf. »Du gemeiner Widerling!« stieß sie hervor. »Du irrst dich, denn Jamie liebt mich wirklich.«

Er schnaubte abfällig. »Du verwechselst Liebe mit Lust, kleine Lady.«

Empörung und Wut loderten in ihr auf. »Ich brauche niemanden wie dich, um meine Tugend zu schützen.«

»Tugend?« Er grinste. »Du hast gar keine.«

»Und wieso glaubst ausgerechnet du, dir ein solches Urteil erlauben zu können? Wieso meinst du, die Wünsche einer Frau zu kennen? Ach, ich vergaß.« Sie versuchte, es ihm mit gleicher Münze heimzuzahlen. »Du warst in Frankreich und weißt von daher natürlich alles, was man über die Liebe wissen sollte.«

Er schaute sie mit unverhohlener Mißbilligung an. »Du bist so uneinsichtig wie eh und je. Bei dir hätte dein Vater die Zügel schon vor langer Zeit kürzer nehmen sollen.«

Ihre Augen verengten sich zu Schlitzen. »Wie kannst du es wagen, so mit mir zu sprechen!«

»Du würdest es sogar wagen, schlecht über mich zu sprechen … wenn ich es zuließe.«

»Du könntest mich nicht daran hindern!« schnaubte sie unbesonnen.

Das war überaus unklug von ihr gewesen … denn er packte sie unvermittelt an den Schultern.

Er starrte mit einem unmißverständlichen Funkeln in den Augen auf sie herab. »Ach«, sagte er leise, »ich glaube schon, daß ich das könnte.« Sein Blick ging ihr durch Mark und Bein. »Ich bin neugierig, Sabrina. Welche verrückten Dinge hast du denn als Frau gelernt?«

Sabrina unterdrückte ein Frösteln. Tatsächlich hatte sie ihren Wissensdrang gezügelt. Dafür hatte ihr Papa schon gesorgt, auch wenn Ian etwas anderes annahm.

Trotzdem würde sie ihm gegenüber nicht klein beigeben. »Was weißt du schon von den Wünschen einer Frau? Du bist vielleicht einige Jahre älter als Jamie, mein Highland-Prinz«, der Spitzname aus ihrer Kindheit war ihr unbeabsichtigt herausgerutscht, und sie warf kokett den Kopf zurück, »aber ich wage zu behaupten, daß Jamie weitaus größere Erfahrung in der Kunst besitzt, weibliche Sinnesfreuden zu erfüllen.«

Hätte sie geahnt, wie diese Beleidigung seine Männlichkeit provozierte, hätte sie ihn niemals verspottet.

»Aber er ist doch noch ein Junge, Sabrina. Und er hat dich wie ein Junge geküßt. Doch das hier«, seine Hände umklammerten ihre Schultern, »das ist der Kuß eines richtigen Mannes.«

Das traf sie vollkommen überraschend – Sabrina hatte keine Chance, sich darauf einzustellen. Keine Chance, ihm zu entwischen. Er hatte behauptet, er würde ihr niemals weh tun ... doch das furchterregende Aufblitzen in seinen Augen ließ sie voller Entsetzen daran zweifeln.

Sein Mund senkte sich besitzergreifend und unnachgiebig auf den ihren. Er küßte sie mit brutaler Hemmungslosigkeit, fordernd glitt seine Zunge zwischen ihre Lippen.

Abwehrend hob sie ihre Hände und versuchte ihn von sich zu stoßen, doch er gab keinen Zentimeter nach. Leise wimmernd protestierte sie.

Er hob den Kopf. Sein Blick traf sie wie ein Schwerthieb. »Was ist denn, Sabrina! Nehme ich dir dein Vergnügen so wie er deine Jungfräulichkeit?«

Seine Arroganz kannte keine Grenzen. »Er hat mir gar nichts genommen. Was er bekam, habe ich ihm ... freiwillig gegeben!«

Die Sekunden verstrichen, während sich ihre Blicke

unnachgiebig fixierten. Und dann reagierte er in einer Form, mit der sie niemals in ihrem ganzen Leben gerechnet hätte.

Energisch umfaßten seine Arme ihren Rücken, und er zog sie fest und eng an sich. Ihre Körper waren aneinander gepreßt, und ihre weichen Schenkel drängten an die seinen. Seine schlanken Finger vergruben sich in ihrem Haar und zerrten ihr Gesicht an seinen Mund ...

Er küßte sie erneut.

O ja, er küßte sie erneut ... Aber während er soeben noch versucht hatte, sie zu bezähmen, versuchte er jetzt, ihr Vergnügen zu bereiten. Ein leichter Schauer durchfuhr sie, und plötzlich wurde Sabrina von einer viel tieferen Furcht ergriffen.

Sein Kuß war völlig anders als der Jamies, dachte sie erschauernd. Jamie küßte sie voller zärtlicher Verehrung, Ian hingegen berauschend und verführerisch und ungewöhnlich erotisch. Ja, entschied sie wie benommen, völlig anders ...

Aber nicht unangenehm.

Sie kämpfte gegen das sinnliche Vergnügen an. Tief in ihrem Herzen war sie entsetzt darüber, daß sie bei einem Mann solche Gefühle empfinden konnte – aber auch sein Verhalten erfüllte sie mit Entsetzen! Sie spürte, wie sein Herz wild gegen ihre Brust pochte. Ihren Lippen entwich ein leises Stöhnen, doch sie hätte nicht sagen können, ob es Kapitulation oder Abscheu war.

Ihre Finger krallten sich in das feine Wolltuch seines Wamses. Ihre Lippen gaben dem Druck seines Mundes nach. Ihr Verstand, ihre Vernunft, schien außer Kraft gesetzt. Sie spürte nur noch seine heißen Lippen, die gierig und leidenschaftlich ihren Mund eroberten ...

Sein Kuß endete so plötzlich, wie er begonnen hatte. Abrupt hob er den Kopf und starrte auf sie herab. Sabrinas Beine versagten ihren Dienst, als sei sie völlig entkräftet und entmutigt. Sie wäre gefallen, hätte er sie nicht aufgefangen.

Langsam hob sie den Kopf. Silbrig schimmernde Augen schauten auf sie herab, aber sie konnte in seinem durchdringenden Blick weder Triumph noch Zufriedenheit erkennen.

Mit einem unterdrückten Aufschrei riß sie sich von ihm los. Dieses Mal unternahm er nicht den Versuch, sie aufzuhalten oder ihr zu helfen. Sie zitterte so heftig, daß sie kaum aufrecht stehen konnte. Dann preßte sie eine ihrer bebenden Hände auf ihre Lippen.

»Was hast du gemacht?« flüsterte sie, um dann qualvoll aufzuschreien: »Was hast du gemacht?«

Sie wirbelte herum und floh in Richtung der Burg.

In Wahrheit wußte Ian darauf keine Antwort.

Und er wußte auch nicht, warum er sie geküßt hatte.

Ihm war lediglich klar, daß er wütend gewesen war – so wütend wie noch nie in seinem Leben. Ihre ungezügelte Wildheit hatte sich nicht verändert – sie war immer noch das bezaubernde kleine Luder, das er aus seiner Kindheit kannte. Plötzlicher Zorn hatte ihn übermannt, als er sie in den Armen von Jamie bemerkt hatte – als er mitansehen mußte, wie dieser elende Schuft voller Dreistigkeit die sanften Rundungen ihrer Brüste erkundete.

Nun ja, er wußte schon, warum er sie geküßt hatte. Er hatte ihr eine Lektion erteilen wollen – er hatte ihr einfach zeigen wollen, daß sie ihn nicht ungestraft herausfordern durfte.

Und in dem Augenblick, in dem er sie in seine Arme gezogen hatte, hatte er nicht damit gerechnet, von einer solchen Leidenschaft übermannt zu werden.

Er hatte keine Ahnung, warum sie unter seiner Berührung erschauert war. Natürlich hatte sie zunächst Widerstand geleistet – sie waren beide emotionsgeladen und aufgebracht gewesen! Aber seine Wut war etwas anderem gewichen, etwas, das ebenso stark … ebenso besitzergreifend war …

Aber weitaus gefährlicher.

Denn jetzt kannte er das Gefühl, sie in seinen Armen zu wissen – sie, die so zierlich und verführerisch und weich wie eine Feder war. Und dennoch war sie bemerkenswert geschmeidig und fest.

Er wollte … mehr.

Er wollte … was ihm niemals gehören durfte.

Er wollte … sie.

Sabrina.

Er wünschte sie zum Teufel … und verfluchte sich selbst in die Hölle.

Es war spät, als er zur Burg zurückkehrte. Er betrat die Eingangshalle und bat um ein frisches Ale. Dann ließ er sich auf einem geschnitzten Holzstuhl unter einem der Wandteppiche nieder und leerte sein Glas in durstigen Zügen. Er hatte den Zwischenfall schon fast verdrängt, als er aus dem Augenwinkel einen schwingenden Frauenrock bemerkte. Er erstarrte, als eine Gestalt näherkam.

Aber es war nur Margaret.

»Mylord«, murmelte sie.

Ian begrüßte sie nicht, da er übelster Laune war. Er nickte nur knapp und wartete.

»Ich würde dich gerne kurz sprechen.«

»Was ist denn?«

Kühl und gelassen wie stets verschränkte sie die Arme vor ihrer Brust. »Im Anschluß an die Hochzeitsfeierlichkeiten würde ich gerne noch einige Tage auf Dunlevy verbringen.«

Seine Kinnmuskulatur zuckte. »Nein«, erwiderte er schroff.

Sie blinzelte verwirrt. »Aber, Mylord, ich habe noch einiges zu …«

Abrupt sprang er auf. »Nein«, wiederholte er schroff.

»Ian, ich bitte dich …«

Er schlug seine Faust gegen die Wand. »Wir werden nach der Trauung umgehend zur Burg der MacGregors aufbrechen, Margaret. Das ist mein letztes Wort.«

Dann schritt er davon, ohne sie eines weiteren Blickes zu würdigen.

In dieser Nacht fand Sabrina keinen Schlaf. Ihr wurde schwindlig, wenn sie nur daran dachte. … Ian hatte sie geküßt. Er hatte sie geküßt.

Und nicht nur einmal … nein, zweimal.

Zu ihrer Bestürzung konnte sie an nichts anderes mehr denken. Sein Kuß war wie ein verzehrendes Feuer gewesen, sein muskulöser Körper so stark …

Warum sie das so empfunden hatte, war ihr rätselhaft. Sie liebte Jamie. Und sie beabsichtigten, sobald wie möglich zu heiraten. Verflucht, warum war sie sich Ians männlicher Reize nur so bewußt …?

Er hatte sich verändert. Der schlaksige Junge von einst hatte sich zu einem attraktiven Mann entwickelt. Es war beileibe nicht so, daß sie sich als Kinder immer gemocht hätten. Obwohl er sie stets geachtet hatte, hatte er doch gelegentlich einen gewissen Hochmut an den Tag gelegt, der sie provoziert hatte. Gewiß, sie hatte ihre Zunge nicht im Zaum halten können, und ihr Verhalten war auch nicht immer einwandfrei gewesen – damals zumindest nicht.

Warum also hatte er sie geküßt? War es ihr Fehler? Die Frage ließ ihr keine Ruhe und plagte sie immer wieder von neuem. Papa hatte ihr ständig vorgeworfen, ein schlecht erzogenenes Mädchen zu sein, und er war wütend gewesen, daß sie völlig anders war als Margaret. Vielleicht hatte er ja recht, daß sie von Makeln behaftet war. Vielleicht hatte Ian gar nicht anders reagieren können … Nein, er war unschuldig. Sie allein traf die Schuld, denn sie war ein unerzogenes Mädchen, wie Papa immer gesagt hatte.

Margaret … bei dem Gedanken an ihre Schwester verkrampfte sie sich! Wie konnte sie Margaret jemals wieder ins Gesicht sehen, nach allem, was geschehen war? Jetzt wußte sie, was Scham wirklich bedeutete. Sie hatte den zukünftigen Mann ihrer Schwester geküßt …

Gütiger Himmel … und das am Tag vor der Hochzeit!

Am nächsten Morgen wurde sie von dem Lärm hektischer Betriebsamkeit geweckt, der von unten zu ihr hinaufdrang. Das überraschte Sabrina keineswegs, denn im Verlauf der letzten Tage waren bereits unzählige Gäste eingetroffen. Sie hatte sich gerade angekleidet, als es an ihrer Tür klopfte. Auf ihr Rufen trat Edna ein. »Mylady, ist Ihre Schwester bei Ihnen?«

Sabrina kniete gerade vor ihrer Kleidertruhe und durchforstete diese nach einem Umhang. Gedankenverloren erwiderte sie: »Nein, Edna, ich habe sie nicht gesehen.«

Edna gab keine Antwort. Als Sabrina aufblickte, stand das Mädchen immer noch da und schaute sie verwirrt an.

Sabrina runzelte die Stirn. »Was ist denn, Edna?«

»Mylady … ihr Bett ist unbenutzt.«

Sabrina sprang auf. »Bist du sicher?«

Edna nickte. »Ja. Ich dachte … ich dachte … daß sie die Nacht vielleicht bei Ihnen verbracht hätte … schließlich war es ihre letzte Nacht auf Dunlevy …«

Nachdenklich ließ Sabrina den vergangenen Tag vor ihrem geistigen Auge vorüberziehen. »Gestern morgen habe ich sie zuletzt gesehen.« Ein unbehagliches Kribbeln fuhr ihr den Rücken hinunter, doch sie unterdrückte es rasch.

»Das läßt sich sicherlich schnell aufklären«, sagte sie unwirsch. »Bestimmt hat sie jemand gesehen. Frage doch einmal die anderen Bediensteten.«

Aber niemand hatte sie gesehen. Kurze Zeit später überquerte ihr Vater mit energischen Schritten den Hof. »Sabrina, wo ist deine Schwester?«

Sabrina konnte ihre Besorgnis nicht verbergen. »Ich weiß nicht, Papa. Hast du sie heute morgen noch nicht gesehen?«

»Nein, seit dem Abendessen nicht mehr.« Eine tiefe Sorgenfalte grub sich zwischen seine Augenbrauen. »Es ist absolut nicht ihre Art zu verschwinden, ohne zu hinterlassen, wohin sie geht.«

»Könnte sie einen Spaziergang unternommen haben?«

Diese Frage stammte von Ian. Er war hinter ihr aufgetaucht, ohne daß sie ihn bemerkt hatte. Widerwillig drehte Sabrina sich zu ihm um. In seiner Gegenwart durfte sie sich beileibe nicht wie ein störrisches kleines Kind aufführen. Alasdair begleitete ihn. Beide trugen die typische Kleidung der Highland-Bewohner – Schottenröcke und Plaids. Ians Plaid war mit einer juwelenbesetzten Brosche an seiner Schulter befestigt.

Papa zögerte. »Sie verläßt die Burg nur zu Pferd.«

»Ihr Pferd ...«

»... steht noch im Stall.« Sabrina konnte seinem Blick nicht standhalten.

Bald stellte sich heraus, daß Margaret unauffindbar blieb, und obwohl sich alle an der Suche beteiligten, war diese vergeblich.

Niemand hatte sie seit dem Vorabend gesehen.

Am späteren Vormittag ritt ein Dutzend Reiter durch die Tore. Die flüsternden Stimmen der Gäste erfüllten den Saal. Sabrina schenkte ihnen keine Beachtung, da sie zunehmend gegen ihre aufkeimende Panik ankämpfte. Wohin konnte Margaret gegangen sein? Und warum kam sie nicht zurück?

Allzu schnell wurde es Abend, und der Schleier der Dunkelheit legte sich über das Anwesen. Als ihr Vater kurz darauf zurückkehrte, sprang Sabrina auf und lief ihm mit einem Aufschrei entgegen. »Papa …«

Er schüttelte den Kopf, und sie ließ die Schultern sinken.

Das Gesicht in den Händen vergraben, kauerte er an der Tafel im Rittersaal. Als Sabrina sein verhärmtes und völlig verstörtes Gesicht bemerkte, zerriß es ihr fast das Herz. Sie eilte zu ihm und legte ihm sanft die Hände auf seine Schultern.

»Alles wird gut, Papa.« Sie versuchte, ihn zu beruhigen. »Zweifellos wird sie jeden Augenblick heimkehren.«

Er sagte nichts. Als er schließlich sprach, meinte er frustriert: »Laß mich in Ruhe. Laß mich einfach nur allein.«

Sabrina ließ ihre Hände sinken und kämpfte gegen ihre Tränen an. Ach, sie hätte es wissen müssen! Er wollte keinen Trost von ihr.

Sie kehrte zu einer der an Wänden aufgereihten Sitzbänken zurück und setzte sich. Kurze Zeit später drang donnerndes Hufgetrappel an ihre Ohren. Lautes Rufen erklang aus dem Innenhof.

Ian und Alasdair stürmten in den Saal. Sie blieben unvermittelt stehen, als sie Duncan bemerkten, der bedrückt am Tisch saß. Mit fragendem Blick trat Sabrina auf die beiden zu.

Wortlos hielt Alasdair ihr etwas entgegen. Es war Margarets völlig durchweichter, triefender Mantel.

Sie erschauerte. »W … w … wo habt ihr ihn gefunden?«

Alasdairs Stimme klang überaus gefaßt. »Wir fanden ihn am See östlich der Burg. Er lag auf den Felsen am Ufer.«

Am See? Entsetzliche Furcht übermannte sie, und ihr Blick wanderte zu Ian. Sein Gesicht war schmerzverzerrt. Das bestätigte ihre schlimmsten Befürchtungen.

Ihr wurde schwarz vor Augen, und sie war einer Ohnmacht nahe – doch diese war ihr nicht vergönnt!

Ihr Vater hatte sich erhoben. »Nein«, schrie er. »Nein, das kann nicht sein … Margaret! Mein Kind!«

Alasdair schüttelte den Kopf. »Es tut mir außerordentlich leid, aber es sieht so aus, als sei Margaret ertrunken.« Unheilvolle Stille schloß sich seinen Worten an. »Sie ist tot, Mylord.«

Kapitel 6

Zwei Tage später erhielten sie die traurige Gewißheit. Einer von Margarets Schuhen wurde an das Ufer des Sees geschwemmt. Erst jetzt gestattete Duncan, daß die Totenmesse für seine geliebte Margaret gehalten wurde.

Während der am darauffolgenden Tag stattfindenden Beerdigungszeremonie stand Sabrina still und blaß neben ihrem Vater in der Kirche. Ian und Alasdair befanden sich auf der anderen Seite des Gangs.

Obwohl sie innerlich von Trauer zerrissen war, zeigte sie keine Tränen. Sicher, sie und Margaret hatten sich nie besonders nahe gestanden; Margaret hatte ihre Gefühle immer hinter einer Fassade kühler Gelassenheit verborgen. Aber Margaret war ihre einzige Schwester gewesen, und jetzt war sie nicht mehr da.

Als die Messe endete, gesellte sich Pater Stewart zu ihnen, um ihnen Trost zu spenden. Ihr Vater schluchzte, als der Pater seine Hand auf dessen Schulter legte. Das Geräusch zerriß Sabrina fast das Herz, und sie hatte das Gefühl, von einem Dolchstoß durchbohrt zu werden.

Insgeheim sehnte sie sich danach, ihren Vater zu trösten. Doch was hätte das bewirkt? Er würde sich ohnehin nur von ihr abwenden, denn das tat er immer, da er sie unterschwellig verachtete . … Ein Gefühl der Bitterkeit stieg in ihr hoch. Warum nur? schrie ihr Herz. Warum konnte er sie nicht so lieben, wie er Margaret liebte. Zweifellos wünschte er sich, daß sie anstelle ihrer Schwester den Tod gefunden hätte …

Ihr Atem ging unregelmäßig. In diesem Augenblick haßte Sabrina sich selbst. Solche Gedanken waren böse … so böse, wie sie es war. Das hatte Papa immer gesagt. Und jetzt wußte sie mit Gewißheit, daß es stimmte.

Ihre Kehle war wie zugeschnürt, und ihr Magen rebellierte. Mit gesenkten Lidern bewegte sie sich durch die Menschenmassen in Richtung Kirchenausgang – die meisten Hochzeitsgäste waren natürlich anläßlich der Beerdigung geblieben. Draußen umfing sie ein warmer, wolkenloser Tag. Sie ließ die Kirche hinter sich – schneller und immer schneller. Bevor sie noch wußte, wie ihr geschah, rannte sie – sie wußte nicht wohin, und es kümmerte sie auch nicht. Zweige schlugen ihr ins Gesicht, aber das bemerkte sie ebenso wenig wie die sie verfolgenden Schritte und das Rufen ihres Namens.

Sie rannte, bis ihre Lungen wie Feuer brannten und sie innehalten mußte. Erschöpft sank sie auf die Knie. Wieder rebellierte ihr Magen. Ihr wurde schwarz vor Augen, und sie konnte ihre Übelkeit nicht länger unterdrücken.

Sie war sich nur vage bewußt, daß jemand neben ihr kniete, daß kräftige Arme ihre Schultern umfingen und jemand sanft ihr Haar zurückstrich.

Ihr war immer noch entsetzlich schwindlig, als sie bemerkte, daß es Ian war. Er führte sie zu einem Baumstumpf am Fluß und half ihr, sich zu setzen. Benommen nahm sie wahr, daß er ein Tuch in den reißenden Strom tauchte. Als er zurückkehrte, setzte er sich neben sie und benetzte ihr Gesicht und ihren Nacken. Dankbar genoß Sabrina die feuchte Kühle und schwieg.

Als er innehielt, zwang sie sich, die Augen zu öffnen. Innerlich war sie darauf gefaßt, daß er sie auslachen und wegen ihrer Schwäche erneut verspotten würde. Aber er schaute sie nur mit ausdruckslosem Gesicht an. Am liebsten wäre sie davongelaufen, doch sämtliche Kräfte hatten sie verlassen. Sie wandte ihr Gesicht von ihm ab. »Du kannst jetzt gehen.«

»Dir geht es nicht gut.«

Sabrina mußte ein Würgen unterdrücken. »Gütiger Himmel! Kannst du mich nicht endlich in Ruhe lassen?«

»Du solltest in dieser Situation nicht allein sein, Sabrina.«

Unmerklich wiegte sie sich hin und her. Die Schuld lastete schwer auf ihrem Herzen. »Du verstehst das alles nicht«, sagte sie stumpfsinnig. »Ich bin schuld, daß sie tot ist. Ich bin schuld, daß Margaret tot ist!«

»Nein, Sabrina. Sie fiel in den See und ertrank. Niemand trifft daran eine Schuld. Es war ein Unfall.«

Plötzlich hatte sie das Gefühl, innerlich in Stücke gerissen zu werden. Ihr Atem ging stoßweise. »Er weiß, was wir getan haben, Ian. Er weiß es.«

Ian schaute sie scharf an. »Wer? Dein Vater?«

Sie schüttelte den Kopf und schlang schützend die Arme um ihren Körper, als fröstelte sie. »Nein«, erwiderte sie mit schwacher Stimme. »Gott. Gott weiß, daß du … daß wir …«

Er machte eine unwirsche Handbewegung. »Wir haben gar nichts getan! Es war ein Kuß, mehr nicht.«

»Es war falsch«, flüsterte sie. Sie zitterte wie Espenlaub. »Er hat Margaret zu sich geholt, um … um mich zu strafen. Ich wünschte, Er hätte mich an ihrer Stelle geholt, aber Er will, daß ich bis in alle Ewigkeit leide. Er wird dafür sorgen, daß ich für all die gräßlichen Dinge, die ich getan habe, bezahle.«

Ian beschwor sie leise. »Sabrina! Du bist kein schlechter Mensch!«

»Papa behauptet das von mir. Mein Gott, er ist fest davon überzeugt! Ich weiß noch … er hat mich so manches Mal beschuldigt, die rechte Hand des Teufels zu sein.«

»Sabrina, er hat es nicht so gemeint …«

»Doch, das hat er!« rief sie mit zornig aufblitzenden Augen. »Und jetzt … ich merke doch, wie er mich ansieht – er wünscht sich, ich wäre anstelle von Margaret gestorben. Und … Gott möge mir beistehen«, ihre Stimme brach ab, »ich kann nichts dafür, aber ich bin froh, daß ich noch lebe.« Ihre Augen füllten sich mit Tränen, dennoch zwang sie sich zum Weitersprechen. »Erkennst du nun, wie schlecht ich bin? Und Margaret starb wegen meiner Sünden. Ich mache dir keinen Vorwurf, Ian. Es ist das Böse in mir. Ich weiß, daß du nichts dagegen unternehmen konntest ...«

Er legte seine Hände auf ihre Schultern, drückte ihre Oberarme und schüttelte sie, bis sie den Kopf hob und ihn verwirrt ansah.

Aufgebracht sagte er: »Ich habe dich geküßt, weil ich es wollte. Gott allein weiß, daß das die Wahrheit ist, Sabrina. Ich habe dich geküßt, weil ich es wollte.«

Nachdem er das gesagt hatte, konnte sie ihre Tränen nicht länger unterdrücken. Ihr Mund zuckte, als sie versuchte, sie zurückzuhalten, aber es war zwecklos. Hemmungslos schluchzte sie.

Ian konnte es nicht mehr ertragen.

Ihre Tränen waren sein Untergang. Langsam zog er sie in seine Arme. Weinend vergrub sie ihr Gesicht an seiner Brust. Ian spürte, daß sie sich von ihrem Kummer befreien mußte, und er hielt sie fest, bis ihre Tränen schließlich versiegten. Erschöpft und kraftlos lag sie in seinen Armen. Rasch und entschlossen hob er sie hoch und stand auf. Daß sie sich widerstandslos von ihm zur Burg zurücktragen ließ, war ein sicheres Zeichen dafür, wie erschüttert sie war.

Er schenkte den schockierten Blicken der Umstehenden keine Beachtung. Vor Sabrinas Kammer traf er auf Edna, die ihn verstört musterte.

»Deine Herrin ist völlig erschöpft«, erklärte er. »Weißt du vielleicht einen Schlaftrunk?«

Mit schreckgeweiteten Augen nickte Edna. »Der Koch kennt sicherlich ein Rezept«, sagte sie schnell. »Ich besorge Ihnen etwas.«

»Du bist ein gutes Mädchen.« Er deutete mit dem Kopf zur Tür. Edna öffnete sie für ihn und eilte sogleich davon. Ian lächelte unmerklich, als er die Tür kurz darauf mit der Schulter zustieß. Wenn doch nur alle Frauen soviel Geistesgegenwart besäßen wie dieses Mädchen.

Er durchquerte den Raum und legte sie auf das Bett. Sie zog ihre Knie an die Brust und drehte sich von ihm weg, ihre Lider waren nach wie vor geschlossen. Ian stand über sie gebeugt und knetete seine Hände. Wußte sie, daß er bei ihr war? Falls ja, so erstaunte es ihn, daß sie ihn nicht zum Gehen aufforderte.

Kurze Zeit später kehrte Edna mit einer kleinen, dampfend heißen Tasse in der Hand zurück. »Bitte sehr, Mylord. Das wird ihr helfen, Ruhe zu finden. Aber sie muß alles austrinken.«

Ian nahm die Tasse und schnupperte daran. Das Gebräu verströmte einen undefinierbaren, aber nicht unangenehmen Geruch.

»Sabrina.« Er sagte ihren Namen. Die Matratze senkte sich unter seinem Gewicht, als er sich auf den Bettrand setzte.

Sie öffnete die Augen und spähte über ihre Schulter. Er hielt ihr die Tasse hin.

»Das wird dir guttun.« Sein Tonfall war ruhig, aber bestimmt. »Trink alles aus, Sabrina.«

Für Sekundenbruchteile flackerten ihre Augen auf, und er rechnete schon mit einer hitzigen Auseinandersetzung. Doch statt dessen drehte sie sich nur zu ihm um und streckte eine Hand aus. Sie verzog das Gesicht, als sie das Getränk schlürfte, leerte jedoch die Tasse und gab sie ihm zurück. Mit einem tiefen Seufzer lehnte sie sich in die Kissen zurück. Ihr Blick blieb vorsichtig und wachsam auf ihn gerichtet.

»Es ist nicht erforderlich, daß du noch länger bleibst«, sagte sie nach einer Weile.

»Ich werde bleiben, bis du eingeschlafen bist.« Er konnte ebenso dickköpfig sein wie sie.

»Nein, das wirst du nicht.« Mit einer Handbewegung

deutete sie auf den Raum. »Ich meine ... nicht hier auf Dunlevy. Es wird keine Hochzeit geben. Du solltest in die Highlands zurückkehren.«

»Das werde ich«, sagte er höflich, »wenn ich hier fertig bin.«

Es dauerte nicht lange, bis der Schlaftrunk Wirkung zeigte. Ihre Lider wurden schwer. Ian bemerkte, wie sie dagegen ankämpfte. Doch als er schon glaubte, sie wäre eingeschlafen, riß sie die Augen auf.

Und dann berührte sie ihn. Eine zierliche Fingerspitze reckte sich nach oben und strich über die Konturen seiner Lippen.

Völlig reglos verharrte Ian. Für Sekundenbruchteile herrschte eine seltsame Spannung zwischen ihnen. Ihre riesigen Augen musterten ihn. Ian holte tief Luft, denn sie hatten die Farbe sattgründer Frühlingswiesen. Er fragte sich, was wohl in ihr vorging, denn sie war vorsichtig genug, nichts von ihren Gedanken preiszugeben. Aber dann berührte sie mit exakt derselben Fingerspitze ihre eigenen Lippen.

Und er wußte, daß sie dieselben Gedanken ... dieselbe Erinnerung teilten.

Starkes Verlangen packte ihn, das beinahe körperlich schmerzte.

»Schlaf jetzt«, murmelte er.

Sie schloß ihre Augen, drehte den Kopf zur Seite und wischte noch eine einsame Träne von ihrer Wange.

Von unerklärlichen Schuldgefühlen gepeinigt, atmete er tief ein. Dann saß er lange reglos da und lauschte ihren ruhigen und gleichmäßigen Atemzügen. Ihre Gewissensbisse plagten auch ihn entsetzlich.

Vielleicht hatte sie recht. Er hätte sie niemals küssen dürfen. Es war falsch gewesen, denn zu jenem Zeitpunkt war er Margaret versprochen gewesen. Und dennoch war es geschehen. Und Gott möge ihm verzeihen, er hatte es keine Sekunde lang bereut. Ihm flüsterte eine innere Stimme sogar zu, daß es eigentlich unvermeidbar gewesen war.

Sanft strich er mit seinem Handrücken über ihre Wange. Ihre Haut war seidenweich, ihr Mund zart und … verletzlich. Es erschien ihm seltsam, bei Sabrina an Verletzlichkeit zu denken … Sabrina, sein widerspenstiges kleines Luder …

Aber sie war eine erwachsene Frau, und der eindeutige Beweis lag vor seinen Augen. Ihre Brüste hoben und senkten sich mit jedem Atemzug, und er wußte instinktiv, daß die süßen, verführerischen Rundungen perfekt in seine Hände passen würden. In Gedanken stellte er sich erneut vor, wie er sie damals am Teich gesehen hatte – ihre Haut blaß und alabastergleich, glatt und makellos. Nur bestand jetzt ein kleiner Unterschied – ihr verklärter Blick ruhte sehnsüchtig auf ihm, als sie ihm bedeutete, sich zu ihr hinunterzubeugen …

Er holte tief Luft, denn er sehnte sich unbändig danach, sie noch einmal zu küssen, ihren sicherlich lautstarken Protest mit seinen Lippen zu ersticken und seine Leidenschaft ungezügelt auszuleben. Er biß die Zähne zusammen und kämpfte gegen sein aufkeimendes Verlangen an. Widerwillig zog er seine Hand zurück und widerstand seinem Begehren.

Er durfte sich nicht länger belügen. Seit dem Tag seiner Rückkehr konnte er kaum den Blick von ihr abwenden. Er fühlte sich leidenschaftlich zu ihr hingezogen, und das hätte er niemals erwartet. Sie besaß eine verführerische Anmut, die er nicht verleugnen konnte. O ja, genau wie jeder andere Mann verlebte auch er gelegentlich gern eine lustvolle Nacht mit einer Dirne. Bei jeder anderen Frau wäre er versucht gewesen, sie zu nehmen, seine Lust zu stillen und es dabei bewenden zu lassen.

Aber das hier war Sabrina. Sabrina. Keine Hure, die man benutzt und dann fallenläßt.

Ja, sie war eine wunderbare, begehrenswerte Frau, und er verstand Jamie MacDougalls Verlangen nach ihr nur zu gut. Sie war einfach zu hübsch und zu verlockend, als daß man ihr widerstehen konnte.

Und er konnte sein eigenes Verlangen genauso wenig aufhalten wie den Lauf der Sonne.

Bei dem Gedanken an ihren Vater stiegen Verärgerung und Bitterkeit ihn ihm hoch. Erbost preßte er die Lippen zusammen.

Was würde mit ihr geschehen? Wie sollte er sie reinen Gewissens in der Obhut ihres Vaters lassen? Duncan hatte schon immer voller Verachtung auf seine jüngere Tochter hinabgeschaut. Er hatte Margaret vorgezogen und mehr geliebt. Tatsächlich fragte sich Ian mit einem Anflug von Sarkasmus, ob er Sabrina überhaupt jemals geliebt hatte. Das fehlte ihr gerade noch, daß man noch mehr Schuld auf ihr Haupt lud und genau das würde dieser Bastard tun. Er würde ihre Seele zerstören, ihr das Leben zunehmend zur Hölle machen – eigentlich verwunderte es ihn sogar, daß dieser Widerling das nicht schon längst getan hatte. Und sie wurde kaum besser behandelt als eine Bedienstete – auch das, so befürchtete er, würde sich nie ändern.

Zähneknirschend faltete er die Hände, während sein Kopf dröhnte. Das war nicht seine Angelegenheit, sagte ihm eine innere Stimme. Ihr gegenüber war er zu nichts verpflichtet. Er schuldete ihr nichts …

Aber sie hat sonst niemanden, schalt ihn eine andere Stimme.

Und diese Angelegenheit war nicht mehr von seiner Verpflichtung gegenüber Margaret überschattet.

Nächtliche Finsternis umfing den Raum, als Ian sich schließlich erhob. Er hatte einen Entschluß gefaßt. Er wußte, was er tun mußte …

Und warum.

Wie benommen wachte Sabrina am nächsten Morgen auf. Etwas Unfaßbares schwirrte ihr durch den Kopf. Sie versuchte sich zu erinnern, doch sie war vom Schlaf noch wie benommen. Sie hatte so tief und fest geschlafen wie schon lange nicht mehr – aber das war ja auch kein Wunder. Ihr Mund war staubtrocken, zweifellos von dem Schlaftrunk, den Ian …

Ian. Er hatte sie hierhergebracht, in ihre Kammer.

Sie erinnerte sich, daß sie hochgehoben und gegen seine feste, warme Brust gedrückt worden war, daß sie ihr Gesicht in seiner Halsbeuge vergraben hatte – dieses Gefühl würde sie niemals vergessen. Er duftete frisch und erdig, und seine Haut war glatt und warm gewesen. Und sie erinnerte sich, wie er sie betrachtet hatte. Der Zug um seinen Mund war ernst gewesen, trotzdem hatte sie gespürt, daß er keinen Groll gegen sie hegte.

Innerlich bestürmten sie seltsame Gefühle. Sie hatte sich wie eine Idiotin verhalten, hatte in seinen Armen geweint. Und dennoch – er hatte sich keineswegs so verhalten, daß sie sich wie eine Närrin vorkommen mußte. Er hatte sie hierhergebracht und sich rührend um sie gekümmert, wie es noch nie zuvor jemand getan hatte.

Ich habe dich geküßt, weil ich es wollte. Hatte er das wirklich gesagt? Oder hatte sie sich das nur eingebildet?

Von einer plötzlichen Ungeduld beflügelt, schlug sie die Bettdecke zurück. Gütiger Himmel, warum machte ihr das etwas aus? Was war eigentlich los mit ihr? Oh, wie sie sich wünschte, er wäre ihr gleichgültig. Aber so sehr sie sich auch bemühte, sie konnte ihn nicht aus ihren Gedanken verbannen!

Aber das mußte sie … und zwar noch heute, schwor sie sich!

Zu ihrer großen Bestürzung erfuhr sie im Verlauf des Vormittags, daß Ian noch nicht in die Highlands aufgebrochen war. Innerlich schäumte sie vor Wut. Dieser

Schuft! Sie glaubte fast, daß er nur aus dem Grund blieb, sie in den Wahnsinn zu treiben!

Am späten Nachmittag traf sie auf Alasdair, der im Rittersaal auf einer Bank lag. Er sprang sofort auf, als er sie sah.

»Sabrina!« begrüßte er sie. »Wir haben dich beim Abendessen vermißt. Ich hoffe, dir geht es wieder besser?«

Sabrina spürte, wie sie errötete. Sicherlich hatten alle bemerkt, daß sie Hals über Kopf aus der Kirche geflohen war. Sie zwang sich zu einem schwachen Lächeln. »Mir geht es schon wieder besser«, murmelte sie.

Seine braunen Augen musterten sie sanft. »Daß dich das Ganze aufgewühlt hat, ist auch nicht verwunderlich«, sagte er freundlich. »Es war eine harte Woche.«

»Das stimmt«, bekräftigte sie. Für Augenblicke herrschte Schweigen. »Ich habe Ian heute noch nicht gesehen. Bereitet er sich auf die Heimreise vor?« Sie hielt den Atem an und sandte ein Stoßgebet zum Himmel.

Alasdair zuckte mit seinen breiten Schultern. »Ich habe keine Ahnung«, erwiderte er fröhlich. »Ian zieht es wohl vor, seine Pläne für sich zu behalten.«

Hmmm, dachte Sabrina. Irgendwie überraschte sie das nicht. »Es erscheint mir doch ungerecht, daß er dich so lange von deiner Familie fernhält.« Neugierig taxierte sie Alasdair. »Gibt es eine Frau, die dich auf Burg MacGregor erwartet?«

»Ich fürchte, mich will keine haben«, sagte er mit einem theatralischen Seufzen. »Alle Frauen sind in meinen Cousin verliebt.«

Sabrina lächelte, und es war ihr erstes befreites Lächeln seit Tagen. »Oh, das bezweifle ich. Du bist doch ein attraktiver Bursche«, sagte sie unüberlegt. »Ich bin davon überzeugt, daß sich viele Frauen heimlich nach dir verzehren. Vielleicht mußt du die Dame deines Herzens nur ein wenig ermutigen.«

In seinen Augenwinkeln erschienen Lachfalten, und er kicherte. Er ergriff ihre Hand und machte eine galante Verbeugung vor ihr. »Das werde ich mir merken, meine Dame.«

In diesem Augenblick wurde die Tür zum Saal aufgestoßen. Erschrocken blickte Sabrina in ihre Richtung und bemerkte ihren Vater auf der Schwelle. Er fixierte sie.

Rasch entzog sie Alasdair ihre Hand und versteckte sie hinter ihrem Rock. »Wünscht du etwas von mir, Papa?«

»Ja.« Seine Augen blickten eisig. »Ich muß mit dir reden, Sabrina.«

Er wartete nicht auf sie, sondern marschierte in sein Arbeitszimmer voraus. Sabrina folgte ihm. Er trat zu dem Stuhl hinter einem ausladenden Schreibtisch, an dem er manchmal tagsüber arbeitete. Als Sabrina sah, daß sie nicht allein waren, blieb sie abrupt stehen.

Ian saß Papa gegenüber.

Papa deutete auf den Stuhl neben Ian. »Setz dich«, befahl er.

Umgehend befolgte Sabrina seine Anweisung, setzte sich jedoch lediglich nur zaghaft auf den Rand des Stuhls und wippte mit den Füßen, als wollte sie im nächsten Augenblick wieder aufspringen. Ihr Magen krampfte sich zusammen. Ian – verflucht sei seine Seele! – wirkte vollkommen entspannt. Er schien sogar recht zufrieden mit sich . … Instinktiv fühlte sie sich plötzlich wie ein Lamm, das zur Schlachtbank geführt wird.

Papa verlor keine Zeit. »Ian und ich haben Pläne für die Zukunft geschmiedet«, bemerkte er mürrisch.

Pläne? Irgendwie war sie nicht ganz sicher, ob ihr dieser Ton gefiel. Aber sie nickte höflich, während sie ihre Füße unter dem Stuhl versteckte.

»Wie du weißt, wollten Ians Vater David und ich, daß die Verbindung zwischen unseren Clans bestehen bleibt. Das ist auch der Grund, warum Ian mit Margaret verlobt war.«

»Ich weiß, Papa.« In Wahrheit erzählte er ihr nichts, was sie nicht schon gewußt hatte. Sie fühlte sich unwohl, denn es sah ihm gar nicht ähnlich, solche Dinge mit ihr zu besprechen.

Papas Tonfall war mürrisch. »Margaret ist tot. Trotzdem gibt es laut Ians Aussage keinen Grund, warum meine – und Davids Wünsche – nicht respektiert werden sollten. Unsere Familien können immer noch vereint werden.« Seine Augen bohrten sich in die ihren. »Verstehst du, was ich damit sagen will, Mädchen?«

Sabrinas Herz raste in ihrer Brust. »Nein«, erwiderte sie tonlos. Unwillkürlich schweifte ihr Blick zu Ian. Er beobachtete sie, während ein vages Lächeln seine Mundwinkel umspielte – oh, was für ein teuflisches Lächeln!

»Was dein Vater zum Ausdruck bringen will, ist folgendes, Sabrina.« Sein Tonfall war so unbeschwert wie sein Lachen. »Ich bin nach Dunlevy zurückgekehrt, um zu heiraten … und genau das werde ich auch tun.«

Sie blinzelte und verstand das eben Gesagte nicht recht. »Aber … Margaret ist tot.«

Er schwieg, doch sein Grinsen wurde noch breiter.

Ein schreckliches Gefühl keimte in ihrer Brust auf. Nervös benetzte sie ihre Lippen. »Wer dann?« flüsterte sie, obgleich sie die gräßliche Antwort bereits kannte.

Für eine Weile herrschte eine gespenstische Stille. »Du«, sagte er sanft. »Du wirst meine Frau werden.«

Kapitel 7

Wäre sie nicht gesessen, wäre sie sicherlich zusammengebrochen. Ihre Finger umklammerten die geschnitzte Armlehne ihres Stuhls, und ihr Herzschlag dröhnte in ihren Ohren. Sie konnte kaum glauben, daß sie ihn richtig verstanden hatte!

Ian musterte sie nach wie vor mit festem Blick. O ja, er wirkte so blasiert, so überzeugt von sich selbst!

Sie preßte die Lippen zusammen. Ihr Kopf dröhnte. »Das kann nicht dein Ernst sein.«

»O doch, das ist er«, antwortete er, ohne zu zögern. »Und ich bin fest entschlossen.«

Seine silbergrauen Augen blitzten auf. Verflucht sollte er sein, denn der Bursche schien die Situation regelrecht zu genießen!

»Du irrst, wenn du glaubst, daß ich dich heirate!« ereiferte sie sich.

Ihr Vater sprang auf. »Bei Gott, du wirst ihn heiraten, Sabrina! Wenigstens einmal tust du, was ich dir befehle!«

Sabrina drehte sich mit flehendem Blick zu ihm um. »Habe ich in dieser Angelegenheit denn gar nichts zu sagen?«

Ihr Vater entgegnete ihr allerdings sehr energisch: »Die Sache ist bereits entschieden!«

Das konnte nicht wahr sein. Sie schüttelte unmerklich den Kopf, als habe sie nicht recht verstanden. »Großer Gott«, murmelte sie leise.

»Was! Jetzt betest du?« Rasend vor Zorn umrundete ihr Vater den Schreibtisch und baute sich vor ihr auf. »Ich habe mein Bestes gegeben, um dich Gottesfurcht zu lehren, und das vergeblich! Nun, jetzt weißt du, du hättest beten sollen, als du noch ein Kind warst! Vielleicht wärest du dann nicht so ungehorsam und halsstarrig!«

Seine Rüge schmerzte sie zutiefst, dennoch war Sabrina fest entschlossen, das nicht zu zeigen. Tapfer reckte sie ihr Kinn. »Ich kann Ian nicht heiraten. Ich bin bereits mit Jamie MacDougall verlobt.«

»Eher werde ich diesen Lump töten, bevor ich zulasse, daß du ihn heiratest! Hast du mich verstanden, Mädchen? Bei Gott, eher werde ich dich umbringen.«

Und als sie ihn jetzt ansah, glaubte sie ihm jedes Wort. Doch obwohl sie seinen Zorn fürchtete, hielt sie erhobenen Hauptes seinem vernichtenden Blick stand.

»Ich kann Ian nicht heiraten«, wiederholte sie störrisch. »Und ich werde ihn auch nicht heiraten.«

»Und ob du das wirst. Du wirst mir keine Schande machen.« Er zerrte sie aus dem Stuhl, wobei seine Finger sich tief in die zarte Haut ihres Oberarms gruben.

Sabrina unterdrückte einen Schmerzensschrei und zeigte keine Schwäche. Ihr Herz klopfte voller Angst in ihrer Brust, doch sie ignorierte es und schüttelte nur heftig den Kopf. »Nein, Papa. Das werde ich nicht tun.«

Er verzog den Mund. Sein Gesicht hatte einen solch bösartigen Ausdruck angenommen, daß sie innerlich erzitterte. Und dann hob er ohne Vorwarnung seine Hand und schlug ihr mitten ins Gesicht.

Der Schlag war so heftig, daß Sabrina wie betäubt zu Boden sank. Zu spät erkannte sie, daß sie damit hätte rechnen müssen. Dunkle Flecken flirrten vor ihren Augen, und ihr Magen begann zu rebellieren.

Sie hörte nicht, daß Ian so plötzlich aufsprang und sein Stuhl umstürzte. Auch nahm sie nicht wahr, daß ihr Vater erneut ausholte, um sie ein weiteres Mal zu schlagen.

Stahlharte Finger umkrallten Duncans massige Faust. »Schlag sie noch einmal, und du wirst es bereuen.«

Seine Stimme klang leise, aber gefährlich. Duncan

blinzelte, und seine Gesichtsfarbe wechselte von zornesrot zu aschgrau. Erst dann ließ Ian ihn los.

Duncan stolperte zurück und schnaubte aufgebracht: »Margaret wäre niemals so unverschämt gewesen.«

Ians Gesicht erstarrte. »Sabrina ist nicht Margaret«, stieß er zwischen zusammengebissenen Zähnen hervor. »Aber das hast du nie begriffen, nicht wahr?«

Duncan wurde erneut blaß.

»Die Hochzeit findet morgen statt«, bemerkte Ian frostig. »Sorge dafür, daß die Vorbereitungen getroffen werden.«

Duncan nickte und verließ den Raum.

Sabrina war sich nur vage der sie umgebenden Stimmen bewußt. Sie schloß die Augen und kämpfte gegen eine aufkommende Übelkeit an. Ihre feuerrote Wange pochte wie ein glühendes Brandmal. Als sich eine starke Hand um ihre Schulter legte, setzte sie sich instinktiv zur Wehr.

»Hör doch auf!« gebot eine Stimme über ihr. »Ich bin es nur, Sabrina.«

Es war Ian. Sie öffnete die Augen und sah, daß er neben ihr kniete. Er legte seinen Arm um ihre Schultern und zog sie auf den Stuhl. Sein Gesichtsausdruck war ernst, seine dunklen Augen musterten sie voller Besorgnis.

Heiße, törichte Tränen liefen über ihr Gesicht. Sabrina wischte sie fort. Nur zu gern wäre sie der Versuchung erlegen, sich dem Trost einer schützenden Umarmung hinzugeben. Doch das alles war seine Schuld …

Schlanke Finger strichen über die aufgeplatzte, geschwollene Haut ihrer Wange. Seine Berührung zeugte von einer Zärtlichkeit und widersprach dem plötzlichen Feuer, das in seinen Augen stand. Er fluchte lautstark.

»Dieser Bastard. Er hat dich früher schon geschlagen, nicht wahr?«

Sabrina antwortete ihm nicht, aber das war auch nicht notwendig. Noch bevor sie den Blick abwenden konnte, hatte er in ihren Augen die Wahrheit gelesen.

»Du hast mein Wort. Ich werde dich nicht so behandeln. Von meinen Händen wirst du kein Leid erfahren.«

Ihr Hals brannte wie Feuer, da sie den Tränen immer noch gefährlich nahe war. Sie hatte nur den einen Wunsch, ihm in Erinnerung zu bringen, wie gut und wahrheitsgemäß er seine Versprechen einhielt. »In der Tat«, brachte sie schleppend hervor. »Ein Versprechen geben, bedeutet, ein Versprechen halten, nicht wahr?«

Sein Gesicht nahm einen befremdlichen Ausdruck an. »Ja«, erwiderte er.

Sie schob seine Hände fort. Sie fühlte sich unglaublich gedemütigt, daß Ian Zeuge ihrer Erniedrigung gewesen war. »Du mußt mich nicht trösten«, sagte sie leise zu ihm. »Mir geht es gut.«

Er ließ sie sofort los, als wäre sie ihm plötzlich zuwider. Nachdem sie sich aus eigener Kraft aufgerichtet hatte, nahm sie nicht wahr, daß sein Blick stahlhart und unerbittlich geworden war.

Es dauerte eine Weile, bis sie zu ihrer Beherrschung zurückfand. Konnte man mit Ian vernünftig reden? Verzweiflung übermannte sie. Gott im Himmel, sie mußte es versuchen!

Langsam hob sie den Kopf. Und wenn sie darum betteln mußte, sie würde es tun. »Bitte, nimm Abstand von dieser Heirat, Ian. Unterbinde die Vorbereitungen, solange das noch möglich ist.«

Doch ihre Worte trafen auf Granit. »Ich werde das Andenken meines Vaters nicht in den Schmutz ziehen, indem ich seine Wünsche mißachte.«

»Aber er wollte, daß du Margaret heiratest, nicht mich!«

»Du verkennst die Situation, Sabrina. Es war der größte Wunsch meines Vaters, daß unsere Familien vereint würden. Margaret wurde schlicht und einfach auserwählt, weil sie die Ältere war. Aber jetzt weilt Margaret nicht mehr unter uns.«

Aus seinem Mund klang das so überaus einfach! Vermutlich bemerkte er ihre Bestürzung, denn er schien sie mit seinem Blick zu durchbohren.

»Du bist eine Närrin, wenn du glaubst, daß dein Vater deiner Eheschließung mit Jamie MacDougall jemals zustimmen wird.« Unverblümt äußerte er ihr gegenüber seine Meinung. »Hochzeiten werden unter dem Aspekt der Zweckmäßigkeit und des Gewinnstrebens geschlossen.«

Tief in ihrem Herzen wußte sie, daß er recht hatte. Aber sie wollte es nicht eingestehen – nein, nicht ihm und nicht einmal sich selbst. »Ich kann es nicht tun«, sagte sie inbrünstig. »Lieber Gott, ich kann nicht!«

»Ich schlage vor, du freundest dich mit dem Gedanken an, Sabrina. Unsere Hochzeit findet morgen statt. Und es gibt nichts, was du dagegen unternehmen könntest.«

Nicht die kleinste Andeutung eines Lächeln umspielte seine zusammengepreßten Lippen. Er blieb unbarmherzig und fest entschlossen. Als er sich umdrehte, hatte Sabrina das Gefühl, daß sich ein kalter Windhauch um ihr Herz legte.

Sie konnte ihn nicht von seinem Plan abbringen. Tiefe Verzweiflung übermannte sie, und sie hatte das Gefühl, man trat ihre Seele mit Füßen. Schließlich sank sie zu Boden und weinte hemmungslos.

Eine Stunde später waren die Tränen getrocknet und ein Entschluß gefaßt. Ihre Gedanken rotierten wie klingende Schwerter. Wenn es ihr nur irgendwie gelang, Jamie aufzusuchen, könnten sie gemeinsam fliehen. Sicherlich war er noch nicht aufgebrochen. Ihr war es egal, wohin sie gingen. Sie würde sogar unter den verfluchten Engländern leben! Wichtig war nur, daß sie aus Ians Nähe verschwand ... weit genug, daß er sie niemals aufspürte.

Das Essen an diesem Abend schien eine qualvolle Ewigkeit zu währen. Sie spürte Ians finsteren, durchbohrenden Blick auf sich ruhen, und ihr Vater war über die Maßen abweisend. Selbst Alasdair schien ungewöhnlich zurückhaltend. Falls ihn die Neuigkeit, daß sie seinen Cousin heiraten sollte, überraschte, so äußerte er sich zumindest nicht dazu. Sie war nervös und betete inständig, daß sie ihr Vorhaben nicht selbst verriet.

Nachdem die Tafel aufgehoben war, suchte sie Zuflucht in ihrer Kammer. Kaum war sie dort, sammelte sie einige Kleidungsstücke zusammen und stopfte sie in einen kleinen Beutel. Als sie sicher war, daß auf der Burg Ruhe eingekehrt war, schlüpfte sie durch die dunklen Gänge hinaus in den Innenhof. Leise sattelte sie die kleine Stute, die sie immer ritt.

Über den Hügeln breitete sich langsam der Mondschein aus. Sie war dankbar für das diffuse Licht, das wie eine silberhelle Fackel erstrahlte. Hätte sie dichte, undurchdringliche Finsternis eingehüllt, wäre sie dieses Wagnis vermutlich niemals eingegangen.

Bald darauf ritt sie am Waldrand entlang, da sie nicht den Mut besaß, in seine dunklen Tiefen vorzudringen. Innerlich schalt sie sich dafür, da dieser Weg erheblich mehr Zeit in Anspruch nahm. Kurze Zeit später setzte heftiger Sturm ein, und Wolken schoben sich vor das schimmernde Mondlicht. Dunkel und bedrohlich zog eine dichte Wolkendecke am Himmel auf. Sabrina wurde nervös, und ihr anfänglicher Mut begann langsam zu schwinden. Bei jedem Geräusch durchzuckte es sie. Sie nahm sich zusammen und rief sich in Erinnerung, daß Jamie gleich hinter dem nächsten Hügel wohnte. Sie konnte ... sie mußte es schaffen ...

Die ersten Regentropfen fielen herab und verwandelten sich innerhalb von Minuten in einen Wolkenbruch. Sabrina zitterte, da es bei ihrem Aufbruch noch lauschig warm gewesen war. Dummerweise hatte sie nicht daran gedacht, einen Umhang mitzunehmen.

Und dann geschah es. Ein gräßliches Wetterleuchten blitzte vor ihr auf, und gewaltige Blitze zuckten vom Himmel zu ihr herab. Ohrenbetäubendes Donnern grollte über das Land, gefolgt von einem furchterregenden Knall, der die Erde erbeben ließ.

Ihre Stute war verängstigt und verdrehte die Augen. Plötzlich ging sie durch und warf Sabrina dabei fast aus dem Sattel. Doch Sabrina duckte sich tief über den Hals ihres Pferdes und krallte ihre Finger in dessen Mähne, während die Stute losstürmte, als wäre sie vom Teufel besessen. Zweige schlugen ihr ins Gesicht. Ein plötzlicher Windstoß raubte ihr den Atem. Dann scheute die Stute erneut. Eine schreckliche Ahnung erfüllte Sabrina, als sie langsam ihren Halt verlor. Die Mähne des Pferdes entglitt ihren Händen, und mit einem spitzen Aufschrei landete sie hart auf dem Rücken.

Wie betäubt lag sie auf dem Boden. Obwohl sie instinktiv wußte, daß sie nicht verletzt war, dauerte es doch eine ganze Weile, bis sie sich wieder gesammelt hatte und zu Atem gekommen war. Das alles war so unheimlich, daß sich ihre Nackenhaare sträubten. Langsam drehte sie den Kopf, während ein weiterer Blitz die Dunkelheit erhellte. Und dann erkannte sie, daß sie nicht allein war …

Pferd und Reiter hoben sich als dunkle Silhouette vor dem sturmgepeitschten Himmel ab und waren für diesen kurzen Augenblick in silbriges Licht getaucht. Sabrinas Herz schien stillzustehen, um dann mit einem dumpfem Pochen weiterzuschlagen. Für einen langen, gräßlichen Augenblick schaute sie auf und betete, daß sie sich irrte – hoffte, daß es nicht so war. Sie hatte sein

Gesicht aufgrund der Dunkelheit nicht erkennen können, doch wußte sie insgeheim, daß er es war …

Ian.

Gedankenverloren stieg Ian die Treppe hinauf. Die Worte, die Sabrina ihm soeben entgegengeschleudert hatte, machten ihm zu schaffen.

Ein Versprechen geben, bedeutet, ein Versprechen halten.

Der Satz war ihm nur zu vertraut. Tatsächlich konnte er ihn kaum verdrängen … und dann kehrte die Erinnerung zurück. Wie aus dem Nichts trat eine längst vergessene Begebenheit in sein Gedächtnis.

Ein Versprechen geben, bedeutet, ein Versprechen halten.

Er hatte auf den Knien seines Vaters gesessen und in dessen bärtiges, angespanntes Gesicht geschaut. Ja, und es war nicht das erste Mal gewesen, daß er diese Worte von ihm gehört hatte, fiel im plötzlich ein. In der Tat hatte sein Vater David versucht, seinem Sohn jene Eigenschaften zu vermitteln, die auch ihn zu einem Ehrenmann gemacht hatten.

Trotzdem war es sonderbar, daß Sabrina das gesagt hatte, oder?

Sabrina. Der Zug um Ians Mund verhärtete sich. Er konnte nichts dagegen tun, er mißtraute ihr. Während des Abendessens hatte sie kaum ein Wort gesprochen. Statt ihrer unverhohlenen Verachtung nachzugeben und ihn zu provozieren, wie er das von ihr erwartet hatte, saß sie lediglich mit gesenktem Kopf da.

Als sie zu Tisch erschienen war, hatte ihr Vater sie erneut zu demütigen versucht. »Du setzt dich noch nicht!« hatte er sie angebrüllt. »Du wirst dich erst zu uns setzen, wenn du anerkennst, daß die Heirat zwischen dir und Ian morgen stattfinden wird.«

Ian hatte eine Braue hochgezogen und musterte sie so

intensiv wie ein Jäger seine Beute. Sie hingegen hatte seinen Blick gemieden, als sei er von einer gräßlichen Krankheit befallen.

»Ich tu's«, hatte sie geflüstert.

Sie hatte so bereitwillig nachgegeben. Zu bereitwillig, entschied Ian vor sich hin brütend. Zu ... unterwürfig. Das sah ihr gar nicht ähnlich, und mit jedem Schritt, den er sich ihrer Kammer näherte, war er mehr und mehr davon überzeugt.

Unüberhörbar klopfte er an die Eichentür. Als er keine Antwort erhielt, rief er ihren Namen.

Keine Reaktion.

Ian zögerte nicht länger, sondern riß die Tür auf und trat ein.

Suchend schweifte sein Blick über ihr Bett, das an der gegenüberliegenden Wand stand. In der Mitte der Matratze wies die Bettdecke eine sichtbare Wölbung auf – das hätte ihn zufriedenstellen sollen. Ja, und manch anderer Mann wäre es auch gewesen ...

»Sabrina«, sagte er laut.

Die Silhouette unter der Decke bewegte sich nicht. Ian runzelte die Stirn. Seine schweren Schritte hallten über die Dielen, als er auf das Bett zuschritt. In barschem Ton rief er erneut ihren Namen.

Immer noch keine Antwort.

Mit einer impulsiven Bewegung riß er die Bettdecke zurück. Ein leiser Fluch entwich seinen Lippen, als er auf zwei dicke Kopfkissen starrte, die dort lagen, wo er ihren Körper vermutet hatte.

»Dieses hinterhältige Biest!« fluchte er.

Mit drei Schritten war er zur Tür hinaus und eilte durch den Flur. In Windeseile untersuchte er den Stall und stellte fest, daß ihre Stute verschwunden war. Sie versuchte also zu fliehen, oder? Nun, die kleine Hexe konnte es ja versuchen, aber es würde ihr nicht gelingen.

Dieser Gedanke trug ihn durch die Dunkelheit, bis er sie schließlich aufspürte.

Hoch zu Roß beobachtete er schließlich, wie sie sich mühsam aufrappelte. Und selbst das gelang ihr mit der Würde einer Königin, stellte er düster fest und bewunderte zugleich ihren Mut, obwohl er auch innerlich gegen seine Wut ankämpfte.

Er schwang sich vom Pferd und äußerte nur den einen Befehl: »Komm sofort zu mir, Sabrina.«

Verächtlich wies sie ihn zurück. »Zu dir kommen?« rief sie. »Niemals!« Trotz der Finsternis bemerkte er das Funkeln in ihren Augen.

»Warum bist du fortgelaufen, Sabrina? Hast du den Mut veloren, auf den du früher doch so stolz warst?« Angewidert verzog er den Mund. »Du bist nicht die Sabrina, die ich einmal gekannt habe.«

Und das war nicht der Ian, den sie einmal gekannt hatte. Seine angespannte Halsmuskulatur verriet den Zorn, den er krampfhaft zu unterdrücken versuchte. Der unbekümmerte Jugendliche von einst war einem Fremden gewichen, der ihr rätselhaft blieb – einem Mann, der von den Schotten als tapferster Krieger gefürchtet wurde.

In seiner Stimme schwang eiskalte Verachtung. Aufgrund der Dunkelheit war es unmöglich, in seine Augen zu blicken, dennoch wußte sie mit absoluter Sicherheit, daß sein Zorn die Ausmaße eines fatalen Wolkenbruchs angenommen hatte. Und doch wollte Sabrina sich nicht eingestehen, daß sie sich tief in ihrem Innern vor seinem Zorn fürchtete.

Als sie keinerlei Anstalten machte, ihm zu gehorchen, verlor er die Geduld. Mit zwei Schritten stand er vor ihr. Sabrina rang nach Luft, als sie spürte, wie er sie packte und hochhob. Für einen kurzen Augenblick empfand sie ein Gefühl angenehmer Schwerelosigkeit, doch ehe sie sich versah, saß sie bereits auf seinem Hengst. Und bevor sie sich zur Wehr setzen, ja, überhaupt einen klaren Gedanken fassen konnte, schwang Ian sich hinter sie. Mit eisernem Griff hielt sein Arm ihre Taille umschlungen und drückte sie fest an seinen muskulösen Brustkorb.

Darauf war sie nicht vorbereitet gewesen, ihn so intensiv und nah zu spüren – so unwiderstehlich maskulin. Furcht und Entsetzen durchströmten sie gleichzeitig. Sie wollte sich ihm entziehen, versuchte dem ungeahnten Gefühl zu entkommen, das erbarmungslos auf sie einstürmte.

Seine Umklammerung wurde fester, und seine tiefe, sonore Stimme drang an ihr Ohr. »Bringe mich nicht in Versuchung, sonst verliere ich die Geduld. Ich warne dich, ich werde keine weiteren Kapriolen von dir tolerieren.«

Als er seinen Kopf zu ihr hinunterbeugte, trafen sich ihre Blicke. Der Ausdruck seiner Augen war wie seine Umklammerung, unerbittlich und hart.

Abgrundtiefe Verzweiflung machte sich in ihrem Herzen breit. Es erschien ihr unmöglich, daß er ihre Spur in der Nacht und trotz des aufkommenden Unwetters verfolgt hatte. Und dennoch hatte er es gewagt, und jetzt verfluchte sie insgeheim ihr Schicksal, das sie so ungerecht behandelte.

Er packte die Zügel, gab seinem Pferd die Sporen und schon galoppierten sie zurück nach Dunlevy. Während des gesamten Wegs zur Burg herrschte eisiges Schweigen zwischen ihnen. Trotz seiner Warnung hielt Sabrina sich starr von ihm abgewandt, so daß alle ihre Muskeln schmerzten, als sie schließlich die Stallungen erreichten.

In der Zwischenzeit hatte ein eisiger Nieselregen eingesetzt. Ian saß als erster ab und streckte ihr hilfsbereit seine Hände entgegen. Mit trotzigem Gesichtsausdruck wollte Sabrina diese fortstoßen, doch sein stechender Blick verhieß umgehende Vergeltungsmaßnahmen, sollte sie es wagen, ihn zurückzuweisen. Dennoch wollte sie ihn ihre Ablehnung spüren lassen und berührte nur wie angeidert mit ihren Fingerspitzen leicht seine Schultern, als sie sich mit seiner Hilfe zu Boden schwang.

Er ließ sie sofort los, als sie sich von ihm abwandte. Es erweckte den Eindruck, als könnte keiner der beiden die Berührung des anderen ertragen. Doch zu ihrem Verdruß umklammerten seine Finger auf dem Weg zur Eingangshalle erneut ihren Arm.

Wütend wirbelte Sabrina zu ihm herum. »Ich kenne den Weg!« bemerkte sie spitz.

Sein angedeutetes Lächeln machte sie rasend. »Und ich ebenso, meine Liebe.« Er ging so schnell weiter, daß sie beinahe rennen mußte, um mit ihm Schritt zu halten.

Als sie die Treppe hinaufstiegen, heule der Wind unheimlich, und der trommelnde Regen prasselte auf das Gemäuer nieder. Sabrina war über die Maßen gekränkt, als sie schließlich ihre Kammer erreichten. Hielt er sie denn wirklich für so unterwürfig und gehorsam, daß sie sich seinen Wünschen willig beugen würde? Nun, er würde bald herausfinden, daß sie alles andere als gefügig war!

In dem Augenblick, als sie ihre Kammer betrat, riß sie sich abrupt von ihm los. Trotzdem erstaunte es sie nicht, daß er die Tür hinter ihnen schloß und sich langsam zu ihr umdrehte. Auf seinen Zügen spiegelte sich tiefe Befriedigung.

»Jetzt bin ich also wohlbehalten wieder auf Dunlevy eingetroffen.« Ihre Stimme klang so hell und klar wie die Kirchglocken an einem sonnigen Sonntagmorgen. Sie verfluchte ihn mit ihren Blicken, so wie sie ihn mit ihrer Zunge verdammte. »Aber glaubst du wirklich, das würde irgend etwas ändern? Glaubst du wirklich, du hättest dein Ziel erreicht?«

Ein unmerkliches Lächeln umspielte seine Mundwinkel. »Ja«, antwortete er kurz angebunden, »denn morgen wirst du meine Frau sein.«

»Noch sind wir nicht verheiratet«, erinnerte sie ihn mit tonloser Stimme. »Du kannst nicht haben, was ich dir nicht geben will.«

»Kann ich das nicht?« Mit einer geschmeidigen Bewegung, die sie beinahe aufkreischen ließ, war er bei ihr. Starke Arme umfingen sie und zogen sie an ihn heran – so nah, daß sie die dunkelgrauen Punkte in seiner Iris erkennen konnte!

Verblüfft bemerkte Sabrina sein aufrichtiges Lächeln. »Du solltest froh sein, daß ich es war, der dich fand, und nicht dein Vater.«

Sie zuckte zusammen. Sie wäre lieber geschlagen als eingesperrt worden, denn damit hatte er sie in ihrer Kindheit gestraft. Aber sie war entschlossen, vor Ian keinerlei Schwäche zu zeigen.

Stolz und herausfordernd zog sie eine Braue hoch. »Was? Erwartest du jetzt etwa meinen Dank? Doch wohl kaum!«

Sein Blick schien sie zu durchbohren. »Sei ehrlich zu mir, Sabrina. Möchtest du wirklich bei deinem Vater bleiben?« Seine Augen wanderten zu dem Bluterguß, der ihren Wangenknochen dunkel überschattete.

Sie verstand sofort, was er meinte. »Ich brauche niemanden, der mich beschützt«, schleuderte sie ihm schroff entgegen. »Und ganz sicher nicht dich!«

»Mag sein, daß du mich nicht brauchst. Aber du wirst mich bekommen … und das steht fest«, seine verzerrten Lippen hatten kaum mehr Ähnlichkeit mit einem Lächeln, »vielleicht schon heute nacht.«

Ihr Herzschlag setzte aus, und eine schreckliche Furcht überkam sie. »Was meinst du damit?« flüsterte sie.

Sein Blick schweifte über ihren Körper und verweilte unverhohlenen auf den sanften Rundungen ihrer Brüste. Sabrina errötete vor Scham, denn er schien sie mit seinen Blicken zu entkleiden.

Dann trafen sie seine Worte wie ein Schlag ins Gesicht. »Nur das eine, Sabrina. Mach keinen Fehler«, meinte er unterkühlt. »Du gehörst schon jetzt zu mir, das ist so sicher, wie wir morgen Mann und Frau sein werden. Nichts und niemand wird mich aufhalten, wenn ich schon heute mein Recht einfordere.«

Ihren Lippen entwich ein hilfloser Wutschrei. »Warum? Warum bestehst du auf diese Hochzeit?«

»Das habe ich dir bereits erklärt. Ich werde den Wunsch meines Vaters, unsere Familien vereint zu sehen, befolgen.«

»Aber … aber du hast mich doch nie gemocht!«

Ihren Körper an dem seinen zu spüren, löste eine Woge von Empfindungen in ihr aus. Sein Blick wanderte über ihr aufgewühltes Gesicht: Ihre Wangen waren von der Anstrengung gerötet, und ihre feuchten, vollen Lippen hatten die Farbe blühender Rosenknospen. Ian spürte das unmißverständliche Aufwallen von Lust in seinen Lenden.

»Ich glaube eher, daß ich dich viel zu sehr mag«, brummte er. Er gab sie frei und machte mit seiner Hand eine knappe Geste. »Zieh dich aus«, befahl er.

Sabrina starrte ihn an. »Das kann nicht dein Ernst sein, daß … daß …« Bei Gott, sie konnte es nicht einmal aussprechen.

Solche Skrupel lagen Ian fern. »Daß ich mit dir ins Bett will?«

Ihr Mund öffnete und schloß sich verwirrt. Ein Kopfnicken war alles, was sie zustande brachte. Sie konnte ihre Augen kaum von seinem Gesicht abwenden.

Einen Moment lang schwieg er und beobachtete sie kritisch. »Und wenn es so wäre? Würdest du dich widersetzen?«

»Ja!« zischte sie.

»Warum?«

Ihr schwirrte der Kopf. Sie sagte das erste, was ihr einfiel. »Weil wir ... wir noch nicht verheiratet sind!«

Er schien darüber nachzudenken. »Das stimmt. Aber was macht eine einzige Nacht schon aus?« Seine unbeirrbare Ruhe war noch beängstigender als alles andere.

Da ihr keine passende Antwort einfiel, schwieg sie. Er verschränkte die Arme vor der Brust und deutete mit einem Kopfnicken auf ihr Kleid. Eine seiner dunklen Brauen schoß nach oben. »Tu, was ich dir gesagt habe, Sabrina. Und ich rate dir, tu es schnell, ansonsten werde ich es für dich tun.«

Sabrina wurde blaß. Als sie ihn anschaute, glaubte sie ihm bedenkenlos. Noch nie zuvor hatte sie einen Mann so schrecklich entschlossen gesehen. Er hatte recht. Sie konnte ihm und ihrem Schicksal nicht entkommen.

Ihre Hände zitterten, als sie nach den Bändern ihres Kleides griff. Es bereitete ihr Höllenqualen, sich vor den Augen eines Mannes zu entkleiden. Zum zweiten Mal – gütiger Himmel, zum zweiten Mal! – würde er sie nackt sehen. Und wieder einmal ließ er ihr keine Chance.

Und diesmal drehte er sich auch nicht um – wie damals am Teich. Statt dessen quälte er sie mit seinen unablässigen Blicken, während er darauf wartete, daß sie ihm gehorchte. Sie rang nach Atem und schob ihr Kleid über die Schultern – wie ein weiches Bündel lag es schließlich ihr zu Füßen.

Jetzt gab es nichts mehr, was sie vor diesen durchdringenden stahlgrauen Augen schützte. Sabrina wurde flammendrot, als sein Blick sie von Kopf bis Fuß musterte. Sie konnte in seinen Zügen keine positive Reaktion entdecken, aber das wollte sie auch beileibe nicht! Tatsächlich flehte sie in diesem Augenblick inständig, daß er sie über die Maßen abstoßend finden möge!

Doch dann hellte sich sein Gesicht auf, und er lächelte plötzlich, was sie mit erneuter Panik erfüllte. Sie wirbelte herum, verkroch sich in ihrem Bett und zog das Laken bis zum Kinn.

Erst da begriff sie, was sie getan hatte. Sie hatte exakt an dem Ort Zuflucht gesucht, den sie hätte meiden sollen – nämlich ihr Bett!

Seufzend hob sie den Kopf. Als sie sah, daß er gemächlich zur Tür schritt, riß sie fassungslos den Mund auf.

Sie schlug ihre Hände vors Gesicht. »W ... wohin gehst du?«

An der Türschwelle drehte er sich zu ihr um und verbeugte sich galant. »Ich werde den Rest der Nacht vor deiner Tür verbringen«, meinte er süffisant.

Sabrina blinzelte. »Aber ... warum?«

»Warum, das fragst du noch?« Er lachte grimmig. »Weil ich dir zutraue, daß du erneut ausreißt.«

Für Augenblicke schwieg Sabrina. Er hatte sie hierhergebracht, und sie war davon überzeugt gewesen, daß sie, genau wie bei ihrem Vater, die Konsequenzen seines Zorns würde ertragen müssen. Und jetzt tat er ausgerechnet das, womit sie nicht im Traum gerechnet hätte – er ließ sie allein. Sabrina wußte nicht, ob sie lachen oder weinen sollte.

Allerdings ließ sie sich zu keiner Gefühlsregung hinreißen. »Ich ... ich werde nicht wieder ausreißen«, murmelte sie schließlich leise. »Du hast mein Wort. Mein ... mein Versprechen.«

Das Versprechen kostete sie Überwindung. Denn im Gegensatz zu ihm, dachte sie erbittert, würde sie es halten.

Sein Lächeln blieb unterkühlt. »Keine Sorge, mein Mädchen. Auch wenn dir etwas anderes vielleicht lieber wäre, so befürchte ich doch, daß dein Wort augenblicklich nicht besonders viel zählt.«

Sabrina preßte die Lippen zusammen und blickte ihn zornig an, während sie auf eine Retourkutsche sann.

Doch als sie schließlich den Mund öffnete, war er bereits verschwunden.

In derselben Nacht schlich eine dunkle Gestalt unbemerkt aus der Burg. Der Ritt zu der tief im Wald versteckten Bauernhütte war lang und anstrengend. Schließlich saß er ab und schritt steifen Schrittes zur Tür. Als er nach dem Riegel tastete, stellte er fest, daß sie unverschlossen war. Er riß sie auf und trat beherzt ein.

Sein Blick wanderte zu dem an der gegenüberliegenden Wand stehenden Bett. »Du hast den Riegel nicht vorgeschoben«, bemerkte er schroff.

Das sanfte, melodiöse Lachen einer Frau erfüllte den Raum. »Wovor sollte ich Angst haben? Ich wußte doch, daß du kommen würdest.«

»Trotzdem halte ich es für unklug, so gedankenlos zu sein.«

Ihre wohlgeformten Lippen verzogen sich schmollend. »Warum? Lief nicht alles planmäßig?«

Sein finsteres Gesicht hellte sich auf. »Doch«, sagte er mit einem schallenden Auflachen. »Aber du wirst nicht glauben, was noch geschehen ist ... er wird Sabrina heiraten.«

Die Frau im Bett setzte sich auf. »Was! Wann?«

»Morgen«, lautete seine Antwort. »Du siehst, das macht die Dinge noch komplizierter.«

Die Frau glitt aus dem Bett. Ihre Decke fiel herunter und enthüllte ihren nackten Körper.

»Nein«, erwiderte sie mit einem süffisanten Lächeln. »Das macht die Sache lediglich interessanter.«

»Wieso?«

Sie lachte spöttisch. »Eine Ehe zwischen den beiden? Nun, ich wage zu behaupten, daß sie sich gegenseitig umbringen werden! Haha!« Ihr Lächeln wurde noch hämischer. »Wenn sie es bloß täten! Das würde uns eine Menge Ärger ersparen.«

Er war einen Moment still. »Wirst du mir bald folgen?«

»Ja. Das muß ich wohl.« Ihre Augen glühten im Schein des Feuers. Sie winkte ihn zu sich. »Jetzt komm, mein wollüstiger Hengst. Laß uns nicht mehr an sie, sondern an uns denken.« Sie verließ das Bett und trat auf ihn zu, ohne sich ihrer Blößen zu schämen. Statt dessen umfaßte sie ihre Brüste und berührte mit ihren Fingern deren Spitzen – eine wortlose Einladung.

Der Mann sog die Luft durch die Zähne ein. Sie war die Leidenschaftlichere von ihnen beiden, denn welches Begehren er auch immer befriedigte, sie war stets bereit für mehr.

Es interessierte ihn nicht länger, daß sie seine Bedenken zerstreut hatte, denn sie war ein gerissenes Luder – das wußte er mit absoluter Sicherheit.

Seine Männlichkeit war bereits stahlhart, und er brauchte kein weiteres Vorspiel. Rasch entledigte er sich seiner Kleidung und schlich auf sie zu. Doch als er sie umarmen wollte, wies sie ihn zurück und schüttelte den Kopf.

Wortlos kniete sie sich vor ihn. Und tatsächlich erübrigte sich jede weitere Unterhaltung, denn in Windeseile glitten ihre Finger durch sein dunkles, krauses Schamhaar. Er stöhnte, als sie ihn streichelte und seinen Körper erforschte. Und dann war ihr Mund erfüllt von ihm …

Sanfte, saugende Geräusche vermischten sich mit dem lustvollen Stöhnen des Mannes.

Ian MacGregor war vergessen.

Kapitel 8

Sonnenlicht erhellte den Himmel, als Sabrina am nächsten Morgen erwachte. Irgendwann in der Nacht war ihr schmerzlich bewußt geworden, daß sie absolut nichts gegen diese Eheschließung unternehmen konnte. Insgeheim zweifelte sie fast, daß sie ihr Schicksal jemals selbst bestimmen durfte – und gestand sich schließlich frustriert ein, daß das bisher nie der Fall gewesen war. Du vergißt, flüsterte ihr eine innere Stimme zu, daß auch Margaret keine andere Wahl hatte, als Ian zu heiraten.

Sie wußte, daß das der Wahrheit entsprach. Allerdings hatte Margaret sich der Heirat mit Ian nie widersetzt. Sie hatte keinen anderen geliebt …

In diesem Augenblick platzte Edna herein. »Mylady«, entfuhr es ihr aufgebracht. »Sie sind ja noch im Bett! Und das an Ihrem Hochzeitstag!« Die Bedienstete machte keinen Hehl aus ihrer Mißbilligung. »Kommen Sie, raus aus den Federn! Wir müssen uns beeilen, sonst werden wir es bis zum Mittag nicht mehr schaffen.«

Mittag. Ihre abgrundtiefe Verzweiflung zerriß ihr fast das Herz. Für Sabrina hätte es ebensogut eine Aufforderung zu ihrer eigenen Hinrichtung sein können.

Wäre Edna nicht gewesen, hätte sie niemals die Energie aufgebracht aufzustehen. Doch Edna klatschte in die Hände, und mehrere Bedienstete trugen den hölzernen Badetrog herein. Während Sabrina im Wasser saß, eilte Edna durch den Raum und legte ihre Kleidung zurecht.

Edna hatte ihr bestes Kleid aus weichem, elfenbeinfarbenem Samt herausgelegt. Sabrina schürzte die Lippen und schüttelte den Kopf. Plötzlich verspürte sie den unbändigen Wunsch, ihrer Empörung Luft zu machen.

»Ich glaube, ich werde ein anderes Kleid tragen«, erklärte sie in schnippischem Ton. Als sie Ednas schreckgeweitete Augen bemerkte, marschierte sie kurz darauf zu ihrer Truhe und zerrte ein anderes heraus. Wenige Augenblicke später war sie umhüllt von grobem braunem Wollstoff, der an den Ärmeln und am Saum bereits ausgefranst war. Dieses Kleid trug sie häufig, wenn sie der Wäscherin half oder andere Haushaltspflichten erledigte.

Verblüfft öffnete Edna den Mund und schloß ihn sogleich wieder. Sie war sprachlos.

Im Gegensatz zu vielen anderen Bräuten trug Sabrina ihr Haar nicht offen. Statt dessen frisierte sie es zu einem einzelnen Zopf, den sie zu einem strengen Knoten hochsteckte. Sie lehnte auch den Kranz aus frischen Blumen ab, den Edna ihr auf den Kopf setzen wollte. Vielleicht war es ungerecht von ihr, aber sie würde diesen Tag unter gar keinen Umständen feiern.

Edna schien den Tränen nahe. Sabrina wollte ihre junge Zofe nicht verängstigen, deshalb lächelte sie und küßte sie herzlich auf die Wange. »Reg dich nicht auf, Edna. Niemand wird dir die Schuld geben.«

Dann vernahmen sie ein polterndes Klopfen an der Tür. »Komm heraus, Mädchen!« brüllte Duncan. »Der Priester wartet!«

Durch die verschlossene Tür rief sie ihm zu: »Ich komme gleich, Papa.«

»Ich warte in der Kirche!« gab er zurück. Seine Schritte dröhnten durch den Gang.

Sie betrachtete sich in dem kleinen Wandspiegel. Als sie ihren Kopf drehte, fiel ihr Blick auf den häßlichen, auf ihrer Wange prangenden Bluterguß. Die Haut war aufgeplatzt und leicht angeschwollen.

Edna zupfte an ihrem Ärmel. »Mylady«, murmelte sie, »vielleicht etwas Puder …«

»Nein«, erwiderte Sabrina unerwartet selbstbewußt.

Sie straffte die Schultern – das war das Werk ihres Vaters. Sollte er es doch sehen – alle sollten es sehen –, denn sie würde die Wahrheit nicht verbergen. Sie zwang sich zu einem Lächeln, atmete tief ein und strich über ihr Haar. Zum ersten Mal blickte sie gefaßt dem entgegen, was dieser Tag offenbaren sollte.

Die winzige Kapelle befand sich neben dem nördlichen Wehrturm. Als Sabrina eintrat, bemerkte sie eine kleine, vor dem Altar versammelte Gruppe. Langsam schritt sie auf diese zu. Das leise Klappern ihrer Sohlen verriet ihre Anwesenheit, noch bevor alle den Blick auf sie gerichtet hatten. Sie blieb stehen. Papa trat an ihre linke Seite, Ian und Alasdair gesellten sich zu ihrer Rechten.

Es herrschte Totenstille.

Pater Stewarts Augen wanderten zwischen ihr und Ian hin und her. Ihr Vater musterte sie unverhohlen und schien einem Tobsuchtsanfall nahe. Für einen Augenblick befürchtete sie es allen Ernstes und erzitterte bei dem Gedanken an seinen Zorn. Alasdairs Gesichtsausdruck hingegen war überaus freundlich gesinnt. Zunächst war er entsetzt zusammengezuckt, doch dann bemerkte sie, daß er ein Lächeln unterdrücken mußte.

Schließlich war da noch Ian.

Er sah blendend aus in seiner Highland-Festtagskleidung, sein Plaid war kunstvoll über seiner linken Schulter drapiert. Eine Hand umklammerte die Schottenmütze mit dem Wappen der MacGregors – einem Löwenkopf mit einer antiken Krone. In jeder anderen Situation hätte sie ihn vielleicht atemberaubend attraktiv gefunden. In diesem Moment senkten sich seine Mundwinkel angewidert, während er sie schweigend taxierte. Sabrina empfand einen heimlichen Triumph – ihr Kleid mißfiel ihm! O ja, zweifellos wäre ihm eine willige, schüchtern errötende Braut lieber gewesen. Aber er hatte diese

Heirat forciert, und bei allen Heiligen, jetzt mußte er die Konsequenzen tragen.

Denn Sabrina hatte diese Eheschließung unter gar keinen Umständen gewollt. Sie wollte nichts, absolut nichts von ihm, und es war ihr egal, ob alle davon erfuhren.

Mit einer Kühnheit, die sie selbst erschreckte, schob sie hochmütig ihr Kinn vor. »Wollen wir anfangen?«

Entschlossen grinste Ian sie an. »Selbstverständlich.« Er bot ihr seinen Arm. Für Sekundenbruchteile zögerte Sabrina, dann legte sie ihre Hand auf seinen Hemdstoff. Unter ihren Fingerspitzen spürte sie die pulsierende Wärme seines Körpers und die gestählte Muskulatur seines Unterarms. Gemeinsam traten sie vor Pater Stewart.

Die nächsten Minuten erlebte sie wie durch einen Nebelschleier. Zum ersten Mal wurde ihr bewußt, daß sie von nun an zu ihm gehörte – daß sie sein Besitz, sein Pfand war. Er würde sie nicht zärtlich liebkosen, wie Jamie es getan hätte, dachte sie schmerzlich. Auch würde seine Liebe ihr beileibe keine himmlischen Wonnen bescheren, wie es bei Jamie der Fall gewesen wäre. Sie bedeutete ihm nichts, rein gar nichts. Er stand mit unbewegtem Gesichtsausdruck neben ihr, kühl, ernst und furchteinflößend … so unendlich kalt und entsetzlich, wie ihr Leben von diesem Tag an sein würde.

Ein unterdrückter Seufzer entwich ihrer Kehle, und ihr Herz krampfte sich schmerzhaft zusammen. Das hatte sie nie gewollt! Sie wollte ein Leben voller Liebe und unendliches Glück. Sie verspürte den Wunsch, aus der Kirche zu flüchten und für immer zu verschwinden. Als könnte Ian jeden einzelnen ihrer Gedanken lesen, wurde sein Griff um ihre Hand ein wenig fester. Sabrina konnte nicht anders – sie warf einen Blick auf sein Profil.

Ihre Blicke trafen sich, stahlgraue Pupillen bohrten

sich in das flackernde Grün ihrer Iris. Verstört erkannte sie, daß er sie fixiert hatte. Wie lange hatte er sie schon beobachtet? fragte sie sich beinahe rasend vor Wut. Dann funkelten seine Augen, und in deren kristallklaren Tiefen schimmerte eine unausgesprochene Herausforderung – eine Herausforderung, die ihren früheren Stolz zu neuem Leben erweckte.

Sie richtete sich zu ihrer vollen Größe auf und wurde starr wie eine Lanze. Die weitere Zeremonie verlief ohne jeden Zwischenfall. Sabrina legte ihr Ehegelübde mit fester, klarer Stimme ab, Ian in einem tiefen sonoren Bariton.

Dann war alles vorüber. Benommen hörte Sabrina, wie der Pater sie zu Mann und Frau erklärte. Ian drehte sich zu ihr um. Ein kräftiger Arm umschlang ihre Taille. Plötzlich waren Sabrinas Nerven zum Zerreißen gespannt. Sein arrogantes Lächeln verriet sein Vorhaben, und sie öffnete den Mund, um zu protestieren.

Doch das interessierte ihn nicht – oh, beileibe nicht! Seine Arme zogen sie nah – entsetzlich nah! – an seinen Körper. Sie warf noch einen kurzen, vernichtenden Blick in seine gräßlich funkelnden Augen, bevor sein Mund sich auf den ihren senkte.

Seine Umarmung war fest und duldete keinen Widerstand, sein Kuß brannte wie Feuer – ja, und er erklärte sie zu seinem Besitz. Als er seine Lippen von den ihren hob, begriff sie schlagartig, welche Befriedigung ihn erfüllte.

Obwohl Sabrinas Wangen vor Beschämung brannten, dokumentierte ihr Blick ihre Verachtung. In diesem Moment haßte sie ihn beinahe dafür, daß er eine solche Macht über sie besaß.

Alasdair räusperte sich. Begeistert klopfte er seinem Cousin auf den Rücken und wandte sich dann an Sabrina. »Jetzt werde ich dich ebenfalls Cousine nennen«, neckte er sie.

Sie zwang sich zu einem Lächeln.

Im Rittersaal war ein Fest vorbereitet worden. Mehrere Clanmitglieder waren eingetroffen, um ihre Glückwünsche auszusprechen. Ian wich nicht von ihrer Seite – wie ein ekliger Blutegel, dachte sie im stillen – sein Arm hielt ihre Taille umfaßt. Sabrina konnte nichts tun, obwohl sie ihn am liebsten von sich gestoßen und das Ganze lautstark als eine Farce bezeichnet hätte. Im Gegensatz zu ihr lachte er und unterhielt sich ungezwungen. Es erweckte fast den Eindruck, als hätte er sich auf dieses Ereignis schon jahrelang gefreut.

Doch neben ihrer Wut spürte sie eine vollkommen andere Empfindung. Ian war groß und stattlich – und überwältigend maskulin. Neben ihm fühlte sie sich seltsam klein und hilflos, und das gefiel ihr absolut nicht.

Sie konnte kaum etwas essen, Ian hingegen langte mit großem Appetit zu. Während sie neben ihm an der Festtagstafel saß, streifte ihr Blick immer wieder seine Hände. Ein merkwürdiges Kribbeln jagte über ihren Rükken. Seine Hände waren wie sein Körper, lang, schlank und kräftig. Seidig glänzender, dunkler Flaum bedeckte seine Unterarme und Handrücken. Sabrina hätte nur zu gern gewußt, ob sein gesamter Körper ebenfalls behaart war …

Gedankenverloren stellte sie sich die möglichen Körperregionen vor, und es gelang ihr nicht, diesen Gedanken zu verdrängen. Für einen kurzen Augenblick hatte sie am Vorabend geglaubt, er wolle sie verführen. Dann hatte sie lautstark protestiert, daß sie noch nicht verheiratet seien. Doch diese Hemmschwelle existierte nicht länger, und er besaß alle Rechte, mit ihr zu tun, was immer er nur wollte.

Gewiß, er hatte sie nackt gesehen, trotzdem hatte er sie nie berührt. Aber jetzt durfte er sie berühren, wo immer er wollte – wann immer er wollte. Sie erschauerte, ihr Mund war völlig ausgetrocknet. Sie konnte beinahe spüren, wie seine starken Finger begehrlich über ihren Körper glitten. Nichts und niemand konnte ihn daran hindern; mit Sicherheit würde er ihrem innigen Wunsch, sie in Ruhe zu lassen, keinerlei Beachtung schenken.

Schweigend brütete sie vor sich hin. Sie hatte sich Jamie nicht hingegeben, und doch wünschte sie sich mit jeder Faser ihres Körpers, sie hätte es getan. Ihre Brust schmerzte aufgrund einer Flut von Gefühlen, die sie übermannten.

Eine plötzlich eiskalte Furcht ließ das Blut in ihren Adern gefrieren. Sie hatte ihre Eheschließung bewältigt ... doch wie sollte sie die kommende Nacht überstehen? Sie hielt den Atem an. Sie mußte einen Weg finden, ihm Einhalt zu gebieten. Irgendeine Möglichkeit mußte es doch geben ...

»Hast du Angst vor mir, Eheweib?«

Eheweib. Sabrina fixierte ihre Aufmerksamkeit auf den vor ihr stehenden, silbernen Becher. Es lag keine Zärtlichkeit in dem Wort, sondern nur hochmütiger Spott. Für ihn war es lediglich ein boshafter Seitenhieb, um sie zu demütigen.

Für sie bedeutete es jedoch einen Fluch des Schicksals.

»Nein.« Nur mühsam brachte sie das Wort aus ihrer zugeschnürten Kehle.

»Dann sieh mich an.«

Sein Tonfall war schroff. Sabrina gehorchte, ohne zu überlegen, und bereute es sofort. Seine Augen waren kalt und abweisend, seine Gesichtszüge ernst und unnahbar. Ihr Blick wanderte zu seinem muskulösen Hals, sein dunkles Barthaar setzte sich bis zu seiner Kehle fort. Sie dachte an all das, was sich unter seiner Kleidung verbarg ... und erzitterte vor einer Furcht, die sie nie zuvor gekannt hatte – der Furcht vor dem Unbekannten.

Entschlossen keine weitere Schwäche zu zeigen, senkte sie den Blick. Doch ihr überschäumendes Temperament ging mit ihr durch, und eine Woge des Zorns pulsierte durch ihre Adern. Plötzlich haßte sie ihn, weil er sie in diese ausweglose Situation gebracht hatte. Und sie verspürte den brennenden Wunsch, ihn zu verletzen, damit er den Tag ihrer Heirat bis an sein Lebensende verwünschte.

Aufgebracht runzelte sie die Stirn. »Woran denkst du?« fragte er mürrisch.

»Vermutlich willst du das gar nicht wissen«, murmelte sie abwesend.

»Doch, das will ich. Erzähl es mir, Sabrina.«

Widerstrebend begegnete sie seinem Blick. »Wenn du es unbedingt wissen willst, ich habe an Jamie gedacht.«

»Warum?« fragte er kurz angebunden.

»Weil er derjenige ist, den ich hätte heiraten sollen.«

Nur mit Mühen gelang es ihr, diesen Worten die Schärfe zu nehmen.

»Du tätest gut daran, ihn zu vergessen. Er ist nicht länger Teil deines Lebens.«

Sabrinas Augen verdunkelten sich. »Ich werde ihn niemals vergessen. Niemals!« entgegnete sie leise und leidenschaftlich.

Ians Finger umschlossen seinen Becher so fest, daß seine Fingerknöchel weiß hervortraten. Obwohl er schwieg, bemerkte sie seine plötzliche Anspannung.

»Hättest du Margaret geheiratet«, sagte sie herausfordernd, »dann hättest du eine Frau so rein wie frischgefallener Schnee an deiner Seite.« Sie lächelte honigsüß. »Macht es dir eigentlich etwas aus, Ian, daß ein anderer Mann besessen hat, was jetzt dir gehört? Ja, ich glaube schon, daß es dir etwas ausmacht. Vielleicht hättest du mich doch letzte Nacht verführen sollen«, fuhr sie fort. »Nun, du hattest die Wahl. Dann hättest du dir Gewißheit verschaffen und uns beiden vieles ersparen können.« Insgeheim hielt sie den Atem an. Vielleicht ging der Kelch ja doch noch an ihr vorüber. Wenn sie ihn davon überzeugte, daß Jamie ihre Unschuld geraubt hatte, wollte er sie vielleicht nicht mehr. Vermutlich würde ihre Ehe dann annulliert ...

Seine Augen verengten sich zu Schlitzen. Seine Stimme klang gefährlich leise. »Dann gibst du also zu, daß du mit ihm geschlafen hast?«

»Ja«, sagte sie unbesonnen.

Er war wütend, das erkannte sie an dem angespannten Zug um seine Mundwinkel. Und sie genoß ihren Sieg ...

Aber dieser währte nur kurz.

Abrupt sprang er auf. »Einen Kuß«, sagte er unvermittelt. »Ich möchte einen Kuß von meiner Frau.«

Verzweiflung übermannte sie, denn seine Augen brannten wie Feuer. Das hatte sie um nichts in der Welt erwartet! »Das kannst du nicht tun«, entfuhr es ihr. »Nicht noch einmal!«

»Und ob ich das kann.« Seine Hände umfaßten ihre Schultern und zogen sie hoch. »Und bei Gott, ich werde es tun.«

Und so geschah es.

Es kümmerte ihn nicht, daß alle Anwesenden zusahen – und applaudierten. Sein Kuß war weder zärtlich noch verlangend, dachte sie voller Bitterkeit. Er bestrafte sie, besiegelte seinen Besitz, und das wußten beide. Wären sie allein gewesen, hätte sie sich mit all ihrer Kraft gegen ihn zur Wehr gesetzt, doch genau genommen bot er ihr dafür keine Gelegenheit. Seine Arme umschlossen sie besitzergreifend und zogen sie so fest an seinen Körper, daß sie kaum atmen konnte.

Seine glühenden Lippen verzehrten sie. Ihr blieb keine Wahl, sie mußte das fordernde Spiel seiner Zunge in ihrem Mund ertragen. Heiße Tränen stiegen ihr in die Augen, denn Jamie hatte sie nie auf diese widerliche, schockierende Weise geküßt wie Ian in diesem Augenblick. Es war ungerecht, und ihr Herz verkrampfte sich vor Qual, denn selbst jetzt verspottete er sie.

Als er sie schließlich freigab, schwankte sie und rang nach Atem. Ihre Finger hatten sich in sein Hemd gekrallt, ansonsten wäre sie zu Boden gesunken. Sie senkte ihren Kopf, denn sie wollte nicht, daß er ihre tiefe Bestürzung bemerkte.

Aber das war noch nicht alles.

Rufe und Pfiffe ertönten, als er seinen Kopf hob. Triumphierend prostete er den Gästen zu, dann blickte er zu ihr hinunter. Inzwischen hatte sich Sabrina soweit erholt, daß sie seinen Blick mit unverhohlener Gleichgültigkeit erwiderte.

Er beugte sich zu ihr vor. »Wie schön, daß du bereits Reisegarderobe trägst«, sein Blick musterte ihr braunes Wollkleid, »das gefällt mir, denn jetzt mußt du dich wenigstens nicht mehr umziehen.«

Sabrina blinzelte verstört. »Was?« erwiderte sie schwach. »Du willst abreisen?«

Überaus amüsiert grinste er sie an. »Nein, mein Mädchen. Wir werden abreisen«, korrigierte er. »Es wird höchste Zeit, daß ich zur Burg der MacGregors zurückkehre.«

Eiskaltes Entsetzen übermannte sie. Sie war noch nicht darauf vorbereitet, der Welt – seiner Welt – als seine Ehefrau gegenüberzutreten. Fieberhaft suchte sie nach Ausflüchten. »Aber ... aber was wird aus der Hochzeitsfeier? Und meine Sachen sind auch noch nicht gepackt.«

»Doch, das sind sie«, informierte er sie – mit diebischem Vergnügen, wie sie frustriert feststellen mußte. »Edna hat sich darum gekümmert. Und uns bleibt keine Zeit für ein Fest.«

»Aber ... aber es ist schon sehr spät. Es wird bald dunkel ...«

»Das spielt keine Rolle. Bis dahin haben wir die Highlands – und unser gemeinsames Zuhause – schon fast erreicht.«

Das war beileibe kein Scherz. Sabrina verstand sofort, warum er darauf bedacht war, so schnell wie möglich in die Highlands zurückzukehren. Er wollte ihr keine erneute Chance zur Flucht bieten.

Und vermutlich wußte er, daß sie den Gedanken an einen baldigen Aufbruch zutiefst verabscheute ... was ihn zweifellos in seinem Vorhaben bestärkte!

Sie zuckte zusammen, als er ihrem Vater und Alasdair zurief: »Sobald die Pferde gesattelt sind, werden wir aufbrechen.«

Duncan klatschte in die Hände und befahl einem Bediensteten, den Stallmeister zu informieren.

Kaum eine Viertelstunde später standen sie alle vor der Tür zur Eingangshalle versammelt. Alasdair saß bereits hoch zu Roß, er wartete in der Nähe des Tors. Obwohl Sabrina Selbstmitleid eigentlich fremd war, standen heiße, brennende Tränen in ihren Augen. Sie war im Begriff, ihre Heimat zu verlassen, und das mit einem Mann, den sie kaum kannte – er würde sie nun an einen Ort bringen, an dem sie nie zuvor gewesen war.

Die Bediensteten hatten sich in einer langen Reihe vor der großen Steintreppe aufgestellt. Sabrina rief jeden einzelnen zu sich, dankte ihnen für ihre Dienste und wünschte ihnen alles Gute.

Edna war die letzte, von der sie sich verabschiedete. Die kleine Zofe schluchzte laut, ihre Wangen und ihre Nase waren vom Weinen gerötet.

Sabrina zwang sich zu einem aufmunternden Lächeln und faßte sie an der Schulter. »Weine nicht, Edna«, versuchte sie diese zu necken, »sonst fange ich auch noch damit an.« Allerdings klang es alles andere als scherzhaft.

Edna brach in herzzerreißendes Wehklagen aus. »Mylady, ich werde Sie schrecklich vermissen!«

Impulsiv umarmte Sabrina die junge Frau. »Und ich dich«, flüsterte sie. »Bete gelegentlich für mich. Wirst du das tun, meine Gute?«

»Jeden Tag«, versprach Edna. Sie umarmten sich ein letztes Mal, dann flüchtete sich Edna schluchzend in die Halle.

Nun blieb nur noch ihr Vater übrig. Während des Wartens war er ungeduldig auf und ab geschritten, doch jetzt blieb er abrupt stehen. Er richtete sich zu seiner ganzen Größe auf, und in seinem Gesicht zeichnete sich keine Gefühlsregung ab.

Langsam schaute Sabrina zu ihm auf. Es war ein äußerst unangenehmer Moment. Sie wußte nicht, was sie sagen sollte, wußte nicht, was sie tun sollte. Trotz allem war er ihr Vater, und sie liebte ihn. Und jetzt sehnte sie sich nach einer winzigen Regung, daß er ihre Gefühle erwiderte, sei sie auch noch so klein.

Ihre Augenlider flatterten, doch er blickte nur über ihre Schulter zu Ian, der neben seinem Hengst wartete. Grimmig sagte er: »Wie ich gehört habe, ist dein Angetrauter ein harter und strenger Mann. Ich bete darum, daß du ihm eine bessere Ehefrau sein wirst, als du es als Tochter je gewesen bist.«

Sabrina taumelte. Seine Worte trafen sie wie ein Dolchstoß. Sie hatte das Gefühl, innerlich zu zerbersten. O ja, sie hätte es wissen müssen! gestand sie sich schmerzlich ein. Ihr Vater hegte keine Gefühle für sie – weder Zuneigung noch Liebe.

Aber wen wunderte das, schließlich war sie nicht seine geliebte Margaret.

Tapfer unterdrückte sie ihre Tränen und wappnete sich mit Stolz und Würde – denn das war alles, was ihr blieb. Vielleicht sogar alles, was sie je besessen hatte.

»Möge Gott mit dir sein, Papa«, sagte sie mit klarer

Stimme. Sie reckte sich und küßte ihn auf die Wange, dann schritt sie zu ihrer Stute. Obwohl sie auf diesem kurzen Weg ihr Rückgrat kerzengerade hielt, schien sie innerlich zu zerbrechen.

Das nächste, woran sie sich erinnerte, war Ians Arm, der ihre Taille umschlang und sie in den Sattel hob. Sie konnte ihn nicht ansehen – es gelang ihr einfach nicht! Hatte er die herzlosen Worte ihres Vaters mitangehört? Sie fühlte sich entblößt und gedemütigt. Nein, betete sie. Bitte, lieber Gott, nein. Allein die Vorstellung erfüllte sie mit abgrundtiefer Beschämung.

Sekunden später galoppierten die drei Reiter durch das Tor. Sabrina blickte zurück auf Dunlevy. Das Sonnenlicht reflektierte sich in den Turmspitzen, und hinter den hohen Steinmauern erstreckten sich endlose grüne Wälder und Felder.

Sie fühlte sich so einsam wie der Wind.

Margaret war von ihr gegangen, dachte sie qualvoll. Papa war für sie verloren und unerreichbar. Sie war die Tochter eines Mannes, der ihre Existenz am liebsten verleugnet hätte. Und jetzt war sie mit einem abweisenden, kaltblütigen Unbekannten verheiratet.

Ein heftiger, quälender Schmerz durchströmte ihre Brust. Dunlevy war nicht mehr ihre Heimat, erkannte sie voller Betrübnis. Und die Burg der MacGregors konnte niemals ihr Zuhause sein. In ihrem Leben gab es nur noch Leere und Verzweiflung …

Eine einsame heiße Träne lief über ihre Wange – sie spiegelte den Zustand ihrer Seele. Sabrina wischte sie mit dem Handrücken fort.

Das war die einzige Träne, die sie vergoß. Jede weitere schmerzliche Regung hielt sie fest in ihrer Brust verschlossen.

Kapitel 9

Ich werde darum beten, daß du ihm eine bessere Ehefrau sein wirst, als du als Tochter je gewesen bist.

Verdammt sollte er sein. Fluchen war alles, was Ian tun konnte, um sich selbst davon abzuhalten, zurückzureiten und Duncan Kincaid mit seinen bloßen Händen zu erdrosseln. Dieser Bastard hatte es verdient, für sein Verhalten gegenüber seiner Tochter in der Hölle zu schmoren! Sabrina war sein eigen Fleisch und Blut, und trotzdem war sie ihm vollkommen gleichgültig. Er konnte die abgrundtiefe Verachtung dieses Mannes für sein eigenes Kind weder verstehen noch tolerieren.

Er hatte das Entsetzen und die Verzweiflung auf Sabrinas Gesicht bemerkt, ihre schreckgeweiteten, feuchtschimmernden smaragdgrünen Augen. Sie erinnerte ihn in diesem Moment an ein waidwundes Reh.

Sabrina konnte froh sein, daß sie den herzlosen Schuft endlich los war, dachte er widerwillig. Nach ihrem Blick zu urteilen, vermutete er allerdings das Gegenteil.

O nein, rein äußerlich wirkte sie völlig gelassen. Ihr Gesichtsausdruck war stolz und würdevoll. Aufrecht und anmutig saß sie auf ihrer Stute. Allerdings beschäftigte ihn weitaus mehr, was in ihrem Kopf vorging.

Die drei sprachen nur wenig, während sie nach Norden ritten, denn Ian wollte die Reise so rasch wie möglich hinter sich bringen. Er ritt schnell, aber keinesfalls riskant. Bald nach Sonnenuntergang hielten sie an einem kleinen, plätschernden Bach, um die Pferde zu tränken. Dort bemerkte er Sabrinas Erschöpfung, als sie müde die Hand ausstreckte, um den Hals ihrer Stute zu tätscheln, während das Tier durstig trank.

Er gab Alasdair ein Zeichen. »Wir werden die Nacht hier verbringen.«

»Hervorragend«, bekräftigte Alasdair. »Ich fürchte, ich bin durch die vergangenen Tage etwas verweichlicht. Einen halben Tag im Sattel, und ich spüre sämtliche Gliedmaßen!« Er blickte zu Sabrina. »Aber ich jammere und klage, während du sicherlich völlig erschöpft bist.«

Sabrina lächelte schwach. »Ich danke dir für deine Besorgnis, Alasdair. Aber ich versichere dir, sie ist unbegründet.«

Ian saß ab, innerlich schäumte er vor Wut. Bei Alasdair konnte sie lächeln. In den Armen ihres geliebten Jamie konnte sie lächeln … Nur ihren Ehemann strafte sie mit Verachtung!

Nachdem er neben ihre Stute getreten war, verschwand ihr Lächeln, und sie erstarrte, als er seine Hände nach ihr ausstreckte. Kaum hatte er sie am Boden abgesetzt, wollte sie sich von ihm losreißen, doch er hielt sie fest.

Ihre Blicke trafen sich für Sekundenbruchteile, als er ihr Kinn zwischen Daumen und Zeigefinger nahm. Vorsichtig neigte er ihre Wange ein wenig zur Seite und strich mit seinem Daumen über den Bluterguß.

Seine Worte galten nur ihr allein. »Tut es weh?«

Sie senkte die Lider, um ihren Blick vor ihm zu verbergen. »Nein«, flüsterte sie.

Ian runzelte die Stirn. Irrte er sich – oder war da eine winzige Unsicherheit in ihrer Stimme?

Er hielt sie immer noch fest. »Bist du sicher?«

»Ja. Und jetzt … jetzt laß mich bitte in Ruhe!« Sie wandte ihr Gesicht ab, drehte sich um und ging schnellen Schrittes in Richtung eines Gebüschs. Doch bevor sie sich abwandte, hatte er für einen kurzen Moment den aufgewühlten Blick in ihren Augen gesehen.

Ian biß die Zähne zusammen. So sah es also aus. Sein

Herz verkrampfte sich, und insgeheim schalt er sich einen Idioten. Er hatte es wieder kurzzeitig verdrängt – sie wollte nicht ihn, sondern Jamie.

Alasdair fing an, Holz für ein Feuer zu sammeln, während Ian die Pferde absattelte und sie dann grasen ließ. Danach baute er ein kleines Zelt auf. Er hatte es einzig und allein zum Zwecke ihrer Bequemlichkeit mitgebracht – nein, das war nicht richtig –, damit Margaret es bequem hatte. Es war schon sonderbar, dachte er nüchtern, wie die Dinge sich entwickelt hatten. Nicht in tausend Jahren hätte er damit gerechnet, mit Sabrina als seiner Gattin in die Highlands zurückzukehren.

Genausowenig wie sie, dachte er voller Zynismus.

Als Sabrina zurückkam, packten sie Reiseproviant und Bier aus. Es war bereits stockfinster, als sie sich schließlich niederließen. Die meiste Zeit ihres Mahls verbrachten sie schweigend. Wenn jemand sprach, dann war es häufig Alasdair, der die Spannung zwischen den beiden Jungvermählten nicht zu bemerken schien. Als sie sich gestärkt hatten, gähnte Alasdair müde und erklärte, daß er sich für die Nacht zurückziehen würde. Kurz darauf breitete er auf der anderen Seite des Feuers eine Decke aus.

Sabrina deutete mit dem Kopf zum Zelt. »Soll ich dort schlafen?«

Ian nickte.

»Dann also gute Nacht.« Sie erhob sich und verschwand im Zelt.

Er stand auf, schritt zum Zelt und schob die Plane zur Seite. In gebückter Haltung trat er ein.

Sabrina wirbelte herum. »Ian!«

»In der Tat«, sagte er ruhig. Sein Blick glitt über ihren Körper. »Holdes Eheweib, zieh dein Kleid aus.«

Ihr Mund öffnete sich, ihre Augen blitzten. »Verärgere mich jetzt nicht, Mädchen«, warnte er mit ruhiger

Stimme. »Also, runter damit. Und reiche es mir herüber.«

Sie ballte ihr Hände zu Fäusten. »Du willst mich wohl unbedingt nackt sehen!«

»Du vergeudest deine Zeit, Sabrina. Wenn du es nicht tust, dann erledige ich es für dich.«

Sie wurde blaß, zog aber besagtes Kleidungsstück über ihre Schultern. Sobald sie sich dessen entledigt hatte, beugte Ian sich vor, raffte es zusammen und schritt zurück zur Zeltplane. Dort drehte er sich um und betrachtete sie.

Nur mit ihrem Mieder bekleidet stand sie dort, die Hände in die Hüften gestemmt. »Ian! Was tust du? Willst du es mir wegnehmen?«

»Ja«, erwiderte er knapp.

Sie zog die Brauen zusammen. »Wie kannst du es wagen? Nun, ich möchte es wirklich als Erinnerung an unseren Hochzeitstag aufheben.«

Ian knirschte mit den Zähnen, während er das Zelt verließ und das widerwärtige Kleidungsstück ins Feuer warf.

Jetzt war Sabrina sprachlos – ein Zustand, dachte er, in den sie leider nicht allzu häufig verfiel.

Er deutete auf das Nachtlager. »Ins Bett mit dir, Weib.«

Dieses eine Mal diskutierte sie nicht, sondern glitt unter die Laken. Sie zog die Decke bis zum Kinn hoch und starrte ihn aus riesigen grünen Augen an.

Überaus bedächtig setzte Ian sich hin und zog seine Stiefel aus.

»Ian … Was … was tust du da?«

Sie war nervös, stellte er fest, und das bereitete ihm eine widernatürliche Genugtuung. »Ich glaube, das ist offensichtlich.«

Er legte sich neben sie und verschränkte seine Hände hinter dem Kopf.

Ihr Atem ging in kurzen, kleinen Stößen. »Du beabsichtigst, hier zu schlafen?«

Ian drehte seinen Kopf ein wenig zur Seite. Frostig bemerkte er: »Mir gefällt dieser gräßliche Haarzopf nicht, Eheweib. Löse ihn.«

Ihr Mund zuckte verräterisch, trotzdem gehorchte sie. Nachdem sie ihren Zopf gelöst hatte, glitt sie mit den Fingern durch ihre Lockenpracht.

Das war ein Fehler gewesen, schoß es ihm durch den Kopf. Ihr Haar umschmeichelte verführerisch ihre Schultern. Ihre Anmut traf ihn wie ein Schlag in den Magen. Er war kaum in der Lage, sein lustvolles Verlangen zu unterdrücken.

»Ich weiß, was du vorhast, Ian.« Ihr Tonfall war eisig. »Du tust das alles nur, um mich zu … zu demütigen.«

»Aber nein. Komm schon, Sabrina. Wo sonst sollte ich schlafen, wenn nicht bei meiner Frau?« In seiner Stimme schwang übertriebene Herzlichkeit. »Und dies ist immer noch unsere Hochzeitsnacht!«

»Unsere Hochzeit war keine der üblichen Eheschließungen«, platzte sie heraus.

»Ach, darin stimmen wir also überein. Aber wenn ich dir nun sagen würde, daß ich deine List durchschaue?«

»Du sprichst in Rätseln, und ich bin erschöpft«, sagte sie gequält. »Können wir später darüber reden?«

»Können wir nicht.« Er lächelte mit gespielter Höflichkeit – schließlich konnte er ebenso uneinsichtig sein wie sie.

»Wie bitte?«

Er drehte sich auf die Seite, um ihr ins Gesicht schauen zu können. »Ich gebe zu, ich war verblüfft über die Wahl deines Hochzeitskleides. Du hast es aus purem Trotz getragen, Sabrina. Und das zeigt mir, daß du immer noch das aufsässige, trotzige Kind bist, das nie erwachsen wurde.«

Ihre Augen sprühten Funken. »Das stimmt nicht …«

»Doch«, erwiderte er grimmig. »Du wolltest mich ärgern. Vielleicht hast du gedacht, ich würde heute nacht nicht mit dir schlafen wollen. Aber du hast schon als Kind gern auf Risiko gespielt, nicht wahr, Sabrina? Aber«, sein Lächeln war mehr als unterkühlt – »du läufst Gefahr, daß ich dich trotz meiner Verärgerung nehmen könnte. Würde ich das allerdings tun, bereitete mir die Sache kein Vergnügen. Und du hättest einen weiteren Grund, mich zu verabscheuen. Um ehrlich zu sein, haben solche Gefühle keinen Platz in einer Ehe – sie haben keinen Platz zwischen Liebenden.«

»Wir sind keine Liebenden!«

»Nein«, sagte er sanft, »noch nicht.«

Sie machte große Augen. Sie umklammerte die Decke, als erinnerte sie sich plötzlich ihrer Nacktheit. Ian war belustigt – und verletzt. Schon viele Frauen hatten ihn als attraktiv bezeichnet – und seine Fähigkeiten als Liebhaber gerühmt. Seine Gattin hingegen vermittelte ihm das Gefühl, die widerwärtigste Kreatur auf Gottes Erdboden zu sein!

Irgendein Teufel nahm von ihm Besitz. »Ich frage mich, Sabrina ... ob dein Jamie auch auf eine solche Ablehnung stieß, als er dich besitzen wollte?«

Trotzig schob sie ihr Kinn vor. »Nein!«

»Ihm warst du also stets zu Willen?«

»Ja, das war ich!«

»Und seit wann ist er dein Liebhaber?«

Sie wandte ihren Blick ab. Es dauerte einen Moment, bis sie antwortete. »Ich ... ich erinnere mich nicht.«

Ians zog eine Braue kritisch nach oben. »Du weißt es nicht? Komm schon, Sabrina. Denke nach. Wann war das erste Mal?«

»Das ist schon lange her«, sagte sie schnell. »So lange, daß ich mich nicht erinnern kann.«

Ein vager Verdacht begann in seinem Kopf Gestalt anzunehmen. Der Gedanke war ungeheuerlich ... aber nein, das konnte nicht sein. Sie hatte ihn geradezu damit verhöhnt, daß sie mit einem anderen Mann geschlafen hatte.

»Ich verstehe«, murmelte er. »Hat es außer Jamie noch andere gegeben?«

»Nein!« platzte sie heraus.

Ein verhaltenes Lächeln umspielte seine Mundwinkel. »Wie komisch, daß du dich dann nicht daran erinnerst, wann du das erste Mal mit ihm geschlafen hast. Ich jedenfalls kann mich an mein erstes Mal noch lebhaft erinnern. Und tatsächlich habe ich gehört, daß eine Frau so etwas nie vergißt.« Er hielt inne. »Wenn du dich nicht an das erste Mal erinnerst, dann vielleicht an das letzte Mal.«

»Aber natürlich«, sagte sie entschlossen. »Das war, als ich ihn das letzte Mal gesehen habe.«

»Ach, als ich euch beide am Teich überrascht habe.«

»Ja«, erwiderte sie zögernd, und ihre Stimme klang verunsichert.

»Hmmm«, meinte er nachdenklich. »Er schien mir aber nicht sonderlich … befriedigt. Kann es sein, daß du ihm zu unerfahren warst? Ach, und ich habe schon geglaubt, ich hätte einen guten Fang gemacht – eine Frau, die genau weiß, wie man einem Mann Sinnesfreuden beschert!«

Sie war sprachlos.

Er gab nicht auf. »Weißt du, Jungfrauen sind wirklich problematisch. Sie wissen weder, wie man einen Mann küßt, noch wie oder wo man ihn berührt«, seine Stimme klang zunehmend verführerischer, »und sie wissen auch nicht, wann.«

Es bestand überhaupt kein Zweifel. Er hatte seine reizende kleine Frau zutiefst schockiert.

Er setzte sich auf. »Nun, sag mir, Sabrina. Findest du mich immer noch so verachtenswert …?« Während er sprach, tastete er nach ihr.

Trotzig schlug sie seine Hand fort. »Ich finde dich verachtenswerter als je zuvor«, zischte sie. »Heute ist zwar unsere Hochzeitsnacht, und ich kann dich nicht daran hindern, mich zu nehmen. Ich werde mich auch keineswegs zur Wehr setzen. Trotzdem solltest zu wissen, daß ich dabei nur an Jamie denken werde und keine Sekunde lang an dich. Auch wenn mein Körper dir gehört, mein Highland-Prinz, so wird mein Herz doch immer Jamie gehören. Denn mein Herz ist mit ihm verheiratet, und nicht mit dir.«

Ian sprang auf. Verflucht sollte sie sein! dachte er erbost. Sie war nach wie vor hochmütig und schnippisch. Bei allen Heiligen, er hätte sie an Ort und Stelle nehmen sollen! Sicher, die Versuchung war groß! Aber als sie ihn abschätzig musterte, bemerkte er erneut den dunklen Bluterguß auf ihrer Wange. Und obwohl seine Verärgerung jede Logik außer Kraft setzte, wußte er doch, daß er sie nicht anrühren würde. Sie hatte schon genug Grausamkeit, genug Gewalt erlebt.

Dennoch würde sie an ihrem Sieg nicht lange Freude haben.

Er packte sie und zog sie hoch. Sein Blick wanderte über ihren Körper. »Glaube ja nicht, daß ich mich so sehr nach dir verzehre, daß ich keine andere mehr sehe«, zischte er zwischen seinen zusammengebissenen Zähnen hervor. »Es gibt viele, die genauso hübsch sind wie du … und weitaus williger, holdes Eheweib. Ich suche mir meine Befriedigung, wo es mir paßt, aber sei versichert, du wirst nicht dasselbe tun.«

Seine Oberschenkel umklammerten sie wie ein Schraubstock. »Du gehörst mir, so wie das hier mir gehört«, sagte er gepreßt und drückte seinen Körper an ihre weiblichen Rundungen. Seufzend hefteten sich ihr Augen auf ihn. »Meinetwegen kannst du dich ruhig nach deinem geliebten Jamie sehnen. Solltest du ihn jedoch wiedersehen, sollte ich dich mit ihm – oder irgendeinem anderen Mann – erwischen, so schwöre ich dir, daß dieser Tag sein letzter sein wird. Und verflucht, du wirst dir wünschen, es wäre auch dein letzter.«

Abrupt drehte er sich um und verschwand aus dem Zelt. Erstaunlicherweise schnarchte Alasdair bereits neben dem Feuer und hatte die soeben stattgefundene Auseinandersetzung nicht bemerkt. Ian schlenderte zu einer Eiche und setzte sich auf den Boden.

Verflucht sollte sie sein für ihre Schönheit! Zur Hölle mit ihr, daß sie ihn mit ihren weiblichen Reizen fast in den Wahnsinn trieb und er keinen klaren Gedanken mehr fassen konnte.

Er war ein Narr gewesen, sie mit Fragen zu bedrängen, grübelte er im nachhinein, denn damit hatte er lediglich seine eigene Eifersucht geschürt. Seine Stimmung ließ ebenso zu wünschen übrig wie ihre ihm gegenüber gehegte Zuneigung.

In der Tat, diese kleine Hexe wußte genau, wie sie ihn provozieren und seine Schwächen ausnutzen konnte. Er hatte nicht übel Lust, zum Zelt zurückzugehen, ihre Schenkel zu spreizen und seine wutentbrannte Leidenschaft auszuleben. Was kümmerte es ihn, daß ihr Leben auch schon früher von Brutalität und Gewalt gekennzeichnet war?

Aber das war Gott sei Dank ein für allemal Vergangenheit!

Seine maßlose Verärgerung verebbte. Er begriff, daß er sie geängstigt hatte. Sie hatte sich mit schreckgeweiteten Augen vor ihm zu verstecken versucht. Nun, vielleicht hatte das Ganze auch sein Gutes. Vielleicht hütete sie ja von nun an ihre Zunge und verhielt sich ihm gegenüber vorsichtiger.

Er war jedoch nach wie vor gereizter Stimmung. Wenn er ihren Behauptungen Glauben schenkte, so war sie keine Jungfrau mehr. Und tatsächlich bezweifelte er nicht, daß das der Wahrheit entsprach, denn sie war schon immer eigenwillig und impulsiv gewesen. Schließlich hatte er mit eigenen Augen gesehen, daß Jamies Hand auf ihrem Busen ruhte.

Trotzdem war er sich nicht mehr ganz so sicher, und diese Frage lastete auf ihm, auch wenn ihm die Alternative überaus zusagte. Er war innerlich aufgewühlt. Bei Gott, es gab nur eine Möglichkeit, es mit absoluter Sicherheit zu erfahren. Aber hier, im Beisein von Alasdair, konnte er sie nicht verführen.

Schließlich gelangte er zu einem Entschluß. Er würde warten, bis sie die Highlands erreicht hatten, bis sie zu Hause waren …

Dort konnte sie sich nicht mehr vor ihm verstecken und sich ihm eigensinnig verweigern.

Und dann würde er die Wahrheit erfahren.

Zitternd sank Sabrina auf ihre Knie. Sein durchdringender Blick war unbarmherzig und von einem Feuer, das ihre Seele zu verbrennen schien. Sie hatte die Arme um ihren Körper geschlungen und hätte nicht sagen können, wie lange sie dort schon zusammengekauert saß.

Ihr Herz pochte immer noch heftig in ihrer Brust. Ians Gesicht verschwamm vor ihren Augen, seine Züge erstarrten zu einer Maske. Er war so wütend gewesen! Und er hatte recht! Sie hatte riskiert, daß er sie im Zorn nehmen könnte – das hatte sie keineswegs bedacht. Und einen schrecklichen Augenblick lang war sie davon überzeugt gewesen, daß er sie überwältigte.

Ein Schauer fuhr ihr über den Rücken. Es war unklug – und töricht – von ihr gewesen, ihn zu provozieren. Ian war nicht mehr der junge Bursche von einst, mit dem sie gescherzt und den sie oft herausgefordert hatte. Er war, so gestand sie sich ein, ein attraktiver Mann, ein stattlicher, kraftstrotzender Krieger. Es kostete sie zwar große Überwindung, das einzusehen, aber sie fürchtete seinen Zorn. Nichts und niemand würde sie beschützen, erkannte sie schlagartig. Ihr blieb einzig und allein ihr gesunder Menschenverstand.

Nein, Ian war kein Mann, den man zum Narren hielt, und vermutlich würde sie den Preis für ihre Unbesonnenheit bezahlen müssen. Auch wenn ihr der Gedanke absolut nicht gefiel, lag ihr Leben doch in seiner Hand.

Fieberhaft dachte sie nach. Dieser Schuft hatte sogar das Recht, sie für ihre Unverschämtheit zu züchtigen! Sie haßte ihn für die Macht, die er über sie besaß, denn sie vermutete, daß er keine leeren Drohungen aussprach. Wenn sie ihn herausforderte, mußte sie mit Sanktionen rechnen. Und deshalb, dachte sie erbittert, mußte sie lernen, ihr Temperament – und ihre Zunge – zu zügeln.

Du irrst, flüsterte eine innere Stimme. Er würde dir niemals Leid zuzufügen. Hast du tatsächlich schon vergessen, daß er dich gegen deinen Vater verteidigt hat?

Unwillkürlich strichen Sabrinas Finger über den Bluterguß auf ihrer Wange. Erneut spürte sie seine leichte Berührung an dieser Stelle.

Tut es weh? hatte er gefragt.

Sabrina seufzte betrübt. Sein Ton war nicht boshaft, sondern besorgt gewesen. Vielleicht hätte sie sich nicht so von ihm abwenden sollen, denn ihr Verhalten hatte ihn erzürnt. Aber sie wollte seine Zärtlichkeit und Zuneigung nicht, nicht nachdem er ihr alles genommen hatte, was ihr am Herzen lag.

Erneut erklangen seine Worte in ihren Ohren. Weißt du, Jungfrauen sind wirklich problematisch. Sie wissen weder, wie man einen Mann küßt, noch, wie oder wo man ihn berührt … und sie wissen auch nicht, wann.

Grübelnd legte sie die Stirn in Falten. Sie lehnte sich in die Kissen zurück und zog die Decke über ihre Schultern. Was hatte er damit gemeint? Konnte es sein, daß sich hinter der körperlichen Liebe mehr verbarg, als sie bislang vermutet hatte? Das wenige, was sie in dieser

Hinsicht wußte, hatte Margaret ihr vor vielen Jahren vermittelt.

Der Gedanke war beunruhigend – noch beunruhigender als seine Gegenwart. Ihr Blick wanderte zum Zelteingang.

Letztlich jedoch hatte sie ihr Ziel erreicht. Ihr frisch angetrauter Gatte lag nicht in ihrem Bett, und daran würde sich auch in Zukunft vermutlich nichts ändern. Sie wollte nichts von ihm – er wollte nichts von ihr. Das hätte sie doch zufriedenstellen müssen …

Aufgrund eines plötzlichen heulenden Geräuschs von draußen war sie versucht, zum Zelteingang zu krabbeln. Nur mit äußerster Mühe konnte sie sich zurückhalten. Ihr Blick schweifte umher. Der Schein des Feuers tanzte unheimlich hinter der Zeltwand – wäre das Licht nicht so dämmrig gewesen, hätte sie vielleicht Reißaus genommen.

Schließlich fiel sie in einen unruhigen Schlaf und erwachte am nächsten Morgen genauso übel gelaunt wie ihr Ehemann.

Seine Begrüßung war knapp und unterkühlt. »Ich schlage vor, du beeilst dich, Sabrina. Ich möchte so schnell wie möglich weiter.«

Rasch erledigte Sabrina ihre Morgentoilette. Sie hätte sich gern mehr Zeit gelassen – doch das wagte sie nicht!

Die beiden darauffolgenden Reisetage verliefen ähnlich wie der erste. Ian war fest entschlossen, das gemäßigte Tempo vom Tag ihrer Hochzeit wieder wettzumachen, deshalb galoppierte er voran. Alle drei sprachen nur wenig. Ian verhielt sich ihr gegenüber distanziert. Gegen Mittag begann Sabrinas Rücken zu schmerzen. Ihr Hinterteil tat weh, da sie es nicht gewohnt war, so viele Stunden im Sattel zu sitzen. Aber erst am frühen Abend legten sie eine Rast ein, um ihre Pferde zu versorgen.

Mit Alasdairs Hilfe glitt Sabrina aus dem Sattel. Ihre

Beine wollten ihr nicht mehr gehorchen. Winzige Nadelstiche durchbohrten ihre Waden. Alasdair fing sie auf, als ihre Beine tatsächlich ihren Dienst quittierten und sie beinahe zu Boden gestürzt wäre.

Sabrina lächelte zu ihm auf. »Vielen Dank, Cousin.«

Alasdair grinste sie an. Anders als Ians Augen waren seine freundlich und strahlten Wärme aus.

»Ich bin erschöpft vom Sitzen«, sagte sie leichthin. »Gehst du ein Stück mit mir spazieren, Alasdair?«

Er bot ihr seinen Arm. »Mit dem größten Vergnügen.«

Sie legte ihre Hand auf seinen Hemdstoff. Während sie am Ufer des Flusses entlangschlenderten, spürte Sabrina Ians durchbohrenden Blick im Rücken, schenkte dem aber keine Beachtung. Sie richtete sich nur kerzengerade auf und ignorierte ihn, wie auch er es schon seit Tagen ihr gegenüber praktizierte.

Schließlich gelangten sie an eine Flußbiegung. Hier war das Wasser klar und einladend. Als sie stehenblieben, spähte Sabrina zu Alasdair. Sein Blick war reserviert, aber er barg auch etwas anderes, was sie sich nicht genau erklären konnte.

Sie legte den Kopf schief. »Was ist los, Alasdair? Möchtest du mich etwas fragen?«

Er zögerte. »Bitte vergib mir, wenn ich dir zu nahe trete, aber ich frage mich ständig … ist zwischen dir und Ian alles in Ordnung?«

Also hatte er die zwischen ihr und Ian bestehende Abneigung bemerkt. Sie zuckte, wie sie hoffte, gleichgültig mit den Schultern. »Bedenkt man die Umstände unserer Heirat, ist vermutlich soweit alles in Ordnung.«

Alasdair berührte sie an der Schulter. »Wenn ich irgend etwas tun kann …«

Sabrina schüttelte den Kopf. »Dafür ist es zu spät«, vertraute sie sich ihm an. »Es hat einfach damit zu tun, daß … daß Margaret die bessere Ehefrau für Ian gewesen wäre. Sie hätte diese Eheschließung bereitwillig akzeptiert …« Sie brach ab, denn wie sollte sie es ihm erklären?

»Und du hast das nicht«, beendete er den Satz für sie.

Sabrina seufzte. Bevor sie wußte, wie ihr geschah, sprudelte es aus ihr heraus. »Ich … ich war mit einem anderen verlobt«, gestand sie. »Mein Vater wußte nichts davon – und er hätte diese Verbindung auch nicht gebilligt. Und deshalb hat er …«

»Hat er dich mit Ian verheiratet.«

Sie nickte. Plötzlich fühlte sie sich den Tränen gefährlich nahe.

Alasdair drückte aufmunternd ihre Schultern. »Ich kenne Ian besser als jeder andere. Er kann abweisend sein, das weiß ich nur zu gut. Der Tod seines Vaters hat ihn verändert, fürchte ich. Aber verzweifle nicht. O ja, vermutlich ist dir das lediglich ein schwacher Trost, aber manchmal müssen wir den Dingen beherzt ins Auge schauen. Laß dir Zeit, Sabrina. Gib nicht auf.«

Sabrinas Kehle war wie zugeschnürt. Alasdair war so freundlich und verständnisvoll. Ihr Herz schmerzte. Wenn sie schon einen anderen Mann als Jamie heiraten mußte, warum hatte es dann nicht jemand wie Alasdair sein können?

»Du hast recht«, murmelte sie und wischte eine Träne fort. »Aber ich bin weder sanftmütig noch gehorsam. Und ich befürchte, das ist genau der Frauentyp, den Ian sich wünscht. Schon aus diesem Grund hätte Margaret wesentlich besser zu ihm gepaßt als ich.«

Schlagartig wich Alasdairs verhaltenes Lächeln einem nachdenklichen Stirnrunzeln. »Vielleicht bist du im Unrecht, Sabrina. Es mag zwar nichts bedeuten, aber … ich habe Ian und Margaret irgendwann einmal bei einer heftigen Auseinandersetzung bemerkt.«

Sabrinas wohlgeformte Brauen hoben sich. »Wirklich? Worüber haben sie gestritten?«

»Das kann ich nicht sagen. Ich wollte sie nicht belauschen und habe mich deshalb diskret zurückgezogen, um sie alleinzulassen.«

Ein leichter Schauer durchfuhr sie. »Wie seltsam«, murmelte Sabrina. »Ich kann mich nicht erinnern, daß die beiden jemals Meinungsverschiedenheiten gehabt hätten, nicht einmal in unserer Kindheit.«

Alasdair schaute unbehaglich drein. »Ich könnte schwören, daß sie gestritten haben, denn ihre Stimmen klangen aufgebracht. Aber ... vielleicht habe ich mich auch geirrt.«

Hatte er das wirklich? Entsetzt schrak sie zusammen. Schlagartig erinnerte sie sich wieder an ihren ersten Kuß. Am darauffolgenden Tag war Margaret verschwunden ... Gütiger Himmel! Hatte Ian Margaret umgebracht, um sie heiraten zu können?

Sogleich verdrängte sie diesen Gedanken. Sie war beileibe nicht so hinreißend schön wie Margaret. Allein die Vorstellung war lächerlich!

Genau in diesem Augenblick vernahmen sie das knirschende Geräusch von Schritten auf dem Ufergestein. Sabrina blickte auf und bemerkte Ian, der auf sie zukam.

»Da seid ihr ja«, sagte er eher an seinen Cousin gewandt. »Ich dachte, du könntest vielleicht schon vorausreiten und eine Unterkunft für die Nacht suchen.«

Alasdair nickte. »Natürlich.«

Sabrina war sehr still geworden. Sie sah Alasdair nach, bis er aus ihrem Blickwinkel verschwand. Dann raffte sie ihre Röcke. »Wenn du mich bitte entschuldigst ...«

Doch er stellte sich ihr absichtlich in den Weg. »Nein, Eheweib, das werde ich nicht.«

Seine spöttische Bemerkung erregte ihren Zorn. Aber er stand so nah vor ihr, daß sie den Kopf in den Nacken legen mußte, um ihn anzusehen. »Und warum nicht, wenn ich fragen darf?«

»Weil ich mich an deiner Gesellschaft erfreuen will.«

Vermutlich eher, weil du mich quälen willst! Diese Entgegnung lag ihr auf der Zunge, trotzdem schwieg sie.

Er schaute sie immer noch an. »Du und Alasdair, ihr scheint viele Gemeinsamkeiten zu haben.« Sein Ton war ungewöhnlich freundlich – sein Gesichtsausdruck allerdings nicht.

Sie fuhr sich mit der Zunge über die Lippen, denn mit einem Mal war sie nervös, ohne recht zu wissen, warum. »Ich mag ihn«, sagte sie gedehnt.

»Das sehe ich.« Seine Augen funkelten. »Alasdair kommt bei den Damen sehr gut an. Ich hoffe – für euch beide –, daß er nicht an verbotenen Früchten nascht.«

»Erst warnst du mich vor Jamie. Jetzt ist es plötzlich Alasdair. Was ist los mit Ihnen, Mylord! Bist du etwa eifersüchtig?« Unverhohlene Ironie schwang in ihrer Stimme.

»Du gehörst zu mir, Sabrina. Deine Treue gebührt mir. Etwas anderes akzeptiere ich nicht und darf es auch niemals geben.«

»Und ich muß gehorchen?«

»Ja. Ich bin dein Ehemann, und du wirst mir gehorchen.«

Seine Arroganz war grenzenlos. »Und natürlich habe ich in diesem Zusammenhang gar nichts zu sagen.«

Diesmal war er es, der sie verspottete. »Ach ja, ich vergaß. Du hast deine eigene Meinung, nicht wahr, Eheweib?«

Sabrina zuckte zusammen, als er plötzlich seine Hände auf ihre Schultern legte.

Sein Lachen war gräßlich. »Warum so zurückhaltend? Du bist wie eine Stute, die von ihrem Besitzer noch nicht zugeritten wurde.«

Sabrina errötete. War er absichtlich so brutal? Sie konnte es nicht einschätzen.

»Ich weiß nur eine Lösung«, fuhr er fort. »Wir müssen noch einmal von vorn anfangen, um uns besser kennenzulernen. Also, bleibe ruhig bei mir, während ich bade.«

Das war keine Bitte sondern ein Befehl. Er ließ sie lediglich los, um sein Hemd über den Kopf zu streifen.

Sabrina schaute ihm sprachlos zu. Im Nu hatte er sich umgedreht und sich seiner restlichen Kleidung entledigt. War der Mann von Sinnen? Sie starrte auf sein muskulöses Gesäß, während er gelassen in den Fluß watete. Als er bis zur Taille im Wasser stand, drehte er sich zu ihr um. Sabrina hatte sich bereits ans Ufer gesetzt.

Er rief zu ihr hinüber: »Möchtest du mir nicht Gesellschaft leisten, Weib?«

Schweigend schüttelte sie den Kopf, da sie zu mehr nicht fähig war. Sein Anblick verschlug ihr die Sprache – raubte ihr den Atem. Ihre Magengegend kribbelte seltsam.

Seine Brust und sein Bauch waren mit dunklem, gelocktem Haar bedeckt. Wie gebannt starrte sie auf die Stelle, wo das Wasser seine Hüften umspielte. Als er zum Fluß marschiert war, hatte er ihr den Rücken zugewandt; sie hatte nicht einmal einen kurzen Blick auf die Stelle erhaschen können, wo sich seine Männlichkeit befand … ach, sie war mit Sicherheit ein so ungehorsames Mädchen, wie ihr Vater immer behauptet hatte … denn ihre Neugier war dermaßen ausgeprägt, daß sie ihn am liebsten …

Mit den Armen umschlang sie ihre angezogenen Knie und fuhr sich mit der Zunge über ihre Lippen. Suchend schweifte ihr Blick umher, um dann wieder dieselbe Stelle zu fixieren. Der Drang, ihn zu beobachten, war so überwältigend, als hätte eine unsichtbare Macht von ihr Besitz ergriffen. Sein Körper strahlte vollkommene Schönheit aus, muskulöse Kraft und geschmeidige Anmut.

Er drehte sich um und tauchte mit einem flachen Kopfsprung in das Wasser. Als er wieder auftauchte, begann er, am Ufer entlang zu schwimmen. Seine Brust- und Schultermuskulatur zeugten von seiner durchtrainierten Männlichkeit.

Plötzlich bemerkte sie in unmittelbarer Nähe eine kurze Bewegung. Sabrina spähte abrupt nach rechts.

Vier bärtige Männer in schmutziger, zerlumpter Kleidung hatten sich vor ihr aufgebaut. Die unterschwellig von ihnen ausgehende Bedrohung war so übermächtig, daß ihr das Blut in den Adern gefror.

Der größte von ihnen grinste. »Seien Sie gegrüßt, meine reizende Lady.«

Sabrina sprang auf, doch die Männer umzingelten sie bereits. Sie versuchte, zwischen ihnen hindurchzuschlüpfen, als riesige Pranken sie packten. Brutal umfaßte jemand ihre Brust. Sie riß sich los, wirbelte herum und sah sich mit dem nächsten konfrontiert ...

Sein lüsternes Grinsen entblößte gelblich verfärbte Zähne.

»Ian!« Ihr Schrei hallte durch die Luft und wurde von einem brutalen Arm erstickt, der sich um ihren Brustkorb legte und ihre Rippen zu zerbrechen drohte. Irgend etwas traf sie schmerzhaft zwischen den Schulterblättern, und benommen fiel sie auf die Knie. Wie von weither vernahm sie ein Rufen. Sie hob ihren Kopf und sah, daß Ian gerade vom Fluß zurückkehrte.

Allerdings erwartete man ihn bereits. Sie versuchte noch, eine Warnung auszustoßen, doch einer der Männer hatte Ians Hinterkopf bereits einen heftigen Schlag mit einem Holzknüppel versetzt.

Lautlos sank ihr Ehemann in sich zusammen.

Kapitel 10

Sie wäre zu ihm geeilt, doch eine massige Hand hielt sie brutal zurück und warf sie zu Boden. Kurz darauf fesselte einer der Männer ihre Handgelenke mit einem Lederriemen. Er ließ das Ende des Bands lose herunterbaumeln und zerrte sie daran hoch.

»Eine wahre Schönheit, nicht wahr?« kam es von einem etwas untersetzten Rotschopf.

»Oh, ja. Für eine wie die geht man über Leichen, oder?« sagte ein anderer, der dürr wie eine Bohnenstange war. Während sie Ian musterten, brachen sie in lautes Gejohle aus. Als Sabrina im selben Moment Blut an seiner Schläfe bemerkte, schrie sie beinahe auf. Um Himmels willen, war er tot?

Nach ihrem Akzent zu urteilen, waren die Männer Engländer – und Grenzräuber, wie ihr Äußeres unschwer erkennen ließ. Auf der Suche nach Alasdair blickte sich Sabrina verzweifelt um. Unglücklicherweise war er spurlos verschwunden.

»Ihr seid ein ganzes Stück vom Grenzgebiet entfernt«, sagte sie mit fester Stimme. »Verschwindet und laßt uns in Ruhe!«

»Nun, wir sind aber auf den Geschmack von hübschen, schottischen Mädchen gekommen«, meldete sich der vierte Mann zu Wort. Er umfaßte ihr Gesicht mit seinen Händen. Heiße, feuchte Lippen senkten sich auf die ihren.

Sabrina würgte. Er roch nach abgestandenem Schweiß, und sein Atem stank wie verdorbenes Fleisch. Sie versuchte, sich ihm zu entwinden, doch er hielt sie fest. Als seine Zunge sich zwischen ihre Lippen drängte, reagierte Sabrina instinktiv und biß energisch zu.

Ihr Peiniger schrie vor Schmerz auf und hob wütend seine Faust, um sie zu schlagen.

»Nein, Henry!« befahl der große Blonde mit dem strähnigen Haar, der ihr die Hände zusammengebunden hatte.

Der Mann namens Henry blickte finster umher, ließ seine Faust jedoch sinken. »Aber Edward, das Biest braucht eine Lektion in gutem Benehmen!« Als er sich mit dem Zeigefinger über seine Lippen strich, war dieser blutverschmiert.

»Ja, aber du bist keineswegs derjenige, der ihr diese Lektion erteilt. Ich habe etwas anderes mit ihr vor.«

Sabrina gefror das Blut in den Adern. Was konnte er mit ihr vorhaben?

Er deutete auf den stämmigen Untersetzten. »Roland, durchsuch ihre Sachen. Vielleicht haben sie irgendwelche Wertsachen versteckt.«

»Wird erledigt, Edward.« Der Dicke gehorchte.

Sie schleppten sie zu der Stelle, wo Ian die Pferde angebunden hatte. Roland durchwühlte die Satteltaschen. »Es handelt sich fast ausschließlich um weibliche Garderobe«, meinte er verärgert. »Das einzig Wertvolle hier sind die Frau und die Gäule.«

»Und das nehmen wir alles mit.«

Sabrina holte tief Luft. »Laßt mich gehen«, sagte sie frostig. »Anderenfalls werdet ihr es bereuen, das verspreche ich euch.«

Edward schnaubte: »Und wer soll dich retten? Dein edler Schwan vielleicht? Der ist tot!«

»Nein!« rief sie inbrünstig. »Er lebt noch.«

»War er dein Ehemann?«

»Ja, und er … er wird euch zur Strecke bringen!«

»Ich glaube nicht, Lady.«

»Doch«, rief sie. »Er führt sein Schwert mit meisterlichem Können, denn er ist der stärkste Krieger ganz Schottlands! Und das hier kostet euch den Kopf!«

Die vier Männer brachen in schallendes Gelächter aus. Sabrina starrte sie zornig an. »Ihr Bastarde!« sagte sie. »Ihr seid der Abschaum der Menschheit, das gräßlichste Ungeziefer ...«

Edward griff in ihre Haare und zog ihr Gesicht zu sich hoch. »Halt den Mund!« befahl er ihr.

Sabrina spie ihm ins Gesicht.

Für einen schrecklichen Augenblick befürchtete sie, dies sei ihr Ende. Er kniff die Lippen zusammen. Innerlich bebte Sabrina, aber sie war entschlossen, sich das nicht anmerken zu lassen.

Heißer Atem traf sie wie eine übelriechende Wolke. »Deine Schönheit kann dich vielleicht retten«, zischte er ihr zu. »Ansonsten werde ich dafür sorgen, daß du deinem Liebhaber dort Gesellschaft leistest.« Er trat einen Schritt zurück. »Besorgt etwas, womit wir sie knebeln können«, sagte er schroff. »Und dann laßt uns verschwinden.«

Noch bevor sie einen tiefen Atemzug nehmen konnte, wurde ihr ein schmutziges Tuch in den Mund gestopft. Dann hob man sie vor ihn in den Sattel. Sie schlug um sich und versuchte voller Verzweiflung, sich zu befreien. Schließlich packte sie sein Bein und zerrte heftig an ihm. Fluchend griff er in die Zügel, sprang vom Pferd und griff so brutal nach ihrem Arm, daß er diesen beinahe ausrenkte. Ihr wurde schwarz vor Augen, als er sie aus dem Sattel zerrte.

Es erstaunte sie, daß er die Fesseln an ihren Handgelenken löste, doch das geschah nur, um sie ihr auf den Rücken zu binden. Der Lederriemen schnitt ihr jetzt fester ins Fleisch als zuvor. Sie unterdrückte einen Schmerzensschrei, als er ihre Fesseln noch einmal nachzog.

Diesmal wurde sie kopfüber auf den Sattel geworfen. Wie weit sie nun ritten, konnte sie nicht sagen. Mit jeder Bewegung des Pferdes wurde die Luft aus ihren Lungen gepreßt, so daß sie kaum atmen konnte. Als er das Tier schließlich zum Galopp antrieb, meinte sie, sterben zu müssen.

Dennoch weilten ihre Gedanken bei Ian – tatsächlich dachte sie nur an ihn und flehte zu Gott, daß er noch lebte.

Tiefe Dunkelheit war hereingebrochen, als sie schließlich anhielten. Inzwischen war ihr klar, daß Edward der Anführer der Bande war. Er zerrte sie vom Pferd und ließ eine Strähne ihres Haars durch seine Finger gleiten. Sabrina zog ihren Kopf zurück. Es kümmerte sie nicht, daß ihr Blick ihre Gedanken verriet. Er grinste.

»Nun, bist du jetzt endlich zur Einsicht gelangt, Mädchen?«

Die anderen umringten sie. »Die Pferde können wir verkaufen«, meinte der Rothaarige, »aber was ist mit ihr?«

Der Dünne rieb sich die Leistengegend und schwang lasziv seine Hüften. »Ich sehne mich danach, in einen schottischen Honigtopf zu tauchen«, sagte er roh. »Laßt uns darum würfeln, wer sie zuerst kriegt.«

Sabrina erblaßte.

»Nein, habe ich gesagt!« Edwards Blick ließ sie alle verstummen. »Der Graf von Northumberland zahlt eine hübsche Summe für eine wilde Lady wie sie. Aber nicht, wenn wir sie bereits besessen haben.« Sein Blick schweifte zu Roland. »Sperr sie in die Höhle, damit wir sie nicht sehen müssen«, brummte er. »Sie ist eine zu große Versuchung für uns. Und binde ihre Füße ebenfalls zusammen.«

»Wird sofort erledigt«, erwiderte Roland mürrisch.

Vergeblich versuchte Sabrina, sich zur Wehr zu setzen. Ihr war immer noch schwindlig und übel von dem unangenehmen Ritt. Als er schließlich ihre Füße mit einem Seil fesselte, sträubte sie sich kaum. Er hob sie hoch und schleppte sie zu einer tief in den Felsen verborgenen Höhle. Dort ließ er sie auf dem kalten, feuchten Boden liegen.

Trotz ihrer Hand- und Fußfesseln, die sie erheblich behinderten, gelang es ihr schließlich, sich aufzusetzen. Der Lederriemen schnitt tief in ihre zarte Haut, aber sie spürte die Schmerzen nicht mehr, denn ihre Hände waren wie taub.

Entsetzliche Furcht übermannte sie und sie versuchte verzweifelt, dieses Gefühl zu unterdrücken. Ihr Herz raste in ihrer Brust. Ihr Blick schweifte durch die Dunkelheit, doch das Innere der gräßlichen Höhle war so stockfinster, daß sie nichts erkennen konnte. In dem Gedanken an eine Flucht richtete sie sich auf, aber sie erkannte, wie sinnlos das Vorhaben war. Ihre Füße waren so fest zusammengebunden, daß sie sich keinen Schritt vorwärts bewegen konnte. Sie verlor das Gleichgewicht und stürzte empfindlich hart auf ihre Schulter.

Heiße Tränen liefen ihr über die Wangen, während sie leise schluchzte. Die Dunkelheit drohte sie zu ersticken und in eine unendliche Leere zu stürzen. Sie konnte weder denken noch atmen. Ihr Atem ging in unregelmäßigen Stößen. Aufgrund ihrer panischen Furcht verlor sie jedes Gefühl für Raum und Zeit. Sie hat das Gefühl, von ihrem Vater erneut in die unterirdischen Gänge der Burg gesperrt worden zu sein.

»Du hast geglaubt, ich würde es nie erfahren, nicht wahr? Du solltest den Morgen im stillen Gebet in der Kirche verbringen. Und wo bist du statt dessen gewesen? Im Stall!«

»Papa«, hatte sie gefleht. »Papa, bitte …«

»Alles Bitten und Betteln wird dir nicht helfen! Vielleicht wirst du jetzt gehorchen, Mädchen!«

»Papa, bitte. Es tut mir ja so schrecklich leid. Ich werde alles tun, was du willst, das verspreche ich dir.«

»Ach was! Du bist böse, mein Kind. Böse wie die Sünde. Du mußt bestraft werden …«

Die Tür fiel hinter ihm ins Schloß, und sie blieb allein in der Dunkelheit zurück. Sie sank auf den Boden. Ian hatte es ihm verraten, Ian, der ihr das Verprechen gegeben hatte zu schweigen … Oh, sie würde ihn für alle Zeit hassen …

Ein Geräusch holte sie in die Gegenwart zurück. Sie wußte instinktiv, daß bereits eine ganze Weile verstrichen war. Zitternd riß sie die Augen auf. Sie fror entsetzlich, und ihr Mund war wie ausgetrocknet von dem Knebel. Sie kämpfte gegen die erneut aufkeimende Panik an, denn die Höhle war immer noch pechschwarz. Bald schon, so sagte sie sich, würde der Morgen anbrechen. Sie mußte nur warten. Aber dann würden sie kommen, die englischen Grenzräuber – Feinde, genau wie die Dunkelheit ihr Feind war.

Nein. Nein! Immer wieder redete sie sich ein, daß sie ruhig bleiben mußte. Sie würde einen Weg finden, um den Männern zu entkommen, selbst wenn Ian tot sein sollte …

Ian. Ihr war weh ums Herz. Ein tiefer Seufzer entrann ihrer Brust. Auch wenn sie diese Heirat zutiefst verabscheut hatte, so hatte sie ihm dennoch nicht den Tod gewünscht …

Rufe hallten durch die nächtliche Stille. Ihre Nackenhaare richteten sich auf. Etwas war anders … Flackernder Lichtschein tauchte zu ihrer Linken auf. Sie vernahm Schritte, und kurz darauf legte sich ein riesiger Schatten über sie. Sabrina blinzelte, denn das Licht brannte in ihren Augen.

Es war Roland. Er zerrte sie hoch, doch Sabrina wich zurück, als sie den Dolch in seiner Hand bemerkte. Aber er durchtrennte damit lediglich ihre Fußfesseln.

»Komm mit«, befahl er. »Edward will dich sehen.«

Sabrina zuckte zusammen, als sie aufstand, da ihre Beine höllisch schmerzten. Dann wurde sie gewaltsam aus der Höhle gezerrt. Roland stieß sie in Edwards Richtung.

Ein verglühendes Feuer spendete nur wenig Licht.

Der Hagere stand einige Schritte von Edward entfernt. Der vierte war nirgends zu sehen. Der Dürre schwankte, und dann nahm sie den überwältigenden Biergestank wahr.

Eine schlanke Gestalt trat aus dem Schatten.

Es war Ian.

Ihr Herz schlug vor Erleichterung schneller, doch ihr freudiger Aufschrei wurde von ihrem Knebel unterdrückt.

Neben ihr sagte Edward gerade: »Du bist bereit, eine hohe Summe für die Rückgabe deiner Pferde zu bezahlen. Und wie steht's mit der Frau?«

Ian sah sie kaum an. »Ich will die Pferde, nicht die Frau. In der Tat bin ich heilfroh, sie endlich los zu sein.«

Entsetzt riß Sabrina die Augen auf. Auch Edward war augenscheinlich verblüfft.

»Aber … sie sagte, sie sei deine Ehefrau.«

»Das ist sie. Aber ich habe entschieden, daß ich keine Frau brauche.«

»Dann hast du nichts dagegen, wenn wir sie an den Meistbietenden verkaufen?«

»Nein, absolut nicht.«

Sabrinas gegen ihn gerichtete Beschimpfungen wurden von ihrem Knebel erstickt. Edward blickte in ihre Richtung …

Ein Fehler, den er mit seinem Leben bezahlte.

Im Feuerschein blitzte glänzendes Metall auf, und Sekundenbruchteile später bohrte sich Ians Dolch tief in seine Kehle.

Der Dürre gellte einen Namen. »Bedford!«

»Falls Bedford die Pferde bewacht hat, dann kannst du lange warten.« Ians Stimme klang sanft. »Sein Dolch steckt tief in seiner Brust.«

Der Hagere drehte sich panisch um und floh in die Dunkelheit. Mit einem Wutschrei stürzte sich Roland auf Ian. Behende sprang Ian zur Seite und packte dessen

Hinterkopf. Eine Drehung seiner Hände, dann ein widerwärtiges Knacken …

Lautlos sank Roland zu Boden. Sein Kopf hing in einem unnatürlich schiefen Winkel von seinen Schultern.

In wenigen Sekunden war alles vorüber. Sabrina blickte Ian mit großen Augen an. Die Leichtigkeit, mit der er seine Widersacher bezwungen hatte, versetzte sie in Erstaunen. Sie empfand Bewunderung und Furcht, daß sie einen solchen Mann geheiratet hatte.

Rasch eilte er zu Sabrina und entfernte den Knebel aus ihrem Mund. Sie konnte kaum sprechen. »Du … du hast sie getötet«, brachte sie mühsam hervor.

»Ja.« Ein seltsames Glitzern trat in seine Augen. »Schließlich führe ich mein Schwert mit meisterlichem Können. Und bin ich nicht auch der stärkste Krieger ganz Schottlands?«

»Du … du hast alles mitangehört!« Sie schnappte nach Luft. »Du … du warst bei Bewußtsein!«

Er lächelte, aber keineswegs reuemütig. Und in der Tat genoß Ian diesen Augenblick. Er sonnte sich in seinem männlichen Stolz. Er hatte sie gerettet, und sie war ihm selbstverständlich zu Dankbarkeit verpflichtet. Aber ihre Reaktion war anders als erwartet.

Ihre Augen funkelten vor verzehrendem Haß. »Warum bist du nicht eher gekommen? Zum Teufel mit dir! Du hättest sie aufhalten können … Sie haben mich in die Höhle geworfen, Ian. Sie haben mich in die Dunkelheit gesperrt!«

Ian war sprachlos. Ihre Augen glühten, ihre Stimme klang hysterisch. Sie stürzte sich auf ihn und trommelte wie wild mit den Fäusten gegen seine Brust. »Sabrina!« Er versuchte, sie zu beruhigen, aber sie besaß eine Kraft, die ihrer Wut und einer anderen Empfindung entsprang – die ihm jedoch völlig rätselhaft war.

»Sabrina!« Sein Blick verfinsterte sich, und ein eisiger Schauer fuhr ihm über den Rücken.

Sie schien ihn gar nicht zu hören, sondern schlug mit unbändiger Wut weiter auf ihn ein. Ian wollte ihr nicht weh tun, aber ihm blieb keine Wahl. Er umschloß sie mit seinen Armen, warf sie zu Boden und bezwang sie mit dem Gewicht seines Körpers. Sie schrie und wand sich unter ihm, bis sie schließlich keine Kraft mehr hatte, gegen ihn anzukämpfen.

»Sabrina«, sagte er sanft.

Ihre dunklen Augen waren schmerzerfüllt. Mit einem Finger hob er ihr Kinn und zwang sie, ihn anzusehen. Dann strich er die Tränen von ihren Wangen.

Er sprach ruhig, damit sie ihm zuhörte. »Ja«, wiederholte er. »Ich hörte deine Stimme, Sabrina, aber ich war von dem Schlag benommen. Da sie unsere Pferde hatten, mußte ich euch zu Fuß folgen. Sie waren zu viert und ich allein. Der Mann namens Edward ... Aufgrund seiner Worte wußte ich, daß dir nichts geschehen würde. Also wartete ich, bis der Mann, der die Pferde bewachte, eingeschlafen war. Die drei anderen waren betrunken. Hätte ich früher versucht, dich zu retten, hätten sie mich mit Leichtigkeit töten können. Deshalb wartete ich.« Er hielt inne. »Verstehst du?«

Sie nickte, doch ihre Lippen zitterten. Dann verzog sich plötzlich ihr Gesicht.

Sie krallte ihre Finger in sein Hemd. »Aber sie haben mich in die Dunkelheit gesperrt«, flüsterte sie erneut. »Sie haben mich in die Dunkelheit gesperrt!«

Ihr tonloses Schluchzen schnitt ihm tief ins Herz. Sie weinte nicht – in der Tat wünschte Ian beinahe, sie würde es tun. Statt dessen umklammerte sie zitternd seine Schultern. Ian hielt sie fest umschlungen, und ihm war klar, daß ein längeres Verweilen an diesem entsetzlichen Ort lediglich ihre Angst schüren würde.

Kurz darauf ritt er mit seiner Frau in den Armen davon. Ihre Stute hatte er an seinen Hengst gebunden.

Der Mond war gerade aufgegangen, als er in der

Nähe den Schein eines Feuers entdeckte. Er ritt darauf zu und bemerkte Alasdairs grauen Hengst. Er dankte dem Allmächtigen, daß sein Cousin den Entschluß gefaßt hatte, hier sein Nachtlager aufzuschlagen, statt weiter in Richtung Norden oder Westen zu reiten. Obwohl Sabrina ermattet in seinen Armen lag, war ihm trotzdem bewußt, daß sie nicht geschlafen hatte.

Ian brachte sein Pferd zum Stehen, und Alasdair erhob sich im selben Moment von der Feuerstelle. Ein Grinsen umspielte seinen Mund, als er ihn begrüßte. »Mein Gott«, rief er, »was hat euch denn so lange aufgehalten – oder soll ich besser gar nicht erst fragen?«

Ian verzog das Gesicht. »Englische Grenzräuber. Kurz nach deinem Aufbruch wurde ich niedergeschlagen. Sie nahmen Sabrina mit.«

Alasdairs Grinsen erstarb, und sein Blick glitt zu Sabrina. »Sabrina! Ist alles in Ordnung?«

Sie nickte. »Mir geht es gut«, sagte sie tonlos.

Ian saß ab und griff nach Sabrina. Sie entzog sich seiner Umklammerung, sobald sie festen Boden unter den Füßen spürte. Er preßte die Lippen zusammen, sagte aber nichts. Dann deutete er auf das von Alasdair bereits aufgebaute Zelt. »Geh schon zu Bett«, schlug er vor. »Ich komme auch gleich.« Sein Gesichtsausdruck war erwartungsvoll, als er ihr nachblickte, wie sie im Zelt verschwand.

Dann wandte er sich Alasdair zu, der gespannt vor Neugier wartete. Er schilderte ihm kurz, was geschehen war.

Alasdair fluchte leise. »Dann läuft also einer der Schurken immer noch frei herum?«

»Ja, aber ich glaube nicht, daß er zurückkommt.« Ian erinnerte sich, wie der Mann überstürzt das Weite gesucht hatte.

»Wie dem auch sei, wir sollten uns besser nicht verraten.« Er drehte sich zum Feuer um.

Ian unterbrach ihn. »Nein, Alasdair, laß es brennen.«

»Aber was ist, wenn er wiederkommt? Er könnte Verstärkung mitbringen ...«

»Sabrina fürchtet sich vor der Dunkelheit«, erklärte er kurz angebunden. »Falls der Idiot zurückkommt, werden wir sicherlich mit ihm fertig.«

»Wie du meinst«, entgegnete Alasdair und legte sich erneut zur Ruhe.

Ian betrat das Zelt. Wie er feststellte, hatte Sabrina gar nicht erst versucht zu schlafen. Die Knie an die Brust gezogen, hockte sie auf dem Nachtlager.

Ian setzte sich dicht neben sie, berührte sie jedoch nicht. Als sich ihre Blicke trafen, senkte sie abrupt die Lider. Obwohl er ihre Bestürzung bemerkte, wollte er erfahren, warum sie Angst vor der Dunkelheit hatte. Es hatte sicherlich nicht allein mit dieser Nacht zu tun, befürchtete er, sondern hatte eine gänzlich andere Ursache. Hatte sie ihm ihre Ängste absichtlich verheimlicht? Vermutlich nicht, schoß es ihm durch den Kopf, denn in den vergangenen Nächten hatten sie das Feuer ohnehin nie gelöscht.

Rasch rekapitulierte er die zurückliegenden Jahre. »Als Kind hattest du keine Furcht vor der Dunkelheit«, sagte er laut.

Sie erwiderte nichts, sondern umschlang lediglich ihre Knie.

»Ich möchte eine Antwort, Sabrina.«

»Doch, hatte ich«, sagte sie kurz angebunden. »Ich habe mich schon immer im Dunkeln gefürchtet.«

»Nein.« Er war sich ganz sicher. »Daran würde ich mich erinnern.«

»Natürlich«, erwiderte sie frostig. »Und du erinnerst dich an den Tag, an dem du Dunlevy verlassen hast, um in die Highlands zurückzukehren? Erinnerst du dich auch an dein Versprechen?«

»Ich erinnere mich an den Tag. Du warst im Stall und

hast mit den anderen gewürfelt. Ich ... ich kam auf die Idee, daß du Robert küssen solltest.« Ein angedeutetes Lächeln umspielte seine Mundwinkel. Dann schüttelte er den Kopf. »Aber ich erinnere mich an kein Versprechen ...«

»Dein Gedächtnis läßt dich im Stich, Ian. ›*Ein Versprechen geben, bedeutet, ein Versprechen halten*‹, zitierte sie. Sie sah ihn an, und eine stumme Anklage schimmerte in ihren dunkelgrünen Augen. »Du sagtest das, Ian. Du hast das gesagt!«

Ian war sehr still geworden. »Jetzt erinnere ich mich«, sagte er langsam. »Du solltest den Morgen beim Gebet in der Kirche verbringen. Statt dessen warst du im Stall ...«

»Ja, und du versprachst, meinem Vater nicht zu sagen, daß ich im Stall war – daß ich seine Anweisungen nicht befolgte. Trotzdem hast du es ihm verraten, Ian. Du hast mich verraten!« Diese Worte schleuderte sie ihm förmlich ins Gesicht.

»Nein! Habe ich nicht! Bei allem, was mir heilig ist, schwöre ich, daß ich das nicht getan habe!« Irritiert von ihrem Vorwurf umfaßte er ihre Schultern und drehte sie so, daß sie ihm ins Gesicht schauen mußte. Sie erstarrte und wollte sich von ihm losreißen, doch seine Umarmung war unerbittlich.

Sie seufzte tief und gequält auf. »Er wußte es«, war alles, was sie sagte. »Er wußte ...«

Ihm dämmerte Entsetzliches. »Er hat dich bestraft, nicht wahr?«

Sie senkte ihre Lider, um ihn nicht ansehen zu müssen. Erneut bebten ihre Lippen. »Ja«, hauchte sie tonlos. »Ja!«

Der blasse Feuerschein, der durch die Zeltwand drang, warf diffuse Schatten auf ihr bleiches Gesicht. Er konnte immer noch die Spuren ihrer Tränen erkennen und verfluchte sich insgeheim, als er die Frage stellte, auf die er eigentlich bereits eine Antwort haben mußte. »Was hat er dir angetan, Sabrina? Womit hat dein Vater dich bestraft?«

»Er … er sperrte mich in ein winziges Verlies tief unter der Burg.« Sie bewegte kaum die Lippen beim Sprechen.

»In den Kerker?«

Sie nickte. »Dort war es kalt. Es gab kein einziges Fenster. Kein Feuer. Ich … ich wußte nicht, ob es Tag oder Nacht war …«, berichtete sie stockend. Dann machte sie eine lange Pause – vermutlich, um neuen Mut zu sammeln, dachte er.

»Wie lange, Sabrina? Wie lange hat er dich dort eingesperrt?«

»Drei Tage«, erwiderte sie mit bebenden Lippen. »Ich … ich glaubte schon, er wartete darauf, daß ich dort unten den Tod fände.« Sie unterbrach sich. »Noch heute schlafe ich nur bei Kaminfeuer, um meine Kammer zu erhellen. Sommers wie Winters, wenngleich mich alle für verrückt halten.«

Schlagartig begriff Ian ihre unverhohlene Feindseligkeit, als sie ihn nach all den Jahren wiedergesehen hatte. Sie machte ihn für diese verfluchte Phobie verantwortlich …

»Ich schwöre beim Grabe meines Vaters, daß ich es ihm nicht anvertraut habe, Sabrina«, sagte er inbrünstig. »Ich habe dich nicht verraten.«

Sie schloß die Augen und senkte den Kopf. »Ist ja auch egal«, sagte sie tonlos.

Ian ließ sie los. Sie glaubte ihm nicht, und er sah keine Möglichkeit, sie vom Gegenteil zu überzeugen. Er beobachtete sie, wie sie sich langsam zur Seite drehte und ihm den Rücken zuwandte.

Auch wenn sich sein Herz unbändig zu ihr hingezogen fühlte, wurde er doch von einer so schrecklichen Wut ergriffen, wie er sie noch nie in seinem Leben verspürt hatte. Mehr als je zuvor hatte er den Wunsch, Duncan Kincaid seines Lebens zu berauben ... so wie er seine Tochter ihrer Lebensfreude beraubt hatte.

Er entkleidete sich und legte sich, einen Arm unter seinen Kopf gebettet, neben sie. Unweigerlich wanderte sein Blick zu seiner Frau. Wie konnte er sie davon überzeugen, daß er sie nicht verraten hatte? Jeder hätte ihrem Vater die Wahrheit berichten können. Einer der Jungen aus dem Stall. Ein Bediensteter. Aber er wußte, sie würde ihm nicht so einfach Glauben schenken. Sie war ein verfluchter Dickschädel!

Und dennoch konnte er nicht leugnen, daß er ihren Mut bewunderte. Im Grunde genommen war er überaus wütend gewesen, daß sie anläßlich ihrer Hochzeit in diesem verdammten Lumpen, der sich Kleid schimpfte, die Kirche betreten hatte, als befände sie sich auf einem triumphierenden Siegeszug. Erstmalig war er nun versucht gewesen, in schallendes Gelächter auszubrechen. Sie war beherzt und mutig und ... atemberaubend schön. Und ihm war klar, daß sie ihm auch das niemals glauben würde. Sie würde sein Kompliment zurückweisen ... so wie sie ihn zurückwies.

Es dauerte nicht lange und ihr Atem ging gleichmäßig. Sie schlief. Ian entspannte. Er betete darum, daß die Schrecken dieser Nacht sie nicht in ihren Träumen verfolgten. Aber kaum war er eingeschlummert, wurde sie unruhig. Sie drehte sich auf den Rücken, und ihr Atem ging stoßweise. Ihr Kopf rollte von einer Seite auf die andere. Leise jammerte sie.

Ian reagierte instinktiv. Er schlang seine Arme um ihren Körper und zog sie an sich, so daß ihr Kopf an seiner Schulter ruhte. Eine Hand strich ihr tröstend über den Rücken und zwickte ihr versehentlich in die Taille.

Sie öffnete die Augen. Er spürte ihre langen Wimpern auf seiner Haut. »Ian?« Sein Name war nur ein heiseres, verschlafenes Murmeln.

»Ich bin hier, mein Mädchen«, brummte er mit leiser Stimme. »Schlaf weiter.« Ihr Haar floß in rotgoldenen Kaskaden über seine Brust. Träge ließ er eine seidige Strähne durch seine Finger gleiten und bewunderte die herrliche Farbe.

Als sie sich mit einem kleinen Seufzer zu ihm umdrehte, flatterten ihre Lider kurz – doch dann schlossen sie sich.

Aber jetzt war Ian hellwach. Ihr Duft betörte ihn, und er spürte ihren feuchten Atem auf seiner Haut. Die sanfte Rundung ihres Busens berührte seinen Körper und strömte sinnliche Wärme aus. Das brachte sein Blut in Wallung und ließ seine Männlichkeit hart anschwellen. Seine Gedanken beherrschten wollüstige Bilder und Empfindungen – Schenkel, die sein Gesäß umklammern, während er tief und kraftvoll in sie eindringt. Ihr Haar streicht sanft über seinen Bauch ... seine Oberschenkel ... ihr Mund ist so zart und weich auf seiner Haut, als sie seine Brust liebkost und seinen Körper erkundet ... Kalter Schweiß trat ihm auf die Stirn.

Das einzige, was ihn bremste, war ihr plötzliches Zutrauen, die Art und Weise, wie sie in seinen Armen schlummerte.

Gott vergebe ihm, aber er mußte wenigstens einen kleinen Vorgeschmack bekommen ...

Ihr Mund war himmlisch. Er ergab sich seinen Lippen voll verlangender Süße. Seine Fingerspitzen streiften den Halsausschnitt ihres Nachtgewands und glitten hinein. Für einen kurzen Augenblick lag ihre Brust warm und geschmeidig in seiner Handfläche; er liebkoste deren Spitze, bis sie sich langsam aufrichtete. Er stöhnte leise. Seine Arme zitterten vor Anstrengung, als er den unbändigen Wunsch niederkämpfte, sie auf den Rücken zu drehen und seine Lust auszuleben.

Nur widerstrebend lockerte er seine Umarmung. Schlagartig dachte er daran, daß Alasdair draußen schlief. Er mußte bis zum nächsten Tag warten, wenn Alasdair nicht in ihrer Nähe war. Ja, morgen waren sie zu Hause, und er konnte sich alle Zeit der Welt lassen. Das würde den Augenblick um so stärker versüßen.

Doch im Verlauf der Nacht schmiegte sie sich erneut an ihn. In der Nacht suchte sie all das, was sie im kalten Tageslicht verdrängte …

Es war die längste Nacht, die er je verbracht hatte.

Kapitel 11

Sabrina wachte am nächsten Morgen allein auf. Ihr Körper war steif und schmerzte von den Fesseln und der Enge während ihrer Gefangenschaft in der Höhle. Ian lag nicht mehr neben ihr, doch von draußen drang seine sonore Stimme ins Zelt. Sie hatte tief und fest geschlafen, obwohl sie nicht geglaubt hatte, überhaupt Ruhe finden zu können. Sie erschauerte aufgrund der Erinnerung und versuchte sich zu konzentrieren. Das vage Gefühl, in starken, beschützenden Armen Geborgenheit gefunden zu haben, beschäftigte sie … Sonderbar, sie hätte schwören können, daß unbeugsame männliche Lippen süß und warm mit den ihren verschmolzen waren …

Abrupt setzte sie sich auf. Nein. Nein, das konnte nicht stimmen. Daran würde sie sich erinnern.

Sie stand auf und trat ins Freie. Der Morgen war trübe und bewölkt. Ein kurzer Blick bestätigte ihr, daß Ian bereits die Pferde sattelte. Sie suchte ihre Sachen zusammen und als sie zurückkam, wartete er bereits aufbruchbereit auf sie.

Sie blickte sich neugierig um. »Wo ist Alasdair?«

»Ich habe ihn schon vorausgeschickt, damit für unsere Ankunft alles vorbereitet wird.« Für einen Augenblick herrschte Schweigen. »Und auch aus einem anderen Grund.«

Aufgrund seines Zögerns fühlte sie sich unbehaglich. »Und welchem?« fragte sie.

»Meine Verwandten erwarten, daß ich mit Margaret als meiner Angetrauten zurückkomme. Auf diese Weise werden alle von Margarets Tod erfahren – und warum ich mit dir als meiner Braut zurückkehre.«

Schlagartig verkrampfte sich ihre Magengegend. Was würden Ians Familienmitglieder von seiner neuen Braut denken? Würde man sie an Margarets Stelle akzeptieren oder meiden? Abgesehen von der Tatsache, daß man keineswegs mit ihr als seiner Ehefrau rechnete, stammte sie nicht aus den Highlands, war eine Außenseiterin. Das Leben würde schon schwer genug sein, auch ohne geächtet zu werden ... Plötzlich war sie voller Zweifel.

»Du brauchst dir keine Sorgen zu machen«, sagte er ruhig.

Zu spät erkannte sie, daß er ihre Verzweiflung bemerkte. »Ich mache mir keine Sorgen«, hielt sie ihm entgegen.

Mißtrauisch zog er ein dunkle Augenbraue hoch, sagte jedoch nichts. Statt dessen deutete er auf ihre Stute. »Laß uns aufbrechen.«

Sabrina trat einen Schritt nach vorn und wartete darauf, daß er ihr beim Aufsitzen behilflich war. Ihr Puls raste, als sie ihre Hand in die seine legte. Plötzlich verfinsterte sich sein Blick, und er schob den weiten Ärmel ihres Kleides hoch.

Rasch blickte Sabrina zu Boden. Er starrte auf die geröteten, zerschundenen Stellen, wo der Lederriemen in ihre zarte Haut eingeschnitten hatte.

Sie errötete. »Es ist nichts«, sagte sie nervös. »Ich spüre es kaum.«

Seine Stimme klang rauh. »Und sie haben dir nichts weiter angetan?«

»Nein.« Zu ihrem Entsetzen schwang ein unmerkliches Zittern in ihrer Stimme.

Sein finsterer Gesichtsausdruck hellte sich nicht auf. Er betrachtete die Prellung auf ihrer Wange. »Gott sei Dank, ist der Bluterguß fast verschwunden. Andernfalls würden meine Verwandten annehmen, daß ich dich schlagen und festbinden mußte, bevor du mich heiraten wolltest.«

Fast hätte sie ihn daran erinnert, daß er das zwar nicht getan hatte, dafür aber ihr Vater. Seine angespannten Züge ließen sie jedoch verstummen. Der zärtliche Mann, der sie in seinen Armen gewiegt hatte, war vielleicht nur ein Produkt ihrer Fantasie.

Nach ihrem Aufbruch legte Ian ein schnelles Tempo vor. Sabrina war klar, daß er es kaum erwarten konnte, nach Hause zu kommen. Die Landschaft hatte sich am zweiten Tag ihrer Reise zunehmend verändert. Die sanften Täler der Lowlands waren schroffen Felsen gewichen, die sich nach Norden und Westen erstreckten, und sie ritten mitten durch sie hindurch.

Am späten Vormittag hielten sie an, um die Pferde grasen zu lassen. Ian deutete mit dem Kopf auf einen nebelumhüllten Berg, der vor ihnen in den Himmel ragte und dessen Gipfel in den Wolken verschwand.

»Ben Ledi«, sagte er. »Sobald wir den Paß hinter uns gelassen haben, befinden wir uns auf den Ländereien der MacGregors.«

Der Pfad war überaus tückisch und gefährlich. Sabrinas Herz schlug bis zum Hals, als sie den engen Gebirgspaß überquerten. Tief unter ihnen ragten zerklüftete Felsen in den Himmel, wie spitze Zähne eines riesigen Mauls. Dennoch konnte sie nicht leugnen, daß die Landschaft der Highlands eine gewisse Anziehungskraft besaß. Vor ihr lag eine herrliche Landschaft mit tiefen Tälern, ruhigen und gefährlichen Strömen und Seen, die wie Saphire schimmerten. Dennoch fuhr Sabrina ein Schauer über den Rücken, als sie zwischen den Bergen den Abstieg ins Tal wagten. Angesichts dieser einsamen und überwältigenden Pracht fühlte sie sich zerbrechlich und klein.

Sie ritten weiter, schlängelten und wanden sich durch Täler, kletterten bergauf und bergab mit dem Rhythmus dieser Landschaft. Die Wetterbedingungen änderten sich ebenfalls. Schwarze Wolken zogen am Horizont auf. Erst Stunden später hielt Ian sein Pferd an. Seufzend massierte Sabrina ihren schmerzenden Rücken.

»Sabrina.«

Beim Klang ihres Namens drehte sie sich zu Ian um, der seine Hand ausstreckte.

»Schau dort«, sagte er.

Sabrinas Blick folgte der Richtung, in die seine Hand zeigte. Der Weg war von Hütten gesäumt, doch das bemerkte sie kaum. Hoch oben auf dem nächsten Bergkamm erhob sich eine Burg, so schroff und abweisend wie ein riesiges, dunkles, der Erde entstiegenes Ungeheuer. Die Silhouetten von vier quadratischen Steintürmen ragten drohend in den Abendhimmel.

Plötzlich zitterte sie. »Ist das die Burg der MacGregors?«

»Ja.« Stolz schwang in Ians Stimme.

Sie versuchte, ihr Unbehagen zu unterdrücken, doch auf ihrer Brust schien ein zentnerschweres Gewicht zu liegen. Das hier war kein sonnendurchflutetes Tal wie das Anwesen von Dunlevy. Die Burg wirkte abweisend und beeindruckend zugleich ... genau wie ihr Besitzer, dachte sie hilflos.

Ian setzte seinen Weg fort, und Sabrina folgte ihm.

Leichter Regen setzte ein, und ein Blitz spaltete die dunklen Wolken. Donnergrollen kündigte ein unheilvolles Unwetter an.

Ein stechender Schmerz durchzuckte sie. Sie hatte nur den einen Gedanken ...

Das gräßliche Wetter paßte in der Tat zu ihrer Ankunft.

Lange bevor sie über die Zugbrücke ritten, hörten sie die lauten Jubelrufe.

»Er kommt zurück! Der MacGregor kommt zurück!«

Als sie den Innenhof der Burg erreichten, fiel ihr Blick auf die in Reih und Glied stehenden Männer, die sie schon bald darauf umringten. Sabrina blinzelte, denn es handelte sich um mindestens hundert Leute. Abgesehen von den Schottenröcken, die viel nacktes Bein zeigten, waren sie ein wilder Haufen von Soldaten unterschiedlichen Alters, Aussehens und Dienstgrads.

»Ist das deine Braut, Ian?« rief einer.

Rasch war er an ihrer Seite, war ihr so nah, daß ihre Oberschenkel sich berührten. Eine schlanke Hand griff nach der ihren. Er streckte ihre Hände hoch in die Luft. »Sabrina«, war alles, was er rief. »Meine Frau.«

Der sich daran anschließende Beifall war so gewaltig, daß der Boden unter ihnen erzitterte. Noch ehe sie wußte, wie ihr geschah, wurde sie von ihrer Stute gezerrt … von einem bärtigen Hünen mit gewaltigen Schultern!

Obwohl er sie dreist von oben bis unten musterte, gefiel ihr sein breites, gewinnendes Grinsen. Ihre Furcht verebbte, und sie lächelte ihn an.

»Nun, sie ist eine Zwergin, Ian!«

Ian schwang sich mit eleganter Leichtigkeit aus dem Sattel. »Ja, aber die Kleine besitzt einen Mut, der den stärksten Mann niederstrecken kann.«

»Aber nicht dich, Ian, oder?« Der Hüne blinzelte dem Clanchef zu.

»Nein, mich nicht, Fraser.«

Was war das? Eine Warnung, ihm nicht in die Quere zu kommen? Sabrinas Rücken versteifte sich. Mit einem spöttischen Funkeln in ihren smaragdgrünen Augen hielt sie seinem entschlossenen Blick stand.

Unverändert lächelte sie. »Vielleicht, mein Gemahl«, sagte sie launig, »begreifst du nun endlich, daß du besser eine andere geheiratet hättest, wenn dir der Sinn nach einem rückgratlosen Angsthasen steht.«

Ian schürzte die Lippen, und seine Augen flackerten. Schließlich klopfte er Fraser auf die Schulter und erwiderte in freundlichem Ton: »Siehst du nun, woran ich bin? Ich muß ständig auf der Hut sein, denn ihre Zunge ist so scharf wie eine Messerklinge.«

Der Hüne runzelte die Stirn. »Ja, und so vernichtend wie ein Soldat!«

Die beiden wandten sich zum Gehen. Innerlich schäumte Sabrina vor Zorn. Was sollte sie tun – die Soldaten unterhalten? Als erinnerte er sich plötzlich wieder ihrer Anwesenheit, blieb Ian stehen. Er schaute über die Schulter zurück und sagte freundlich: »Kommst du, meine Liebe?«

Meine Liebe? Sabrina hatte nicht übel Lust, ihm einen gezielten Tritt in seinen Allerwertesten zu versetzen. Statt dessen sagte sie sanft: »Wie Sie wünschen, Mylord.«

Diesmal wartete er, damit sie ihm über die riesige Eingangstreppe in die große Halle folgte. Sabrina überlegte, was er wohl vorhatte. Wollte er sie brüskieren oder ihren Zorn erregen? O ja, zweifellos erwartete – hoffte! – er, daß sie sich vor seinen Leuten zur Idiotin machte, um ihnen zu beweisen, daß er der Herr im Hause war!

Nun, sie würde ihnen diesen Gefallen nicht tun. Sie würde gütig und freundlich sein, koste es, was es wolle.

Die Eingangshalle war bombastisch. Ein gewaltiger Marmorkamin dominierte einen Teil des riesigen Raums. An der gegenüberliegenden Wand führte eine Treppenflucht nach oben zu den Fluren. Kaum war Ian eingetreten, wurde er auch schon von mehreren Männern umringt, die vermutlich dringende Angelegenheiten mit ihm besprechen wollten.

Während sie dort stand, stellte sie plötzlich fest, wie schmutzig und ungepflegt sie doch war. Schon seit Tagen hatte sie kein Bad mehr genommen. Sie roch nach Pferd und Leder. Und nun stand sie dort völlig überflüssig an Ians Seite.

»Ian.«

Falls er sie gehört hatte, so reagierte er jedenfalls nicht.

Sie mußte sich beherrschen, um ihre Fassung zu wahren. Sie räusperte sich daher nur und versuchte es noch einmal.

Wieder keine Antwort.

Sie straffte ihre Schultern, griff nach seinem Hemdstoff und zupfte daran. »Ian!«

Drei Augenpaare waren auf sie gerichtet. Angespannte Stille schloß sich an. Sie hatte nicht lautwerden wollen, stellte zu ihrer Beschämung jedoch fest, daß alle sie gehört hatten.

Aber sie entschuldigte sich nicht. Energisch schob sie ihr Kinn vor und sagte mit fester Stimme: »Könnte mir bitte jemand meine Kammer zeigen? Ich möchte meine Sachen auspacken. Und ich würde darüber hinaus gerne ein Bad nehmen.«

»Natürlich.« Ian schnippte mit den Fingern. Eine kleine, dunkelhaarige Magd stürzte durch den hohen, bogenförmigen Eingang auf sie zu. »Das ist Mary«, sagte er kurz angebunden. »Sie wird dich hinaufbegleiten.«

»Guten Abend, Mylady.« Mary machte eine schüchterne Verbeugung. »Wenn Sie bitte hier entlang kommen wollen …«

Sabrina lächelte dem kleinen Dienstmädchen erschöpft zu und folgte ihr dann.

Ian würdigte sie keines Blickes. Aus einem unerklärlichen Grund empfand Sabrina einen stechenden Schmerz. Sie redete sich ein, daß es allein an ihrer Müdigkeit lag. Im übrigen schätzte sie seine Gleichgültigkeit immer noch mehr als seine Feindseligkeit – oder, was noch schlimmer war, seine überfreundliche Zuneigung!

Die Kammer, die Mary ihr zeigte, war gut und gern dreimal so groß wie ihr Zimmer auf Burg Dunlevy. Sehnsüchtig blickte sie zu dem großen Bett am Fenster … bis sie den breiten, an der Wand lehnenden Degen bemerkte.

Schlagartig war sie gewarnt. Das war Ians Kammer. Sie spürte es mit jeder Faser ihres Körpers. Ian erwartete doch nicht etwa, daß sie diesen Raum mit ihm teilte? Dessen war sie sich eigentlich recht sicher, denn er hatte ihr deutlich zu verstehen gegeben, daß er sie nicht begehrte. Sie drehte sich zu Mary um, um ihr zu sagen, daß sie sich sicherlich geirrt hatte, aber zwei andere Bedienstete waren ihnen bereits gefolgt und stellten eine große Holzwanne vor den Kamin.

Sie seufzte. Was machte es schon aus, wenn sie hier badete? Ian war unten beschäftigt, und sie hatte später noch genug Zeit, nach ihrer eigenen Kammer zu schauen. Eine Viertelstunde später lag sie träge im warmen Wasser vor dem Kaminfeuer. Mary war etwa gleichaltrig mit ihr und ein stilles, zurückhaltendes Mädchen. Irgendwie erinnerte sie sie an Edna, und dieser Gedanke schnürte Sabrina die Kehle zu. Eine Woge der Traurigkeit erfaßte sie. Sie würde Edna nie wiedersehen, ebensowenig wie Dunlevy.

Und mit Sicherheit sah sie auch Jamie niemals wieder …

Sie stieg aus der Wanne und zog ein sauberes Mieder und ein leichtes Wollkleid an, das Mary für sie bereitgelegt hatte. Dann kämmte die Bedienstete Sabrinas Haar vor dem Feuer, bis diese schließlich bemerkte, daß das Mädchen auch ihre restliche Kleidung ausgepackt hatte.

Mary bemerkte ihren Blick. »Machen Sie sich keine Sorgen, Mylady«, sagte das Mädchen schnell. »Bis Sie vom Nachtmahl zurückkehren, werde ich alles dort in dieser Truhe verstaut haben.« Dabei deutete sie mit dem Kopf auf die Truhe neben dem Fenster.

»Oh, aber ich werde nicht hier schlafen, du kannst also ruhig noch warten«, erklärte ihr Sabrina in sachlichem Ton. »Ich möchte dir nicht mehr Arbeit machen als notwendig.«

Mary unterbrach ihre Tätigkeit und schaute sie an, als

sei sie von Sinnen. »Natürlich werden Sie das. Wo sonst sollten Sie schlafen als bei Ihrem Gemahl?«

Sabrina wußte nicht recht, wie sie ihr erklären sollte, daß nicht alle Ehepaare dasselbe Schlafgemach teilten. Sie wußte, daß ihre Eltern getrennte Schlafzimmer bewohnt hatten, denn ihr Vater hatte die Kammer ihrer Mutter genauso belassen, wie sie am Tage ihres Todes gewesen war. Aber anscheinend war das in Marys Familie nicht der Fall. Noch bevor sie etwas erwidern konnte, klopfte es an der Tür.

»Das Nachtmahl wird im Saal serviert, Mylady«, rief eine männliche Stimme. »Mylord bittet darum, daß Sie ihm Gesellschaft leisten.«

Ihr Magen knurrte und erinnerte sie daran, daß sie wirklich sehr hungrig war. Sie hob die Hände, um ihre Haar zu flechten.

»Oh, bitte tun Sie das nicht«, murmelte Mary. »Mit offenem Haar sehen Sie wunderschön aus.«

Sabrinas Hände hielten inne. Sie biß sich auf die Lippen und lächelte verunsichert. »Aber Mary ...«

»Bitte, Madam. Ich habe noch nie in meinem Leben so kräftiges und prachtvolles Haar gesehen. Sie sind wunderschön. Wirklich.«

Es klopfte erneut und dieses Mal lauter. »Mylady?«

Sabrina atmete tief ein. »Nun gut«, murmelte sie. Strahlend beeilte sich Mary, ihr die Tür zu öffnen. Ein kraftstrotzender Lakai wartete bereits, um sie zu eskortieren.

In der Halle deutete er auf Ian, der neben dem Kamin stand, und entfernte sich. Sabrina blieb unsicher am Fuße der Treppe stehen. Ian hatte ihr den Rücken zugewandt und schien in ein Gespräch mit einem seiner Ritter vertieft.

Ein lärmendes Chaos bot sich ihren Augen. Lautes Gelächter und Stimmengewirr bestimmten die Atmosphäre. Der Rittersaal war voller Männer und Frauen.

Sabrina war sich sicher, daß sich sämtliche seiner Stammesverwandten an diesem Abend hier versammelt hatten. Der Duft von gebratenem Fleisch vermischte sich mit dem Geruch von Ale.

»Du bist Sabrina?«

Ein großer, weißhaariger Mann war vor ihr stehengeblieben. Obwohl er aufgrund seines Alters in gebückter Haltung am Stock ging, mußte sie ihren Kopf in den Nacken legen, um ihm ins Gesicht zu sehen. Seine Wangen und Stirn waren von tiefen Falten durchzogen, wie sie feststellte. Augen von einem stürmischen Grau musterten sie – Ians Augen, dachte sie.

»Ja«, sagte sie tonlos, »ich bin Sabrina.«

»Und ich bin Onkel Malcolm, der Bruder von Ians Großvater Fergus.« Faltige Lippen verzogen sich zu einem Lächeln. »Nun, du bist eine wirkliche Schönheit. Ian darf sich glücklich schätzen, ganz gewiß … Willkommen im Clan, mein Mädchen.«

Sabrina erwiderte sein Lächeln. Er wirkte irgendwie zerbrechlich. Und dennoch, dachte Sabrina unwillkürlich, war er in seiner Jugend sicherlich eine furchteinflößende Erscheinung gewesen. »So langsam verstehe ich, woher Ian seine stattliche Größe hat.« Sie reichte ihm kaum bis zu den Schultern. Allerdings stellte sie auch fest, daß sein Dialekt ausgeprägter war als Ians.

Unter seinem Plaid hoben sich seine eingefallenen Schultern. Er lachte schallend. »O ja, um ehrlich zu sein, liegt das im Blut der MacGregors.« In diesem Moment torkelte ein betrunkener Soldat an ihnen vorüber. Er stürzte und riß sie beinahe mit sich. Schließlich rappelte er sich auf und schwankte davon.

Malcolm schüttelte den Kopf. »Du mußt entschuldigen, Mädchen. Wir sind Highlander, und Highlander brauchen keinen Anlaß zu ausgelassener Fröhlichkeit. Und jetzt, da unser Clanchef zurückgekehrt ist – und das mit einer solchen Braut …« Erneut schüttelte er den Kopf. »Nun komm und feiere mit uns«, lud er sie ein.

Er deutete zu einem der umstehenden Tische. Bevor sie wußte, wie ihr geschah, wurden Speisen und Getränke vor ihr auf den Tisch gestellt. Malcolm nahm ihr gegenüber Platz. »Wie ich gehört habe, stammst du aus Dunlevy, stimmt das?«

Sabrina nickte.

»Von der Burg, wo Ian als Pflegekind aufgewachsen ist«, erinnerte er sich. Eine weiße Augenbraue schoß in die Höhe. »Dann mußt du Ian schon gekannt haben, als er noch ein eingebildeter Knabe war.«

Sie kicherte. »Das habe ich in der Tat. Er nannte mich immer ein hübsches kleines Luder.«

»Und sie schimpfte mich einen Highland-Prinzen«, meldete sich eine Stimme hinter ihr zu Wort. »Warum wohl? Was glaubst du, Onkel?«

Sabrina erstarrte. Ian nahm den leeren Platz neben ihr ein. Also hatte er sich schließlich doch dazu herabgelassen, ihre Anwesenheit zur Kenntnis zu nehmen?

Ihr früherer Schwur war vergessen. »Soll ich dir sagen, warum, Onkel? Weil er die blasierte Arroganz eines Prinzen besaß«, ihre scharfe Bemerkung kam wie aus der Pistole geschossen, »und daran hat sich bis heute nichts geändert.«

Fraser hatte sich neben Malcolm gesetzt, und als er ihre Entgegnung hörte, lachte er schallend. »Ich glaube, dieses hübsche Mädchen hat dich in die Knie gezwungen, Ian! Wahrhaftig, vermutlich ist sie genau die Richtige, um den MacGregor zu zähmen!«

Sabrina wagte einen Blick in Ians Richtung. Der harte Mund war zu einem Lächeln verzogen, trotzdem wußte sie, daß sie ihn empfindlich getroffen hatte.

Der Abend schritt voran. Ian behielt seinen Platz an ihrer Seite, und Sabrina war sich qualvoll seiner Nähe bewußt. Sie sprachen kaum, doch sein muskulöses Bein schmiegte sich unablässig an das ihre. Unzählige Freunde und Verwandte kamen, um ihnen Glückwünsche auszusprechen. In Sabrinas Kopf schwirrten Namen und Gesichter – sie betete darum, daß sie sich am nächsten Tag noch an alle erinnern möge. Viele von ihnen, dachte sie mit einem Anflug von Sarkasmus, würden sich allerdings kaum noch an diesen Abend erinnern.

Im Gegensatz zu seinen Stammesangehörigen trank und aß Ian nur wenig, obwohl einer seiner Ritter damit prahlte, daß der neue Clanchef bei seiner Ernennung ein ganzes Horn Wein in einem Zug geleert habe, ohne umzufallen.

Auch wenn sie anderes annahm, so war sich ihr Mann ihrer Gegenwart doch äußerst bewußt.

Ihr frischer, blumiger Duft erregte ihn. Er verwirrte seinen Verstand … und seine Sinne. Er wollte mit seinen Fingern durch ihr Haar fahren und ihren Kopf zu sich hochziehen, um die Süße ihres Mundes zu kosten. Während ihn seine Ritter unten in der Empfangshalle aufgehalten hatten, kreisten seine Gedanken nur um eine Sache. Als Kirby ihn über die Geschehnisse der vergangenen beiden Wochen informierte, hätte er seine Pflichten am liebsten zum Teufel geschert. Er sehnte sich danach, die Treppe hinaufzustürmen und zu seinem hübschen kleinen Luder in die Badewanne zu steigen …

Hätte das seine anmutige Braut schockiert? Das befürchtete er stark. Und bei Gott, heute nacht würde er erfahren, ob sie wirklich noch Jungfrau war. Noch heute nacht …

Er preßte die Lippen zusammen. Innerlich tobte er, denn ihm gegenüber verhielt sie sich so kühl und unnahbar wie stets; statt dessen scherzte sie mit einem seiner entfernten Cousins.

Ermutigt zog sein Cousin sie von der Bank hoch, um sie seinem Bruder am anderen Ende des Saals vorzustellen.

Kaum ein Mann konnte heute abend seine Augen von ihr lassen. Ihre Blicke und ihr Lächeln versetzten die Männer in Verzückung. Sie war einfach verlockend. Doch er blickte finster, da sie in ihm die unterschiedlichsten Gefühle wachrief: Eifersucht, Besitzanspruch, Begehren. Sein Gesicht verdunkelte sich zunehmend. Er hatte sie geheiratet. Sie zu seiner Frau gemacht. Sie gehörte zu ihm …

Zu ihm allein.

Von irgendwoher erklang Musik. Wütend beobachtete er, wie Fraser sie in seine Arme zog. Sie tanzten einen beschwingten Tanz, und dann noch einen … Ihr Kleid wirbelte aufreizend um ihre Hüften und entblößte ein kleines Stück ihrer wohlgeformten Beine.

Plötzlich stürzte die Bank, auf der er gerade noch gesessen hatte, mit einem lauten Aufprall auf den Steinboden. Er hatte den Saal bereits durchquert, ohne sich überhaupt bewußt zu sein, daß er aufgesprungen war.

Lachend verbeugte sie sich vor ihrem Tanzpartner und richtete sich dann erneut auf. Als ihr Blick auf den seinen traf, verschwand ihr Lächeln. Ihre Augen verdüsterten sich vor Unbehagen.

Ian ergriff ihre eiskalten Finger. Sie versuchte, sich loszureißen, aber er hielt sie fest. Statt dessen legte er ihre Hand auf seine Armbeuge.

Fraser war sich der Spannung zwischen ihnen nicht bewußt und grinste die beiden an. »Du mußt besser auf sie aufpassen, Mann … ansonsten werde ich es tun.«

»Ja«, warf ein anderer ein. »Eine schöne und beherzte Ehefrau muß man besonders hochschätzen!«

»Oh, er schätzt seine Pferde weitaus mehr als mich.« Obwohl ihr Tonfall ungezwungen klang, spürte er doch ihre Abneigung, ihn berühren zu müssen. »Das habe ich aus seinem eigenen Mund gehört. Ist es nicht so, werter Gemahl?«

»Was soll das heißen?« Fraser schien empört. »Du scherzt!«

»Nein«, erwiderte Sabrina. »Auf unserer Reise in die Highlands wurde ich von englischen Grenzräubern gefangen genommen. Nun, Ian spürte uns auf, aber er war nur bereit, für die Rückgabe seiner Pferde zu bezahlen. Tatsächlich meinte er, er sei froh, mich los zu sein. Offensichtlich war es ihm ganz recht, daß ich mich in ihrer Gewalt befand.«

Wahrlich versuchte sie, ihn in Verlegenheit zu bringen. Er umfaßte ihre Taille und zog sie ganz nah an sich heran. Sie würde schon noch lernen, sich nicht mit ihm anzulegen.

»Ach was, daran habe ich nicht einen Gedanken verschwendet. Schließlich muß ich noch meine ehelichen Rechte einfordern.«

Sie schnappte nach Luft.

»Ja«, fuhr er fort. »Unsere Reise dauerte vier Tage und Nächte. Da Alasdair immer nur eine Armeslänge von uns entfernt schlief ...« Er ließ das Ende offen. »Wie ihr seht, haben wir unsere Hochzeitsnacht noch vor uns.«

Respektloses Gelächter erscholl. »Auf diese Weise bekommst du nie einen Stammhalter!«

»Du bist eine Schande für unser Geschlecht, Mann!«

»Wenn du nicht endlich mit ihr verschwindest, dann bist du nicht der Mann, für den wir dich immer gehalten haben!«

Ian machte gute Miene zum bösen Spiel. Er musterte seine Frau, deren Wangen flammendrot waren. »Ja«, sagte er gedehnt. »Diesen Zustand muß ich ändern ... und welcher Zeitpunkt wäre günstiger als der jetzige?«

Mit diesen Worten packte er sie und nahm sie in seine Arme. Sie setzte sich erst zur Wehr, als er die Freitreppe hinaufstieg und der Saal hinter ihnen lag. Doch er umklammerte sie lediglich fester.

»Sei still!« zischte er.

Sie erstarrte in seinen Armen, und Ian trug sie zu seiner Kammer. Er trat über die Schwelle und schloß die Tür mit seiner Stiefelspitze.

Langsam ließ er sie an seinem Körper hinabgleiten, damit sie seine Kraft und Stärke fühlte. Kaum hatten ihre Füße den Boden berührt, trat sie einen Schritt zurück. Der Lichtschein der an den Wänden angebrachten Kerzenlüster streifte ihren Körper. Ihre vollendete Schönheit traf ihn wie ein Dolchstoß. Im gleichen Moment vernahm er ihren hastigen und unregelmäßigen Atem.

»Das reicht jetzt, Ian.« Ein zorniges Beben klang in ihrer Stimme. »Du ... du hast mich herausgefordert, und ich gebe zu, daß ich schnippisch war ...«

Belustigt schüttelte er bei diesen wenig überzeugenden Worten den Kopf. »Ich will beileibe keine Entschuldigung von dir, Sabrina.«

Unmerklich schüttelte sie den Kopf, während ihre Augen ihn anklagend und gleichzeitig flehend anblickten. »Was ist es dann, Ian? Sag es mir, was?«

Sein Blick wanderte über ihren Körper, verweilte auf den Rundungen ihrer Brüste, die unter dem roten Wollstoff ihres Kleides verborgen lagen, glitt hinunter zu ihren üppigen Hüften, um dann zu ihrem Gesicht zurückzukehren.

»Dich«, sagte er sanft. »Ich will dich.«

Sie wurde blaß. »Was meinst du damit?« flüsterte sie.

Sein Blick war unbeirrt. »Ich meine damit, daß du genau dort bist, wo ich dich haben will. Auf meiner Burg. In meiner Kammer. Und schon bald«, ein kleines Lächeln umspielte seine Mundwinkel, »wirst du mein Bett mit mir teilen.«

Kapitel 12

War Sabrina soeben noch zornig gewesen, weil er allen Gästen lautstark zu verstehen gegeben hatte, daß er mit ihr ins Bett gehen wollte, so traf sie jetzt ein eiskalter Schock. Ihr wurde schwindlig. Das durfte nicht sein. Das konnte einfach nicht sein …

Sie kniff die Augen zusammen und betete, daß dies alles nur ein Traum war, aus dem sie bald erwachte. Doch als sie ihre Augen öffnete, stand er immer noch dort, so groß und breitschultrig, daß er ihr den Blick auf die Tür versperrte.

Voller Zorn sagte sie das Erste, was ihr in den Sinn kam. »Du hast aber gesagt, du … du wolltest mich überhaupt nicht.«

»Nein. Ich sagte lediglich, es gäbe andere Mädchen, die genauso hübsch sind wie du.« Er trat einen Schritt vor.

Sie wich ihm aus. »Und weitaus bereitwilliger«, erinnerte sie ihn. »Warum gehst du dann nicht und suchst dir eine andere?«

Seine Augen schienen sich tief in ihre Seele zu bohren. »Das werde ich nicht tun. Du hast vor Gott ein Ehegelübde abgelegt. Sabrina, du kannst mich nicht länger hinhalten, denn diese Nacht gehört uns. Bald schon«, versprach er, »bald schon wird nichts mehr zwischen uns stehen, nicht einmal diese Diskussion, die du so langatmig und geschickt zu führen verstehst. Ich werde mein Recht einfordern … und das jetzt.«

»Was!« schrie sie. »Willst du mich etwa wie die englischen Grenzräuber knebeln?«

»Nein«, erwiderte er süffisant, »ich denke an eine andere Methode, um deinen Mund zum Schweigen zu bringen«, sein Blick hing an ihren Lippen, »eine wesentlich angenehmere Methode für uns beide.«

Ein eiskalter Schauer des Entsetzens durchflutete ihren Körper. Er war besessen – von ihr besessen!

Verzweiflung übermannte sie.

»Ian, du vergißt, daß du mich nur geheiratet hast, um unsere Familien zu verbünden. Und du würdest mich nur verführen wollen, um mich damit zu brüskieren. Um meinen Stolz zu verletzen, um mir deinen Willen aufzuzwingen!«

Er lächelte, als erriete er ihre intimsten Gedanken … ihre tiefsten Ängste – ein Lächeln so schwarz wie seine Seele!

»Nun, mein Mädchen, jetzt bist du allerdings diejenige, die etwas vergißt – denn was ich sagte, war mein voller Ernst. Verstehst du, ich will es. Ich will dich«, wiederholte er.

Schlagartig klang seine Stimme rauh. »Wirst du nun freiwillig zu mir kommen, wie du es an dem Abend unserer Hochzeit versprachst? Oder willst du mich erneut herausfordern und mit deinem Liebhaber Jamie verhöhnen? Oder dich vielleicht wie ein keifendes, eigensinniges Weib zur Wehr setzen? Es liegt an dir, Sabrina. Aber eines solltest du wissen. Wie auch immer du dich entscheidest, es kommt aufs gleiche hinaus.«

Sabrinas Blick fiel auf seine schlanken und dennoch kräftigen Hände, die jetzt auf seinen Hüften ruhten. Bildhaft stellte sie sich vor, wie diese Hände über ihren Körper glitten …

Sie schluckte. Wie von Fieberkrämpfen geschüttelt, zitterte sie am ganzen Körper.

Langsam schlenderte er um sie herum. »Was ist denn, Liebste?« sinnierte er laut. »Ich könnte fast meinen, du hast Angst vor mir – Angst vor dieser Nacht. Ich frage mich warum, und außerdem würde es mich überraschen. Denn schließlich bist du eine Frau, der es nicht fremd ist, von einem Mann besessen zu werden … denn das waren deine eigenen Worte.«

Sabrina wich seinem Blick aus. Etwas in seinem Tonfall forderte die Wahrheit von ihr. O ja, sie glaubte fast, er wußte, daß sie weder mit Jamie noch mit irgend einem anderen Mann intim gewesen war. Er war ein wahrhaftiger Teufel!

Sie begriff, daß er nicht nachgeben würde. Inzwischen wurde die Stille unerträglich, ebenso wie ihr Unbehagen.

Er stand vor ihr. Der Abstand zwischen ihnen betrug nurmehr die Länge von zwei Schwertern. Er berührte sie nicht, und dennoch spürte sie ihn mit all ihren Sinnen.

»Nun, meine Kleine? Hast du nichts zu sagen? Dann komm her.«

Schwankend näherte sie sich ihm, während sie betete, daß er ihr Zittern nicht bemerken möge.

»Komm jetzt, Kleine. Du kränkst mich. Du vermittelst mir das Gefühl, der unansehnlichste Mann von ganz Schottland zu sein.«

Seine beiden Hände lagen jetzt beunruhigend warm und fest auf ihren Schultern. Während er sprach, glitt sein Blick langsam über ihr Gesicht. Verwirrt dachte Sabrina, daß sein Gesichtsausdruck seltsam begehrlich wirkte. Und dann senkte sich sein Mund auf den ihren …

Und dann dachte sie an gar nichts mehr.

Seine Arme umfingen sie und zogen sie fest an seinen Körper. Sie erschauerte, aber nicht vor Unbehagen. Ach, wenn es doch nur so wäre!

Als er schließlich seinen Kopf hob, lächelte er nicht mehr. »Zieh mich aus, Liebste.« Der Befehl kam mit tiefer, fester Stimme.

Entsetzt musterte sie sein Gesicht. »Ian!« Ihre Lippen bebten. »Ich bitte dich … ich … ich kann nicht!«

Für Sekundenbruchteile war sie überzeugt, daß er sie zwingen würde. Etwas blitzte in seinen Augen auf, etwas, was sie nicht verstand. Dann runzelte er plötzlich die Stirn.

»Auch gut. Wie ich vorhin bereits feststellte, werde ich es tun, wenn du es nicht willst.«

Unbewußt ballte sie ihre Hände zu Fäusten. Gott möge ihr beistehen, aber sie konnte den Blick nicht abwenden, als er sich auszog.

Er stand vor ihr: glatte, bronzefarbene Haut verbarg seine geschmeidige Muskulatur. Seine durchtrainierten Schultern schimmerten im Kerzenlicht, und dichtes, dunkles Schamhaar bedeckte Brust und Bauch. Ihr Blick glitt tiefer …

Ihre Kehle war wie zugeschnürt. Sie wollte den Blick abwenden, doch das gelang ihr nicht.

Vor ihren Augen verwandelte sich seine Männlichkeit in einen eisernen Speer.

Unbewußt maß sie Umfang und Länge … Ein kurzer, spitzer Aufschrei entfuhr ihr. Sie erschauerte, war sie doch überzeugt, daß ihr eine schreckliche Nacht bevorstand.

»Was hast du, Sabrina? Du bist doch nicht unerfahren. Sicherlich hast du schon einmal einen nackten Mann gesehen. Selbst mich hast du nackt beobachtet – und das sogar mit voller Absicht.«

Schnell richtete sie ihren Blick auf sein Gesicht. Sein Lächeln war unangenehm lasziv.

»Ja«, stammelte sie, »damals warst du aber noch ein Kind!«

»Das war ich. Und ich habe dich schon einmal gefragt, ob dir das gefiel, was du damals gesehen hast.« Er machte eine kleine Pause. »Ich frage dich jetzt erneut.«

Es stimmte. Sie hatte ihn sehen wollen. Und tief in ihrem Innern hatte sie sich neugierig gefragt, welche

Veränderungen das Erwachsenwerden wohl mit sich gebracht hatte …

»Ich sehe weitaus mehr, als mir lieb ist«, platzte sie heraus.

Eine schlanke Hand umfaßte ihre Schulter. Sie riß sich von ihm los, da sein Lachen an ihren Nerven zehrte.

»Jetzt bist du an der Reihe, meine Liebe.«

Er näherte sich ihr erneut, bis er unmittelbar vor ihr stand, so nah, daß sie die Glut seines Körpers spürte. Kalte, graue Augen musterten sie. Bevor sie wußte, wie ihr geschah, hatte er ihr das Kleid über die Schultern gestreift. Wie ein weiches, formloses Bündel sank es ihr zu Füßen. Ihr Mieder folgte Sekunden später. In Windeseile war sie genauso nackt wie er.

Mit seinem Handrücken strich er über die straffe Haut ihres Bauchs. Er lächelte.

Sabrina erblaßte. Sein dreister Blick war entwürdigend – er musterte jeden Zoll ihres Körpers. Und er lächelte dabei. Als seine Augen zu dem rotgoldenen Vlies zwischen ihren Schenkeln wanderte, legte sie schützend ihre Arme vor ihre Blößen.

»Nein, Sabrina.« Rasch zog er ihre Hände beiseite. »Es sind nur meine Augen, die dich sehen.«

Sie errötete vor Scham. O ja, er machte sich entsetzlich lustig über sie. »Genau die Augen, die mich nicht sehen sollen!« schnaubte sie.

Sein Gesichtsausdruck wurde abweisend. »Die Augen deines Ehemannes, wenn ich dich daran erinnern darf.«

»Spar dir deinen Hinweis!« Sie wollte fort und sich vor ihm verbergen, aber dazu mußte er sie erst loslassen.

Seine Lippen waren nur noch ein dünner Strich. Er lockerte die Umklammerung ihrer Handgelenke, doch sein Tonfall blieb eisig. »Du brauchst dich nicht zu schämen, so vor mir zu stehen.«

Aber genau das tat sie. Sie konnte einfach nicht anders, da irgend etwas in ihr zerbrach. Plötzlich wirbelte sie herum und stürmte zur Tür.

Unseligerweise war er schneller. Sein langer Arm schoß nach vorn und umfaßte ihre Taille. Der Raum drehte sich um sie, als er sie mit festem Griff hochhob … und in seine Arme nahm.

Das nächste, woran sie sich erinnerte, war, daß sie auf dem Bett lag und er mit seinem ganzen Gewicht auf ihr ruhte.

Nie zuvor hatte sie sich so gräßlich gefühlt. Er hatte sie vollkommen aus der Fassung gebracht und ihr Selbstbewußtein zerstört. »Hör endlich auf. Du spielst mit mir, und das weißt du ganz genau!« Sie stemmte sich gegen seine Schultern, aber er war so unbeweglich wie ein schwerer Stein.

In seinen Augen funkelten winzige Lichtreflexe. »Wieso?«

Sie unterdrückte einen wütenden Aufschrei. »Du … du weißt es doch genau!« sagte sie statt dessen mit erstickter Stimme.

Er richtete sich über ihr auf. Seine breiten Schultern waren muskelgestählt. »Was, Sabrina? Was weiß ich?«

Sabrina brachte kein einziges Wort hervor. Während sie zitternd unter ihm lag, versuchte sie ihre aufgewühlten Empfindungen zu verbergen.

Ians Augen waren so dunkelgrau wie der schottische Winterhimmel. »Sag mir die Wahrheit, Sabrina. Und zwar auf der Stelle. Hat Jamie dich besessen?«

Sein aufgebrachter Tonfall ließ sie zusammenschrecken. Sie konnte kaum atmen, da er sie fest umschlungen hielt. Seine Lippen waren unheilvoll schmal.

Schweigend schüttelte sie den Kopf – zu mehr war sie nicht in der Lage.

»Du hast behauptet, du seist seine Geliebte gewesen, obwohl du in Wirklichkeit noch nie mit einem Mann zusammen warst. Du bist noch Jungfrau, nicht wahr, Sabrina?«

Sie vergrub ihr Gesicht an seiner Schulter. »Ja«, stammelte sie. »Ja!«

Seine Umarmung wurde fester, so fest, als wollte er sie beinahe zerdrücken.

»Sieh mich an, Sabrina.«

Sein unnachgiebiger Tonfall zwang sie, zu gehorchen. Langsam hob sie ihren Kopf. Ein loderndes Feuer wütete in seinen Augen, und sein Blick war glutheiß und vernichtend.

»Glaubst du, ich mache das, um dich zu quälen? Oder dich zu strafen?«

»Ist es denn nicht so?« Unter Tränen stieß sie diese Worte hervor. Mit jeder Faser ihres Körpers spürte sie seinen Zorn. Trotz seines einmal geleisteten Schwurs war sie sich sicher, daß er auf Rache sann. Sie hatte ihn angelogen, und jetzt mußte sie den Preis für ihr Betrugsmanöver zahlen.

»Nein, beileibe nicht!« stritt er vehement ab. »Hör zu, Sabrina. Hör mir gut zu. Ich bin nicht wie dein Vater. Ich werde dich nicht bestrafen. Meine Hände werden dir keine Qualen zufügen. Niemals.«

Nach und nach begann der Zorn aus seinen Gesichtszügen zu schwinden. Dennoch waren seine Worte grimmig.

»Ja, ich habe dich gegen deinen Willen geheiratet. Das weiß ich. Daran kann ich nichts ändern und würde es auch nie tun. Du wirst mit mir mein Heim und selbstverständlich von heute an jede Nacht mein Bett teilen. Eines Tages wirst du die Mutter meiner Söhne sein. Du trägst meinen Namen und wirst mir als meine rechtmäßige Ehefrau schon bald mit Rat und Tat beiseite stehen. Aber ich werde dich nicht gewaltsam dazu zwingen, um deinen Haß gegen mich zu schüren – das würde ich niemals tun.«

Ihr war klar, was er damit zum Ausdruck brachte. Sie konnte ihren ehelichen Pflichten nicht entkommen.

»Nun, hast du mich verstanden?«

Errötend stellte sie fest, daß seine Umarmung plötzlich anders war. Er umklammerte sie nicht länger aufgebracht ... sondern besitzergreifend.

Unfähig, ihren Blick von ihm abzuwenden, nickte sie. Dann legte sie ihre Hände auf seine Unterarme, als wollte sie ihn abwehren, doch trotzdem leistete sie keinen Widerstand.

Mit der Zungenspitze benetzte sie ihre Lippen. »Ian«, sagte sie leise.

»Ja, mein Mädchen?«

Sie erschauerte, denn sie wurde sich erneut seines Körpers bewußt. Es gab keine Stelle, an der sie seine glühende Haut nicht spürte.

»Die Kerze«, sagte sie zaghaft. »Bitte, lösch das Licht.«

Er schüttelte den Kopf. »Nein, meine Liebe.«

Sie zuckte zusammen. »Müssen wir denn unbedingt ... nackt sein?«

Für einen kurzen Augenblick trafen sich ihre Blicke, und sie beschlich das seltsame Gefühl, daß er überlegte, ob er richtig gehört hatte. Ein merkwürdiges Lachen drang aus seinem Mund, rauh und maskulin. Sabrina war sich nicht sicher, ob sie wütend oder erleichtert sein sollte.

Dann wurde er plötzlich wieder ernst, und sein Blick verfinsterte sich. Er lehnte sich zurück, um sie in ihrer ganzen Schönheit zu betrachten. Jetzt lag kein kaltes Verlangen in seinem Blick, sondern ein brennendes Feuer, das sie erneut erbeben ließ. Ihr Herz schien für einen Augenblick stillzustehen und raste dann erneut in ihrer Brust. Kein Mann hatte sie jemals so angesehen, nicht einmal Jamie.

Eine Hand verweilte besitzergreifend auf ihrer Hüfte.

»Du bist schön, meine Liebe«, sagte er ruhig.

Seine Worte besänftigten sie, doch sein Blick ließ sie erbeben. Ein brennender Schmerz schnürte ihr die Kehle zu. Sie rang nach Atem. »Nein«, erwiderte sie verunsichert. »Nein, das bin ich nicht …«

Sein Mund befand sich nur Millimeter über ihren Lippen. »Willst du, daß ich es dir beweise? Nein? Ich sehe, daß du das nicht willst. Aber ich möchte es.«

Seine Hand glitt über ihren Hals, und mit seinem Daumen hob er ihr Kinn an.

Es war ein Kuß wie kein anderer zuvor. Langsam und intensiv, beinahe unerträglich verlockend. Die Lust, die sie in seinem Mund schmeckte, weckte auch ihr Begehren. Sie wurde schwach, weil er sie verzauberte. Ein unterdrückter Laut entwich ihrer Kehle – nein, kein Protest … sondern Hingabe.

Mit einem tiefen Seufzer preßte sie den Atem aus ihren Lungen. Während sie noch über ihre Unschuld nachdachte, umschlangen ihre Hände seinen Nacken. Als spürte er ihre Kapitulation, ließ er seine schlanke Hand zu den Rundungen ihrer Brüste gleiten, um sie so in einen Taumel der Sinnesfreude hinabzuziehen.

Mit seinen Fingerspitzen streichelte er die üppige Erhebung. Sabrinas Puls raste. Ihre Brustwarzen richteten sich lustvoll auf, noch ehe seine teuflischen Hände über eine ihrer dunklen Spitzen strichen. Nie gekannte Empfindungen durchströmten ihren Körper und ein leises Stöhnen entwich ihrer Kehle.

Aber das war erst der Anfang. Seine heißen Lippen tasteten sich langsam über ihren Hals und er liebkoste den heftig schlagenden Puls in ihrer Halsbeuge. Ihr Herz raste, denn er fuhr unermüdlich mit seinem Spiel fort.

Für einen kurzen Augenblick verweilte sein dunkler Schopf über ihrer prallen Fülle. Sie spürte die feuchte Wärme seines Atems auf ihrem Busen, und dann berührte er ihn mit seiner Zunge. Ihr Atem ging stoßweise, und sie konnte nicht wegsehen. Eine Woge der Wollust durchfuhr sie. Nur mit seiner Zunge neckte er ihre Brustwarzen, bis sich deren Spitzen rosig aufrichteten. Und als er diese zärtlich liebkoste, glaubte sie, vor Ekstase zu sterben.

Sie schrie beinahe auf, als er seinen Kopf hob. Aber dann war sein Mund wieder auf dem ihren. Ihre Lippen öffneten sich wie zu einer stummen Einladung. Ohne zu zögern, drang seine Zunge kühn in das honigsüße Innere vor.

Seine schlanken Finger bahnten sich ihren Weg über ihren Rippenbogen und glitten dann weiter. Seine Hand streichelte ihren Bauch und bescherte ihr eine schmerzvolle Lust.

Tief in ihrem Inneren war sie davon überzeugt, daß seine Berührungen unschicklich und aufreizend waren. Andere Leute machten etwas derartiges sicherlich nicht...

Unterschwelliger Protest überlagerte ihre Lustgefühle. Und dennoch gelangte er aufgrund des süßen, verbotenen Genusses nie über ihre Lippen.

Ian wurde immer kühner.

Entsetzt bemerkte Sabrina, daß sich seine Fingerspitzen zu den intimsten Zonen ihrer Weiblichkeit vorwagten. Sie klammerte sich an seine muskulösen Schultern und rang nach Atem.

»Entspann dich, Liebste.« Er besänftigte sie mit einem heiseren Flüstern, dann nahmen seine Lippen erneut Besitz von ihrem Mund. Während ihre Zungen sich vereinten, glitten seine Finger auf der Suche nach ihrer verborgenen Grotte tief in das seidige Vlies ihres Schamhaars.

Ihr gesamter Körper zuckte. Mit schreckgeweiteten Augen löste sie sich von seinen Lippen. »Ian ...«

Ihr keuchender Atem berührte seine Lippen. »Vertrau

mir, Liebste«, hauchte er über ihrem Mund ... in ihren Mund. »Ich schwöre, ich werde dir nicht weh tun.«

Seine Hand war jetzt zwischen ihren Oberschenkeln. Unnachgiebig und unerschrocken tastete sie sich weiter vor. Sie erschauerte. Ein nie gekanntes Begehren keimte in ihr auf. Gütiger Gott, dachte sie verwirrt, was machte er nur mit ihr? Teilweise war sie von seiner Intimität schockiert, doch ahnte sie unterschwellig, daß er ihren Körper weitaus besser kannte als sie selbst.

Mit den Fingerspitzen strich er über weiches, sinnliches Fleisch und ein wagemutiger Finger drang zu dem rosigen, seidigen Geheimnis vor. Und dann streichelte er sie – liebkoste und umkreiste die winzige Knospe auf seinem quälenden Raubzug, der ihr den Atem und beinahe den letzten Funken Verstand raubte. Ihr Hüften hoben und senkten sich im Rhythmus der köstlichen Folter. Sie stöhnte hilflos.

Und dann geschah es. Etwas explodierte in ihr, genau an der Stelle, die er so völlig beherrschte. Wogen verzehrenden Feuers durchfuhren ihren Körper. Sie fühlte sich dem Himmel nahe, losgelöst von Zeit und Raum.

Als sie schließlich zurück in die Wirklichkeit schwebte, kniete Ian vor ihr. Mit seinen Beinen spreizte er ihre Schenkel weit auseinander. Unbewußt glitt ihr Blick zu seinem Glied.

Aufgrund ihrer Unerfahrenheit erschien es ihr riesig und bedrohlich.

Als er sich über sie beugte, schüttelte sie mit schreckgeweiteten Augen den Kopf. »Ian ... wie kannst du ... wie kann ich ...« Trotz ihrer Benommenheit hob sie ihre Hände, um ihn wegzudrücken.

Neben ihrem Kopf umfaßten seine Finger ihre Handgelenke. »Beruhige dich, meine Kleine. Es ist alles in Ordnung.« Sein Mund streifte zärtlich den ihren. Als er ihren Namen flüsterte, sprach aus seinen Worten ein Verlangen, das sie bisher nicht gekannt hatte. Dennoch fuhr ihr aufgrund der Intensität seiner tiefen Stimme ein seltsamer Schauer über den Rücken.

Lange und zärtlich küßte er sie. Sabrina konnte keinen klaren Gedanken mehr fassen, sie vergaß ihre Furcht, vergaß die Welt um sich herum. Ihre Sinne waren erfüllt von dem glühenden Verlangen, in Besitz genommen zu werden. Eine impulsive Bewegung und seine pulsierende Spitze bezwang ihre feuchten, rosigen Schamlippen …

Und dann drang er wie ein zuckender Blitzstrahl tief in sie ein.

Da Sabrina auf diesen entsetzlichen Schmerz nicht vorbereitet war, schrie sie schluchzend auf. »Ian … Ian!«

Er flüsterte ihr etwas zu, aber sie verstand ihn nicht. Mit seinen Lippen liebkoste er ihre Wangen, ihren Jochbogen und den heftigen Pulsschlag in ihrer Halsbeuge. Obwohl er sich nicht bewegte, fühlte sie seine Anspannung, die auf ihren Körper übergriff.

Sein Mund glitt zurück zu ihren Lippen. »Tue ich dir weh?«

Sie spürte seinen Atemhauch. Der Schmerz hatte bereits nachgelassen. »Nein«, erwiderte sie schwach.

Er löste die Umklammerung ihrer Handgelenke und umfing ihre Hüften. Als er langsam zurückglitt, rang sie seufzend nach Atem. Lediglich die Spitze seines Glieds ruhte noch in ihr. Sie konnte ihren Blick nicht von seinem Gesicht abwenden. Seine Gesichtszüge waren konzentriert und angespannt, seine Augen leuchteten wie silberne Fackeln.

Erneut drang sein pulsierender Dolch langsam und schmerzhaft tief in sie ein. Sabrina klammerte sich an seine Schultern, denn sie war sich sicher, daß er sie zerfetzen würde. Aber diesmal empfand sie keinen Schmerz, da sich ihr Körper ihm ergab. Ihr williges Fleisch gab ihm alles, wonach er sich sehnte … und mehr.

Ihre Lider waren halb geschlossen. In ihrem Unterleib breitete sich eine wohlige Wärme aus. Mit jedem Herzschlag schlugen die Flammen höher und höher in ihrem Körper. Ihr Atem ging stoßweise, und bebend hob sie ihre Hüften genau in dem Moment, in dem er wieder in sie eindrang …

Rhythmisch bewegten sich ihre Körper, während seine Stöße immer heftiger wurden. Sein Atem verwandelte sich in ein lustvolles Stöhnen an ihrem Ohr. Sie spürte, daß er die Beherrschung verlor, aber das machte ihr nichts mehr aus, denn auch sie wurde von derselben wilden Ekstase überwältigt.

Nur wenige Augenblicke zuvor hätte sie das niemals für möglich gehalten … und doch wurde sie plötzlich in schwindelerregende Höhen getragen und fand die erlösende Befreiung. Wie von fern hörte sie ihr eigenes Stöhnen. Sie war gleichzeitig erschrocken und verwundert, denn sie hatte niemals geglaubt, in seinen Armen eine solche Lust empfinden zu können. Über ihr machte er einen letzten, zuckenden Stoß. Er bäumte sich auf, und sein heftiger Orgasmus erfüllte sie wie ein loderndes Feuer.

Sie spürte, wie die Anspannung langsam aus seinen Muskeln wich. Zärtlich liebkoste er ihre Wangen und strich ihr eine Haarsträhne aus dem Gesicht.

»Wie geht es dir, Kleines?«

Sabrina konnte ihm nicht antworten. Und sie konnte ihm auch nicht böse sein für die Lust, die er ihr bereitet hatte, denn er war ein geduldiger und zärtlicher Lehrer gewesen.

Eines Tages wirst du die Mutter meiner Söhne sein.

Sie versuchte sich zu konzentrieren. Gütiger Himmel, es war undenkbar, daß sie eines Tages die Frucht seines Leibes in sich tragen könnte. Nun, aber vielleicht hatte er schon jetzt das Feld bestellt.

Das war nicht auszudenken. In ihrem Herz machten

sich Trostlosigkeit und Verzweiflung breit. Sie verachtete sich dafür, daß sie schwach geworden war und ihm nachgegeben hatte. In Wahrheit hatte sie gar nicht damit gerechnet – törichterweise hatte sie keinen Gedanken daran verschwendet.

Sie hatte Ian damit verspottet, daß sie nur an Jamie denken würde, falls er es wagen sollte, sie zu verführen … Aber leider konnte sie sich nicht einmal mehr Jamies Gesicht vor Augen rufen.

Ian hatte recht. Das Baby, das sie eines Tages unter ihrem Herzen tragen würde, würde sein und nicht Jamies Kind sein, mußte sie sich verbittert eingestehen. Sie hatte Jamie betrogen. Sie hatte ihn betrogen. Obwohl sie versprochen hatte, auf ihn zu warten …

Sie hätte sich zur Wehr setzen und protestieren sollen. Und falls das nicht ausreichte, hätte sie Ian immer noch um Gnade anflehen können. Und was hätte das bewirkt? fragte eine innere Stimme leise. Er hatte ihr geschworen, daß das letztlich keinen Unterschied machen würde.

Und es war so, wie er es prophezeit hatte. Sie trug seinen Namen und gehörte zu ihm. Aber nicht ihre Emotionen – das würde niemals der Fall sein …

»Sabrina?«

In Ians Stimme schwang ein fragender Unterton. Er hatte sich in der Zwischenzeit auf seine Ellbogen aufgestützt.

»Nein!« kreischte sie. »Sieh mich nicht an!« Sie wandte ihren Kopf zur Seite und drückte verzweifelt gegen seine Schultern, um sich aus seiner Umarmung zu befreien.

Er tat ihr schließlich den Gefallen und drehte sich auf seine Seite. Trotzdem gab es kein Entkommen für sie. Er nahm ihr Kinn zwischen Daumen und Zeigefinger und zwang sie, ihm in die Augen zu schauen.

Mit seinem Daumen strich er über ihre von Tränen

benetzten Wangen. »Was ist das?« wollte er wissen. »Tränen? Habe ich dir wehgetan?«

Sie schluckte. »Nein«, flüsterte sie, denn sie konnte nicht lügen.

Sein Gesichtsausdruck war bedrohlich wie der Himmel vor einem Unwetter – ja, und seine Augen blitzten gefährlich auf. »Warum dann die Tränen?«

Ihre Lippen zitterten. »Das verstehst du nicht«, erwiderte sie zögernd. »Es hätte Jamie sein sollen. Es hätte Jamie sein sollen …«

»Hör damit auf!« befahl er. »Bei Gott, ich habe dich mit mehr Aufmerksamkeit umworben als jeder andere Mann! Und du zahlst es mir zurück, indem du es wagst, von einem anderen zu sprechen, während dein Schoß noch feucht von meinem Samen ist! Nun, ich werde das nicht zulassen, Sabrina. Auf gar keinen Fall!«

Ungeachtet seiner Nacktheit sprang er aus dem Bett. »Du kannst die Nacht allein verbringen, Sabrina, allein mit deinen Träumen … allein in der Dunkelheit.« Voller Ironie verzog er seine Mundwinkel. »In der Tat scheinst du das ja wohl doch vorzuziehen, nicht wahr?«

Sabrina beobachtete, wie er seine Kleidung vom Boden aufhob. Sie richtete sich auf und griff nach dem Bettuch, um ihre Blößen zu bedecken.

»Ian … Ian, warte!«

Aber er wartete nicht, er wollte nicht warten.

Kurz darauf wurde die Tür so heftig zugeschlagen, daß die Wände erzitterten.

Sabrina brach in bitteres Schluchzen aus.

Kapitel 13

Ian schlang sein Plaid um seine Schultern und drehte sich auf den Rücken, woraufhin sich ein spitzer Strohhalm in sein Gesäß bohrte. Kurz darauf umfing ihn ein widerlicher, beißender Geruch. Sicherlich würde er die ganze Nacht keinen Schlaf finden! Er zog ein Grimasse und rollte sich zur Seite. Seine Geduld war am Ende – ebenso wie seine Nerven. Zähneknirschend verfluchte er das liebenswerte kleine Biest, das er zur Frau genommen hatte.

So hatte er sich diese Nacht beileibe nicht vorgestellt, dachte er grimmig. Nein, er hatte Stunden damit verbringen wollen, Sabrina die sinnlichen Vergnügungen der körperlichen Liebe nahezubringen – selbstverständlich nicht ganz uneigennützig. Statt dessen lag er nun hier im Stall auf einem Strohballen. Zweifellos würde sie ihren Triumph, ihn aus seinem eigenen Bett vertrieben zu haben, genießen! Tatsächlich bestand sein einziger Vorteil lediglich darin, daß niemand gesehen hatte, wie er die Kammer verließ – niemand war Zeuge geworden, daß seine Männlichkeit verletzt worden war – und natürlich auch sein Stolz.

Schließlich setzte er sich mit einem Seufzer auf. Grübelnd starrte er in die Dunkelheit. Die Nachtluft war empfindlich kühl, und es dauerte daher nicht lange, bis sich auch sein Zorn ebenfalls abkühlte; statt dessen empfand er einen tiefen Schmerz.

Er fühlte sich … betrogen. Er hatte seine wunderschöne Gemahlin mit einer so behutsamen Zärtlichkeit umworben wie nie zuvor eine Frau. Gewiß, er hatte ihre bebenden Lippen und ihren vor Leidenschaft hingebungsvollen Körper gespürt. Und doch war es am Ende

Jamie, an den sie gedacht hatte ... Jamie, nach dem sie sich gesehnt hatte ... dieser verfluchte Jamie! Er hingegen zählte nicht.

Unbewußt wanderte sein Blick zum Haus und zum Fenster seiner Kammer. Mit jeder Faser seines Körpers drängte es ihn, zu Sabrina zurückzukehren. Ihr zu beweisen, daß ihr Körper sich mit einer Leidenschaft nach ihm verzehrte, die der seinen gleichkam – auch wenn ihr Mund von einem anderen sprach. Langsam reifte ein Entschluß in ihm heran.

»Ach Sabrina«, murmelte er. »Du glaubst, du bist mich los, aber ich verspreche dir, meine Kleine, das bist du nicht. Genieße deinen Sieg, mein Schatz, denn für heute will ich dich in Ruhe lassen. Doch dies ist die erste und einzige Nacht, die ich hier verbringen werde, das schwöre ich dir ...«

Bei diesem Gedanken schlief er schließlich ein.

Kurz nach Sonnenaufgang wurde Sabrina von einem blassen Lichtstrahl geweckt, der durch die Fensterläden einfiel. Während der Nacht hatte sie sich unruhig im Bett gewälzt und kaum geschlafen. Nie zuvor hatte sie sich so einsam gefühlt! Es war überaus seltsam, denn erst jetzt bemerkte sie, daß ihr die Schatten der Vergangenheit in den Nächten nichts anhaben konnten, an denen Ian an ihrer Seite ruhte.

Und obwohl sie sich bemühte, die Erinnerung auszulöschen, traten ihr die Geschehnisse des Abends erneut vor Augen. Das Gefühl seiner liebkosenden Hände auf ihrem Körper, seines Mundes auf ihren Brustwarzen, die sich sogar jetzt noch schmerzvoll aufzurichten schienen. Seine geflüsterten Worte, die zärtlich ihre Wangen streiften ...

Schlagartig erinnerte sie sich daran, wie seine pulsierende Männlichkeit in ihre intimste Zone eingedrungen war und sie bezwungen hatte. Von einer heißen Woge der Beschämung durchflutet, kauerte sie sich zusammen und vergrub ihr Gesicht im Kopfkissen.

Es klopfte leise, die Tür sprang auf und Mary betrat das Zimmer.

»Möchten Sie ein Bad nehmen, Mylady?«

Sabrina hob den Kopf und strich sich einige Haarsträhnen aus dem Gesicht. Sie war versucht, abzulehnen und das Mädchen fortzuschicken. Aber sie konnte sich nicht hier in der Schlafkammer verstecken, das war einfach nicht ihre Art.

Und sie wollte ihrem frisch Angetrauten auch keinesfalls die Genugtuung gönnen!

Sie lächelte das Mädchen an. »Ja, gern. Vielen Dank, Mary.«

Das Bad wurde in Windeseile vorbereitet und wartete einladend auf sie. Sie teilte Mary mit, daß sie keine Hilfe benötigte, und entließ sie. Als sie sich in das dampfende Wasser sinken ließ, zuckte sie unmerklich zusammen, da sie einen empfindlichen Schmerz zwischen ihren Schenkeln wahrnahm.

Sabrina meinte ihn immer noch intensiv zu spüren. Wie eine Besessene schrubbte sie ihre Haut, um seinen Duft zu entfernen und so jeden Gedanken an ihn auszumerzen. Schlagartig fiel ihr die bevorstehende Nacht ein. Würde er sie erneut verführen, nachdem er ihre Unschuld genommen und sie besessen hatte? Nein, sicherlich nicht, da er ja nun seine Pflicht als Ehemann erfüllt hatte.

Du wirst die heutige und alle weiteren Nächte das Bett mit mir teilen.

Eine mahnende innere Stimme rief ihr unnachgiebig ins Gedächtnis, daß er ihr Ehemann war und damit das Recht hatte, mit ihr zu schlafen – egal, wie sehr ihr das mißfiel.

Aber es hat dir doch gefallen, erinnerte eine andere Stimme sie.

Ihre Hand hielt inne, ihre Kehle war wie zugeschnürt. Er hatte recht. Mit liebevollen Worten hatte er sie umworben. Mit lustvollen Liebkosungen hatte er sie verführt. Er war zärtlich und behutsam gewesen, und nachdem der erste Schmerz verklungen war, hatte er sie die Wonnen eines ekstatischen Höhepunkts gelehrt.

Innerlich wand sie sich. Würde Ian sie nach seinem Sieg verspotten? Sie war verzweifelt, daß sie sich ihm hemmungslos hingegeben und es ihm so einfach gemacht hatte.

Das Wasser war bereits kalt geworden, als sie sich aus dem Badezuber erhob. Es wurde Zeit, dem Tag ins Auge zu blicken ... genau wie ihrem Ehemann.

Als Sabrina schließlich die Treppe hinabstieg, hatte sie keine Ahnung, was sie im Rittersaal erwartete – und mit Sicherheit rechnete sie nicht mit dem, was sie dort vorfand.

Bei Tageslicht bemerkte sie die in sämtlichen Winkeln klebenden Spinnweben. Die auf dem Boden ausgestreuten Binsen verbreiteten einen muffigen Geruch, da sie entsetzlich verdreckt waren. Mehrere Bänke waren umgestürzt. Ein schnarchender Soldat hatte sein Nachtlager neben dem Kamin aufgeschlagen – es grenzte an ein Wunder, daß er nicht verkohlt war!

Auf der riesigen Tafel standen immer noch die Reste des Abendessens. Und gerade als ihr Blick dorthin fiel, sprang ein Hund auf den Tisch und schnappte sich ein Stück Bratenfleisch. Mit dem Leckerbissen in seinen Fängen kauerte er sich kurz darauf auf den Boden.

Sabrina blieb der Mund offenstehen, als ein rundliches Ferkel grunzend durch den Raum watschelte und dabei die Binsen aufwirbelte. Das Schweinchen blieb stehen, um an Ort und Stelle seine Notdurft zu verrichten.

Energisch schloß sie ihren Mund ruckartig, und schwor sich, daß dieses kleine Biest zum Abendessen verspeist werden würde. Der Gestank von Ale stieg ihr in die Nase ... und das war auch kein Wunder.

Niemand schien von ihr Notiz zu nehmen. Vermutlich hatte das abendliche Fest bis in die frühen Morgenstunden gedauert.

Zwei stämmige Kerle rangen auf dem Boden miteinander, und aus einer Ecke erscholl lautes Lachen. Unter anfeuernden Rufen setzten sie ihren Kampf unaufhörlich weiter fort ... Doch plötzlich stand ihnen eine schlanke, mit einem hellblauen Wollkleid bekleidete Person im Weg.

Wie durch ein Wunder kamen sie rechtzeitig zum Halten. Die beiden blickten in wutblitzende grüne Augen, und erstaunt öffneten sie den Mund. Schließlich stieß der eine seinem Gegner den Ellbogen in die Rippen. »Steh auf, Mann! Es ist die Lady!«

Die beiden rappelten sich auf.

Sabrina war zutiefst entsetzt. Mit ernstem Blick musterte sie die beiden. »Habt ihr Männer nichts zu tun? Keiner von euch?«

Der größere der beiden wischte sich Bierschaum vom Mund. »Es sieht nicht so aus«, sagte er mit schwacher Stimme.

»Dann schnapp dir den Hund und bring ihn nach draußen. Er mag vielleicht die Reste bekommen – aber nicht an unserem Tisch!«

Ihr Blick wanderte zu dem zweiten Mann. »Du da. Wie heißt du?«

»A ... Arthur«, stammelte er.

»Arthur, nimm das Ferkel, bring es in sein Gehege, und sorge dafür, daß es dort bleibt. Der Saal ist kein Schweinestall.«

Sie schaute sich um. »Nun«, sagte sie energisch. »Kann mir jemand sagen, wo die Bediensteten sind? Dieser Saal muß gründlich gesäubert werden, und ich fürchte, nicht nur er.«

Doch ehe der Mann antworten konnte, wurde es totenstill im Saal. Sabrinas Nackenhaare richteten sich auf, und noch bevor sie sich umgedreht hatte, wußte sie, daß Ian dort stand.

Sie spürte, daß sein frostiger, stahlgrauer Blick auf ihr ruhte. Ihre Finger krallten sich in ihre Handflächen. Als sie sich zu ihm umwandte, wäre sie am liebsten im Erdboden versunken. Sein Gesichtsausdruck verriet nichts – weder Zustimmung noch Ablehnung. Würde er ihre Autorität untergraben? fragte sie sich mit klopfendem Herzen. Würde er sie vor seinen Leuten bloßstellen?

Sein Blick schweifte ab. Er wandte sich persönlich an die Anwesenden, die ihren Clanchef und dessen Angetraute beobachteten.

»Ich muß euch um Entschuldigung bitten«, rief er, »denn meine Frau stammt aus den Lowlands, und wie wir alle wissen, ist das ein seltsames Völkchen. Ich fürchte, sie wird keinen Schlendrian dulden, da ich selbst mitangehört habe, wie einer von denen behauptete, daß Arbeit Labsal für die Seele sein soll. Nun, zweifellos wird sie uns sogar dazu bringen wollen, einmal am Tag ein Bad zu nehmen! Aber wir werden in diesem Haushalt keinen Krieg führen. Den sparen wir uns für die Campbells auf, dieses verfluchte Pack!« Er blickte sich um. »Ihr habt sie gehört, Jungs. Erledigt eure Aufgaben. Und das umgehend!«

Sabrina blinzelte, da sie nicht glauben konnte, was sie gerade gehört hatte. Sie war erleichtert, denn wenn er sich gegen sie gestellt hätte, hätte er ihr Selbstbewußtsein ziemlich verletzt. Nun, sie würde ihm zeigen, daß auch sie großzügig sein konnte, und seine spitze Bemerkung über die Lowlander ignorieren.

Innerhalb von Sekunden leerte sich der Saal.

Sie spürte, wie sein Blick auf ihr ruhte. »Wie ich sehe, bist du mit deinem neuen Zuhause nicht einverstanden.«

Seine Nähe verursachte ihr Magendrücken. »Das ist es nicht«, sagte sie schnell. »Es ist nur offensichtlich, daß diese Burg schon seit Jahren nicht mehr das Regiment einer Hausherrin gewohnt ist.«

Ein seltsamer Ausdruck huschte über sein Gesicht. Doch er verschwand so schnell, daß sie beinahe glaubte, sich getäuscht zu haben.

»In der Tat«, fuhr sie fort, »gibt es viel zu tun.«

Er betrachtete sie mit einem so durchdringenden Blick, daß sie unsicher wurde.

»Was? Was ist denn?«

Ein verhaltenes Lächeln umspielte seine Mundwinkel. »Ich wundere mich nur über deinen plötzlichen Reinlichkeitswahn. Früher bist du immer schmutzig und barfuß herumgelaufen.«

»Genau wie du.« Ihre Antwort kam wie aus der Pistole geschossen.

»Stimmt, mein kleines Luder.« Die Worte klangen eher nach einer Liebkosung. Während Sabrina ihn musterte, gewann sie den Eindruck, als blitzte unterschwellige Belustigung in seinen Augen auf. Was sollte das? fragte sie sich verwundert. Letzte Nacht war er noch wütend auf sie gewesen; jetzt musterte er sie beinahe zärtlich und lustvoll! Sabrina wußte nicht, ob sie erleichtert oder besorgt sein sollte. Aber bevor sie eingehend darüber nachdenken konnte, fuhr er fort.

»Wie dem auch sei«, sagte er launig. »Ich habe das Gefühl, du möchtest mich etwas fragen. Also, was ist es?«

Sabrina nahm ihren ganzen Mut zusammen und erklärte ihm: »Ich brauche deine Erlaubnis, um der Dienerschaft Anweisungen erteilen zu können. Ich fürchte, die gesamte Burg bedarf einer gründlichen Reinigung.«

Er nickte. »Wird erledigt. Ich sorge dafür, daß man dir die Schlüssel aushändigt.«

Dann nahm er ihren Arm und rief das Personal

zusammen. Er teilte allen mit, daß sie die neue Hausherrin sei und daß man ihre Anordnungen strikt zu befolgen habe. Sie bekam die Schlüssel, und kurz darauf eilten die Bediensteten davon, um ihre Pflichten zu erfüllen. Sabrina wandte sich ebenfalls zum Gehen, doch eine Hand auf ihrem Arm hielt sie zurück.

Ian musterte sie fragend, und sein Gesichtsausdruck gemahnte sie zur Vorsicht. Sie unterdrückte ihre aufkeimende Furcht und runzelte die Stirn.

»Ja?«

»Ich wollte dir nur sagen«, ein Lächeln umspielte seine Mundwinkel, »wie erfreut ich bin, daß du durch unser nächtliches Treiben keinen Schaden genommen hast. Und in der Tat wünsche ich mir, daß du all deinen Pflichten als Ehefrau mit einer solchen … Energie nachgehen wirst.« Mit diesen Worten ließ er sie stehen und verschwand.

Sabrina kochte innerlich vor Wut. Er machte sich über sie lustig. Nach allem, was er gewagt hatte, nach allem, was er getan hatte, verspottete er sie!

»Mylord?« rief sie ihm mit honigsüßer Stimme hinterher.

Eine Braue fragend nach oben gezogen, drehte er sich erneut zu ihr um.

Sie lächelte holdselig. »Dein Geruch ist äußerst … eigenartig. Bitte verzeih mir als ein Kind der Lowlands meine Eigenheiten, aber«, sie rümpfte verächtlich die Nase, »ich glaube, du brauchst ein Bad. Ich bitte dich, dafür zu sorgen … und zwar bald.«

Zu ihrem Erstaunen zwinkerte er ihr zu. »Aber nur, wenn du mir Gesellschaft leistest, mein Schatz. Denk darüber nach!«

Zu ihrem Entsetzen war Sabrina sprachlos. Als er keine Antwort erhielt, warf er den Kopf in den Nacken und lachte schallend. Dieser arrogante Rüpel, er lachte tatsächlich!

Sie marschierte davon, konnte ihm aber nicht böse sein, da er es gewiß nicht böse gemeint hatte. Dennoch war sie entschlossen, ihren Ehemann aus ihren Gedanken zu verbannen. Und das gelang ihr recht gut, da sie tatsächlich so beschäftigt war, daß sie gar keine Zeit hatte, an diesen Schuft zu denken. Bald schon herrschte rege Betriebsamkeit auf der Burg. Sabrina stellte fest, daß die Bediensteten weder unwillig noch faul waren. Sie brauchten schlicht und einfach jemanden, der ihnen Befehle erteilte; sie waren aber doch erstaunt, als auch Sabrina die Ärmel hochkrempelte und sie bei der Hausarbeit unterstützte.

Gegen Abend stapelte sich die Schmutzwäsche vor den Zubern, die Teppiche waren von den Wänden genommen und ausgeklopft worden. Der Saal wurde bis in den letzten Winkel geschrubbt. Saubere Binsen wurden auf dem Boden ausgestreut und mit Rosmarinöl beträufelt.

Alles in allem war Sabrina mit ihrer Arbeit zufrieden. Morgen würde sie die Küche und die Vorratsräume der Burg überprüfen, aber jetzt war sie zu erschöpft dazu. Ian war ausgeritten, um seinen Geschäften nachzugehen, und noch nicht zurückgekehrt. Sie erklärte Mary, daß sie zu müde sei, um zu Abend zu essen, und daß sie deshalb sofort zu Bett ginge. Mit etwas Glück schlief sie bereits, wenn er heimkehrte.

Ein warmes Bad linderte den Schmerz in ihren müden Gliedern. Sie hatte gerade ein langes, weißes Nachtgewand übergestreift, als die Tür aufgestoßen wurde.

Es war Ian, der in seinen Händen ein mit Speisen und Getränken beladenes Tablett trug.

»Zweifellos bist du von deinen heutigen Anstrengungen erschöpft«, meinte er einlenkend, »und Mary berichtete mir, daß du nichts gegessen hast. Bin ich nicht ein aufmerksamer Ehemann?«

Sabrina runzelte die Stirn. Ein zu allem entschlossener Ehemann traf wohl eher zu. »Und da ich die Wünsche meiner Frau respektiere, habe ich deiner Bitte entsprochen und gebadet, während du mit deiner Arbeit beschäftigt warst. Ich bedaure nur, daß du nicht hier warst, um mir dabei Gesellschaft zu leisten.«

Sabrina biß sich auf die Lippen. Oh, er war ein Wüstling, sie so zu ärgern! Dann holte sie tief Luft. »Macht es dir denn gar nichts aus, wenn alle denken, daß du … daß wir …« Ihr Blick wanderte unweigerlich zum Bett hinüber. Die Röte auf ihren Wangen sagte alles, was sie nicht auszusprechen wagte; und plötzlich trat ein Leuchten in Ians Augen, das sie nur zu gut an all das erinnerte, was dort geschehen war, dort in diesem Bett.

Ein angenehmer Duft erfüllte den Raum. Eigentlich war sie gar nicht hungrig gewesen. Aber jetzt fühlte sie sich auf einmal wie ausgehungert. Als Ian das Tablett auf dem Tisch neben dem Kamin abstellte, nahm sie auf dem ihr angebotenen Stuhl Platz. Ian lehnte das Essen, das sie ihm anbot, mit der Begründung ab, daß er schon gegessen habe. Statt dessen trank er einen Becher Wein, während das zwischen ihnen eingetretene Schweigen keinesfalls unangenehm war.

Plötzlich umfing sie eine merkwürdige Stimmung, wie eine dunkle Wolke, die am Himmel aufzieht. Sie war die Hausherrin auf dieser riesigen Burg, eine Rolle, die eigentlich Margaret zugestanden hätte. O ja, sie konnte einen Haushalt führen. Dafür sorgen, daß Vorräte für den Winter angelegt wurden. Aber sie würde Margaret niemals ersetzen können, denn ihre Schwester hätte über allem mit einer Würde und einer inneren Ausgeglichenheit gewacht, die Sabrina völlig fehlte.

Aber wie hätten die Bewohner auf der Burg der MacGregors reagiert? Hätten sie sie geliebt? Plötzlich rief Sabrina sich in Erinnerung … daß Margaret zwar immer eine wahre Lady gewesen war, ihre Scharfzüngigkeit aber viele abgestoßen hatte.

Lebhaft erinnerte sie sich an einen längst vergangenen Zwischenfall. Im Alter von ungefähr zehn Jahren hatte Sabrina einmal eine juwelenbesetzte Brosche ihrer verstorbenen Mutter getragen. Als Margaret das gesehen hatte, war sie leichenblaß geworden. Ungeachtet dessen, daß sie Sabrinas Kleid zerfetzte, hatte sie die Brosche von Sabrinas Schulter gerissen. Margaret hatte sie zur Verzweiflung gebracht. Und das war Margaret in der Tat häufiger gelungen ...

Ihre Gedanken beschämten sie. Aber was machte das jetzt noch aus? Margaret weilte nicht mehr unter ihnen. Sie war tot und würde ihre Kinder niemals aufwachsen sehen. Niemals mehr das warme Sonnenlicht spüren ...

Unbewußt hatte sie ihre Hände in den Schoß sinken lassen und ihre Lider gesenkt. Auf einmal war sie unendlich betrübt. Vor allem aber empfand sie eine brennende Schmach angesichts ihrer törichten Überlegungen.

»Was ist denn, Sabrina? Worüber denkst du nach?«

Sie preßte die Lippen zusammen und schüttelte den Kopf. Gehörten ihr nicht einmal mehr ihre eigenen Gedanken?

»Nun sag schon, Sabrina. Worüber denkst du nach?« Ians Stimme klang schneidend und unerbittlich.

Langsam hob sie den Kopf. »Wenn du es unbedingt wissen willst, ich ... ich habe an Margaret gedacht.«

Er lehnte sich zurück, seine langen Finger spielten mit dem Stiel seines Weinbechers. »Tatsächlich. Du wünschst dir wohl, daß Margaret an deiner Stelle hier wäre? Daß sie es gewesen wäre, die letzte Nacht das Bett mit mir teilte?«

Sabrinas Augen blitzten auf. »Ja!« schnaubte sie. »Denn dann wäre sie noch am Leben!«

Für Augenblicke schwieg er. »Ich möchte nicht grausam sein. Aber Margaret ist tot, Sabrina. Und du lebst ... und bist meine Frau.«

»Das habe ich nicht vergessen.« Herr im Himmel, wie sollte sie das auch vergessen. »Margaret liegt irgendwo auf dem Grund des kalten Flusses, während ich warm in deinem Bett liege. Steht es mir nicht zu, den Verlust meiner Schwester zu betrauern?«

»Doch, das steht dir zu. Tatsächlich erwarte ich das sogar. Aber ich frage mich, Sabrina«, seine ruhige Stimme bekam einen stahlharten Unterton, »trauerst du nicht vielleicht auch über den Verlust deines Jamie?«

Ihre Blicke trafen sich. »Das sind Ihre Worte, Mylord, nicht meine.«

Er fluchte leise. »Du kämpfst nicht, du gibst aber auch nicht nach. Ich weiß, ich sollte dich in Ruhe lassen. Aber warum muß ich eigentlich auf das verzichten, was ich haben will? Trotzdem möchte ich dich nicht gegen deinen Willen nehmen.«

Seine Finger trommelten auf die Tischplatte. Für Sabrina klang es, als streiften seine Fingernägel ihre Haut.

»Eine Wette«, sagte er plötzlich. »Du hast doch immer schon das Würfelspiel geliebt, nicht wahr? Nun, ich schlage dir eine Wette vor. Jeder hat einen Wurf, und die Würfel werden über das Ergebnis entscheiden.«

Sie sah ihn scharf an. Sein Lächeln war gefährlich. Das gefiel ihr gar nicht!

»Ich habe schon einmal gegen dich gewürfelt – und verloren«, erinnerte sie ihn nachdenklich.

»Daran erinnere ich mich. Aber wir haben beide die gleiche Chance.«

Zugegebenermaßen stimmte das. »Und der Wetteinsatz?«

»Daß du mich nicht abweist. Weder mit deinen Worten noch mit deinen Berührungen – daß du bereitwillig zu mir kommst.«

Obwohl sie eine innere Stimme zur Vorsicht gemahnte, war sie trotzdem von seiner Idee fasziniert. »Und was ist, wenn ich gewinne?«

»Dann verbringst du deine Nächte in friedvoller Einsamkeit.«

Doch dann würde sie ihre Nächte allein in der Dunkelheit verbringen müssen. Der Gedanke verunsicherte sie. Und dennoch ... »Wirst du zu deinem Wort stehen?«

Er antwortete, ohne zu zögern. »Ja, das werde ich.«

»Ein Versprechen geben, bedeutet, ein Versprechen halten, Ian.«

»Ich bin mir dessen vollkommen bewußt, meine Kleine. Nun, was meinst du? Sollen wir würfeln?«

Begeistert sprang sie auf. »Ja«, sagte sie unbekümmert.

Ian schlenderte zum Schrank und kehrte mit den Würfeln zurück, während sich Sabrina auf den Boden kniete und ihre weiten Röcke um ihre Beine drapierte. Er kauerte sich dicht neben ihren Oberschenkel.

Seine dunklen Brauen verzogen sich gebieterisch, als er seine Hand ausstreckte. Darin lagen die Würfel. »Du darfst zuerst würfeln«, murmelte er.

Sabrina riß sie ihm beinahe aus der Hand. Oh, er war sich so sicher, daß er gewinnen würde! Sie verbarg sie in ihren Händen, richtete ein Stoßgebiet zum Himmel ... und warf.

Elf!

Sie schlug sich mit den Händen vor die Brust und lachte triumphierend. Dann beobachtete sie lächelnd, wie Ian nach den Würfeln griff. Er rieb sie in seinen Handflächen ... und ließ sie fallen.

Zwölf!

Sie schaute ungläubig. Erneut hatte sie gegen ihn verloren ...

Ian stand auf, und für einen kurzen Moment herrschte absolute Stille. Sabrina hielt ihren Blick gesenkt, da sie es nicht wagte, ihn anzusehen.

Starke, warme Hände umfaßten ihre Schultern. Er zog sie hoch.

Da sie so dicht vor ihm stand, sah sie lediglich den struppigen Haaransatz an seiner Kehle.

Er verspottete sie nicht mit seinem Sieg, und was er sagte, hatte sie keineswegs erwartet. »Du hast Robert an jenem Tag geküßt«, sagte er sanft. »Erinnerst du dich?«

Angewidert verzog sie die Lippen. »Ja. Er hat mich mit seiner Zunge berührt.« Ihr Ton war anklagend. »Genau wie du an unserem Hochzeitstag. Es war gräßlich!«

»Du wirst nicht immer so denken«, prophezeite er ihr. »Im übrigen gibt es noch andere Dinge, die man mit der Zunge machen kann – das hat mich eine überaus begabte Französin gelehrt. Die Franzosen kennen wahrhaftig eine ganze Reihe von Verführungskünsten. Nun ja … wie soll ich es erklären? Wenn es um die körperliche Liebe geht, dann sind die Franzosen wirkliche Genießer.«

Sabrina war entsetzt und gleichzeitig neugierig. »Es ist eine Sünde, über solche Dinge zu reden. Es ist eine Sünde, solche Dinge zu … zu tun!«

Ein Lächeln zeigte sich auf seinem Gesicht. »Dann soll der Teufel mich holen, denn ich beabsichtige, beides zu tun!«

»Wenn dich die französischen Liebesdienste so überaus faszinieren, dann hättest du vielleicht eine Französin heiraten sollen!«

Sein Grinsen wurde breiter. »Vorsicht, meine Kleine. Ich könnte beinahe glauben, du bist eifersüchtig.«

»Nein, mit Sicherheit nicht. Ich frage mich lediglich, warum du … du mich erneut verführen willst, obwohl du mich doch offensichtlich nicht besonders anziehend findest.«

»Nicht nicht anziehend«, korrigierte er. »Nur unerfahren«, sein Lächeln verschwand langsam, »und das möchte ich auf jeden Fall ändern.«

Es herrschte eine angespannte Stille, doch dann sagte er plötzlich: »Sieh mich an, mein Mädchen.«

Das war ein nüchterner Befehl. Ihr Verstand schien auszusetzen. Sabrina wäre gerne davongelaufen, aber wohin konnte sie schon gehen, wo er sie nicht finden würde?

Als sie schließlich vorsichtig den Kopf hob, fand sie sich mit seinem hypnotischen Blick konfrontiert.

»Leg deine Arme um meinen Hals.«

Plötzlich entstand eine ungeheure Spannung zwischen ihnen. In seinen silbergrauen Augen lag eine Empfindung, die seltsam erregend war – und doch irgendwie beängstigend. Ihr Magen verkrampfte sich. Wenn er sie so anschaute, konnte sie keinen klaren Gedanken mehr fassen!

Bebend holte sie Luft. »Ian …«

»Ich werde nicht nachgeben, mein Mädchen.« In seinem ruhigen Tonfall schwang eine unüberhörbare Warnung. »Du versprachst, bereitwillig zu mir zu kommen – also tue es auch.«

Hilflos gehorchte sie. Sie schlang ihre Arme um seinen Hals und versuchte dabei, ihm ihr Zittern nicht zu zeigen.

Sein Blick fixierte ihren Mund. »Hervorragend«, murmelte er. »Jetzt öffne deine Lippen und lege sie auf die meinen.«

Ihr Puls raste, trotzdem befolgte sie seine Anweisung. Ihre geschlossenen Lider flatterten, als er ihren Mund mit einem innigen und sinnlichen Kuß verschloß. Sie gab einen kleinen, atemlosen Seufzer von sich, als sie sich unbewußt an seinen muskulösen Körper schmiegte.

»Mehr«, forderte er heiser. Erneut öffnete sie ihre Lippen, und sofort wurde sein Kuß intensiver. Lustvoll glitt seine Zunge über ihre makellosen Zähne und erforschte die feuchte Süße ihres Mundes. Für einen kurzen Moment dachte sie, daß das gar nicht so unangenehm war.

Die Welt drehte sich im Kreis, als er schließlich seinen

Kopf hob. »Das war ganz anders als bei Robert.« Das Eingeständnis war ihr entschlüpft, bevor sie es verhindern konnte.

»Das hoffe ich doch«, murmelte er, und dann war sein Mund erneut auf dem ihren. Sein Kuß war wie eine Droge und entführte sie in ein Reich, wo ihr nichts weiter blieb, als sich verzweifelt an ihn zu klammern – ihn, den einzigen Fels in der stürmischen Brandung der Gezeiten.

Sie bemerkte gar nicht, daß er sie entkleidete. Völlig entrückt nahm sie wahr, daß Ians Hände über die Rundungen ihrer Brüste glitten. Sanft umkreisten seine Fingerspitzen ihre Brustwarzen. Als seine Daumen schließlich immer und immer wieder über ihre festen, aufgerichteten Spitzen strichen, unterdrückte sie ein Stöhnen.

»Das war es doch, was du wolltest, nicht wahr, meine Kleine?«

Sie konnte es nicht verleugnen – sie konnte ihn nicht verleugnen.

Auf einmal kniete er vor ihr.

Die heiße, feuchte Höhle seines Mundes ersetzte seine Hände. Er saugte an ihren rosigen Brustwarzen und entfachte ein reißendes Feuer des Verlangens in ihrem Körper. Ihr Atem ging schneller und flacher.

Seine Hände glitten zu ihren Hüften. Seine Daumen ruhten auf ihrem Bauch, berührten jedoch noch nicht das rotgoldene Vlies zwischen ihren Schenkeln. Sie spürte die Glut seines Kusses auf ihrem Nabel, auf jedem Zentimeter ihrer Haut. Seine Lippen und seine Zunge vermittelten ihr einen erregenden Nervenkitzel, während er sich dem Scheitelpunkt ihrer Schenkel näherte.

Sein Mund streifte das seidige Dreieck ihres Schamhaars.

»Ian!« Entsetzt hielt sie den Atem an, als sie in ihrer Verwirrung seinen Namen gerufen hatte.

Ob er sie gehört hatte, wußte sie nicht, denn er ließ keineswegs von ihr ab. Sie war am Rande der Verzweiflung. Gütiger Himmel, er würde sich doch nicht etwa zu noch gewagteren Liebesspielen hinreißen lassen? Nein, das war undenkbar.

Mit seinen Daumen entblößte er ihre Scham. Eine Woge der Lust durchzuckte ihren Körper, als seine Zunge ihre intimsten Körperregionen erkundete. Seine glühenden Liebkosungen erregten sie, raubten ihr den Atem und jegliche Kraft zur Gegenwehr.

Sie konnte sich nicht länger bezähmen. Ihre Finger gruben sich in seine Schultern. Sie hatte das Gefühl dahinzuschmelzen und klammerte sich wie eine Ertrinkende an ihn.

Einem Zusammenbruch nahe fing er sie auf und trug sie zum Bett. In Windeseile entledigte er sich seiner Kleidung und schob sich über sie.

Er zog sie fest und unerbittlich an sich. Qualvoll wurde Sabrina sich seines Körpers bewußt – seiner faszinierenden, durchtrainierten Muskulatur, seiner flaumbedeckten Haut, dem Druck ihrer Schenkel auf seine pulsierende Männlichkeit.

Mit seinen Fingern spreizte er ihre sinnlich feuchten Schamlippen, und drang mit einem einzigen Stoß in sie ein. Sie spürte, wie sich ihr geschmeidiger Eingang dehnte, aber es bereitete ihr keinen Schmerz, sie empfand lediglich das erregende Gefühl seiner leidenschaftlichen Glut und seiner lustvollen Erektion – tief in ihrem Innern. Sie konnte ihren Blick nicht von dem Punkt losreißen, wo er sie so völlig besaß. Ihr Bauch stemmte sich gegen seinen Unterleib. Sein dunkles Schamhaar vermischte sich mit ihrem seidigen, rotgoldenen Flaum.

Erneut zog er sich zurück, sein Gesäß spannte sich an. Dann drang er wieder und wieder tief in sie ein. Mit jedem Stoß seines Körpers durchströmte sie eine nie gekannte Leidenschaft.

Sein Mund ruhte an ihrer Halsbeuge.

»Sag es«, murmelte er heiser. »Sag meinen Namen.«

Sein schleppender Tonfall war seltsam erregend. Er hob seinen Kopf und sah auf sie hinab. Das Kerzenlicht flackerte hinter seinen beeindruckend breiten Schultern. Sein Gesicht war vor Anstrengung angespannt, und in seinen Augen glitzerte unverhohlene Lust.

Etwas in ihr rebellierte. Er würde ihren Körper besitzen, ja. Aber nicht ihr Herz. Niemals!

Ihre Lippen blieben zusammengepreßt. Kein Laut würde ihr entweichen. Ihre Augen waren geschlossen, um sein Begehren und seinen Anblick aus ihrem Kopf zu verbannen, doch trotz ihrer geschlossenen Lider nahm sie die Umrisse seines muskulösen Körpers wahr.

Sie glaubte, ihn fluchen zu hören. Der Rhythmus seiner Hüften wurde impulsiver. Immer schneller und heftiger bewegten sie sich. Und auf einmal wurde auch sie von einer hemmungslosen Ekstase ergriffen. Auf dem Höhepunkt ihrer Lust explodierte sie. Sie unterdrückte einen Aufschrei, als er sich in demselben Augenblick heiß und intensiv in ihr ergoß.

Sie spürte, wie sein auf ihr ruhender Körper zunehmend entspannte. Sie aber war wie benommen von dieser neuen Erfahrung.

Zweimal – zweimal! – hatte er bereits eine Leidenschaft in ihr geweckt, von deren Existenz sie nichts geahnt hatte. Ihr Herz schrie vor Verzweiflung auf. Warum? Warum Ian? Es war, als beherrschte er ihren Körper, als bestimmte er den Rhythmus ihres Herzschlags. Sie verstand das einfach nicht. Sie verstand sich selbst nicht mehr. Aber sie war zu erschöpft, um darüber nachzudenken. Ihre Lider wurden schwer. Sie protestierte auch nicht, als Ian sich auf den Rücken legte und sie eng an sich heranzog. Von seiner Wärme und Kraft wohlig umfangen, schlief sie ein.

Kapitel 14

Übelster Stimmung hatte er sich einen Morgen zuvor von seinem unbequemen Nachtlager aus Stroh erhoben. Er war noch vor Sonnenaufgang aufgestanden, damit niemand von der Auseinandersetzung zwischen ihm und seiner Frau erfuhr.

Als er Sabrina allerdings vor versammelter Mannschaft im Rittersaal angetroffen hatte, wäre er fast in schallendes Gelächter ausgebrochen, da seine Soldaten aufgrund ihrer Anweisungen über die Maßen verwirrt zu sein schienen.

Nein, dachte er entschieden. Er würde keine weitere Nacht im Stall verbringen. In seinem Bett fand er weitaus mehr Behaglichkeit – und in ihren schlanken, wohlgeformten Armen.

Er hob die Decke an, um sie zu betrachten. Hemmungslos und genießerisch ließ er seinen Blick über die Schönheit ihres Gesichts und ihres Körpers wandern, ohne die Vorwürfe seiner zurückhaltenden und hochmütigen Gattin befürchten zu müssen.

Unendlicher Besitzerstolz übermannte ihn. Es war genauso, wie er es vorausgesagt hatte. Sie befand sich in seinem Heim. Seiner Burg. Seinem Bett. Seine kühnsten Träume waren Wirklichkeit geworden.

Sie gehörte ihm. Ihm und keinem anderen.

Ihm gefiel es, wie sie ihre Rolle als Burgherrin akzeptiert hatte. Ein heftiger Schmerz durchzuckte ihn: Wenn sie doch nur ihren Ehemann ebenso bereitwillig akzeptieren würde!

Ihre Ehe würde niemals von Keuschheit geprägt sein. Das wußte er mit absoluter Sicherheit. Er würde nicht einmal versuchen, Distanz zu wahren, denn das würde ihm niemals gelingen. Sobald sie sich in seiner Nähe befand, war er über die Maßen erregt.

Sofern sie Zeit brauchte, um diese Ehe zu akzeptieren – um ihn als Ehemann zu akzeptieren –, wollte er ihr diese gewähren. Trotzdem würde er sich die Freuden des Ehebettes nicht versagen. Sabrina vermittelte ihm einen solchen Genuß, wie es mit Margaret sicherlich niemals der Fall gewesen wäre.

Margarets Tod war eine traurige Fügung des Schicksals, dachte er bei sich. Und ebendieses Schicksal hatte ihn und Sabrina zusammengeführt. Ihre Geschicke waren für immer untrennbar verbunden – er konnte nicht dagegen ankämpfen. Seine Stimmung wurde plötzlich düster.

Und auch sie konnte es nicht.

Sabrina erwachte in einem Strudel unterschiedlichster Empfindungen. Ihr war ungewöhnlich warm, obwohl die Bettdecke an ihren Füßen zurückgeschlagen war. Urplötzlich wurde ihr die Ursache dieser glutvollen Hitze bewußt – Ians muskulöser Körper war an den ihren gepreßt. Ihr Kopf ruhte an seiner Schulter, ihre schmale, weiße Hand auf seinem dunklen Brustflaum. Ihre Beine waren an seine Schenkel geschmiegt, denn sie spürte seine behaarte Haut. Die plötzliche Erinnerung an das zwischen diesen Schenkeln Verborgene entfachte eine Hitze in ihrem Körper, die sie wie ein glühendes Fieber verzehrte.

Ihr Blick wanderte langsam höher, über seine kräftige Halspartie und sein markantes, von Bartstoppeln bedecktes Kinn. Er war, dachte sie wohlig erschauernd, ein wirklich rundum attraktiver Mann.

Verblüfft stellte sie fest, daß ihre unverhohlenen Blicke nicht unbemerkt geblieben waren. Ian hatte die Augen geöffnet.

Er bewegte sich. Mit seiner Fingerspitze strich er über

ihre Lippen. »Nun sag mir, mein kleines Luder. Verabscheust du mich noch immer?«

Ihn verabscheuen? Tatsächlich wußte sie in diesem Augenblick überhaupt nicht, was sie fühlte! Ihr Herz befand sich in Aufruhr, und seine sanfte Berührung ließ sie erneut erschauern. Ihre Blicke trafen sich und sie senkte die Lider. »Nein«, flüsterte sie hilflos.

Er legte einen Finger unter ihr Kinn und hob ihr Gesicht zu sich hinauf. Etwas glühte in seinen Augen. Sein Mund schmiegte sich zu einem innigen Kuß auf den ihren. Sie spürte die erneut erwachende Leidenschaft, die ihn übermannte – ja, sie fühlte seine pulsierende Erektion an ihrem Körper! Noch während ihres sinnlichen Kusses drehte er sie auf den Rücken.

Sie riß sich von ihm los. »Ian!« rief sie entsetzt. »Es ist hellichter Tag!«

»Wie wahr, meine Süße.« Mit seiner feuchten Zunge liebkoste er eine ihrer Brustwarzen. Sie erschauerte bei dem Gedanken, daß er bei hellem Tageslicht Dinge mit ihr anstellen könnte, die ihrer Meinung nach der Nacht vorbehalten waren.

»Ian ...« Sie stemmte ihre Hände gegen seine Schultern, aber nichts konnte ihn aufhalten ... und schon bald wollte auch sie es nicht mehr. Mit seinen Lippen und seinen Händen erregte er sie, entfachte ein verzehrendes Feuer ihn ihr. Seine Berührungen waren so kühn und dreist wie er selbst.

Als er schließlich ihre Schenkel spreizte, schaute er sie mit Augen voller glühender Leidenschaft an. Unendlich langsam drang er in sie ein und sie erbebte aufgrund dieses intensiven Gefühls. Mit leiser, heiserer Stimme flüsterte er ihren Namen und zwang sie, ihn anzusehen. Seine Halsmuskeln waren angespannt. Als er sich langsam in dem Rhythmus bewegte, der sie gemeinsam in ungeahnte Sphären tragen sollte, spürte sie seine Zurückhaltung. Aber es kümmerte sie nicht länger, ob er langsam oder behutsam war. Wie zu einer stummen Aufforderung gruben ihre Nägel sich in seinen Rücken – und als Antwort drang er tiefer in sie. So tief, daß seine Männlichkeit sie zu durchbohren schien. Blitze der Ekstase durchzuckten ihren Körper, und sie vergrub ihr Gesicht in seiner Halsbeuge, als sie von einer Woge der Erregung hochgehoben und über die Schwelle der Glückseligkeit getragen wurde.

Es dauerte lange, bis ihr Atem wieder ruhig und gleichmäßig ging. Auf seine Ellbogen gestützt schaute Ian auf sie herab.

Zärtlich strich er ihr mit seinen Fingerspitzen eine Haarsträhne aus ihrem Gesicht. »Immer noch abweisend?« murmelte er fragend.

Sabrina wartete auf ihre aufsteigende Wut, doch diese wollte sich nicht einstellen. Sie konnte ihm nicht in die Augen schauen.

»Nun ja, du kannst zwar behaupten, daß du für einen anderen bestimmt warst. Aber es gibt ein Band, das uns beide zusammenschmiedet – das Band des Begehrens, gegen das ich nicht ankämpfen kann. Und du auch nicht.« Seine Stimme nahm einen seltsamen Tonfall an. »Ich weiß, daß du es spürst … genau wie ich es spüre. Gib es zu, Sabrina.«

Er klang weder wütend noch bedrohlich und nicht einmal andeutungsweise triumphierend.

Es schnürte ihr die Kehle zu. Plötzlich war sie – törichterweise – den Tränen gefährlich nahe. Hatte er recht? fragte sie sich beunruhigt. Gott stehe ihr bei, sie wußte es nicht. Sie wußte nur, daß ihr Körper ihr nicht länger zu gehorchen schien, sobald er sie berührte. Sie schien ihm willenlos ausgeliefert zu sein.

Er seufzte. »Nun denn. Aber in diesem Bett wird kein anderer Mann zwischen uns stehen. Versprich es mir.«

Sie schaute ihn an und stellte verwirrt fest, daß sein Gesichtsausdruck überaus ernst geworden war.

Sie schüttelte unmerklich den Kopf. »Ich … ich weiß nicht, was du meinst.«

»Ich möchte nur eines damit sagen. Ich brauche dich nur zu berühren – dich überhaupt nur anzuschauen –, und ich denke an keine andere. So ist es seit dem Tag, an dem ich nach Dunlevy zurückkehrte.« Plötzlich herrschte Totenstille. »Und ich erwarte dasselbe von dir.«

Jamie. Er meinte Jamie. Bis zu diesem Augenblick hatte sie nicht an die höhnischen Worte gedacht, die in ihrer Hochzeitsnacht über ihre Lippen gekommen waren. Ich kann dich nicht davon abhalten, mich zu nehmen, und ich werde auch nicht dagegen ankämpfen. Aber wenn du es tust, kannst du dir sicher sein, daß ich dabei an Jamie denken werde. Nicht an dich, niemals an dich.

»Warum?« fragte sie verunsichert. »Warum willst du mein Versprechen?«

»Ein Versprechen geben, bedeutet, ein Versprechen halten. Und ich weiß, daß du deine Versprechen einhältst.«

Sie hatte nicht die geringste Vorstellung, warum er das von ihr verlangte – warum es ihm wichtig war. Aber er schien fest entschlossen.

Und er hatte recht. Da war etwas zwischen ihnen. Eine unbändige Faszination, die sie weder bekämpfen noch verleugnen konnte.

Und auch ihm gelang das scheinbar nicht.

Sie erschauerte. »Du … du sollst es haben«, murmelte sie verhalten. »Du hast mein Versprechen.«

Er bedachte sie mit einem durchdringenden Blick, der ihr durch Mark und Bein ging. Was er dort sah, mußte ihn zufriedengestellt haben, denn er hauchte ihr einen flüchtigen, aber zärtlichen Kuß auf die Lippen und stand auf.

Sie beobachtete ihn, als er zum Kamin schritt und das

Feuer schürte. Nackt wie ein neugeborenes Baby schlenderte er durch den Raum und wusch sich am Waschtrog. Sein Körper war so ganz anders als der ihre, dachte sie – hart und muskulös an den Stellen, an denen sie weich und üppig war. Dunkel und behaart, wo sie hell und glatt war. Und dennoch war er von Kopf bis Fuß geschmeidig und anziehend ...

Genau in diesem Augenblick schaute er zu ihr hinüber. Sabrina errötete heftig und war verärgert, daß er sie dabei erwischt hatte, wie sie ihn mit unverhohlener Neugier betrachtet hatte. Im Gegensatz zu Ian – er legte eine Hand auf seine Hüfte und grinste breit, als hätte er ihre Gedanken erraten.

»Warum errötest du, Sabrina?«

»Das weißt du ganz genau«, erwiderte sie unüberlegt. »Du bist nackt!«

Er lachte spitzbübisch, was sie an längst vergangene Tage erinnerte ... müßige, glückliche Tage, als sie noch Kinder waren.

»Ich erinnere mich, Sabrina, daß du schon einmal den Wunsch hegtest, mich nackt zu sehen.«

»Und ich habe dir schon einmal gesagt, daß du damals noch ein Junge warst!«

Sein Grinsen war hämisch. »Nichts hat sich geändert, das versichere ich dir.« Er breitete seine Arme aus. »Siehst du? Ich habe immer noch zwei Arme. Zwei Beine ...«

»Du ... du bist größer geworden.« Das war ihr herausgerutscht, bevor sie überhaupt richtig nachgedacht hatte.

»Tatsächlich. Wo?«

»Du ... du weißt genau, wo!«platzte sie heraus. Ihr Blick glitt, wohin er nicht sollte, und dann brannten ihre Wangen heiß wie Feuer.

Er blickte an seinem Körper hinab. »Ach«, sagte er wissend. »Vermutlich stimmt das. Natürlich ist es der

Lauf der Welt, daß sich bei einem erwachsenen Mann gewisse Dinge verändern …«

Sein Tonfall war frech und ironisch. Sabrina schloß die Augen, stöhnte und zog ein Kissen über ihr Gesicht. Oh, er war ein Wüstling, sie so zu quälen!

Die Matratze bewegte sich, das Kissen wurde ihren Händen entrissen und beiseite geschoben.

»Mach die Augen auf, Sabrina.« Sein Tonfall war keinesfalls belustigt.

Sabrina öffnete die Augen, sah ihn an und betete im stillen, daß er mit diesem Spiel aufhören möge.

Er ließ sich nicht beirren, und fuhr mit einem Finger verführerisch ihrer Halsbeuge entlang bis hinunter zu ihrem Dekolleté, wo ihr Brustansatz vom Saum der Bettdecke verdeckt wurde. Dort glitt sein Finger behutsam auf und ab.

»Warum diese Kritik, liebstes Eheweib? Schließlich bist auch du nackt.«

Sabrina erschauerte. Ihr Mund war plötzlich wie ausgetrocknet. »Hast du heute morgen nichts zu erledigen?«

Sein Lachen klang leise und rauh – und irgendwie seltsam angenehm.

»Deine Stimmung hat sich offensichtlich gebessert.« Ihr Tonfall war schroff, und sie blickte ihn trotzig an.

»Was soll das?« fragte er amüsiert. »Willst du mich loswerden, Weib? Nun, ich erinnere mich, daß du während unserer Kinderzeit häufig wie eine Klette an mir hingst.«

Sabrina war ganz still geworden. Gütiger Himmel, er hatte recht.

Margaret war meist mit sich selbst beschäftigt gewesen – tatsächlich hatte ihre Schwester sie oft verspottet. Margaret hatte es geschafft, daß sie sich klein und linkisch und häßlich vorgekommen war. So wie ihr Vater, der sie immer verachtet hatte. Sie hatte in der ständigen

Angst gelebt, einen Fehler zu begehen und dafür seinen Tadel zu ernten.

Nur Ian hatte ihr Aufmerksamkeit geschenkt. Dennoch war sie sich bewußt gewesen, daß er spürte, wie häufig man sie erniedrigt hatte. Aber bei Ian konnte sie sie selbst sein. Sie war von ihm abhängig gewesen, hatte bei ihm Anerkennung gesucht. O ja, sie hatten sich genauso gestritten wie andere Kinder. Trotzdem hatte sie sich ihm viel näher gefühlt als allen anderen. Doch selbst das hatte sich geändert …

Schließlich gelang es ihr, ihm in die Augen zu blicken. »Das … das hatte ich vergessen.« Aber es war nicht so sehr eine Frage des Vergessens als vielmehr des Verdrängens …

»Hast du nicht«, erwiderte er prompt. »Schließlich bist du mir wie … wie ein anhänglicher Hund gefolgt. In der Tat gab es Zeiten, da glaubte ich, daß du mich sehr gern gehabt hast.«

»Du warst im Irrtum«, beharrte sie.

»War ich das?«

Sein wissendes Lächeln verärgerte sie zutiefst. »Ich erinnere mich noch sehr gut daran, Mylord, daß du nie Zeit für mich hattest.«

»Das stimmt nicht.«

»Doch, es stimmt. Das letzte Jahr, das du auf Dunlevy verbrachtest, warst du unausstehlich. Ständig hast du mit mir gestritten.«

»Und es gab Zeiten, da dachte ich, du wolltest mich am liebsten umbringen.«

Ja, das stimmte tatsächlich, denn er hatte sie gnadenlos provoziert. Außerdem wollte sie nicht, daß er ihre wahren Gefühle erfuhr, denn er hätte sie ausgelacht … und dennoch hatte sie manche Träne wegen seines unnahbaren Verhaltens vergossen. Sie hatte ihre Verletzlichkeit zu überspielen versucht und sich geschworen, er sollte niemals erfahren, daß sie sich eingebildet hatte, in ihn verliebt zu sein – nein, damals nicht, und mit Sicherheit würde sie ihm eine solche Schwäche heute erst recht nicht eingestehen!

»Du warst ständig grob zu mir«, fuhr sie fort. »Ich erinnere mich genau.«

Ein rätselhafter Ausdruck huschte über sein Gesicht. »Vielleicht hast du recht«, meinte er mit einem schiefen Lächeln. »In jenen letzten Monaten dachte ich immer nur daran, wie es wäre, gegen William Wallace zu kämpfen, und ich träumte davon, ein Held zu werden. Aber dein Vater erlaubte es nicht, und vermutlich war das auch besser so. Aber damals war ich noch ein Junge, der insgeheim glaubte, bereits ein Mann zu sein.« Sekundenlang lag ein merkwürdiger Ausdruck in seinen Augen.

Er zog seine Hand zurück. »Aber du hast recht. Ich stehe besser auf und mache mich auf den Weg.«

Er erhob sich und kleidete sich an. Die Decke bis zum Kinn hochgezogen schaute Sabrina ihm dabei zu. Sie fragte sich, ob es ihr jemals gelingen könnte, ihrer Nacktheit so unbekümmert gegenüberzustehen wie er. Niemals, entschied sie heftig. Sie würde niemals in der Lage sein, in seiner Anwesenheit ihre Blößen zu zeigen, ohne sich in Grund und Boden zu schämen.

Zu ihrer Verärgerung ging er nicht, bevor auch sie gebadet und sich angezogen hatte.

Sie wußte, daß es schon spät war, als sie gemeinsam den Rittersaal betraten und ihn mit Ausnahme von Fraser leer vorfanden. Fraser bemerkte sie nicht, da er ihnen den Rücken zuwandte – er war auf dem Weg zum Innenhof. Als sie zu ihm hinüberschauten, holte er gerade mit einer Hand aus, um sich am Gesäß zu kratzen.

Sabrina blieb abrupt stehen, und ihr Blick schweifte zu Ian. Schlagartig kam ihr die Zeit in Erinnerung, als sie und Ian sich nach der Morgenmesse auf dem Kirchenboden versteckt hatten. Sie hatten hinabgespäht, während die Kapelle sich leerte. Sobald Pater Gilbert geglaubt hatte, daß er allein war, hatte er seinen Talar hochgehoben und sich am Gesäß gekratzt. Als er einen tiefen Seufzer der Erleichterung von sich gab, hatten sie und Ian sich vor Lachen gekrümmt …

Funkelnde, graue Augen blickten in die ihren. Ihr Herz machte einen freudigen Satz, denn plötzlich sah sie in ihm den Jungen, den sie als Mädchen so angebetet hatte.

Innerlich schrie sie auf. Heilige Mutter Gottes, was war das? Das konnte nicht sein. Nein, nicht noch einmal. Nicht nach all diesen Jahren …

Er beugte sich zu ihr hinunter. »Erinnerst du dich noch an den Tag, meine Kleine, als wir uns nach der Messe auf dem Kirchenboden versteckten? Sobald die Kirche sich geleert hatte, zog Vater Gilbert seinen …«

»Ich … ich erinnere mich«, hauchte sie atemlos.

Ein Lächeln glitt über Ians Mund. »Ich konnte Vater Gilbert danach nie wieder mit denselben Augen betrachten. Es war schwer, ihn sich als frommen, ehrfürchtigen Mann vorzustellen – und seitdem befürchtete ich, Gott würde mich für eine solche Gotteslästerung mit dem Tode strafen.«

Sonderbar, daß sie dieselben Gedanken hegte wie Ian, daß sie gleichzeitig dieselbe Erinnerung übermannte. Noch komischer war, daß sie seit jenem Tag dasselbe empfunden hatte, wann immer sie zufällig auf Pater Gilbert traf.

In diesem Moment näherte sich ihnen Onkel Malcolm.

Ian begrüßte ihn freundlich. »Wie geht es dir an diesem schönen Morgen, Onkel?«

Onkel Malcolm blieb stehen und blickte auf. Er zog sein Plaid fester um die Schultern. »Gut, aber nach meinen steifen Gliedern zu urteilen, wage ich zu behaupten, daß uns bald eine Kältewelle bevorsteht.«

Ian klopfte seinem Onkel auf die Schultern. »Ich werde Mary bitten, dir einen Glühwein zu kochen, Onkel, und dafür zu sorgen, daß du noch eine Decke für dein Bett bekommst.«

Sabrina unterbrach ihn. »Das brauchst du nicht, Ian. Ich kann mich darum kümmern.« Sie lächelte Malcolm zu, der sie zu ihrem Erstaunen von Kopf bis Fuß musterte, als hätte er sie nie zuvor gesehen. Sabrina war verwirrt, sie hatte sich erst gestern nachmittag lange mit ihm unterhalten.

»Wer ist dieses junge Ding neben dir, Ian?«

Ian legte einen Arm um ihre Schultern. »Sie ist meine Frau Sabrina, werter Onkel. Sie ist vor einigen Tagen mit mir von Burg Dunlevy zurückgekehrt.«

»Ist sie das, ja?«

»Ja, Onkel.« Ians Tonfall war überaus geduldig.

»Nun, dann bist du ein echter Glückspilz. Sie ist so schön wie eine blühende Rose.«

»Das ist sie, Onkel. Das ist sie.«

Sabrina errötete. Machte er sich über sie lustig? Sie war sich nicht sicher. Die auf ihr ruhenden Augen waren warm wie ein Sonnenstrahl – oder bildete sie sich das nur ein? Sobald Onkel Malcolm sich umgedreht hatte, nahm Ian seinen Arm von ihren Schultern, und sie fühlte sich seltsam nackt.

Als Malcolm sich außer Hörweite befand, wanderte ihr fragender Blick zu Ian. »Er hat sich nicht an mich erinnert.«

Er nickte. »Das ist ein Gebrechen, das ihn in den letzten Jahren häufiger heimsucht. An manchen Tagen ist sein Verstand so scharf wie eine Messerklinge, und an anderen Tagen ist er wiederum völlig verwirrt. Er weiß, wo er ist und wer er ist. Und er kennt mich, wenngleich er mich manchmal für meinen Vater hält. Und es gibt Momente, in denen er vergißt, daß mein Vater tot ist.«

Dieser Tag war typisch für all die Tage, die noch folgen sollten. Während Sabrina ihre Pflichten als Hausherrin erledigte, war Ian unterwegs und ging seinen Aufgaben als Clanchef nach.

Oberflächlich betrachtet war alles in Ordnung. Es schien, als würde Sabrina sich langsam an ihre Rolle als Ehefrau gewöhnen. Aber wann immer ihre Augen sich zufällig trafen, war sie die erste, die den Blick senkte. Ian war verwirrt. Seine anmutige Frau wich seinen Berührungen nicht aus und schien sie auch nicht abzulehnen.

Und dennoch war sie ihm gegenüber nicht offen. Sie war und blieb zurückhaltend. Er umwarb sie, wie er noch keine Frau zuvor umworben hatte. Er war geduldig, obwohl Geduld nicht zu seinen Stärken zählte. Er war behutsam und zärtlich, wenn das Begehren heiß und fordernd durch seine Adern strömte. Hätte sie ihn abgelehnt, hätte er sie niemals verführt. Aber das war überhaupt nicht notwendig. Ihr Körper akzeptierte ihn. O ja, er wußte, daß er ihr gefiel. Sie wand und krümmte sich unter ihm im Tanz der Leidenschaften.

Aber er wollte mehr.

Er wollte seinen Namen von ihren Lippen hören; er sehnte sich danach, sie auf der Höhe ihrer Leidenschaft schreien zu hören. Er hatte den quälenden Wunsch, daß sie ihn aus eigenem Willen streichelte, so berührte, wie er sie liebkoste …

Seine Frustration überwältigte ihn wie die sturmgepeitschte See. Sie teilten die Mahlzeiten. Sie teilten die Wärme in der Kälte der Nacht – teilten zärtliche Küsse und glühende Liebkosungen. Aber etwas stand zwischen ihnen, eine Mauer, die er nicht einreißen konnte. Stets wahrte sie Distanz zu ihm.

Als er sie eines Morgens aufwecken wollte, da er sie mit jedem Tag mehr begehrte, stellte sie sich schlafend. Er blieb hartnäckig und küßte sie wach. Allerdings hatte er das rebellische Flackern in ihren Augen bemerkt, selbst als ihr Körper sich willig dem seinen darbot. Würde es jedesmal, wenn er sie lieben wollte, so sein? Diese Frage quälte ihn endlos.

Der Herbst war schon lange über das Land gegangen, und mit ihm hatten die Vorboten des Winters Einkehr gehalten. Schon seit vielen Jahren standen sie im Streit mit den Campbells – sie hatten eine Vorliebe dafür, das zu nehmen, was ihnen nicht gehörte –, aber die vergangenen Tage waren ruhig geblieben. An einem bewölkten Nachmittag trieb ein Unwetter seine Clanmitglieder und Soldaten ins Innere der Burg.

Er hatte Sabrina gebeten, ihm das Haar zu schneiden. Sie hatte sich oft genug darüber beklagt, daß er so zottelig wie seine Schafe aussah.

So kam es, daß er ihr mit einer galanten Handbewegung die Schere überreichte und sich auf einem Hocker vor ihr niederließ.

Sie zog ihre schlanke Braue nach oben. »Bist du sicher, daß du mir das zutraust?« fragte sie mit einem zuckersüßen Lächeln. »Was ist, wenn ich dir versehentlich ein Ohr abschneide?«

Ihr Lächeln nahm ihrer Stimme den schneidenden Unterton und der schwärzesten Nacht die Finsternis.

Seine Augen funkelten. Er zwinkerte Fraser und Alasdair zu, die neben ihm saßen. »Besser ein Ohr als meine tiefer gelegenen Körperteile.«

Die anderen brüllten vor Lachen. »Du hast eine kluge Frau geheiratet, Ian!« rief jemand.

Sabrina errötete bis zum Haaransatz. Obwohl er wußte, daß sie eine solche Dreistigkeit erzürnte, trug sie es mit Fassung. Er wunderte sich, daß er jemals geglaubt hatte, sie habe Erfahrung im Umgang mit Männern. Sie war unschuldig und völlig naiv.

Und das gefiel ihm über die Maßen gut.

Sie war eifrig mit ihrer Tätigkeit beschäftigt, aber jetzt verzog sie schmollend ihren Mund. Sie beugte sich leicht zu ihm hinunter und packte ein verlockendes Stück rundes, weiches Fleisch. Ian atmete scharf ein.

Seine Finger suchten den Halsausschnitt ihres Kleides. »Sie muß gezüchtigt werden, Jungs, und ich bin genau der richtige Mann dafür.« Mit einer flinken Bewegung stand er vor ihr und warf sie sich über die Schulter.

Sie trommelte mit den Fäusten auf seinen Rücken. »Ian! Ian, laß mich sofort runter!«

Die Zuschauer spendeten ermutigenden Beifall – und tatkräftige Ratschläge. Sein Grinsen war teuflisch. »Ich glaube, wir beenden unser Tun lieber unter vier Augen, holdes Eheweib.«

In ihrer Kammer setzte er sich mit ihr in einen Sessel vor dem Kamin und wiegte sie auf seinem Schoß.

Mit seinen Lippen streifte er über ihre Wange und atmete ihren angenehm frischen Duft ein. »Bist du mir böse, mein Schatz?«

Sie seufzte. »Ian, du bist … unmöglich«, warf sie ihm halbherzig vor.

»Bringe ich dich etwa in Verlegenheit?«

»Ja«, erwiderte sie prompt.

Er liebte es, daß sie selbst jetzt noch errötete. »Pah, aber mich beneidet jeder meiner Männer.«

Ihre Röte wurde noch intensiver. Sie wandte ihren Blick ab. Mit der Zungenspitze befeuchtete sie ihre Lippen. »Warum sagst du solche Dinge?« flüsterte sie. »Warum?«

Er spürte ihre Unsicherheit, wenngleich er das nicht verstand. Mit einem Finger unter ihrem Kinn zwang er sie, ihn anzusehen.

»Du bist schön, Sabrina. Schön und …«

»Nein«, unterbrach sie ihn. »Bin ich nicht. Nicht wie Margaret.«

»Ach was, ich habe mir Margaret doch nicht aussuchen können. Unsere Väter hatten die Verlobung arrangiert. Aber was dich anbelangt, so habe ich dich wirklich ausgewählt.«

Sie schüttelte den Kopf. »Nur um unsere Clans zu vereinen …«

»Nein.« Diesmal unterbrach er sie. »Das war nur ein Vorwand, um dich zu heiraten … um dich zu verführen.«

Er hatte sie schockiert, das konnte er daran erkennen, wie sie ihre Augen aufriß.

Mit seinem Lächeln leistete er Abbitte. »Es stimmt, mein Mädchen. O ja, ich habe mir dasselbe eingeredet, was ich dir und deinem Vater sagte – daß ich die Vereinbarung zwischen unseren Vätern erfüllen wollte, indem ich dich heiratete. Aber das war eine Lüge, Sabrina. Ich begehrte dich damals«, sein Lächeln verschwand, »und ich begehre dich noch heute.«

Er spürte, wie sie erbebte, und seine Umarmung wurde intensiver. Er trug sie zum Bett, legte sie hin und demonstrierte ihr die Wahrheit seiner Worte, brachte mit seinen Küssen die verlangende Sehnsucht zum Ausdruck, die er tief in sich verborgen gehalten hatte.

Er wurde belohnt, indem sie seufzte und ihre schlanken Arme um seinen Hals legte. »Ich gefalle dir … wirklich?«

Sein Herz schien zu zerspringen. Sie hörte sich beinahe ängstlich an. Er legte seine Stirn an die ihre. »Wie keine andere.«

Ein schwaches Funkeln trat in ihre dunkelgrünen Augen. »Ach. Und was ist mit all den Frauen, die du in Frankreich zurückgelassen hast?«

»Längst vergessen«, flüsterte er, während er ihnen beiden stürmisch die Kleider vom Leib riß.

Doch als er gerade mit seiner Hand zwischen ihre Schenkel gleiten wollte, unterbrach sie ihn, indem sie einen Finger auf seine Lippen legte. »Du hast einmal gesagt, es gäbe viele Arten, sich zu lieben.« Zwei leuchtendrote Flecken erschienen auf ihren Wangen. »Ich bin neugierig, Mylord ... ist die französische Art die bessere?«

Er lachte heiser. »Eigentlich bevorzuge ich meine Art.«

Mit diesen Worten umschlangen seine Arme ihren Körper, und mit einer einzigen Bewegung drehte er sich, so daß er unter ihr lag ... und sie rittlings auf ihm. Er fühlte, wie seine erigierte Männlichkeit pulsierend gegen ihre heiße Grotte drängte.

Sie atmete scharf ein. Ihr dunkler, fragender Blick traf seine Augen. »Ian! Lieber Gott, wie ...«

Sanft schob er sie in eine günstige Position. »Dein stürmischer Hengst steht bereit«, murmelte er.

Seine Hände um ihre Hüften geschlungen, wies er sie in die entsprechenden Bewegungen ein, wobei er tief in ihre feuchte, samtweiche Grotte stieß. Keuchend und stöhnend spürte er ihre heiße, sinnliche Weiblichkeit, die sich eng um sein erregtes, pochendes Glied schmiegte und ihn mit ihrer Nässe verschmelzen ließ.

»Reite mich, wie du willst, Liebste«, flüsterte er mit angespannter Stimme. Seine Hände lagen ausgestreckt neben seinem Körper. Er beobachtete sie und erlaubte ihr, ihn so zu nehmen, wie sie wollte.

Das Heben und Senken ihrer Hüften war zuerst verhalten, ja beinahe scheu. Er spielte mit den dunklen Spitzen ihrer Brüste und beugte sich nach vorn, um diese süßen Knospen zu kosten und mit Wonne zu spüren, wie sie sich in seinem Mund aufrichteten. Er beobachtete ihre Augen, die ihn sanft und verklärt anblickten. Er grub seinen Daumen in das weiche Fleisch zwischen ihren Lenden und streichelte sie. Dort, in ihren intimsten Tiefen spürte er, wie sie zitternd Atem schöpfte. Und währenddessen fand ihr gemeinsamer Tanz auf dem Vulkan statt, steigerte sich ihre Lust, bis jeder Gedanke nichts als eine weit entrückte Erinnerung war und außer ihnen beiden nichts mehr existierte.

Er umklammerte ihre Hüften, drang tief in sie ein, und sie erahnte bereits seinen Orgasmus. Auf seinem Höhepunkt explodierte er mit einer verzehrenden Glut in ihr, und sie sank auf seiner Brust zusammen.

Während ihr Zucken langsam nachließ, zog er sie eng an sich. Ihr Haar breitete sich wie eine fließende Kaskade über ihren Körpern aus. Er hatte sie zum Höhepunkt gebracht, das wußte er. Obwohl ihn diese Gewißheit zutiefst befriedigte, war sie doch untrennbar mit einer schmerzlichen Enttäuschung verbunden. Er sehnte sich danach, sie nur einmal ihre Lust laut hinausschreien zu hören. Nur ein einziges Mal …

Als das Feuer im Kamin schließlich verloschen und die Glut in ihren Lenden abgekühlt war, sprach sie. »Ich habe gehört, daß Fraser heute die Campbells erwähnt hat.«

Seine Finger glitten zätlich durch ihre rotgoldenen, glänzenden Locken. »Ich hoffe doch, nicht positiv.«

»Im Gegenteil.« Sie hob ihren Kopf, um ihn anzusehen. »Sind sie denn unsere Feinde?«

Unsere Feinde. Ian bemerkte ihre Ausdrucksweise, und sie gefiel ihm – gefiel ihm außerordentlich.

»Sie stehlen unser Vieh«, sagte er unbekümmert. »Aber wir holen es uns zurück.«

»Holen es uns zurück?« Sie zog eine schmale Augenbraue nach oben. »Zurückstehlen, wohl eher. Ihr Highlander beugt euch keinem Gesetz außer eurem eigenen.«

Er grinste. »Das ist nun mal so üblich in den Highlands.«

Obwohl sie die Lippen schürzte, war ihm bewußt, daß sie nicht wütend war. »Kein Wunder, daß ihr keinen Frieden findet!«

Er führte ihre Hand zu einem Kuß an seine Lippen.

»Ich hätte viel lieber Frieden zwischen uns beiden.« Seine Augen hielten ihrem Blick stand.

Sie reagiert nicht. Sie konnte ihm nicht antworten, denn in Wahrheit war Sabrina wie in einem Labyrinth gefangen und wußte nicht, was sie tun sollte – und für wen ihr Herz schlug!

Ian brauchte sich ihr nur zu nähern, und schon übermannten sie die widersprüchlichsten Empfindungen. Er brauchte sie nur zu berühren, und ihr Köper geriet in Aufruhr. Seit dem Tag ihrer Wette war er sanfter geworden. Sie hatten über die gemeinsamen Tage ihrer Kindheit gescherzt und gelacht. Sie hatte geglaubt, daß er sich nicht mehr daran erinnerte, aber da hatte sie sich getäuscht ... Hielt er sie wirklich für schön? Nein, sicherlich nicht. Das war lediglich ein Vorwand, um sie leichter zu verführen. Und dennoch, welche Notwendigkeit bestand für zärtliche Worte und liebevolle Berührungen? Sie war seine Frau. Es war ihre Pflicht, mit ihm zu schlafen – Tisch und Bett mit ihm zu teilen.

In Wahrheit konnte sie sich selbst nicht länger belügen. Dunlevy verblaßte von Tag zu Tag mehr. Die Burg der MacGregors mit ihren dicken, schmucklosen Mauern wurde von Menschen bewohnt, die Leben, Wärme und Humor ausstrahlten.

Am darauffolgenden Nachmittag traf Sabrina Onkel Malcolm, als er allein am Kamin saß. Seine alten Schultern zitterten, und er zog seinen Stuhl näher an das Feuer.

Mit wirbelnden Röcken eilte sie sofort in die Küche. Nur wenige Minuten später drückte sie ihm einen Becher mit heißem Glühwein in die Hand. Es gab immer noch Tage, an denen er sie nicht erkannte. Inzwischen gelang es ihr aber, solche Momente zu erkennen, denn sein Blick war dann trübe und verschwommen.

An diesem Tag war sein Blick allerdings durchdringend und klar. Er bat sie, zu ihm zu treten.

Sabrina folgte seiner Aufforderung. »Was gibt es, Onkel?«

Er nickte unmerklich. »Du siehst aus wie sie. Und deshalb hat er dich geheiratet.«

Sie runzelte die Stirn. »Wer, Onkel?«

Er mißverstand sie. »Der Junge eben! Er liebte sie, verstehst du. Alle wußten es.«

Der Junge. Meinte er Ian? Eine Gänsehaut fuhr ihr über den Rücken. Sie versuchte es noch einmal. »Ich verstehe nicht, Onkel. Wem sehe ich ähnlich? Und wer war verliebt?«

Er hörte ihr nicht zu. »Ja, da ist eine Ähnlichkeit zwischen ihr und dir«, sagte er. »Du hast dasselbe Haar, obwohl deines rötlicher ist ... Sie hat meinen Neffen in den Tod getrieben, weißt du.« Er schlug mit seinem Stock auf den Boden. »Der Herrgott möge mich dafür strafen, aber ich bin froh, daß sie tot ist, die verdammte Hexe! Und ich danke dem Jungen, daß er sie zum Teufel geschickt hat, denn da gehört sie hin!«

Sabrina wurde blaß. Sie sah einer Toten ähnlich? Der Gedanke war ihr unheimlich. »Wer, Onkel? Wer ist tot?«

Erst jetzt sah er sie an. »Fionna!« sagte er mit fester Stimme.

Der alte Mann war augenscheinlich in schlechter Verfassung. Angesichts seiner angeschlagenen Gesundheit beschloß Sabrina, ihn nicht weiter zu bedrängen. Und außerdem fragte sie sich ohnehin, ob er nicht vielleicht ein bißchen durcheinander war ...

Alasdair. Alasdair würde es mit Bestimmtheit wissen.

Sie fand ihn beim Schuppen des Schmieds, wo er gerade einen Dolch polierte. Er schaute auf, als er seinen Namen vernahm.

Umgehend erhob er sich. »Sabrina! Suchst du Ian, Cousine? Ich fürchte, ich habe ihn nicht gesehen.«

»Eigentlich würde ich gerne mit dir sprechen.« Sie

faltete ihre Hände. »Alasdair, ich frage mich ... wer Fionna ist?«

Sein Lächeln verschwand, und er sah sie durchdringend an. »Woher kennst du ihren Namen?«

»Von Onkel Malcolm.«

Alasdair seufzte. »Er hat es dir also nicht erzählt? Und Ian vermutlich auch nicht.« Er schaute sich um, zog eine Grimasse und nahm sie dann bei der Hand. »Komm. Laß uns woanders hingehen. Der Wehrgang, ja, ich glaube, dort wird uns niemand stören.«

Hoch oben auf der Burg fanden sie den Wehrgang verlassen vor. Sobald sie allein waren, drehte Sabrina sich zu ihm um.

»Warum habe ich eigentlich das Gefühl, daß ich es gar nicht wissen will?« grübelte sie laut.

Alasdair legte ihr eine Hand auf die Schulter. »Es ist nicht so schlimm, Sabrina, wie du vielleicht glaubst! Ich dachte nur, dies sei eine Angelegenheit, die man besser unter vier Augen bespricht.«

»Vielen Dank, Alasdair. Das ... das ist sehr nett von dir. Aber ich bin neugieriger als je zuvor, von dieser geheimnisvollen Fionna zu erfahren.«

»Sie umgibt nichts Geheimnisvolles, Sabrina.« Er seufzte. »Fionna war mit Ians Vater David verheiratet.«

»Also seine Mutter...«

Er schüttelte den Kopf. »Nein. Ians Mutter hieß Lenora. Fionna war Davids zweite Frau. Sie heirateten, als Ian und ich ... nun, etwa fünfzehn waren. Sie war wesentlich jünger als David, in der Tat nicht viel älter als wir beide.«

»Der Onkel hat gesagt, er liebte sie ... *der Junge liebte sie*«, zitierte sie. Sie räusperte sich. »Meinte er damit etwa Ian?«

Alasdair zögerte. Da war es ... sie wußte es. Ian hatte sich in seine Stiefmutter verliebt!

Ein quälender Schmerz krampfte ihr Herz zusammen. Sie wandte ihr Gesicht ab und starrte in die windgepeitschten Baumwipfel. Nur mit Mühen gelang es ihr, Alasdairs Ausführungen zu folgen.

»Ich kann es nicht mit Sicherheit sagen«, erklärte er. »Fionna war eine bezaubernde Person. Jung und unbeschwert, humorvoll und fröhlich.« Er lächelte verhalten. »Ich glaube, alle Jungen waren in sie verliebt, ich selbst vermutlich auch.«

Sie schaute ihn an. »Onkel Malcolm sagte, sie sei tot.«

»Ja. Seit mehr als einem Jahr.«

»Er behauptete, sie hätte seinen Neffen ins Grab gebracht.« Sie machte eine kurze Pause. »Was hat er damit gemeint?«

Alasdair schaute unbehaglich drein. »Ian hätte es dir erzählen sollen. Aber ich glaube, es gibt keinen Grund, ein Geheimnis daraus zu machen. Sabrina ... David hat sich das Leben genommen. Ians Vater hat sich umgebracht.«

Sabrina rang nach Atem. »Nachdem Fionna gestorben war?«

»Ja. In seinem Schmerz über ihren Tod hat er Selbstmord begangen.«

»Alasdair, wie ist sie gestorben? Wie ist Fionna gestorben?«

Für einen Augenblick herrschte vollkommene Stille. »Sie wurde getötet.«

Getötet. Ihr schien das Blut in den Adern zu gefrieren.

»Mein Gott«, sagte sie leise. »Wie ...«

»Erdrosselt. In ihrem Bett.«

»Aber wer, Alasdair? Wer hat sie getötet?«

»Der Mord wurde nie aufgeklärt.«

»Nie aufgeklärt!« Sie war entsetzt. »Willst du damit sagen, daß niemand eine Vorstellung hatte, wer sie getötet haben könnte?«

Sein Blick schweifte ab. »Es gab den einen oder anderen Verdacht, ja. Und Gerede …« Kopfschüttelnd brach er ab. »Sabrina, ich glaube nicht …«

»Sag es mir, Alasdair.«

Der Wind war eiskalt, aber das war nichts im Vergleich zu der Kälte in ihrem Herzen. Eine unheimliche Vorahnung bescherte ihr eine Gänsehaut. Denn sie wußte, noch bevor er sprach, was er sagen würde …

»Ian hat Fionna gefunden«, sagte er ruhig. »Es wurde getuschelt, er hätte sie aus Eifersucht getötet.«

Sie öffnete den Mund. »Nein«, flüsterte sie. »Nein.«

Plötzlich klopfte ihr das Herz bis zum Hals. Ein dumpfes Dröhnen hallte in ihren Ohren, und schwarze Flecken tanzten vor ihren Augen. Vergeblich blinzelte sie, um einen klaren Blick zu bekommen. Sie streckte eine Hand nach Alasdair aus, weil sie zu stürzen glaubte. Dann vernahm sie ein Rufen und eine Stimme, die sie undeutlich als Ians erkannte.

Sie erhaschte einen Blick auf entschlossene Gesichtszüge, funkelnde, stahlgraue Augen und einen unbarmherzig schmallippigen Mund. Er näherte sich ihr! Undeutlich hörte sie ihren eigenen Aufschrei – ob vor Schreck oder vor Furcht, wußte sie nicht …

Plötzlich packten sie zwei starke Hände und zogen sie hoch.

Und von da an konnte sie sich an nichts mehr erinnern.

Ein Wetterleuchten erhellte die Nacht, und gleichzeitig bedeckten Sturmwolken den Himmel. Der Wind heulte sein finsteres Lied, als ein einsamer Reiter den Weg durch die felsigen Hügel hinauf zu einer kleinen Hütte nahm.

Dort eingetroffen, stürmte er in die Hütte. Er spähte in die Dunkelheit.

»Wo bist du?«

»Hier. Am Fenster.«

Dann sah er sie. Die Arme um ihre Knie geschlungen saß sie auf einem Stuhl und blickte in die Nacht hinaus.

Er näherte sich ihr. »Warum zündest du nicht die Kerzen an?«

Sie gab ein gutturales Lachen von sich. »Ich bin nicht so ängstlich wie sie. Ich verkrieche mich nicht in der Dunkelheit.«

Trotzdem blieb der Mann stehen, um einige Kerzen anzuzünden. Ganz allmählich wurde die Hütte von einem mattgelben Licht erhellt.

Er ging zu ihr hinüber und betrachtete ihr Gesicht. Wie jedesmal war er von dem Anblick der von ihr ausgehenden Reinheit überrascht. Er wunderte sich. Wer hätte jemals gedacht …

»Freust du dich, daß ich gekommen bin?« flüsterte sie.

»Das weißt du doch.« Er verzehrte sie mit seinen Blicken, während er seine Hände nach ihr ausstreckte.

Sein Mund preßte sich auf den ihren. Innerhalb von Sekunden hatten sie sich ausgezogen und waren splitterfasernackt. Ein muskulöser Arm zog sie hoch und schob sie auf seinen Schoß. Der Duft ihrer Halsbeuge beflügelte seine Sinne. Ihre Nägel krallten sich in seinen Arm.

»Jetzt«, sagte sie und öffnete einladend ihre Schenkel, damit er in sie eindrang. »Nimm mich jetzt.«

Sie war feucht und heiß. Er drehte sich, spreizte seine Beine weit auseinander und lehnte sich mit dem Rücken an die Wand. Seine Hände gruben sich in ihr weiches, alabastergleiches Fleisch, als er sie mit einem unterdrückten Stöhnen hochhob und auf seine pulsierende Männlichkeit senkte. Sie schrie vor Lust, als er tief in sie eindrang und ihr Becken in laszive Zuckungen verfiel.

Wieder und wieder glitt seine glühende Lanze in ihre warme Grotte. Die Wände um sie herum schienen zu beben, da sie sich mit einer nie dagewesenen Leidenschaft und Wildheit liebten. Sie schrie auf, als sie den Höhepunkt ihrer Erregung erreichte. Er atmete heftig, als er sie noch zweimal zum Orgasmus brachte, bevor er selbst den Gipfel seiner Lust erreichte.

Stunden später stützte er sich im Bett neben ihr auf seine Ellbogen. Mit seinen Fingern strich er über ihre Brustwarzen, während er bemerkte: »Wir harmonieren fantastisch miteinander, nicht wahr?«

»Das liegt daran, daß wir uns so ähnlich sind, du und ich. Wir sind Seelenverwandte, unsere Herzen schlagen im Gleichklang. Und niemand kennt uns so, wie wir wirklich sind ...« Ihre Augen glühten. »Glaubst du, sie wissen, daß wir uns so viele Monate heimlich getroffen haben?«

»Wie könnten sie? Wir haben es hervorragend verheimlicht.«

»Ja. Ich glaube, du hast recht. Und jetzt erzähle mir die Neuigkeiten.«

Er lachte lauthals. »Sie quälen sich gegenseitig. Sie beobachtet ihn, wenn sie glaubt, daß er es nicht sieht. Und seine Augen folgen ihr wie ein Jäger seiner Beute.« Er schüttelte den Kopf. »Es ist wirklich überaus merkwürdig. Ich glaube, er betrachtet mich als seinen Rivalen.«

»Vorsicht, mein Lieber, oder du machst mich eifersüchtig, und das wäre unklug.«

In seinem Lächeln spiegelte sich seine Befriedigung wider. »Oh, darüber brauchst du dir keine Sorgen zu machen.«

»Sie muß sterben, das weißt du. Wir können nicht riskieren, daß sie eines Tages entdeckt, was wir getan haben. Sie würde es nicht verstehen.« Verächtlich verzog sie den Mund. »Sollte sie tatsächlich unser Komplott aufdecken, wäre alles vergeblich gewesen.«

»Ja«, stimmte der Mann ihr zu. »Und außerdem können wir ihm die Schuld an ihrem Tod zuschieben.«

Die Frau lächelte. »Und nun sag mir … liebt er sie denn?«

Der Mann überlegte einen Moment. »Ich weiß es nicht. Aber er begehrt sie, daran habe ich keinen Zweifel.«

»Ach so. Dann wird er sie also vermissen, wenn sie verschwunden ist?« Die Frau hätte nicht erfreuter klingen können. »Vielleicht verliebt er sich ja tatsächlich noch in sie.«

»Du könntest recht haben.«

»Er hätte sie niemals heiraten dürfen.« Die Frau lachte schrill. »Denn das ist ihr Tod.«

»Ja, und auch sein Ende.« Er zögerte einen Augenblick. »Ich denke, wir sollten es jetzt tun.«

Sie schüttelte den Kopf. »Nein«, flüsterte sie. »Noch nicht. Wir müssen Geduld haben. Wir brauchen noch Zeit, um alles Nötige in die Wege leiten zu können.«

»Ich kann mir nicht helfen, aber ich wünschte, es wäre schon vorüber.« Sein Tonfall war nachdenklich geworden.

»Das wünschte ich auch. Alles, wonach du dich gesehnt hast, liegt in Reichweite. Aber wir dürfen nicht überstürzt vorgehen, ansonsten schöpft man Verdacht.«

Der Mann preßte die Lippen zusammen und schwieg.

Doch die Frau wußte genau, was sie wollte. Sie strich mit ihren Fingern über seinen durchtrainierten Bauch. »Schon bald wird alles vorbei sein, das verspreche ich dir. Und dann werden wir endlich zusammen sein.«

Sie lächelte und ihre Finger tasteten nach seinem Penis, der aufgrund ihres Beischlafs immer noch feucht war.

Im Nu war er wieder steif und prall.

Kurz darauf schallten die Schreie seiner Lust und ihrer Ekstase durch die Nacht. Und nur die Nacht war Zeuge ihres Komplotts und ihrer Intrigen …

Kapitel 15

Langsam kam sie wieder zu Bewußtsein. Benommen spürte Sabrina das weiche Bett unter ihren Gliedern, eine zärtliche Hand auf ihrer Stirn, hörte, wie eine tiefe, männliche Stimme ihren Namen rief.

Sie öffnete die Augen und schaute geradewegs in Ians dunkles, attraktives Gesicht.

Unbarmherzig kehrte die Erinnerung zurück.

Ian fand sie … Es heißt, er hätte sie aus Eifersucht getötet. Ruckartig setzte sie sich auf, aber in ihrem Kopf drehte sich alles. Ihr war übel.

Ian stieß einen Fluch aus. Seine Hände faßten sie an den Schultern und drückten sie wieder in die Kissen.

»Sabrina! Was ist los mit dir?«

Die Sanftheit seiner Hände stand in starkem Gegensatz zu seinem grimmigen Gesichtsausdruck. Sein Mund war zu einem schmalen Strich zusammengekniffen. Unfähig zu sprechen, schüttelte sie den Kopf.

»Bist du krank?«

»Nein«, brachte sie schließlich hervor.

»Warum bist du dann in Ohnmacht gefallen? Ich erinnere mich, daß du normalerweise nicht zu solchen Anfällen neigst, oder?«

»Nein«, wiederholte sie. Ihr Magen verkrampfte sich, und Übelkeit überkam sie. »Ich … ich weiß nicht. Mein Kopf fühlt sich so seltsam an.« Sie legte eine Hand auf ihren Bauch.

»Hier auch?«

Er legte seine Hand ebenfalls auf ihren Bauch. Alasdairs Stimme geisterte erneut durch ihren Kopf. *Sie wurde in ihrem Bett erdrosselt.*

Ians Finger waren schlank und gebräunt. Sie starrte

darauf … ob aus Furcht oder Faszination, wußte sie nicht. Sie waren stark, so stark wie der ganze Mann. Kräftig … und möglicherweise tödlich. Er brauchte nur zuzugreifen, ihr die Finger um den Hals zu legen, und das Leben wäre für immer in ihr erloschen …

»Sabrina!«

Ihre Blicke trafen sich. Sein Gesichtsausdruck war finster wie eine Gewitterwolke. Zutiefst erschrocken bemerkte sie, daß er zweimal ihren Namen gerufen hatte.

Sie erschauerte. »Ja?«

»Ich habe gefragt, ob du unpäßlich bist.«

Mein Gott, sie konnte kaum einen klaren Gedanken fassen. »Unpäßlich?« wiederholte sie dumpf.

»Ja, das monatliche Unwohlsein einer Frau!«

Erst jetzt dämmerte ihr, daß er ihre Menstruation meinte. »Nein!« fauchte sie, entsetzt darüber, daß er von so etwas überhaupt zu sprechen wagte.

Er stand auf. »Warte hier«, befahl er.

Als würde sie davonlaufen, dachte sie, und wurde von einem Anflug von Hysterie erfaßte – wenn sie das nur könnte! Ihr Schädel brummte, ihr Magen rebellierte. Noch nie zuvor hatte sie sich so elend gefühlt!

Er blieb nicht lange fort. Mit einem kleinen Becher in der Hand kehrte er zurück, dem weiße Dämpfe entstiegen. Als er sich neben sie setzte, bemerkte sie einen schwachen Duft nach Pfefferminze.

Ein kräftiger Arm umfaßte ihre Schultern und richtete ihren Oberkörper auf. »Trink das«, war alles, was er sagte. Sie trank das Gebräu bis auf den letzten Tropfen aus, zum einen aus Angst vor ihm, zum anderen weil sie keine Kraft hatte, sich zu widersetzen. Als sie schließlich den Becher geleert hatte, ließ sie sich in die Kissen zurücksinken.

Ian blieb, wo er war.

Sabrina war ziemlich verwirrt. Sie wünschte, er würde gehen, damit sie wieder zur Beherrschung fände.

Zweifellos war es der Schock gewesen, der sie hatte ohnmächtig werden lassen. Schwäche zu zeigen, war ihr unangenehm, doch als sie den Mund öffnete, um ihm zu sagen, daß er gehen solle, erschien ihr die plötzliche Anstrengung einfach zu groß.

Sie mußte eingeschlummert sein, denn als sie ihre Augen erneut öffnete, fiel diffuses Dämmerlicht durch das Fenster.

Ian hatte sich scheinbar nicht von der Stelle gerührt. Seine Augen waren auf sie gerichtet. Die Linien um seinen Mund waren weicher geworden, dennoch lag eine gewisse Anspannung auf seinem Gesicht.

»Besser?« Mit seinem Handrücken streichelte er über ihre Wange.

Sie nickte. Langsam setzte sie sich auf und lehnte sich an die Wand.

Sie bemerkte nicht, daß er seine Lippen zusammenkniff.

»Auf dem Wehrgang hast du aufgeschrien, als du mich gesehen hast, Sabrina. Du versuchst, etwas zu verbergen, selbst jetzt verkriechst du dich vor mir!« Seine Augen waren hart und unerbittlich. »Ich will wissen, warum.«

»Du ... du warst wütend«, erwiderte sie unüberlegt.

»Das war ich. Du warst mit meinem Cousin allein. Willst du, daß mein Clan heimlich tuschelt, ihr beide würdet mich in meinem Beisein zum gehörnten Ehemann abstempeln?«

Sie schnappte nach Luft. Entrüstung schürte ihren Zorn. »Das ist ja wohl absurd!«

»In der Tat.« Sein Ton war eisig wie ein Wintersturm. »Mehrere Personen haben gesehen, wie du dich ihm genähert hast. Willst du etwa abstreiten, daß du nach ihm gesucht hast? Hattet ihr beide ein heimliches Stelldichein geplant?«

»Ein heimliches ... Das ist lächerlich und völlig aus

der Luft gegriffen. Wenn wir das wollten, würden wir sicherstellen, daß uns niemand beobachtete.«

»Nein? Warum warst du dann bei ihm? Warum wolltet ihr zwei allein sein?«

Trotzig schob sie ihr Kinn vor. »Wir hatten ein Gespräch unter vier Augen«, betonte sie.

»Tatsächlich.« Ohne weiter nachzudenken, hielt er ihr entgegen: »Warum, sag mir warum?«

Sie konnte seinen entschlossen funkelnden Augen nicht entkommen. »Ich mußte mit ihm sprechen.«

»Worüber?«

Verärgert schwieg sie. Sie war kein kleines Kind, das auf seinen Befehl hin antworten mußte.

»Sag es mir, Sabrina. Bei allen Heiligen, ansonsten werde ich ...«

»Wirst du was?« Ihr Zorn gab ihr neuen Mut. »Wirst du mich in einem Anflug von Eifersucht töten, so wie du Fionna umgebracht hast?«

Sie hatte das nicht sagen wollen. O Gott, das hatte sie nicht gewollt! Aber jetzt war es zu spät ...

Sein Gesicht war zu einer steinernen Maske erstarrt. »Soso. Er hat es dir erzählt, nicht wahr? Alasdair hat dir alles erzählt.«

Ihre Wut legte sich so plötzlich, wie sie gekommen war. Sie machte eine vage Handbewegung. »Es ist nicht so, wie du denkst. Ich ... ich habe ihn nach ihr gefragt.« Sie zauderte. »Siehst du, Onkel Malcolm behauptete, ich sähe aus wie sie. Er sagte, du ... du habest mich geheiratet, weil ich ihr so ähnlich sehe.«

»Du hast überhaupt keine Ähnlichkeit mit ihr. Absolut keine.«

Plötzlich war sie wie gelähmt vor Furcht. Natürlich nicht. Fionna war schön gewesen ... und dennoch klang Ian beinahe so, als würde er sie hassen. Ihr Atem ging schnell, dann langsam. Ihre Gedanken schweiften sofort zu Margaret. Ian war der erste gewesen, der Fionna gefunden hatte … der letzte, der Margaret lebend gesehen hatte. … Für Sekundenbruchteile geisterte der Gedanke durch ihren Kopf, daß er vielleicht beide getötet haben könnte …

Er runzelte die Stirn. »Um Himmels willen! Erzähl mir nicht, daß du das glaubst!«

Zitternd schnappte sie nach Luft. »Ich … ich möchte das nicht glauben«, flüsterte sie.

Er preßte seine Lippen zusammen. »Habe ich dir nicht jegliche Aufmerksamkeit angedeihen lassen – hier in diesem Bett?«

Sie konnte ihre Augen nicht von seinem Gesicht fortreißen. »Ja«, hörte sie sich sagen.

»Habe ich dir jemals wehgetan? Aus Zorn die Hand gegen dich erhoben?«

Ihre Augen hingen wie gebannt an den seinen. »Nein«, sagte sie kläglich.

»Das würde ich auch niemals tun – weder gegen dich noch gegen irgendeine andere Frau. Ich verabscheue Männer, die die Schwäche der Frauen ausnutzen.«

Das stimmte. Er war niemals handgreiflich geworden, es sei denn voller Zärtlichkeit. Gewiß, sie hatte eine entschlossene Härte an ihm festgestellt, die er als Junge nicht besessen hatte. Aber war er deshalb ein Mörder? Sie erschauerte bei der entsetzlichen Vorstellung, die nicht auszudenken war. Nein. Sie konnte es nicht glauben. Sie wollte es nicht glauben.

»Ich habe Fionna nicht getötet«, sagte er tonlos. »Du kannst es mir glauben oder nicht, Sabrina. Es liegt an dir. Ich werde für etwas, was ich nicht getan habe, nicht um Vergebung bitten – nicht vor Gott und nicht vor dir. Aber ich dulde auch nicht, daß meine Frau hinter meinem Rücken mit anderen über mich tuschelt! Von jetzt an fragst du mich, wenn du etwas wissen möchtest, und nicht Alasdair. Hast du mich verstanden, Sabrina?«

Seine Zurechtweisung empörte sie. »Ich habe dich

nicht hintergangen! Ich bin zu Alasdair gegangen, weil ich dachte, er würde wissen ... er würde mir die Wahrheit sagen ...«

»Und ich hätte das nicht getan?«

»Das ... das habe ich nicht gesagt!« Sie stockte. Ihre Gefühle und ihre Gedanken befanden sich in einem heillosen Chaos. Vor Zorn und Entrüstung preßte sie ihre Fäuste in ihren Schoß. »O ja, du drehst mir die Worte im Mund herum, so wie es für deine eigenen Zwecke gerade passend ist!«

»Das tue ich nicht. Ich höre genau, was du sagst.«

In Wahrheit war er dickköpfig! »Dann sag mir eins, Ian. Ich erinnere mich, daß Papa an eurem ersten Abend in Dunlevy erwähnte, er habe etwas über Zwistigkeiten innerhalb des Clans nach dem Tode deines Vaters gehört. Ging es darum? Weil es Leute gab, die glaubten, du hättest Fionna getötet?«

Für einen Augenblick glaubte sie, er bliebe ihr eine Antwort schuldig. Sein Gesichtsausdruck war so reserviert wie seine Stellungnahme.

»Es hing teilweise damit zusammen. Ja, es gab einige Leute – aber niemanden, der es wagte, mir das offen ins Gesicht zu sagen. Aber wenn meine Clanmitglieder das für bare Münze gehalten hätten, wäre ich dann Clanchef? Ich glaube nicht. Fionna wurde umgebracht. Der Tod meines Vaters kam unvorhergesehen – und nur wenige Tage später.«

Sie hätte gerne gewußt, wer Fionna getötet hatte, aber Ians Gesichtsausdruck blieb abweisend. Sein angespanntes Kinn riet ihr, keine weiteren Fragen zu stellen.

Niedergeschlagen wandte sie sich ab, als er sich entkleidete und zu ihr ins Bett kroch.

In dieser Nacht unternahm er keinen Versuch, sie zu berühren. Sie waren mehr als nur eine Handbreit voneinander entfernt. Und plötzlich schoß ihr eine gräßliche Vorstellung durch den Kopf...

Er hatte sie gebeten, mit ihren Fragen zu ihm zu kommen. Konnte es sein, daß es etwas gab, was sie gar nicht wissen sollte? Eine Wahrheit, die andere ihr vielleicht erzählten, er aber nicht? Sie zitterte, wenn sie nur daran dachte, wie schrecklich wütend er gewesen war, als er sie mit Jamie erwischt hatte. Auf einmal schien der Mann, den sie geheiratet hatte, ein Fremder zu sein.

In dieser Nacht schlief sie unruhig und träumte schlecht. Als sie ein schwaches Klopfen an der Tür vernahm, hatte sie das Gefühl, soeben erst eingeschlafen zu sein. Die Decke neben ihr bewegte sich – sie spürte, wie Ian sich erhob. Undeutlich nahm sie männliche Stimmen wahr, die an der Tür diskutierten.

Das nächste, an das sie sich erinnerte, war eine Hand, die sie an der Schulter wachrüttelte.

»Sabrina!«

Beim Klang seiner Stimme zuckte sie zusammen. Er war immer noch wütend, dachte sie schläfrig. Würde es immer so sein ...? Sie rollte sich auf die Seite und zwang sich, die Augen zu öffnen.

Ian stand neben dem Bett und beugte sich über sie. Er war bereits von Kopf bis Fuß angekleidet, stellte sie verwirrt fest. Sein Gesichtsausdruck war allerdings noch so grimmig wie zuvor.

»Ich muß aufbrechen, Sabrina.«

Stumm blickte sie nach oben in seine stahlgrauen Augen. »Aufbrechen?« wiederholte sie verschlafen. »Wohin aufbrechen?«

»Es gibt Probleme auf meinen Ländereien.« Er legte seinen Degen an. Sie schob die Bettdecke beiseite, setzte sich auf und schwang ihr Beine aus dem Bett. Der Boden unter ihren Füßen war eiskalt, aber das kümmerte sie nicht. »Probleme?« wiederholte sie. »Welcher Art?«

Er schüttelte den Kopf. »Ich weiß es nicht. Ich habe heute morgen eine Nachricht erhalten, in der ich um Hilfe gebeten wurde.«

»Glaubst du, es sind die Campbells?«

»Allem Anschein nach.« Als sie nach ihrer Kleidung griff, schritt er bereits zur Tür.

Nur wenige Minuten später stürmte Sabrina in den Innenhof. Der dunkle, bewölkte Himmel lag tief und bedrohlich über den Turmzinnen. Die feuchtkalte Luft war der erste Vorbote des herannahenden Winters. In ihrer Eile hatte sie vergessen, einen Schal umzulegen. Aber sie dachte nur kurz an ihr eigenes Wohlbefinden, als sie die versammelten Männer auf ihren Pferden erblickte. Die Gruppe strahlte eine solche Entschlossenheit aus, daß Furcht von ihr Besitz ergriff. Alle waren schwer bewaffnet. Es war klar, daß es sich hierbei keineswegs um einen Jagdausflug handelte.

Ian war intensiv in ein Gespräch mit Fraser vertieft. Sabrina wartete geduldig auf dem Treppenabsatz, wo sie stehengeblieben war. Ian schaute noch einmal auf, und ihre Blicke trafen sich kurz. Sie versuchte zu lächeln, war aber nicht sicher, ob ihr das überzeugend gelang. Zumindest wußte er, daß sie da war.

Schließlich war er bereit zum Aufbruch. Er schlug Fraser kurz auf die Schulter, drehte sich dann um und trat zu seinem Hengst. Mit einer flinken Bewegung schwang er sich in den Sattel. Ein stummes Zeichen von ihm … und die Gruppe galoppierte in Richtung Tor.

Ihr Lächeln gefror auf ihren Lippen. Er gewährte ihr keinen Kuß, keinen zweiten Blick – nicht einmal ein Lebewohl. Maßloser Schmerz übermannte sie. Ihr Herz krampfte sich zusammen, und törichte, heiße Tränen traten in ihre Augen.

Fraser kam zu ihr herüber. Er ritt nicht mit ihnen, da er bleiben und die zurückgebliebenen Burgbewohner verteidigen sollte.

Er mißdeutete ihre Tränen. »Mach dir keine Sorgen, Mädchen. Sie reiten nach Kildurn. Sicher werden sie noch vor Einbruch der Dunkelheit zurück sein.«

»Das können wir nur hoffen.« Sie kämpfte gegen ihre Enttäuschung an, doch den heftigen Schmerz in ihrem Herzen konnte sie nicht verbergen. Um sich nicht in Verlegenheit zu bringen, drehte sie sich schnell um und lief in die Halle zurück.

In Wahrheit war Ian nicht weniger erschüttert. Aufgrund ihres fehlenden Vertrauens fühlte er sich empfindlich getroffen. Glaubte Sabrina wirklich, er hätte Fionna getötet? Dabei war es unwesentlich, daß diese Hexe von einer Stiefmutter ihr Schicksal verdient hatte. Er würde niemals einer Frau etwas zuleide tun, egal, wie sehr man ihn auch provozierte. Dennoch hatte er bemerkt, daß sie aus Furcht vor ihm gezittert hatte, als wäre er ein Ungeheuer. Heilige Mutter Gottes, aus Furcht vor ihm!

Seine Gedanken quälten ihn. Die Saat des Zweifels war gelegt worden. Würde sie sich von ihm abwenden ... in die Arme seines Cousins? Seine Stimmung war so düster wie die Berge, die vor ihnen lagen. O ja, für Alasdair hatte sie immer ein Lächeln übrig, aber nicht für ihn. Nicht ein einziges Mal für ihn! Seinem Cousin gegenüber verhielt sie sich freundlich und warmherzig ... Der Schmerz, daß sie Alasdair und nicht ihn aufgesucht hatte, um Fragen hinsichtlich Fionna zu stellen, nagte an ihm. Ganz offensichtlich vertraute sie Alasdair ... und nicht ihm.

Trotzdem durfte die Wahrheit über Fionnas Tod niemals ans Licht kommen. Dieses Geheimnis würde er mit ins Grab nehmen. Er hatte sich selbst das Versprechen gegeben, daß ... und ein Versprechen geben, bedeutet, ein Versprechen halten.

Anders durfte es gar nicht sein.

Sie waren schätzungsweise eine Stunde unterwegs, als Alasdair an seine Seite ritt. Ian biß die Zähne zusammen. »Was ist los?« fragte er frostig.

Alasdair blinzelte verwirrt. »Ich war besorgt, als

Sabrina gestern abend nicht zum Essen herunterkam. Wie geht es ihr?«

»Sabrina ist meine Angelegenheit, Cousin, nicht deine.«

»Sie ist nun meine Cousine«, erwiderte Alasdair hartnäckig, »und deshalb frage ich dich noch einmal. Geht es ihr gut?«

Ian starrte auf die vor ihnen liegenden Berge, die sich steil und bizarr gegen den Horizont abhoben. »Das geht dich nichts an ...«

Alasdair griff ihm in die Zügel. »Wir haben uns in unserer Jugend zwar ab und zu gerauft, Ian, aber es ist nicht unsere Art, wütend aufeinander zu sein. Laß uns das jetzt aus der Welt schaffen, einverstanden?«

Seine Männer hatten inzwischen ihre Pferde angehalten und bildeten einen Halbkreis um sie. Ian gab ihnen ein Zeichen. »Reitet weiter«, rief er. »Wir werden gleich zu euch aufschließen.«

Die Männer zerstreuten sich. Sobald sie allein waren, richtete sich Ians dunkler, durchbohrender Blick auf Alasdair.

»Also gut«, sagte er schroff. »Du hattest kein Recht, ihr von Fionna zu erzählen.«

»Dann hättest du es tun sollen, Cousin.«

Ian kochte vor Wut. Alasdair hatte recht. Er hätte es ihr erzählen sollen, denn er hätte wissen müssen, daß diese dummen Gerüchte erneut aufkeimen und ihn verfolgen würden. Aber das alles war Vergangenheit, und er hatte gehofft, es dabei belassen zu können.

Er schaute seinem Cousin offen in die Augen. »Du hast recht. Es hätte von mir kommen müssen. Aber mußtest du ihr erzählen, daß einige Leute tuschelten, ich hätte sie getötet?«

Alasdair blieb hartnäckig. »Sie fragte nach Fionnas Todesursache, Ian. Mir war klar, daß weitere Fragen folgen würden. Es wäre früher oder später herausgekommen – und da du offensichtlich nicht die Absicht hattest, es ihr zu erzählen, hielt ich es für das beste, wenn sie es von mir erfahren würde. Habe ich dir nicht immer zur Seite gestanden – im Kampf und auch sonst?«

Ian schwieg. Wer ihn kannte, wußte, daß er niemals seine Stärke ausgenutzt hätten, um einen Schwächeren zu übervorteilen. Und in der Tat hatten die meisten Mitglieder seines Clans hinter ihm gestanden, als die Gerüchte laut wurden. Mit der Zeit waren sie abgeebbt, als selbst die Zweifler letztlich begriffen, daß ihr neuer Clanchef ein fairer und gerechter Mann war.

»Es stimmt«, entgegnete er schließlich. »Du hast immer zu mir gestanden, Alasdair.« Seine Anspannung ließ etwas nach. »Weißt du, daß ich mich schon gefragt hatte, ob du versuchst, Sabrina gegen mich aufzubringen?«

Alasdair runzelte die Stirn. »Deswegen hast du Fraser gebeten, auf der Burg zu bleiben, und nicht mich, nicht wahr?«

Ian lachte kurz auf. »Du kennst mich sehr gut, Cousin.«

»Du benimmst dich wie ein eifersüchtiger Ehemann.«

»Zufällig bin ich ein eifersüchtiger Ehemann.«

»O ja, und ich kann das bei einer so anmutigen Frau wie Sabrina sogar verstehen.« Er seufzte. »Ich beneide dich, Ian.«

»Du mußt dir nur selbst eine Frau suchen, Alasdair. Wenn du möchtest, bin ich dir behilflich, ansonsten wirst du zu deiner Hochzeitsnacht vielleicht so alt wie Onkel Malcolm sein.«

»Ich glaube, ich werde die Suche selbst übernehmen, Ian, da ich nicht mit einer alten Hexe verkuppelt werden will! Was veranlaßt dich überhaupt zu der Überlegung, daß ich nicht schon ein hübsches Mädchen gefunden habe? Denkst du, du kennst mich so gut?«

Sie lenkten ihre Pferde in die Richtung der anderen

und gingen wieder in den scherzhaften Tonfall über, der normalerweise ihre Beziehung bestimmte. Doch obgleich sich Ians Stimmung merklich aufhellte, sollte es nicht so bleiben.

Am Spätnachmittag erreichten sie ihr Ziel und ritten in ein enges Tal hinab. Im Sommer, das wußte Ian, gab es keinen friedlicheren Ort als diesen. Blumen bedeckten die Talsenke, und die Luft war geschwängert von ihrem süßen Duft. Doch wo früher Dutzende von Hütten am Ufer des vorbeiströmenden Flusses gestanden hatten, war lediglich eine Handvoll übriggeblieben. Plötzlich stieg ihm beißender Rauchgeruch in die Nase.

Die Männer hinter ihm holten tief und geräuschvoll Luft. »Gütiger Himmel«, entfuhr es einem seiner Begleiter. »Wer hat das getan?«

In diesem Moment tauchte eine Frau vor einer der Hütten auf. Als sie die Eskorte bemerkte, floh sie kreischend.

»Halt!« rief jemand. »Wir wollen euch nichts tun.«

Erst nachdem sie Ians Umhang wahrgenommen hatte, blieb sie stehen. Ein älterer Mann gesellte sich zu ihr, und kurz darauf zeigten sich einige weitere vorsichtig. Kleine Kinder mit riesigen, furchterfüllten Augen klammerten sich an die Röcke ihrer Mütter.

Ian saß als erster ab. Er hob eine Hand. »Von uns habt ihr nichts zu befürchten«, rief er ihnen zu. »Ich bin Ian, der MacGregor.«

Die Frau lief auf ihn zu und ergriff seine Hand. »Ich bin Donelda. Gelobt sei Gott, daß Sie hier sind.« Der weißhaarige Mann trat ebenfalls zu ihnen. »Das ist Fergus, mein Vater.«

Ians Gesichtsausdruck war finster. »Fergus. Donelda. Was ist hier geschehen? Wer hat das getan?«

Der alte Mann schüttelte seinen Kopf. »Wir wachten mitten in der Nacht vom Gestank des Feuers auf. Eine Handvoll Männer richtete die Fackel gegen alles, was

Feuer fangen konnte, und dann zerstreuten sie unser Vieh. Wer sie aufzuhalten versuchte, wurde niedergeschlagen. Donelda hat ihren Mann und ihren ältesten Sohn verloren.«

Einer von Ians Männer schwang seine Faust. »Das waren die Campbells, nicht wahr? Dieses diebische …«

»Nein, das stimmt nicht.« Die anderen hatten sich im Halbkreis um sie gruppiert. »Sie kamen im Namen des Red Comyn«, rief jemand. »Um die Comyns wieder an die Macht zu bringen. Die rechtmäßigen Herrscher. Das war ihr Schlachtruf.«

War das aus Vergeltung für seine Unterstützung des Bruce geschehen? Die Campbells hatten dem Bruce ihre Unterstützung zugesagt. In dieser Hinsicht waren sie sich letztlich einig. Er konnte nicht anders, als an Jamie MacDougall zu denken. … Hatte er etwa seine Hand im Spiel?

»Der Bruce, Mylord. Sie kennen ihn, nicht wahr?«

Ian nickte. »Ja, ich kenne ihn.«

»Er wird diesen Halunken das Handwerk legen, nicht wahr?«

Ian zögerte. »Seit diesem Sommer ist viel geschehen. Die Engländer haben seine Armee bei Methven geschlagen. Die rachsüchtigen Verwandten der Comyns griffen bei Dalry an, als er die Überfahrt über Loch Lomond versuchte. Seine Leute mußten sich zerstreuen. Seine Frau, seine Tochter Marjorie und sein Sohn Neil wurden bei Kildrummy gefangen genommen und in Fesseln gelegt. Neil starb im Oktober als Verräter. Der Bruce mußte gezwungenermaßen untertauchen.«

Ian machte eine Pause. »Augenblicklich weiß ich nicht, wo er steckt. Ich zweifle aber nicht daran, daß er bald zurückkehren wird, um die Dinge ins Lot zu bringen. Ich werde euch Truppen zum Schutz und zur Hilfe beim Wiederaufbau schicken.«

Er starrte in die Ferne, wo der Wind durch die Gräser

des Tals blies. Voller Zorn reifte ein finsterer Entschluß in ihm heran. »Wir werden die Teufel finden, die das angerichtet haben.« In seiner Stimme schwang ein scharfer Unterton. »Ich werde nicht ruhen, bis sie gefunden sind.«

Fergus schlug sich mit der Faust auf die Brust. »Wir stehen zu Ihnen, Mylord, so wie wir zum Bruce stehen.«

Eine junge Frau mit einem Baby auf dem Arm trat einen Schritt vor. »Sie ritten in Richtung Nordosten, Mylord. Ich habe sie gesehen.«

Ian stürmte zu seinem Hengst und saß auf. Seine Wut wurde mit jeder Sekunde größer. Er zog seinen Degen und wirbelte ihn durch die Luft. In seinen Augen blitzte ein rachsüchtiges Feuer.

»Auf den Bruce! Und auf die Vergeltung!«

Beifallsrufe brachen aus. In den Lärm der donnernden Hufe mischte sich dieser Schlachtruf, der durch Mark und Bein ging.

Ein einziger Tag und eine einzige Nacht waren vergangen – die längsten ihres Lebens. Ian fehlte Sabrina entsetzlich. Sie spürte einen tiefen Trennungsschmerz – sie hatte damit nicht im Traum damit gerechnet, und das machte das Ganze um so unerträglicher! Sie vermißte die Hitze seines Körpers neben dem ihren in der Dunkelheit der Nacht und seine tröstliche Nähe – merkwürdig, daß sie sich so schnell daran gewöhnt hatte!

Mit tiefem Bedauern dachte sie an seinen Abschied. Wenn sie könnte, würde sie alles Gesagte zurücknehmen, all die scharfen Worte, die zwischen ihnen gefallen waren. Sie sagte sich, daß er sich nichts aus ihr machte. Daß es nicht sie war, die er wollte, aber es machte trotzdem keinen Unterschied.

Sie flehte inbrünstig, daß er heil zu ihr zurückkehren möge.

Am frühen Nachmittag des zweiten Tages entschied

sie sich zu einem Ausritt außerhalb der Burgmauern. Sie war zu aufgeregt, um zu arbeiten, und zu nervös, um sich auszuruhen.

Auf dem Weg zum Stall spürte sie plötzlich, daß jemand an ihrem Arm zerrte. Sie blickte hinunter und sah ein kleines, dunkelhaariges Kind neben sich.

»Hallo, meine Kleine.« Sie lächelte zu dem Mädchen hinunter.

Seine dunklen Augen leuchteten und mit seinem Finger winkte das Mädchen sie zu sich herab. Neugierig beugte sich Sabrina zu ihr hinunter.

»Ich weiß ein Geheimnis«, flüsterte das Mädchen. »Ein Geheimnis, das ich nur Ihnen anvertrauen darf.«

Sabrinas Blick wurde sanft. »Tatsächlich«, murmelte sie. »Und welches Geheimnis ist es, das du nur mir anvertrauen darfst?«

»Ein Mann hat mich gebeten, zu Ihnen zu gehen. Er wünscht Sie bei der Eiche an der Quelle zu treffen. Er wollte, daß ich es niemandem außer Ihnen sage.«

Sabrina runzelte die Stirn. War das ein Spiel? Sie lächelte dem Mädchen aufmunternd zu. »Erinnerst du dich, wie dieser Mann aussah?«

»Er war groß – und sein Haar hatte die Farbe von reifem Weizen.«

Sabrinas Herzschlag wurde schneller. Es war sicher nicht … »Wie heißt du, meine Kleine?«

»Ich bin Deanna.«

»Und wo hast du diesen Mann getroffen, Deanna?«

»Es war dort, neben dem Torhaus, als ich mit meinen Schwestern spielte.«

Sabrina strich dem Kind über seine dunklen Locken. »Vielen Dank, Deanna. Es bleibt unser Geheimnis, nicht wahr?«

Das Kind nickte heftig. »Jawohl, Mylady.«

»Gut. Dann lauf jetzt zur Küche und bitte den Koch um ein Stück Fruchtgelee. Sag ihm, ich hätte gesagt, das sei in Ordnung, da wir für das heutige Nachtmahl mehr als genug haben, und laß dich nicht von ihm verjagen!«

Das kleine Mädchen lief freudestrahlend davon, weil sie die Zuneigung der Lady gewonnen hatte.

Sabrina stand auf und schüttelte den Staub aus ihren Röcken. Statt zu reiten, beschloß sie, zu Fuß zu gehen. Festen, entschlossenen Schrittes marschierte sie durch das Tor.

Die Quelle lag nicht weit entfernt von der Burg. Im Innenhof gab es einen Brunnen, doch Sabrina wußte, daß dieser im Sommer häufig ausgetrocknet war und dann Wasser von der Quelle herangeschafft werden mußte.

Die riesige Eiche mit ihren kahlen Ästen kam bald in Sicht. Die nach Norden gerichtete Seite des Stammes war von üppigem, samtweichem Moos bedeckt.

Stirnrunzelnd blieb sie stehen, da niemand zu sehen war. Sie schaute sich nach allen Seiten um und fragte sich, ob sich vielleicht jemand einen Spaß mit ihr erlaubt hatte ...

Kräftige Finger umschlossen ihren Arm und wirbelten sie herum. Ihr erschreckter Aufschrei blieb ihr in der Kehle stecken, als sie in ein Gesicht schaute, das sie niemals wiederzusehen geglaubt hatte.

»Jamie«, japste sie. »Mein Gott, du hast mich zu Tode erschreckt!«

Statt einer Antwort lachte er und zog sie in seine Arme. Sein Kopf beugte sich zu ihr hinab, und seine Lippen preßten sich verlangend auf die ihren. Für Augenblicke war Sabrina zu verwirrt, um sich rühren zu können. Ihre Hände glitten nach oben zwischen ihrer beider Körper, und sie schob sich von ihm fort.

Er ließ seine Arme sinken. »Was ist das?« wollte er wissen. »Ich dachte, du würdest dich freuen, mich zu sehen, Sabrina.«

Sein vorwurfsvoller Tonfall ließ sie schuldbewußt

erschauern. »Das … das bin ich auch«, sagte sie schnell. »Aber … du solltest nicht hier sein, Jamie.«

»Ich mußte dich sehen. Ich mußte mit meinen eigenen Augen sehen, daß es wahr ist – daß du ihn geheiratet hast.«

Ihn. Ian. Sie zuckte zusammen.

»Es ist wahr«, vertraute sie ihm mit leiser Stimme an. »Ich … ich bin mit Ian verheiratet.«

Seine Halsmuskeln waren angespannt. Der Schmerz in seinen Augen ging ihr durch Mark und Bein. Das Eingeständnis war für sie beide überaus qualvoll.

»Warum?« Seine Gesichtszüge verfinsterten sich. »Verflucht, wie konntest du nur? Er sollte Margaret heiraten …«

»Margaret ist tot, Jamie.«

Entsetzen spiegelte sich in seinen Zügen. »Was ist passiert?«

»Sie ertrank. Ihr Umhang wurde am Tag, an dem sie heiraten sollten, am Ufer des Sees gefunden. Wir haben überall nach ihr gesucht.« Sie machte eine vage Geste und ließ die Hände sinken. »Es war zwecklos. Wir fanden keine Spur von ihr.«

»Und deshalb hast du Ian an ihrer Stelle geheiratet.«

Sie errötete. Aus seinem Mund klang es wie ein Fluch. »Ich hatte keine Wahl, Jamie.«

Lange sagte er nichts, sondern schaute sie nur wütend an. Ihr düsteres Schweigen lastete schwer auf ihnen, doch schließlich faßte er sich wieder. »Du bist so blaß, Sabrina. Hat er dich schlecht behandelt?«

Ein verhaltenes Lächeln erschien auf ihren Lippen, und sie schüttelte den Kopf. »Mir geht es gut, Jamie. Wirklich. Er … er behandelt mich gut. Ich habe eine schlaflose Nacht verbracht, das ist alles.« Ihr Lächeln verschwand. »Und wie geht es dir? Hast du dich deinem Onkel in seinem Kampf gegen den Bruce angeschlossen?«

»Ja.« Entschlossen trat er einen Schritt vor. Langsam schweifte sein Blick über ihr Gesicht, als wollte er sie mit seinen Augen verschlingen.

»Komm mit mir, Sabrina«, flehte er mit eindringlicher Stimme. »Du brauchst ihn niemals wiederzusehen. Wir können fliehen. Vielleicht nach Frankreich.« Er umfaßte ihre Taille. »Komm mit mir, jetzt gleich …«

Sie entwand sich seinen Händen, die sich bittend nach ihr ausstreckten. »Jamie, bitte! Ich … ich kann nicht. Ich kann meinem Vater keine solche Schande bereiten.« Und auch Ian nicht. Aber das blieb besser ungesagt. Außerdem konnte sie den Gedanken an eine Trennung von Ian nicht ertragen. Auch das blieb ungesagt. … In Wahrheit konnte sie es sich selbst kaum eingestehen!

»Ich liebe dich, Sabrina.«

Die von ihm ausgehende Leidenschaft zerriß ihr fast das Herz. Sie war verzweifelt über ihre unberechenbaren Gefühle. Gütiger Gott, sie wußte nicht einmal genau, was ihr Herz wollte! »Sag das bitte nicht, Jamie! Es darf nicht sein … niemals!« Mit ihren Blicken und ihrer Stimme flehte sie ihn an. »Mach es nicht noch schlimmer – für keinen von uns, Jamie.«

Er schüttelte den Kopf. »Ich kann dich nicht so einfach gehen lassen.«

»Du mußt«, flehte sie inbrünstig. Das laute Geräusch von Schritten auf dem matschigen Pfad hinter ihnen schreckte sie beide auf – bislang war niemand in ihrer Nähe gewesen.

Ihr Gesicht nahm einen gequälten Ausdruck an. »Jamie, bitte, du mußt gehen. Ich kann nicht für deine Sicherheit garantieren, wenn du noch länger bleibst.«

Statt einer Antwort zog er sie eng an sich. Sabrina brachte es nicht übers Herz, ihn abzuwehren, als er einen schnellen, fordernden Kuß auf ihre Lippen drückte.

»Ich komme wieder«, erklärte er, als er schließlich seinen Kopf hob. Seine Augen strahlten so intensiv wie der Sommerhimmel. Dann drehte er sich um und verschwand in den undurchdringlichen Wäldern. Ihr Blick folgte ihm, bis sie ihn aus den Augen verlor.

»Paß auf dich auf, Jamie«, flüsterte sie. »Paß auf dich auf.«

Als sie sich sicher war, daß er sich unbeobachtet entfernt hatte, drehte sie sich um und marschierte zur Burg zurück. Sie verachtete sich dafür, daß sie ihn verletzt hatte. Diese Bürde würde sie noch lange auf ihren Schultern tragen müssen. Und dennoch hatte sie ihm die Wahrheit gesagt: sie hatte keine andere Wahl gehabt.

Als sie die Halle betrat, stieß sie auf Fraser. »Deine Sorgen waren völlig unbegründet, Sabrina. In einer Stunde werden sie zurück sein.«

Sie öffnete den Mund. »Sie kehren zurück? Ian auch?«

Er grinste breit. »Ja.«

Vor Freude und Erleichterung bekam sie weiche Knie. Ihre Gebete waren erhört worden. Sie stürmte auf den Wehrgang, von wo aus sie die Männer schon von fern erspähen konnte. Als sie eine Gruppe Reiter auf dem Pfad entdeckte, eilte sie hinunter, um im Innenhof zu warten.

Es dauerte nicht lange, und Soldaten galoppierten durch das Tor. Sabrina sah sich suchend unter den Reitern um, konnte Ian aber nicht finden.

Dann hörte sie lautes Rufen. »Schnell! Wir benötigen Hilfe!«

Entsetzt fiel ihr Blick auf die gerade eingetroffene Gruppe. Der Körper eines Mannes lag quer über dem Sattel eines Pferdes. Zwei Soldaten hingen schlaff auf dem Rücken eines weiteren Tieres. Fraser und mehrere andere Männer liefen ihnen entgegen, um den ersten der Männer herunterzuheben. Ihr Herz setzte aus, denn anscheinend hatte sie vergeblich gebetet.

Der Mann war niemand anderer als Ian.

Kapitel 16

»Legt ihn dorthin.«

Sabrina deutete mit dem Kopf auf das Bett und eilte hinzu, um die Bettdecke zurückzuschlagen. Ihr Herz raste und sie konnte kaum atmen – daß sie überhaupt ein Wort hervorbrachte, grenzte an ein Wunder.

Zwei seiner Soldaten hoben ihn auf das Laken. »Wir haben getan, was wir konnten«, sagte einer der Männer schnell, »aber die Blutung ließ sich nicht stillen.«

»Wann wurde er verwundet?« Die Frage kam von Fraser.

»Heute morgen«, antwortete Alasdair, der soeben ins Zimmer getreten war.

»Was ist passiert?«

»Als wir in Kildurn ankamen, fanden wir fast alle Hütten bis auf den Boden niedergebrannt vor.«

Fraser ließ einen Fluch los. »Diese Schufte von Campbells ...«

»Nicht die Campbells und auch keine Räuberbande«, sagte Alasdair grimmig. Sein Blick wanderte zu Sabrina. »Anhänger des Comyn.«

Peinlich berührt wand Sabrina sich innerlich. Sein frostiger Blick traf sie wie ein Messerstich. Das Bild Jamies erschien vor ihrem geistigen Auge – gütiger Gott, er hatte sich den Streitkräften seines Onkels angeschlossen. War es das, worauf er hinauswollte? Sie fühlte sich plötzlich hundeelend.

Aber er war hier gewesen, rief sie sich in Erinnerung. Er konnte an diesem Überfall gar nicht teilgenommen haben.

»Wir haben die Plünderer verfolgt und heute morgen gestellt. Sie werden sich nie wieder in das Gebiet der

MacGregor vorwagen, trotzdem haben wir zwei Männer verloren«, fuhr Alasdair fort. »Bete zu Gott, daß wir wenigstens Ian retten können.«

Während er den Kampf schilderte, sank Sabrina neben dem Bett nieder. Nur mit äußerster Anstrengung gelang es ihr, nicht laut aufzuschreien. Sämtliche Farbe war aus Ians Gesicht gewichen, er war bleich wie das Mondlicht. Hemd und Umhang waren blutdurchtränkt, und unter seinen geschlossenen Lidern zeichneten sich tiefe Schatten ab.

»Kennst du dich in der Heilkunde aus, Sabrina?« Fraser blickte in ihre Richtung.

Ihre furchterfüllten Augen waren weit aufgerissen. »Etwas. Mein Vater ist gelegentlich bei Scharmützeln verletzt worden.«

Fraser trat neben sie. »Dann sollten wir uns zunächst einmal seine Verletzung anschauen, nicht wahr?«

Gemeinsam entkleideten sie ihn. Unbewußt stellte Sabrina fest, daß Alasdair und die anderen das Zimmer verlassen hatten. Fraser spürte ihre Verlegenheit und zog rasch den Saum des Lakens über seine Lenden. Sein gesamter Oberkörper war von hellrotem, frischem Blut bedeckt.

Er rührte sich nicht und war kreidebleich. Überall wohin sie blickte, war Blut. Sie preßte ihre eiskalten Finger gegen ihre Lippen und schwankte, denn sie war sich sicher, daß er bereits tot war …

Fraser legte einen starken Arm um sie. »Kopf hoch, Mädchen. Es ist vielleicht gar nicht so schlimm, wie es aussieht. Außerdem«, er schenkte ihr ein schiefes Lächeln, »mußt du diesem Idioten sagen, was zu tun ist.«

Mary war bereits leise mit Eimern voll heißem Wasser und sauberen Leintüchern in die Kammer getreten. Sabrina wusch Ian, weil sie instinktiv ahnte, daß ihre Berührungen sanfter sein würden als die Frasers. Sie verspürte einen Brechreiz, als der Stapel blutdurchtränkter Tücher immer größer wurde, unterdrückte diesen jedoch. Zweimal stöhnte Ian, einmal, als Fraser ihn auf die Seite rollte, damit sie seinen Rücken säubern konnte, und ein weiteres Mal, als sie seine linke Schulter berührte. Beide Male wäre sie beinahe schreiend aus dem Raum gelaufen.

Schließlich war sie fertig. Gemeinsam untersuchten sie und Fraser die Verletzungen. Ein ausgefranstes Loch klaffte in seiner linken Schulter in Höhe der Achselhöhle, ein weiteres zwischen seinen Rippen. Seine gesamte linke Schulter und Seite waren ein einziger, riesiger Bluterguß.

Immer noch sickerte dickflüssiges, helles Blut aus beiden Wunden. Fraser murmelte, daß die Verwundung an der Schulter von einem Degen stamme, die andere von einem Dolch.

»Gott sei Dank ist es nicht sein Schwertarm«, bemerkte er.

»Wir müssen die Verletzungen fest verbinden, um die Blutungen zu stillen. Danach müssen sie genäht werden.«

Sie banden lange Leinenstreifen um seine Schulter und seinen Rippenbogen. Fraser schaute entsetzt, als sie darauf bestand, daß er den Verband noch fester anzog, befolgte aber ihre Anweisungen. Es erschien ihr wie eine Ewigkeit, bis die Blutungen schließlich nachließen.

Ihre Hände zitterten, als sie den Faden in die Nadel einfädelte. Erst nach drei Versuchen gelang es ihr endlich, den Faden durch das Nadelöhr zu ziehen. Nachdem sie die Wunden noch einmal gereinigt hatte, begann sie mit der Arbeit.

Bei ihrem ersten Stich durch sein Fleisch zuckte sie instinktiv zurück, doch Ian bewegte nicht einen Muskel. Der zweite war leichter, aber dennoch war es eine langsame, qualvolle Aufgabe, die klaffenden Wunden zusammenzunähen. Sabrina richtete ein Dankgebet gen

Himmel, daß Ian nicht aufwachte, während sie so schnell, wie sie es wagen konnte, arbeitete.

Ihre Lungen brannten, als sie endlich fertig war. Mit einem Seufzer der Erleichterung holte sie tief Luft und schaute Fraser an. »Fertig. Ich bin fertig.«

Ians Lider hoben sich. Sämtliche Kraft schien aus seinen Gliedern gewichen zu sein. Sabrina blickte in Augen, die so klar waren wie ein rauschender Gebirgsbach. Und dann vernahm sie seine krächzende Stimme. »Das hat dir wohl Spaß gemacht, mein kleines Luder?« Aufgrund der Anstrengung schlossen sich seine Augenlider erneut.

Sabrina konnte nicht anders. Sie vergrub ihr Gesicht in den Händen und weinte.

Drei lange Tage wachte er nicht auf.

Am ersten setzte Fieber ein, und sie und Fraser durchlebten die ängstlichsten Stunden ihres Lebens. Nie zuvor hatte sie einen so entsetzlich bleichen Menschen gesehen! Sabrina kühlte ihn ständig mit kaltem Wasser, denn seine Haut glühte wie ein verzehrendes Feuer. Während seiner Fieberfantasien bewegte er sich so unruhig, daß Fraser ihn mit aller Kraft festhalten mußte. Um möglichen Vergiftungsanzeichen vorzubeugen, beobachteten sie sorgfältig die Wundheilung.

Auch den darauffolgenden Tag hatte er noch Fieber. Er wälzte sich immer noch unruhig hin und her, und sein Atem ging schnell und flach. Wieder und wieder senkte sie ihren Kopf auf seine Brust, um sich zu vergewissern, daß er noch lebte. Fraser brachte ihr die Mahlzeiten, aber sie hatte kaum Appetit. Sie verließ die Kammer nicht, weil sie von der Vorstellung besessen war, daß er dann mit Sicherheit sterben würde.

Am dritten Tag zog sie matt und erschöpft einen Stuhl neben das Bett. Er hatte wieder ein wenig Farbe angenommen, und es schien ihm besser zu gehen. Obwohl sie versuchte, sich dagegen zu wehren, fielen ihr mehrere Male die Augen zu. Schließlich schloß sie die Lider. Sie würde ausruhen, nur für einen kurzen Augenblick …

Eine leichte Berührung weckte sie auf. Als sie die Augen öffnete, bemerkte sie schlanke Finger, die durch die seidigen Strähnen ihres Haars glitten, das über dem Bett ausgebreitet lag. Bei seinem Anblick sprang sie auf. Er war wach – Ian war wieder aufgewacht!

Sie legte eine Hand auf seine Stirn. Seine Haut fühlte sich kühl an. »Gott sei Dank, das Fieber ist gesunken«, entfuhr es ihr erleichtert. »Wie fühlst du dich?«

»Als hätte ich einen Kampf mit dem Teufel höchstpersönlich ausgefochten – und verloren.« Seine Stimme klang rauh.

Zitternd lächelte sie. Sein Gesicht war hager, sein Blick müde, aber aufmerksam.

Er hob eine Hand und strich ihr mit den Fingerknöcheln über die Wange. »Ich habe geträumt, daß du um mich geweint hast, mein kleines Luder.«

Sein Flüstern traf sie mitten ins Herz. Sie rieb ihre Wange an seiner Hand. »Du gingst fort, ohne mir Lebwohl zu sagen.« Das hatte sie eigentlich gar nicht sagen wollen, und nachdem es ihr entschlüpft war, fuhr ihr die gräßliche Erinnerung durch Mark und Bein. Ihre Kehle war wie zugeschnürt. »Ian, als ich dich zuerst sah, da … da dachte ich, du wärest tot!«

Ein vages Lächeln umspielte seine Mundwinkel. »Aha. Und hat dir die Vorstellung, Witwe zu sein, Freude bereitet?«

»Nein!« Plötzlich verschleierten Tränen ihren Blick. Sie senkte den Kopf, damit er sie nicht sah. »Ich … ich würde dir nie den Tod wünschen, Ian. Niemals!«

Die Heftigkeit ihrer Worte ließ das Lächeln auf seinen Lippen ersterben.

Und auf einmal befanden sich ihre Gefühle in einem heillosen Chaos. Was sie für diesen Mann empfand, hätte sie sich nicht im Traum einzugestehen gewagt. Ein schmerzlicher Stich durchfuhr jeden Winkel ihres Herzens. Aber durfte sie ihren Gefühlen trauen? Sie war so sicher gewesen, daß sie Jamie liebte – aber sein Kuß hatte keine Regung bei ihr ausgelöst.

Liebte sie Ian?

Sie wußte es nicht.

Sie wagte es nicht.

Seine Finger lagen immer noch auf den ihren. Sie versuchte, ihre Hand von der Bettdecke wegzuziehen, aber seine Umklammerung war trotz seines Zustands fest und überraschend intensiv.

Sein Blick musterte sie. »Ich habe es nicht geträumt, oder?«

Ihre Augen fixierten ihn. Sie konnte einfach nicht wegsehen. Etwas flackerte in diesen klaren, grauen Tiefen, etwas, das sie innerlich erschauern ließ. Eigentlich war sie im Vorteil, da sie saß und auf ihn hinunterblickte. Trotzdem hatte sie sich noch nie so verletzlich und entlarvt gefühlt!

Ihre Lippen öffneten sich. »Nein«, hörte sie sich selbst sagen.

Plötzlich war die Stimmung zwischen ihnen zum Zerreißen gespannt. Er flüsterte ihren Namen mit einer solchen Intensität, wie sie sie nie zuvor gefühlt hatte. Auf einmal unternahm er den Versuch, sich aufzusetzen.

Vor Bestürzung riß sie die Augen auf und drückte ihn zurück in die Kissen. »Ian, nicht! Du mußt liegenbleiben!«

Vor Anstrengung stöhnte er ermattet auf. »Verdammt!« fluchte er. »Ich bin so schwach wie ein neugeborenes Kätzchen.« Er verzog das Gesicht. »Hilf mir aufzustehen, Sabrina. Es gibt viel zu tun. Ich muß Soldaten und Lebensmittel in das Dorf schicken …«

»Ist schon geschehen! Alasdair hat sich darum gekümmert.« Jetzt, da sie ihre Gefühle wieder im Griff hatte, stand sie auf und stemmte ihre Hände in die Hüften. »Wenn du wieder zu Kräften kommen willst, mußt du ruhen – und tun, was ich dir sage.«

Er sah sie an.

Sie lächelte süß.

Murrend trank er kurz darauf die Fleischbrühe, die sie ihm geholt hatte. Ihm stand der Sinn nach etwas Herzhafterem. Morgen, versprach sie ihm, wenn seine Genesung weitere Fortschritte machte.

Sie schlief auf einer Pritsche neben dem Bett, wo sie auch die vergangenen Nächte verbracht hatte. Und als sie aufwachte, stellte sie fest, daß er bereits ungeduldig auf sein Essen wartete, um seiner unfreiwilligen Fastenzeit ein Ende zu setzen.

Obwohl er an sein Bett gefesselt war, verbreitete er eine Aura maskuliner Stärke im Zimmer. Sie empfand ein merkwürdiges Kribbeln in ihrer Magengegend. Ihre Finger prickelten vor Verlangen, seine Haut zu streicheln und deren Festigkeit zu spüren.

Nachdem er das Mahl beendet hatte, hielt sie es für angeraten, die Verbände zu wechseln. Die Wunden sahen schon viel besser aus, stellte sie zufrieden fest. Sie trug eine Heilsalbe auf und verband sie erneut mit frischen Leinenstreifen. Während sie die Schulter verband, legte sie eine Hand auf seinen Brustkorb – ein Schauer durchfuhr ihren Körper, da ihre Finger sich zierlich und blaß von dem dunklen Flaum seiner Brustbehaarung abhoben.

Sie spürte, wie sein Blick auf ihr ruhte, während sie diese Arbeit verrichtete. Vorsichtig sah sie in sein Gesicht, konnte aber keinen spöttischen Zug erkennen, vielmehr war sein prüfender Blick seltsam intensiv ... und schrecklich beunruhigend. Warum schaute er sie so an? fragte sie sich verzweifelt. Verglich er sie mit Margaret? Mit Fionna? Obwohl der Gedanke sie wie ein

Dolchstoß traf, dennoch ließ sie sich ihre Nervosität nicht anmerken.

»Langsam verstehe ich, warum die Engländer Rüstungen tragen«, bemerkte sie fröhlich.

In der Zwischenzeit hatte er seine Hände ausgestreckt und sie um ihre Taille gelegt. Seine faszinierende Wärme strömte durch den Stoff ihres Kleides.

Er zog eine Braue schelmisch nach oben. »Lauter Weichlinge«, behauptete er frech, »ich zum Gegensatz bin doch der wildeste Krieger ganz Schottlands?«

»Ich glaube eher, du bist der glücklichste Krieger ganz Schottlands.«

Das Lächeln verschwand aus seinem Gesicht. Sein glühender Blick verschmolz für die Dauer eines Herzschlags mit dem ihren. »Ja«, sagte er ruhig, »das bin ich.«

Seine Hände hielten sie noch immer fest, und eine seltsame Spannung entstand zwischen ihnen. Sabrina zögerte, denn sie wußte nicht, was sie sagen sollte. Ian öffnete den Mund, und sie spürte, daß er ihr etwas mitteilen wollte, aber was auch immer es war, sie würde es nie erfahren. Ein Klopfen an der Tür brach den geheimnisvollen Zauber.

Grinsend schlenderte Fraser ins Zimmer. »Ich habe der Kleinen prophezeit, daß du wieder gesund werden würdest«, platzte er heraus, »aber sie wollte mir nicht glauben. Sie umhegte dich wie eine Glucke ihr Küken.«

»Hat sie das getan?«

»Ja, das hat sie«, rief Fraser. »Weißt du, daß sie nicht einmal von deiner Seite gewichen ist? Nicht ein einziges Mal? Nun, ich würde sagen, sie ist eine wahre Märtyrerin!«

Errötend wandte Sabrina sich ab. Diesmal sagte Ian nichts, doch sie spürte, wie er sie mit seinen Blicken taxierte.

Ian wollte unbedingt aufstehen und umhergehen.

Obwohl Sabrina aufs Heftigste protestierte, wurden ihre Einwände von beiden Männern ignoriert. Fraser legte ihm einen Arm um die Taille und half ihm aus dem Bett, doch nach einigen Runden durch die Kammer war er erschöpft. Voller Wut über seine Schwäche sank er auf sein Bett zurück. Sie hätte ihn beinahe dafür gescholten, daß er so hart gegen sich selbst war, hielt ihre Zunge aber im Zaum. Trotzdem bestand er darauf, im Abstand von mehreren Stunden wiederholt aufzustehen. Das Merkwürdige war, daß er tatsächlich mit jedem Mal neue Kraft zu gewinnen schien.

Im Verlauf des Tages fiel er immer wieder in einen leichten Dämmerschlaf. Als die Dunkelheit Einkehr gehalten hatte, schlich Sabrina durch den Raum, um sich auf die Nachtruhe vorzubereiten. Der Tag war lang und ermüdend gewesen, doch die entsetzliche, auf ihr lastende Furcht war verflogen. Zum ersten Mal begriff sie, daß Fraser recht hatte und Ian wieder genesen und so kräftig und stark wie früher sein würde.

Obwohl sie sich nach einem angenehm heißen Bad sehnte, wollte sie nicht riskieren, Ian aufzuwecken. Statt dessen erhitzte sie Wasser über dem Feuer und goß es in eine Schüssel. Als sie den Wasserkrug auf dem Tisch absetzte, wurde ihr schwindlig. Winzige Punkte tanzten vor ihren Augen, und der Boden schien unter ihr nachzugeben. Sie umklammerte den Rand der Tischplatte und kämpfte, um nicht zu fallen. Glücklicherweise erholte sie sich rasch wieder.

Sie nahm einen tiefen, langen Atemzug. Seit dem Tag, als Ian so wütend gewesen war, weil er sie allein mit Alasdair angetroffen hatte, hatte sie mindestens einmal pro Tag einen solchen Schwindelanfall – und diese Übelkeit war absolut untypisch für sie. Sie hatte sich eingeredet, daß es wahrscheinlich Erschöpfung war, weil sie Ian die ganze Zeit über gepflegt und sich entsetzliche Sorge um ihn gemacht hatte. Aber so langsam fragte sie sich, ob vielleicht andere Ursachen im Spiel sein könnten ...

Sie zog sich aus und legte ihre Kleidung beiseite. Dann wusch sie sich rasch, da die Nachtluft empfindlich kühl auf ihrer Haut war.

Während sie ihr Haar löste, bemerkte sie gar nicht, welchen einzigartigen Anblick sie den hungrigen, sehnsüchtigen Augen bot, die sie aus der anderen Ecke des Raums beobachten. Sie schüttelte ihre Lockenpracht, die ihr wie eine rotglühende Kaskade über Schultern und Rücken fiel. Sie beugte sich vor und rieb mit einem nassen Leinenlappen über ihr wohlgeformtes Bein. Die Bewegung ihrer üppigen Brüste mit den rosigen Spitzen raubte Ian fast den Atem und schürte in ihm Verlangen ...

Flüchtig spähte sie über ihre Schulter und für Sekundenbruchteile verschmolzen ihre Blicke.

Sie streifte ein Nachtgewand aus weißem Leinen über ihren Kopf – das geschah verschämt, ja beinahe unbeholfen, da sie wußte, daß er jede ihrer Bewegungen beobachtete.

Lautlos glitt sie über den Boden und setzte sich vor den Kamin. Dann bürstete sie ihr Haar, bis es seidig glänzte, und legte die Bürste schließlich beiseite. Sie nahm das Haar über die Schulter und begann, es mit den Fingern in drei lange Strähnen zu teilen.

Erst jetzt sprach er. »Laß es so«, sagte er ruhig.

Verwirrt drehte Sabrina sich um und sah in fragend an.

Er lächelte verhalten. »Dein Haar ist wunderschön, Liebling. Es wäre eine Schande, es zu flechten.«

Liebling. Ihr Herz verkrampfte sich. So hatte er sie noch nie genannt. War es ihm ehrlich? Oder war es ihm lediglich über die Lippen gekommen – wie eine gedankenlose Liebkosung ...?

Er streckte eine Hand aus. »Komm her.«

»Einen Augenblick.« Geschäftig lockerte sie die glühenden Kohlen mit einem Schürhaken auf, warf ein Stück Holz in das Feuer und beobachtete das Zischen der sprühenden Funken.

»Sabrina.« In seiner Stimme schwang eine unterschwellige Warnung mit.

Als müsse sie sich selbst Mut machen, nahm sie einen tiefen Atemzug und schritt zögernd auf ihn zu.

Als sie sein Bett erreichte, umschlossen kräftige Finger die ihren und zogen sie zu sich hinunter. Sabrina konnte lediglich fasziniert auf die Hand starren, welche die ihre so fest umschlossen hielt und nun auf ihrem Oberschenkel lag. Seine Hände waren schlank und braungebrannt und erheblich größer als die ihren. Sie erinnerte sich wieder an das reizvolle, erotische Spiel seiner langen Finger mit ihren Brustwarzen, ihrem Nabel – und natürlich auch zwischen ihren Schenkeln, jener Stelle, die aufgrund der bloßen Erinnerung in Erregung geriet.

»Hör mir gut zu. Du wirst diese Nacht nicht wieder auf der zerschlissenen Pritsche verbringen.«

Das war ein Befehl, so arrogant und herrisch wie eh und je.

Mit wutblitzenden Augen konterte sie: »Und wo soll ich dann schlafen?«

»Wo solltest du schlafen, wenn nicht bei deinem Ehemann?«

»Aber deine Schulter …«

»… hat sich dank deiner Pflege schon bedeutend gebessert. Und außerdem«, er lächelte verschmitzt, »werde ich viel besser schlafen können, wenn meine Frau an meiner Seite ruht.«

Sie blieb unnachgiebig. »Ian, du bist noch nicht in der Verfassung, um … um …« Zu ihrem Entsetzen stotterte sie, da sie schlagartig an den Liebesakt gedacht hatte.

»Um was zu tun?« Sein Gesichtsausdruck war die Unschuld selbst.

Oh, er war gräßlich, ihr das anzutun! »Um ... um dich irgendwelchen Vergnügungen ... hinzugeben!«

Da war wieder dieses teuflische Glitzern in diesen kristallklaren Augen. »Und welche Vergnügungen könnten das sein, meine Kleine?« Er strich mit einem Finger über ihren nackten Arm, und sie erschauerte.

»Die Vergnügungen der Fleischeslust!« platzte sie heraus.

»Aber wäre denn das Vergnügen gänzlich auf meiner Seite?« Sein Blick verweilte auf ihren Lippen. Seine Stimme klang honigsüß. »Wäre es so, Liebling?«

Sabrinas Herz pochte so heftig, daß sie befürchtete, es könnte jeden Moment zerspringen. »Du weißt genau, daß es nicht so ist«, sagte sie hilflos.

Seine Augen verdunkelten sich. »Leg dich zu mir.«

Sie atmete tief ein. Dann legte er einen Finger auf ihre vollen Lippen. »Nein, nicht deshalb. Ich will dich umarmen, Liebling. Ich verspreche, daß das alles ist.«

Seiner zärtlichen Überredungskunst war Sabrina hilflos ausgeliefert. Sie schlüpfte neben ihn ins Bett, behutsam darauf bedacht, ihn nicht grob zu stoßen, und kuschelte sich an seine Seite. Sein Arm umschlang sie, und sie legte ihren Kopf an seine Schulter.

Bis auf das Prasseln und Zischen im Kamin blieb es lange Zeit still im Zimmer. Ihr Haar lag über seinen Brustkorb ausgebreitet, und mit seiner freien Hand führte er eine seidige Strähne an seine Lippen.

»Wunderschön«, murmelte er.

Befangen errötete Sabrina. »Als Kind«, meinte sie leise, »wollte ich immer genauso glattes blondes Haar wie Margaret haben – Haare von der Farbe reifen Weizens. Ich erinnere mich«, vertraute sie ihm an, »daß ich vor deinem Aufenthalt bei uns einmal zur Schere griff und es abschnitt. Margaret lachte nur, und Papa war außer sich vor Zorn. Aber ich … ich dachte, es würde vielleicht wie Margarets Haar, sobald es nachwüchse.«

Seine Umarmung wurde fester. »Ich bin froh, daß das nicht der Fall war. Dein Haar gefällt mir viel besser. Es ist wie ein funkensprühendes Feuer.« Eine Weile schwieg er. »Du brauchst dich nicht mit Margaret zu vergleichen. Du bist genauso hübsch wie sie. Weißt du das denn nicht?«

Sabrina war sehr still geworden. »Aber Papa …«

»… war blind gegenüber deiner Schönheit«, beendete er den Satz beinahe schroff. »Er sah nur Margaret.«

Trotz seines Kompliments war Sabrina verunsichert. »Alasdair sagte«, ihre Stimme zitterte, »daß Fionna sehr schön war.«

Bei der Erwähnung von Fionna spürte sie seine plötzliche Anspannung. Vielleicht lehnte er es ab, ihr zu antworten. Statt dessen sagte er jedoch kurz angebunden: »Ja, das war sie.«

Ihr Herz verkrampfte sich schmerzvoll. Kein Wunder, daß er sich in sie verliebt hatte.

Sie hatte nicht bemerkt, daß sie laut gesprochen hatte, bis er verbittert auflachte. »Verliebt? Wohl kaum. Obwohl ich zweifellos glaube, daß Fionna dachte, jeder Mann sei in sie verliebt.«

»Dann hast du sie also … nicht geliebt?«

»Nein!«

Seine heftige Reaktion überzeugte sie … beinahe. »Und du hast mich nicht geheiratet, weil ich … ich ihr ähnlich bin?« Sie hielt den Atem an und wartete.

Seine Finger hoben ihr Kinn an, so daß er ihr in die Augen schauen konnte. »Wenn ich mich recht entsinne, hast du dieselbe Größe wie Fionna, und sie hatte flammendrotes Haar. Hier hört die Ähnlichkeit aber auch schon auf. Ganz gleich, was der Onkel vielleicht sagen mag, ich finde nicht, daß du ihr ähnlich siehst. Du mußt wissen, Sabrina, ihre Schönheit war tödlich, ihr Charme wie ein schleichendes Gift. Mein Vater wußte nicht, daß sie ihn mit anderen Männern betrog. Er liebte sie, ich hingegen mit Sicherheit nicht. Ich hielt sie für selbstsüchtig und eitel. Kurz gesagt, Sabrina, sie war eine Hexe. Und wenn ich glaubte, daß du ihr auch nur im entferntesten ähnlich seist, hätte ich dich niemals geheiratet.«

Sabrina nagte an ihren Lippen. Sie wünschte sich sehnsüchtig, ihm Glauben schenken zu können. Und dennoch ... »Aber du glaubtest, ich sei mit Jamie intim gewesen.«

»Das stimmt.«

»Trotzdem hast du mich geheiratet.«

»Ja. Weil ich dich wollte, Sabrina. Ich wollte dich damals, und ich will dich heute. Und daran wird sich nichts ändern.«

Eine vage Hoffnung keimte in ihr auf. »Wirklich?«

Er runzelte die Stirn. »Zweifelst du etwa an mir, mein Mädchen?«

Und da begriff sie schlagartig, daß sie nicht an ihm zweifelte, sondern an sich selbst. An ihrer Fähigkeit, ihn an sich zu binden, an ihrem Glauben, daß er sie vielleicht wirklich ihrer selbst willen wollte ...

»Nein«, flüsterte sie und wußte, daß es stimmte.

»Gut. Aber ich habe auch nichts gegen eine gewisse Überzeugungsarbeit einzuwenden.«

Obwohl sie erneut protestierte und ihn auf seinen Zustand hinwies, küßte er den Protest von ihren Lippen. Ihre Zweifel ... und ihre Ängste. Er küßte sie lange und sehnsüchtig, als wäre er ausgehungert – und das war er in der Tat. Er küßte sie wieder und wieder, bis ihre Arme sich um seinen Hals legten und sie ihm mit einem winzigen Seufzer der Hingabe alles gewährte, wonach er sich sehnte. Nur widerstrebend ließ er von ihr ab und legte seine Stirn an ihre Wange.

Seine Finger berührten ihr Nachtgewand. »Kannst du

das nicht ausziehen?« flüsterte er. »Ich will dich in den Armen halten – nackt in den Armen halten.«

Sein Wunsch wurde erhört. Sie setzte sich auf und streifte das Nachtgewand über den Kopf. Es flatterte zu Boden, während er sich auf einen Ellbogen stützte. Sehnsüchtig betrachtete er den makellosen Körper, der sich unbedeckt seinem Blick darbot. Sie errötete bis zu den Haarwurzeln, hielt ihn jedoch nicht davon ab, sie intensiv zu mustern. Obwohl seine Lenden sich wie zum Bersten anfühlten, wollte Ian sein Wort nicht brechen. Außerdem spürte er, daß sie von ihrer Sorge um ihn erschöpft war.

Er zog sie an seine unverletzte Seite, küßte sie auf die Stirn und wünschte ihr eine gute Nacht.

Aber der Schlaf wollte sich nicht einstellen. Er hielt sie in seiner Umarmung und genoß das Heben und Senken ihres Busens an seinen Rippen, das feuchte Prickeln ihres Atems auf seinem nackten Oberkörper.

Sie stand ihm beileibe nicht so abgeneigt gegenüber, wie sie vorgab, dachte er – ja, davon war er überzeugt. Die vergangenen Tage hatten das nur zu deutlich bewiesen. Er erinnerte sich, wie sie behutsam seine Stirn gekühlt hatte. Die Art, wie sie das Laken zurechtgezupft hatte. Die Sanftheit, mit der sie seine Verbände gewechselt hatte. Erneut dachte er an die Tränen in ihren Augen, als er zum ersten Mal aufgewacht war, und an ihr verhaltenes und doch so bezauberndes Lächeln.

Ein tiefes Gefühl der Zufriedenheit erfüllte ihn. Es war mehr als nur die Lust, die sie ihm im Bett verschaffte, wenngleich sie ihn mehr als jede andere Frau erregte … Es war mehr als die Glut, die sie in seinen Lenden entfachte, mehr als das Feuer in seinem Herzen. Er hatte ihre Furcht gespürt, als sie auf seiner Burg die Rolle der Ehefrau angenommen hatte. Aber sie bewältigte alles mit einer tapferen Entschlossenheit, die seine Bewunderung und seinen Respekt verdiente. O ja, sie war immer noch so bissig wie früher, denn sie war eine Frau mit Geist und Herz, eine starke Frau.

Und sie gehörte zu ihm. War seine Frau.

In der folgenden Woche herrschte ein nie dagewesener Frieden zwischen ihnen. Seine Genesung machte Fortschritte, da er jung und durchtrainiert war. Seine linke Schulter war zwar ein wenig steif, doch er wußte, daß das nicht von Dauer sein würde.

Eines Morgens teilte er ihr seinen Entschluß mit, den Tag beim Fischen zu verbringen. Sie überraschte ihn mit der Frage, ob sie ihn begleiten könne.

»Es ist ein mühsamer Aufstieg«, wandte er ein, »zu steil für die Pferde.«

Wie von ihm erwartet, schob sie trotzig ihr Kinn vor.

»Ich schaffe das schon«, erklärte sie unerschütterlich.

Er lächelte vergnügt, da er mit dieser Antwort gerechnet hatte.

Sie marschierten los. Das zwischen ihnen herrschende Schweigen war keineswegs unangenehm. Da sich der Pfad zum Gebirgssee an vielen Stellen in engen Kurven schlängelte, konnten sie nicht immer Seite an Seite gehen. Sabrina folgte ihm geschmeidigen und sicheren Schrittes. Einmal rutschte sie aus, woraufhin eine Reihe von Felsbrocken den tiefen Abhang hinunterstürzte. Sofort drehte Ian sich um, nahm sie an der Hand und zog sie an seine Seite.

»Alles in Ordnung«, hauchte sie atemlos.

»Gut. Jetzt ist es nicht mehr weit.«

Stets um ihre Sicherheit besorgt, verlangsamte er seinen Schritt.

Wie er vorausgesagt hatte, dauerte es nicht mehr lange, bis sie ihr Ziel erreichten.

Unterhalb des Felsvorsprungs, auf dem sie standen, lag ein kleiner See in eine winzige Gebirgswiese gebettet. Die glatte Wasseroberfläche schimmerte saphirblau. Hoch oben reflektierte sich das strahlende Sonnenlicht in den schroffen Gipfeln, die in der Ferne drohend aufragten. Kein Nebel beeinträchtigte die Schönheit des Gebirges, das zwar herb und karg war, dessen Anblick ihn aber immer wieder faszinierte.

Neben ihm schnappte Sabrina nach Luft.

Er drehte sich um. Spürte sie, was er empfand, diesen ... diesen Einklang mit der Natur? Er wünschte wirklich, es wäre so!

Er betrachtete sie. »Das hier ist nicht wie die Bergschlucht von Dunlevy, oder?«

»Nein.« Sie blickte in die Ferne, wo Himmel und Erde am Horizont zu verschmelzen schienen. »Aber es ist genauso schön«, murmelte sie, »wenn auch anders.«

Seine Brust füllte sich mit Stolz. Ihre Antwort machte ihn glücklich – überglücklich. »Komm«, sagte er und nahm sie bei der Hand.

Gemeinsam stiegen sie zum Ufer des Sees hinunter. Ian breitete eine Decke aus, um sie gegen die vom moosbewachsenen Seeufer ausgehende Kälte zu schützen, und sie setzten sich darauf. Die nächste Stunde vertrieben sie sich mit Angeln die Zeit.

Nach einer Weile zog Sabrina ihre Angelrute aus dem Wasser und legte sie zur Seite. Keiner von beiden hatte auch nur einen Fisch gefangen.

Ian spürte, wie ihr Blick auf seinen nackten Beinen unter dem Kilt ruhte.

»Ist dir nicht kalt?« fragte sie schließlich.

»Ja. Komm und wärme mich, Mädchen.«

Er ließ seine Angelrute fallen und streckte die Arme nach ihr aus. Doch sie entzog sich ihm und sprang flink auf.

»Ich habe Hunger«, verkündete sie.

»Ich auch.«

Sie ignorierte seinen lustvollen Seitenblick und marschierte zu ihrem mitgebrachten Proviantkorb. Seufzend folgte ihr Ian. Sie nahm ein Stück von dem gebratenen Lamm, das sie am Vorabend zum Nachtmahl gegessen hatten, und bot es ihm an.

Er nahm es ihr nicht aus der Hand. Statt dessen umklammerten seine Finger ihre Faust und führten sie an seine Lippen, um das Stück auf diese Weise zu verzehren. Sein Mund umschloß ihre Finger, und er leckte den köstlichen Fleischsaft von ihrer Haut.

Sie riß die Augen weit auf. »Ein schmackhafter Bissen, wie ich sehe.« Ihre Stimme war so aufgewühlt wie ihr Herz.

»In der Tat«, murmelte er. Eine Woge des Verlangens durchströmte seine Adern. Er sehnte sich schmerzlich danach, die samtene Sanftheit ihres Mundes zu erkunden. Er lehnte sich weiter vor, um den betörenden Duft ihres Haars einzuatmen. Sie trug weder eine Haube, noch hatte sie ihre honigfarbenen Locken wie normalerweise üblich geflochten. Es fiel ungebändigt von den Schultern über ihren Rücken hinunter. Hatte sie es für ihn so frisiert?

Er streckte die Hände nach ihr aus, und diesmal entwand sie sich ihm nicht. Er zog sie eng an sich und küßte zärtlich ihre Lippen, die sich ihm verlockend darboten, und kurz darauf erforschte seine Zunge die feuchte Süße ihres köstlichen Mundes. Sie schmeckte nach Honig und Rosen – und nach atemloser Hingabe –, und plötzlich wallte das Blut in seinen Lenden. Er küßte ihren Jochbogen, die zarte Haut in ihrer Halsbeuge, wo ihr Puls raste, bevor er lächelnd zu ihren Lippen zurückkehrte.

»Mehr als ein Bissen«, flüsterte er doppeldeutig. »Ich würde sagen, ein wirkliches Festmahl.«

Er liebte es, wenn ihre Lider sich lasziv öffneten und sie ihn mit verklärtem Blick ansah.

»Ian«, sagte sie schwach. »Die anderen werden enttäuscht sein, wenn wir nicht zum Abendessen heimkehren.«

»Zum Teufel mit den anderen.« Er bewegte sich so, daß sie die pulsierende Erektion zwischen seinen Beinen spüren konnte.

Sie blinzelte. »Ian!« protestierte sie.

Sein Lachen war rauh. »Warum so abweisend, Liebling? An dieser Stelle war ich nicht verletzt.« Ihre Nähe brachte sein Blut zum Kochen, und während er sie erneut küßte, ließ er sie wieder seine harte Männlichkeit spüren. Doch als er sie sanft auf die Decke zurückdrücken wollte, legte sie ihre Finger auf seine Lippen.

»Nein«, sagte sie mit einem leichten Kopfschütteln. »Laß das.«

Eine Hand auf seine Brust gestemmt, schob sie ihn leicht zurück. Er lehnte sich mit lang ausgestreckten Beinen zurück und stützte sein gesamtes Gewicht mit seinen Händen ab.

In ihren grünen Augen war ein scherzhaftes Funkeln. »Du darfst mich nicht berühren, Ian. Vergiß das nicht, mein Highland-Prinz.«

Ians Herzschlag ging schneller. Erwartungsvoll und auch leicht verblüfft ließ er sie gewähren, denn diese Seite in ihr kannte er noch nicht.

Mit hochgeschobenen Röcken setzte sie sich rittlings auf ihn. Dann tasteten ihre Hände über den Saum seines Kilts ... sanft streifte ihre heiße Scham seine pulsierende Männlichkeit. Geräuschvoll sog er den Atem ein, denn sein zuckendes Fleisch wollte ihm nicht mehr gehorchen.

Seine Hände ruhig zu halten, war der härteste Kampf, den er jemals ausgefochten hatte – dennoch gab er ihm lustvoll nach. Eine wiegende Bewegung ihrer schmalen, wohlgeformten Hüften ... und er war ganz und gar in ihrer engen, samtenen Scheide gefangen.

Aufgespießt von seiner lustvollen Lanze, schaute sie mit Augen von der Farbe satten Frühlingsgrases auf ihn hinab.

»O ja«, sagte sie atemlos. »Das war in der Tat ein mühsamer Aufstieg.«

Versunken in seine glutvolle Lust schloß Ian die Augen. Sie war so heiß. So glatt. Und er schmolz vor leidenschaftlichem Begehren dahin.

Ihre Hüften hoben sich. Ihr verlockendes Tal schwebte genau über dem Gipfel seiner Männlichkeit.

Er öffnete die Augen und blickte direkt in die ihren. »Nimm mich, meine Süße.« Seine Stimme vibrierte leise – ihm fehlte fast die Kraft zum Reden. »Nimm mich jetzt.«

Gütiger Himmel, und das tat sie. Wild. Aufpeitschend. Rasend. Bis er schließlich dachte, er würde an seiner Ekstase zugrundegehen. Er knirschte mit den Zähnen und versuchte sich zurückzuhalten, aber das war zwecklos.

Ein dumpfes Stöhnen entwich seiner Kehle. Er umfaßte ihre Hüften, während sie, gefangen in demselben Strudel der Leidenschaft wie er, ihn wie von Sinnen ritt. Er erbebte, als er sich heiß in ihr ergoß. Im gleichen Augenblick spürte er die rhythmischen Kontraktionen ihrer Vagina. Er umfing sie, während sie leise stöhnte und unter heftigen Zuckungen auf ihm zusammenbrach.

Ihr Kopf lag an seine Schulter gebettet. Es dauerte unendlich lange, bis er wieder gleichmäßig atmete. Er streichelte mit seinen Fingern über ihren Rücken, als sie einen langen, verhaltenen Seufzer ausstieß. Die Erinnerung an ihre wollüstige Hemmungslosigkeit ließ ihn zärtlich lächeln.

Denn damit hätte er niemals gerechnet.

Alles in allem hatten sie an jenem Nachmittag kaum einen Gedanken an den Fischfang verschwendet.

Es war ein überaus angenehmer Tag gewesen.

Kapitel 17

Die folgenden Tage verliefen relativ ruhig. Der Winter legte seinen weißen Umhang über die Highlands und sorgte für unwirtliche Kälte. Schwarze Äste hoben sich kahl gegen einen endlos grauen Himmel ab, während die schroffen Gipfel der Berge in einen winterlichen Mantel aus Schnee gekleidet waren.

Auf der Burg war die Stimmung so heiter wie immer. Der Clan der MacGregors verbrachte seine Tage mit Lachen und seine Nächte mit kulinarischen Vergnügungen. Und irgendwann konnte Sabrina die Wahrheit nicht länger verbergen.

Sie erwartete ein Kind.

Sie war weder naiv noch dumm. Sie kannte die Anzeichen – nach ihren Berechnungen mußte es bereits während ihres ersten Beischlafs passiert sein. Ihre letzte Monatsblutung hatte sie in Dunlevy gehabt, aber es gab auch noch andere Hinweise auf Veränderungen in ihrem Körper. Ihre Schwindelanfälle hatten nachgelassen, aber ihre Brüste spannten empfindlich. Ein eigenartiges Unwohlsein befiel sie morgens, sie, für die Übelkeit ein Fremdwort war. Ian hatte nichts bemerkt, da sie in der Regel noch im Bett blieb, wenn er aufstand.

Ein zunehmendes Gefühl der Nähe hatte sich zwischen ihnen entwickelt, dennoch ließ sich Sabrina nicht täuschen. Noch befanden sie sich in einer Phase der Erprobung. Sie konnte nichts dagegen tun: aus Furcht, den zwischen ihnen entstandenen Frieden zu zerstören, sträubte sie sich innerlich dagegen, die Wahrheit über ihren Zustand zu enthüllen.

Ian war ein Mann mit starken Gefühlsschwankungen. Manchmal war er distanziert und geistig abwesend, und es schien, als wäre er Lichtjahre von ihr entfernt. Sie wußte natürlich von der schwelenden Unzufriedenheit im Land und von seiner unerschütterlichen Loyalität zum Bruce. Fraser hatte ihr erzählt, daß Ian die Unruhen im Dorf zweifellos als Warnung an all diejenigen wertete, die den Bruce unterstützten. Zehrte das möglicherweise so gnadenlos an ihm? Sie wußte es nicht, denn wann immer sie ihn danach fragte, reagierte er abweisend.

Eines Tages beobachtete sie, wie er seinen Hengst aus dem Stall führte. Ein kleiner Junge zupfte ihn an seiner Schottenhose, die er trug, weil es an diesem Tag bitterkalt war. Ian schaute hinunter und kniete sich dann hin, um mit dem Jungen zu reden. Lachend sagte er etwas und der Junge nickte heftig mit dem Kopf. Dann stand Ian auf und hob ihn in den Sattel. Er ergriff die Zügel und führte den zu Pferd sitzenden Jungen quer über den Innenhof und zurück. Von ihrem Beobachtungsposten am Fenster ihrer Kammer bemerkte sie das Strahlen im Gesicht des Kindes. Als Ian ihn schließlich wieder zurück auf den Boden hob, strich er dem Jungen liebevoll über den Kopf, bevor er dem davonlaufenden Kind nachblickte. Es war eine zärtliche – und verräterische – Geste.

Ihre Hand strich über die leichte Rundung ihres Bauchs, denn sie war etwa im dritten Monat schwanger. Sie mußte es ihm sagen, und zwar umgehend. Bald schon würden es alle bemerken.

Ein seltsamer Schmerz umfing ihr Herz. Ian hatte einmal gesagt, sie würde seine Söhne gebären. Aber würde er ein Baby wirklich willkommen heißen? Korrekterweise mußte die Frage wohl eher so lauten … würde er ihr Baby willkommen heißen? Sie haßte die Zweifel, die ihre Gedanken und ihr Herz überschatteten. Bereute er es, sie geheiratet zu haben? Hätte er eine andere lieber als Mutter seines Kindes gesehen? Vielleicht Margaret?

Oder Fionna? Vielleicht war sie wirklich böse – so böse, wie Papa ihr immer vorgeworfen hatte. Sie verachtete sich für ihre törichten Überlegungen, denn sie war auf eine Tote – nein, sogar auf zwei tote Frauen! – eifersüchtig.

Ein Schauer durchfuhr sie. Erneut sinnierte sie, wer Fionna getötet haben könnte …

Sie seufzte und schalt sich selbst für ihre Dummheit. Da es nicht an Arbeit mangelte, tat sie gut daran, sich um ihre Pflichten zu kümmern.

Wie jeden Monat mußten die Küchenkräuter und Gewürze nachgefüllt werden. Da sie kostbar und teuer waren, wurden sie in einem verschlossenen Schrank aufbewahrt und nur sparsam verwendet. Allerdings befand sich der Schrank in einem Lagerraum tief in den unterirdischen Gängen der Burg, einem Ort, an dem es kühl war – und an dem sie sich törichterweise ausgesprochen unwohl fühlte. Aus diesem Grund hatte Sabrina beschlossen, diese Dinge an anderer Stelle zu lagern. Aber leider vergaß sie über ihrer Hausarbeit ständig, daß sie sich darum kümmern mußte. Meist fiel es ihr erst wieder ein, wenn sie dringend benötigt wurden.

Sie stieg die unbehauene Steintreppe hinunter, die in die unterirdischen Gewölbekeller führte. In ihrer Hand trug sie eine große Fackel. Der Gang war lang und schmal, zugig und kalt und schien irgendwo in der Finsternis zu enden.

Ihre Schritte hallten übermäßig laut … oder war da ein Echo? Sie blieb stehen und fuhr herum. Ein unbehagliches Prickeln lief ihr über den Rücken. Folgte ihr jemand? Sie spähte nach einem schattenhaften Umriß, konnte aber nichts ausmachen.

Sie ging weiter … und wieder vernahm sie das schleppende Geräusch im Hintergrund.

Sie wirbelte herum. Aber da war nichts. Niemand war dort …

Sie atmete tief ein, um ihre Nerven zu beruhigen. Sie beschleunigte ihre Schritte, um das laute Pochen ihres Herzens zu übertönen. Sie redete sich ein, daß es lediglich ihre Einbildung sei, konnte aber ihr innere Nervosität nicht besiegen. Der Lagerraum lag direkt vor ihr. Sie würde die Kräuter und Gewürze nehmen und so schnell wie möglich von diesem Ort verschwinden.

Ein erneutes Schlurfen war dicht hinter ihr zu hören.

Sie wirbelte herum. »Wer ist da?« rief sie.

Das laute Echo ihrer eigenen Stimme hallte zu ihr zurück.

Ihre Nackenhaare richteten sich auf. Sie verspürte eine plötzliche Spannung, eine merkwürdige Gänsehaut, aber sie sagte sich, daß das töricht sei. Nachdem sie den Lagerraum aufgeschlossen hatte, trat sie ein und ging direkt zum Schrank. Ihre Hände waren so fahrig, daß sie die Schlüssel fallen ließ. Sie glitten über den Boden, und dann bemerkte sie etwas, was sie bislang übersehen hatte – einen eisernen Ring an einer schmalen Tür in der Wand, kaum breiter als ein Mensch und verschlossen mit einem Riegel aus Eichenholz. Ihr kam der Gedanke, daß es sich um eine Falltür oder etwas Ähnliches handeln mußte …

Und da passierte es.

Ein betäubender Schlag traf ihre Schulter. Sie schrie vor Schmerz und Entsetzen auf. Ihre Fackel fiel zu Boden, flackerte kurz und erlosch.

Bevor ihr Verstand außer Kraft gesetzt wurde, nahm sie für Sekundenbruchteile ein Paar Stiefel wahr … eine behandschuhte Hand griff nach dem Eisenring in der Wand – sie hörte, wie er aus den Scharnieren gerissen wurde. Dann faßten brutale Hände nach ihren Schultern, und sie wurde in ein klaffendes Loch gestoßen.

Sie stolperte blindlings hinein und fiel empfindlich hart auf ihre Schulter. Die Tür knallte zu und der Bolzen wurde wieder zurückgeschoben. Der Klang schwerer Schritte verhallte schließlich im Nichts.

Ihr Herz klopfte zum Zerspringen, und ihre Schulter schmerzte entsetzlich, als sie ihren Kopf zu drehen versuchte. Sie blinzelte, rieb sich die Augen und öffnete sie in dem verzweifelten Versuch, irgendein Licht zu erkennen, wie schwach es auch immer sein mochte. Blankes Entsetzen übermannte sie – es war nachtschwarz um sie herum. Gütiger Himmel, man hatte sie in ein finsteres Loch gestoßen, in undurchdringliche Dunkelheit, die jede Orientierung unmöglich machte.

Eine schreckliche Furcht keimte in ihr auf. Irgend jemand hatte sie an diesen abscheulichen Ort verbannt. Wer? Wer, um Himmels willen? Und warum? Um sie zu strafen?

Ein eiskalter Schauer fuhr ihr über den Rücken, und sie unterdrückte einen Aufschrei. Sie mußte einen kühlen Kopf bewahren. Verwirrt, zitternd und ängstlich stand sie auf und tastete sich am Mauerwerk entlang. Der Raum war winzig, kaum vier Schritte lang und zwei Schritte breit. Die Wände bestanden aus unbehauenen Felsquadern. Als sie mit der Schuhspitze über den Boden kratzte, spürte sie Schmutz unter ihren Füßen.

Sie wand sich innerlich. Welche ekelhaften Tiere würden ihr hier auflauern? Ihre Schultern schmerzten. Mit den Händen strich sie über die Wände und bewegte sich vorsichtig, bis sie die Konturen der Tür ertastete.

Sie schlug mit den Fäusten dagegen. »Hilfe!« schrie sie. »So helft mir doch!«

Panik erfüllte sie, und die Furcht verstärkte ihren rasenden Wunsch zu fliehen. Sie hämmerte mit all ihrer Kraft gegen die Tür und schrie, bis sie heiser war.

Ihre Haube saß schief, und einzelne Haarsträhnen hatten sich aufgrund der Anstrengung gelöst. Sie vernahm das rasselnde Keuchen ihres Atems und ihren rasenden Herzschlag, der ihren ganzen Körper aufrüttelte.

Aber niemand hörte sie. Niemand kam. Niemand kümmerte sich um sie …

Die Zeit verging. Waren es Minuten – oder Stunden? Sie fühlte sich innerlich zerrissen. Sie fühlte sich erneut in ihre Kindheit zurückversetzt. Sie wußte nicht, ob es Tag oder Nacht war. Die Kälte schien zuzunehmen und sie wie ein Leichentuch einzuhüllen. Sie fuhr ihr tief in die Glieder.

Sie hatte das Gefühl, bei lebendigem Leibe begraben zu sein … Die Wände erdrückten sie, die Decke kam näher … immer näher. Könnte sie doch nur aufwachen und feststellen, daß alles nur ein Traum war.

»Ian!« rief sie. »Ian!« Eiskaltes Entsetzen pulsierte durch ihre Adern, und Tränen liefen über ihre Wangen. Sie krallte ihre Hände in die Tür. Holzsplitter bohrten sich in ihre Haut, aber das kümmerte sie nicht.

Ian kam nicht. Er würde niemals kommen, dachte sie im stillen. Sie würde hier sterben. Allein. Allein in der Dunkelheit …

Ihr Brustkorb hob und senkte sich qualvoll. Ein unterdrücktes Schluchzen entwich ihrer Kehle. Verzweifelt und hilflos sank sie an der Wand zu Boden und kauerte sich wie ein Häufchen Elend zusammen.

Ian kehrte mit einem erlegten Hirsch von der Jagd zurück. Beifallsrufe ertönten, als die anderen seine Trophäe begutachteten.

»Heute abend gibt es ein schmackhaftes Mahl!«

»Ja, heute abend und an vielen weiteren Abenden!«

Ian grinste breit, und durchquerte schwungvoll die Eingangshalle.

»Ist meine Frau oben?« Diese Frage war an eines der Hausmädchen gerichtet, das gerade die Treppe hinunterkam.

Die Bedienstete schüttelte den Kopf. »Nein, Mylord. Ich habe sie schon seit einer ganzen Weile nicht mehr gesehen.«

Ebensowenig wie die anderen, stellte er rasch fest. Ian wagte es nicht, die Frage zu formulieren, die er sich insgeheim stellte. War sie geflohen? Nein, dachte er. Nein! Vielleicht war sie nicht überglücklich mit ihm, aber sie wirkte zumindest zufrieden. Sie lehnte weder seine Berührungen noch sein Begehren ab.

Und ihr Pferd stand im Stall. Sein Lächeln war wie weggewischt. Wo, zum Teufel, war sie?

In der Zwischenzeit hatte die Köchin, die nichts von der Suche nach der Burgherrin gehört hatte, einen der Küchenjungen gebeten, Wein aus einem der Kellerräume zu holen.

»Und beeile dich, mein Junge!« warnte sie ihn mit ernster Stimme.

»Ja, Madam.« Die Stimme des Jungen klang unbekümmert. Er wußte zwar, daß die Köchin aufbrausend und wütend sein konnte, aber in Wahrheit ein weiches Herz hatte. Sie hatte ihn lediglich einmal mit der Rute verprügelt und dann nach vollbrachter Tat geweint.

Der Junge schlenderte durch den langen Gang, als er plötzlich ein sonderbares Geräusch wahrnahm ... dumpfe, kaum hörbare Schläge. Verwirrt blieb er stehen.

Ein erneutes Geräusch.

Der Junge schrak zusammen und schlich weiter. Schauergeschichten, daß es auf der Burg der MacGregors spuken sollte, waren ihm zwar keine bekannt, aber das bedeutete noch lange nicht das Gegenteil. Schließlich war seine Tante vor kurzem genau um Mitternacht von einer dunklen, mit einem Kapuzenumhang bekleideten Gestalt mit dämonischen Klauen heimgesucht worden. Noch jetzt grauste ihm bei dieser Erinnerung.

Da war wieder dieses Pochen ... und dieses Mal bildete er sich ein, einen Schrei zu hören, der das Blut in seinen Adern gefrieren ließ.

Er überlegte keine Sekunde länger, sondern drehte sich auf dem Absatz um und rannte, so schnell ihn seine Füße trugen, die Treppe hinauf.

Die Köchin, die gerade aus den Wirtschaftsräumen kam, packte ihn am Kragen.

»Warum so eilig, mein Junge? Und wo ist der Wein, den du holen solltest?«

Der Junge nahm seinen ganzen Mut zusammen. »Ich gehe nicht noch einmal hinunter«, erklärte er halsstarrig. »Da unten gibt es Gespenster!«

»Ach was«, spottete die Köchin. »Du hörst zuviel auf deine Tante. Weißt du nicht, daß sie anderen Geistern nur zu gern zuspricht?«

»Aber da unten treiben Geister ihr Unwesen«, kreischte der Junge mit weit aufgerissenen Augen.

»Du bist ein Angsthase«, meinte sie vorwurfsvoll. »Und jetzt hau ab und tu, was ich dir gesagt habe …«

»Warte«, mischte sich eine Stimme hinter ihnen ein.

Die beiden drehten sich um und bemerkten den Clanchef, der den Türrahmen hinter ihnen ausfüllte.

Sein Blick fixierte den Jungen. »Was hast du gehört?« fragte er den Burschen.

Der Junge schüttelte den Kopf. »Ich kann es nicht genau sagen. Aber da war ein Geräusch ähnlich diesem.« Er trommelte mit der Faust gegen den Türrahmen. »Und dann ein Schrei! Bei meinem Wort, Mylord, es war ein Geist …«

Noch bevor der Junge den Satz beenden konnte, wirbelte Ian herum und stürmte zur Kellertreppe. Er winkte Fraser heran, der sich eine Fackel aus einem dem Wandleuchter schnappte. Seine Schritte führten ihn zum ersten Lagerraum. Er schaute hinein, aber dort war nichts zu sehen oder zu hören.

Der zweite Lagerraum lag direkt dahinter. Wieder

trat er mit Fraser im Schlepptau ein. Beide Männer verharrten schweigend. Warteten. Lauschten.

Schließlich schüttelte Fraser den Kopf. »Der Junge hat sich eingebildet, daß ...«

Ian hob eine Hand, eine Geste, die seinen Begleiter verstummen ließ. Und dann hörten es beide, ein leises Geräusch ... wie das Wimmern eines verletzten Tieres.

»Was, zum Teufel ...«, legte Fraser los.

Ian hörte ihm gar nicht zu. Er tastete das Mauerwerk ab, murmelte leise vor sich hin. »Hier war vor langer Zeit eine Kammer ... in meiner Jugend wurde sie als Lagerraum für die Sommerernte genutzt ... ich hatte das fast vergessen ... Ja. Ja! Hier ist es!« Er schob den Riegel zurück und riß die Tür auf.

Die Kammer war stockfinster. »Fraser, die Fackel! Ich kann nichts erkennen ...«

Er stolperte beinahe über sie. Leise schluchzend hatte sie sich auf dem Boden zusammengekauert, die Knie an die Brust gezogen.

»Sabrina!« Er kniete sich nieder und zog sie in seine Arme.

Sie öffnete die Augen und sah ihn an. Er streichelte ihre Wangen. Ihre Haut war eiskalt, ihre Augen verklärt von ihren Tränen. »Gütiger Himmel«, hauchte er. Er richtete sich auf und hob sie energisch in seine Arme.

Sie vergrub ihr Gesicht an seiner Schulter und klammerte sich an ihn.

Immer zwei Stufen auf einmal nehmend, marschierte Ian zu ihrer Kammer.

Dort angekommen, stellte er sie auf ihre Füße, hielt sie aber mit einem Arm umschlungen, damit sie nicht zu Boden sank. Sie stand aus eigener Kraft, doch ihr tränenverklärter Blick ging ihm durch Mark und Bein. Immer noch strömten Tränen über ihre Wangen, und sie hatte noch keinen Ton gesagt. Sie zitterte so stark – ob aus Angst oder vor Kälte, konnte er nicht beurteilen –, daß ihre Zähne klapperten.

Er flüsterte ihren Namen. Sie blickte ihn an, aber er hatte das seltsame Gefühl, daß sie ihn gar nicht wahrnahm. Es schien, als wäre sie völlig entrückt.

Er rüttelte sie sanft an ihren Schultern. »Sabrina, sieh mich an! Ist alles in Ordnung?«

Ihr Blick begegnete dem seinen. Sie nickte, und er spürte, daß das alles war, was sie im Moment zustandebrachte.

Seine Hände glitten zu ihrem Brustkorb, wo er ihre krampfhaft verschränkten Arme gewaltsam löste. Er rang zischend nach Atem, als er ihre Handflächen sah. Ihre Haut war aufgerissen und blutig, ihre Fingernägel abgebrochen und gespalten.

Mit zwei schnellen Schritten war er an der Tür, stieß sie auf und rief nach einer Schüssel mit heißem Wasser. Mary gehorchte umgehend. Als sie zurückkehrte, nahm er ihr die Schüssel aus der Hand und stellte sie auf den kleinen Tisch neben dem Kamin.

Sabrina hatte sich noch immer nicht bewegt. Sie stand wie zu Stein erstarrt mitten im Zimmer. Ian führte sie zum Tisch und drückte sie auf einen Stuhl. Dann tauchte er ein Leinentuch in das Wasser und begann sanft, ihre Handflächen zu säubern. Während er arbeitete, schaute er sie an.

»Kannst du mir erzählen, was passiert ist?«

Sie erschauerte, dann holte sie tief und qualvoll Luft. »Ich ging hinunter, um Kräuter und Gewürze für die Köchin zu holen. Im Gang hörte ich Schritte.«

»Jemand ist dir gefolgt?«

»Ja. Aber als ich mich umdrehte, war niemand zu sehen.«

Ians Gehirn arbeitete angestrengt. Warum sollte ihr jemand folgen?

Sie sah, daß er die Stirn in Falten zog. »Was!« rief sie

voller Zorn. »Du glaubst mir nicht? Verflucht, dann verschwinde doch. Ich … ich brauche dich nicht, Ian! Hörst du? Ich brauche dich keineswegs!«

Sie taumelte hoch und wollte davoneilen, aber er faßte sie bei den Schultern und zog sie zu sich heran.

»Ich werde dich nicht verlassen, Sabrina, solange die Dämonen der Finsternis dich immer noch verfolgen. Aber es gibt nur einen Weg hinein – und einen hinaus.« Fragend schaute er ihr ins Gesicht. »Bist du sicher, daß du nichts gesehen hast?«

»Da war jemand, ich schwöre es dir … ich wurde von hinten niedergeschlagen … und ich sah ein Paar Stiefel, bevor ich in diesen gräßlich Raum gestoßen wurde.«

Das war merkwürdig. Überaus merkwürdig. In Wahrheit zweifelte er nicht an ihren Worten. Aber er wollte ihre Furcht nicht weiter schüren, denn sie erschien ihm sehr real. In einen Raum gesperrt zu werden, wäre für jeden furchterregend gewesen, doch für Sabrina mußte das Alleinsein in der Dunkelheit – gütiger Himmel! – ein Alptraum gewesen sein.

Und tatsächlich begann sie erneut, am ganzen Körper zu zittern.

»Ich glaube dir«, sagte er ruhig, nahm ihre Handflächen und küßte sie. Er bemerkte die Tränen, die ihr erneut in die Augen stiegen, sah, wie sie bebte.

Rasch entkleidete er zunächst sie, dann entledigte er sich seiner Kleidung und trug sie zum Bett.

Nachdem er an ihre Seite geschlüpft war, häufte er einen Stapel Decken über sie beide. Dann drehte er sie zu sich herum und wärmte sie mit der Glut seines Körpers. Doch selbst als ihre Haut seine Wärme angenommen hatte, zitterte sie unaufhörlich. Da dämmerte es ihm, daß diese Kälte in ihrem Inneren den Ursprung hatte.

Seine Umarmung wurde fester. »Pst«, flüsterte er. »Du bist jetzt in Sicherheit, Sabrina.«

Sie gab einen erstickten Laut von sich. »Es war schrecklich, Ian«, ihre Stimme zitterte, »genau wie früher, als Papa mich einschloß, und ich fürchtete, er würde mich niemals wieder herauslassen. Genau wie früher.«

»Ich weiß.« Seine Kehle zog sich schmerzvoll zusammen. »Aber ich werde nicht zulassen, daß dir etwas geschieht, Liebling. Das verspreche ich. Bei Gott, das schwöre ich.«

»Verlaß mich nicht, Ian. Verlaß mich nicht.«

Ihr Flehen zerriß ihm das Herz. »Ich werde dich nicht verlassen, Liebling. Ich bin bei dir.« Er nahm ihre Hand und führte sie an seine Lippen.

Da ihm bewußt war, daß sie immer noch zu Tode erschrocken war, drückte er sie an sich, um ihr etwas von seiner Stärke zu vermitteln.

Schließlich hörte ihr Zittern auf. Sie zog sich an den einzigen Ort zurück, der ihr Schutz bot ... in die Zuflucht des Schlafes.

Nicht so Ian. Sabrina hatte recht. Es handelte sich beileibe nicht um ein Versehen. Jemand war dort gewesen. Jemand hatte sie in diesen Raum eingesperrt. Es hätte jeder gewesen sein können, jeder, dem die Burg vertraut war. Bedienstete, Clanmitglieder, Familienangehörige.

Aber warum sollte ihr jemand etwas antun wollen? Oder sie zu Tode erschrecken wollen? Hatte das Böse auf seiner Burg Einzug gehalten?

Bei dem Gedanken gefror das Blut in seinen Adern.

Sein Entschluß stand fest. Er hatte geschworen, sie zu beschützen, und das würde er auch tun.

Falls erforderlich, mit seinem eigenen Leben.

Sabrina schlief unruhig, denn ihr Schlaf war von Alpträumen erfüllt. Bilder kamen und gingen, schleichend wie der Mond am wolkenverhangenen Himmel.

Sie sah sich selbst den Gang hinunterlaufen und

durchlebte erneut den Moment, als sie kopfüber in die Dunkelheit gestoßen wurde. Und sie erinnerte sich an den Augenblick, als die Tür aufgerissen worden war. Spielte die Dunkelheit ihrem Verstand einen Streich? Oder hatte sie sein Bild aus einer verzweifelten Sehnsucht heraus heraufbeschworen?

Nein. Es war Ians Stimme. Ians Berührung. Ians Hände. Eine erschreckende Vorstellung ergriff Besitz von ihren Gedanken … Ian. Ihr Retter? Oder ihr Peiniger?

Erneut vernahm sie Alasdairs flüsternde Stimme. *Es war Ian, der Fionna fand.*

Und es war Ian, der Margarets Mantel gefunden hatte. Ian, der sie gefunden hatte …

War er es gewesen, der sie eingeschlossen hatte?

In ihren Träumen kamen und gingen die schrecklichen Erinnerungen. Er war wieder da. Ihr Ehemann. Ihr Liebhaber. Er streckte seine Hände aus, umklammerte die ihren und hob sie hoch. Nur war jetzt Blut an seinen Händen, dunkelrotes Blut. Blut, daß sich jetzt mit dem ihren vermischte. Sie schrie und schrie und versuchte, vor ihm davonzulaufen. Aber er war dort, seine Schritte polterten hinter ihr. Und seine Hände lagen auf ihr und besudelten sie mit Blut …

»Sabrina!«

Sie schreckte mit einem unterdrückten Aufschrei auf. Lange lag sie dort, rang nach Luft und fühlte sich innerlich aufgewühlt. Und die ganze Zeit über spürte sie die Wärme seiner Lippen auf ihrer Stirn und seine Hände, die feuchte Haarsträhnen aus ihrem Gesicht strichen. Seine Gesichtszüge enthüllten ein leidenschaftliches Feuer, als er sich besorgt über sie beugte. Da war kein Blut, sondern nur Wärme und Zärtlichkeit, die sie innerlich schmerzten.

Sie lag ganz still, als sie seinem Herzschlag lauschte, der fest und beruhigend an ihrem Ohr pulsierte. Trotz des Sturms, der in ihr tobte und wütete, fand sie Trost in seiner beschützenden Umarmung.

»Ian«, flüsterte sie.

Seine Finger streichelten über die muschelförmige Form ihres Ohres, eine zärtliche Liebkosung. »Was ist, mein Schatz?«

Schatz. Ihr Herz machte einen freudigen Satz. War sie sein Schatz? Wenn sie es nur wüßte. Wenn sie nur …

Die Frage sprudelte aus ihr heraus, bevor sie es verhindern konnte. »Wer hat Fionna getötet?«

Er verkrampfte sich. Sie spürte seinen Unwillen wie einen Dolchstoß in ihrer Brust. Sein Ton war frostig wie ein Wintermorgen. »Ich habe sie nicht getötet. Ich dachte, wir hätten das aus der Welt geschafft.«

Sie schrak zusammen. »Ich … ich weiß. Aber …«

»Gut.« Er unterbrach sie abrupt. »Dann sollten wir es dabei belassen. Über dieses Thema will ich nicht länger diskutieren.«

Er hielt sie immer noch fest, aber jetzt war es anders. Obwohl sein Verhalten nicht abweisend war, war seine Wärme doch verschwunden. Eine tiefe Leere erfüllte sie. Die Ernüchterung machte ihr zu schaffen. Es gab keine Ruhe für ihre geplagte Seele, keine Erlösung aus der Ungewißheit.

Aber Ian wußte es. Er wußte, wer Fionna getötet hatte. Sie spürte es mit jeder Faser ihres Körpers. Aber warum weigerte er sich, es ihr anzuvertrauen, wenn er nichts zu verbergen hatte?

Er war ein Mann der Geheimnisse – Geheimnisse, die er nicht mit ihr zu teilen gewillt war. Und er allein kannte ihr Furcht vor der Dunkelheit. Gott möge ihr beistehen, sie war in ihn verliebt. Waren seine Arme ein Zufluchtsort … oder war er ein Mörder?

Sie fürchtete ihn – für das, was er vielleicht war.

Trotzdem liebte sie ihn törichterweise um so mehr.

Kapitel 18

Als Sabrina erwachte, fühlte sie sich unglaublich matt und erschöpft. Sie schaffte es kaum, aufzustehen und ein Bad zu nehmen. Mary musterte sie mit seltsamen Blicken. Sie überlegte, ob die kleine Zofe möglicherweise um ihren Zustand wußte, aber Mary sagte nichts.

Unten wirkte der Rittersaal vollkommen verlassen. Als Sabrina nach draußen in den Innenhof schaute, schien es ihr, als wäre es viel ruhiger als sonst.

Onkel Malcolm saß am Kamin, seinen Umhang über die Schultern gezogen, und wärmte seine steifen Glieder.

»Guten Morgen, Onkel«, begrüßte sie ihn. Seine Augen, die denen Ians so ähnlich waren, blickten an diesem Morgen klar.

»Ich wünsche dir auch einen guten Morgen, Sabrina.« Er bedachte sie mit einem Lächeln.

»Hast du Ian heute morgen gesehen, Onkel?«

»Ja, mein Mädchen. Man überbrachte ihm die Nachricht, daß gestern abend mehrere Bauernhäuser in dem nahegelegenen Tal angegriffen wurden.«

»Angegriffen! Von wem?«

Er schüttelte den Kopf. »Das weiß ich nicht, mein Mädchen.«

Sabrina biß sich auf die Lippen. Schlagartig fiel ihr Jamie ein. »Wurde jemand verletzt?«

»Ich weiß nur sehr wenig, Mädchen. Aber Fraser meint, daß die Verbündeten der Comyns ihre Hand im Spiel haben.«

Sabrinas Augen umwölkten sich. Einer plötzlichen Eingebung folgend, kniete sie sich vor ihm nieder. »Du verfügst über die Erfahrung und das Wissen von so vielen Jahren, Onkel«, murmelte sie. »Welcher rechtmäßige Herrscher, glaubst du, gehört auf den Thron Schottlands?«

Gichtgeplagte Finger glätteten die Falten seines Kilts. »Ich kenne den Bruce nicht – ich weiß nur das, was Ian mir erzählt hat. Ian glaubt, daß der Bruce für Frieden in diesem Land sorgen wird, während ich glaube, daß mein Neffe eine Weisheit besitzt, die seine Jugend weit übertrifft.« Er seufzte. »Aber wir können uns nicht weiterhin gegenseitig bekämpfen. Wir müssen versuchen, Frieden zu finden, ansonsten wird Schottland zugrunde gerichtet. Und das wird niemals geschehen, solange wir nicht hinter einem Mann stehen.«

»Und du glaubst, dieser Mann ist der Bruce.« Das war eine Feststellung und keine Frage.

Malcolm nickte. »Ja, Mädchen. Davon bin ich überzeugt.«

Seine Worte blieben ihr während des gesamten Vormittags im Gedächtnis haften. Zum ersten Mal begann Sabrina, die Unruhen zu verstehen, die das Land wie ein gräßlicher Pesthauch heimsuchten. Mehr und mehr war sie zu der Überzeugung gelangt, daß ihre voreilige Beurteilung falsch gewesen war, da sie in letzter Zeit viel über den Bruce gehört hatte. Um ehrlich zu sein, war er gar nicht der selbstsüchtige Tyrann, für den sie ihn immer gehalten hatte.

Aber die Schotten waren ein stolzes Volk, und niemand gab freiwillig nach. Männer würden sterben, Frauen würden weinen, und Kinder würden ohne den Vater heranwachsen. Ergab es einen Sinn, wenn einer gegen den anderen kämpfte? Alles, was zurückbliebe, wäre ein Vermächtnis des Schmerzes und des Hasses, das von den Eltern auf ihre Kinder überginge.

Gedankenversunken übersah sie beinahe das kleine Mädchen, das sich ihr näherte. Abwesend lächelte sie dem Kind zu, bemerkte dann aber, daß sie es kannte.

»Deanna!« rief sie. »Wie geht es dir, meine Kleine?«

Deanna schaute zu ihr auf und winkte sie dann zu sich hinunter. Gehorsam kniete sich Sabrina neben sie.

»Der Mann hat mir aufgetragen, noch einmal zu Ihnen zu gehen, Mylady. Er sagte, daß er Sie sehen muß. Er bat darum, daß Sie wieder zu derselben Stelle kommen.«

Sabrinas Herzschlag setzte aus. Jamie. Die Kleine meinte Jamie.

Sie tätschelte die Schulter des Mädchens. »Vielen Dank, mein Kind.«

Als das Mädchen sich entfernt hatte, warf sie einen kurzen Blick durch den Raum, um sicherzugehen, daß sie nicht beobachtet wurde. Dann marschierte sie durch die Tore in Richtung der Quelle.

Er stand neben der Eiche, als sie sich ihm näherte. Sobald er sie erkannte, erhellte ein breites Lächeln seine Gesichtszüge.

»Sabrina! Du bist gekommen! Ich wußte, daß du kommen würdest!«

Wenngleich ihr Herz erleichtert war, daß er unverletzt geblieben war, konnte sie die Wärme, die seine Augen ausstrahlten, nicht teilen. »Jamie, du solltest nicht hier sein! Das ist viel zu gefährlich!«

Sein Blick wanderte über ihr Gesicht. »Ich würde den Teufel persönlich herausfordern, nur um dich einmal anschauen zu dürfen, Sabrina.«

Sabrina gab einen frustrierten Seufzer von sich. »Jamie, ich bitte dich, sag so etwas nicht! Muß ich dich daran erinnern, daß ich mit Ian verheiratet bin?«

Sein Lächeln erstarb. »Er lebt noch? Ich hörte, er wäre verwundet.«

»Ja, er lebt noch.« Sie sog geräuschvoll die Luft ein. »Woher weißt du von dem Anschlag auf ihn?«

Er wollte es ihr nicht sagen, und sie bemerkte, wie er ihrem Blick auswich.

»Sag es mir, Jamie.«

»Mein Cousin gehörte zu den Leuten, die seine Männer angriffen«, gestand er schließlich. »Er war einer der wenigen, die entkamen.«

Sabrina war entsetzt. »Jamie! Ein Dorf wurde bis auf die Grundmauern niedergebrannt. Hat er auch daran teilgenommen?«

»Ja.« Sein Tonfall war zornig.

Sie preßte die Lippen zusammen. »Menschen wurden getötet! Unter ihnen kleine Kinder! Viele haben ihr Heim verloren!«

Seine Lider flatterten. »Ich bedaure das Blutvergießen. Aber es gibt keinen anderen Weg, Sabrina. Der Bruce darf Schottland nicht regieren.« Verächtlich verzog er seine Mundwinkel. »In Wahrheit ist er ein Feigling, denn er ist noch nicht wieder aufgetaucht.«

»Vielleicht ist er tot.«

»Das ist er nicht«, erklärte Jamie rundheraus. »Wir haben Spione, die wissen, daß er lebt.« Seine Augen verdunkelten sich. »Aber ich will mit dir darüber nicht streiten, Sabrina. Ich muß gehen. Aber ich war in der Nähe – und ich mußte dich sehen, um mich zu überzeugen, daß du wohlauf bist.«

Sie holte tief Luft. »Das … das bin ich.« Ihr Herz verkrampfte sich schmerzvoll. Erst jetzt bemerkte sie es … sie waren sich ähnlich, Jamie und Ian. Beide waren unerschütterlich in ihrer Loyalität – ihre Überzeugungen so unumstößlich wie eh und je.

Sie hatte sich verändert, stellte sie beinahe betrübt fest. Nach wie vor hegte sie tiefe Gefühle für Jamie. Tatsächlich würde ein Teil von ihr ihn immer lieben, das süße Versprechen der Jugend, welches sie teilten. Ihr Herz raste in ihrer Brust, denn sie war innerlich zerrissen wie nie zuvor und wie sie es hoffentlich nie wieder sein würde.

Sie konnte ihm nicht sagen, daß sie Ian liebte. Sie

durfte ihn einfach nicht verletzen. Aber jetzt war es an der Zeit, sich zu ihrem Ehemann zu bekennen. Schließlich trug sie ein Kind unter dem Herzen, an das sie denken mußte – ihr gemeinsames Kind.

Sie berührte ihn leicht am Arm. »Du wirst deinen Kampf fortführen, nicht wahr?«

Ein verhaltenes Lächeln umspielte seine Mundwinkel. »Bis in den Tod«, sagte er sanft.

Ein Schauer durchfuhr sie. »Dann muß ich dich um etwas bitten, Jamie. Ich … ich flehe dich an, solltest du jemals auf Ian treffen, dann erhebe nicht dein Schwert gegen ihn.«

»Du verlangst verflucht viel«, sagte er ruhig.

Etwas flackerte in seinen Augen auf, etwas, das sie beinahe aufschreien ließ. Es war, als könne er tief in ihre Seele sehen … sehen und erkennen …

»Ich werde es nicht tun.«

Ihre Kehle war wie zugeschnürt, so daß sie kaum sprechen konnte. »Schwörst du es?«

»Ja«, sagte er mit kaum hörbarer Stimme. »Ich schwöre es dir.«

Tränen schossen in ihre Augen, und ihre Stimme war schmerzerfüllt.

»Jamie«, flüsterte sie. »Du darfst mich dafür nicht hassen.«

»Dich hassen?« Für die Dauer eines Herzschlags kehrte der unbeschwerte Jugendliche, in den sie sich verliebt hatte, zurück. Das Lachen verwandelte seine Augen in ein leuchtendes Blau. Er lächelte, und dieses durchtriebene Grinsen hatte noch nie seine gewinnende Wirkung auf ihr Herz verfehlt.

Er schüttelte den Kopf. »Wie könnte ich dich hassen?« Sein Ton war sanft, beinahe verwundert. Er kam näher, nahm ihre Hand und führte sie an seine Lippen. »Ich liebe dich, Sabrina. Ich liebe dich.«

Zärtlich hauchte er dieses Bekenntnis. Die Zeit stand

still, als er sie zu einem letzten, flüchtigen Kuß in seine Arme zog.

Als sie ihre Augen erneut öffnete, war er fort.

»Leb wohl, Jamie«, flüsterte sie.

Unendlich verzweifelt kehrte sie zur Burg zurück. Doch sie vergaß ihren Kummer, sobald sie sah, daß Ian und seine Männer zurückgekehrt waren. Sie fand ihn in ihrer Kammer, als er sich, frisch gebadet, gerade ein Hemd über den Kopf streifte. Sie blieb stehen und erfreute sich an seinem Anblick, denn tief in ihrem Inneren hatte die unausgesprochene Furcht gewütet, daß er im Kampf erneut verletzt werden könnte.

Er drehte sich sogleich zu ihr um. »Sabrina, da bist du ja!« Er schritt zu ihr und umfaßte ihre Hände.

»Ich wollte hier sein, als du aufwachtest, aber das konnte ich nicht.«

»Ich weiß«, sagte sie schnell. »Onkel Malcolm berichtete mir von deinem Aufbruch.«

Er schaute sie ernst an. »Wie geht es dir?«

Sie war wegen seiner Besorgnis gerührt und errötete. »Es geht mir gut.«

Er drückte ihre Finger. »Das ist schön.« Dann drehte er sich zum Tisch um, auf dem ein Tablett mit Essensresten stand. Er griff nach einem Bierglas, nahm einen kräftigen Schluck und stellte es beiseite.

»Ich dachte, du würdest bei unserer Rückkehr hier sein«, bemerkte er. »Wo warst du?«

Schlagartig wurde sie von einer gnadenlosen Panik befallen. Wußte er, daß sie sich mit Jamie getroffen hatte? Nein. Wohl kaum. »Ich war beunruhigt«, erwiderte sie tonlos. »Deshalb habe ich einen Spaziergang zur Quelle unternommen.«

Er zog die Stirn in Falten. »Du solltest nicht allein gehen, Sabrina. Das ist viel zu gefährlich, besonders in der jetzigen Situation.«

Sie musterte ihn kritisch. »Warum? Du mußt mir noch

erzählen, was passiert ist. Hat es weiteres Blutvergießen gegeben?«

»Diesmal nicht.« Seine Stimme klang grimmig. »Aber es war wie beim letzten Mal. Räuber, die im Namen der Comyns kamen. Sie brannten ein Dutzend Hütten nieder, aber niemand wurde verletzt.«

»Gott sei gedankt«, hauchte sie.

Ian gab keine Antwort, statt dessen schlenderte er zum Kamin. Seine muskulösen Arme hinter dem Rükken verschränkt, starrte er in die tanzenden Flammen.

Verwirrt trat sie neben ihn. »Ian?« fragte sie. »Machst du dir über irgend etwas Sorgen?«

»Ich glaube, du möchtest es gar nicht wissen.« Er sprach, ohne sie dabei anzusehen.

Sabrina schaute auf seinen breiten Rücken. Seine Schultern waren angespannt. Ein unbehagliches Kribbeln fuhr ihr über den Rücken. Er verhielt sich ihr gegenüber reserviert, und sie konnte einen kleinen, stechenden Schmerz nicht unterdrücken.

»Natürlich möchte ich das«, murmelte sie.

»Nun gut. Mehrere Räuber gehörten zum Clan der MacDougalls.«

Jamie. Heilige Mutter Gottes, es hatte so kommen müssen! Sie hätte es wissen müssen ...!

Ian hatte sich umgedreht, um ihr ins Gesicht zu schauen, und sie wünschte sich nichts sehnlicher, als daß er den Blick abwandte!

Nervös fuhr sie mit der Zunge über ihre Lippen. »Bist du sicher?«

»O ja, daran besteht überhaupt kein Zweifel.« Seine Stimme klang eisig. »Als wir die Männer, die Kildurn angegriffen hatten, niederzustrecken versuchten, erfuhren wir, daß einige gerade erst geflohen waren. Ich frage mich nun, ob einer von Ihnen zufällig Jamie MacDougall war ...«

»Nein«, sagte sie.

Mit drei schnellen Schritten stand er vor ihr. »Nein?« wiederholte er.

Sabrina preßte ihre Hände vor die Brust, um ihr Zittern zu verbergen. Sie schaute zu Boden, spürte aber dennoch, wie seine Augen sie mit stechendem Blick fixierten.

»Sabrina«, sagte er ungehalten. »Was meinst du damit?«

Irgendwie brachte sie es fertig, den Kopf zu heben. »Ich will damit lediglich sagen, daß Jamie nicht zu den Männern gehörte, die heute morgen aus Kildurn geflohen sind.«

Ians Augen verengten sich zu Schlitzen. »Wie bitte?« schnaubte er. »Wie kannst du das wissen?«

Ihr Mund war wie ausgetrocknet. »Weil er hier war«, für einen Augenblick herrschte angespannte Stille, »hier bei mir.«

Die Worte lasteten schwer wie ein Felsblock zwischen ihnen.

Das sich daran anschließende Schweigen war entsetzlich. Tatsächlich dachte sie schon, er hätte sie nicht verstanden ... Aber dann stieß er einen Fluch aus, einen so gräßlichen Fluch, daß sie sich beinahe die Ohren mit den Händen zugehalten hätte, um ihn nicht zu hören. Wesentlich furchterregender jedoch war der starre Ausdruck auf seinem Gesicht.

»Hier auf meinem Anwesen?«

Seine Stimme war von beinahe tödlicher Ruhe. Er schaute sie so vorwurfsvoll an, daß sie am liebsten im Erdboden versunken wäre.

»Ja«, sagte sie rasch. »Aber es war anders, als du denkst ...«

»Mylady, du hast nicht die leiseste Ahnung von dem, was ich denke!«

Aufkeimende Wut übermannte sie. »O doch, das weiß ich genau. Du denkst, ich habe dich betrogen – so wie Fionna deinen Vater betrog. Aber das stimmt nicht. Er hatte von unserer Heirat gehört und ... und wollte sich vergewissern, ob es der Wahrheit entsprach. Ich traf ihn an ... an der Quelle.«

Sie konnte beinahe spüren, wie die Zweifel an ihm nagten.

»Du hast ihn getroffen. Und hast du bei ihm die gleichen weiblichen Reize eingesetzt, die du mir gegenüber aufbietest?«

Sie erstarrte. »Was meinst du damit?«

»Hast du mit ihm geschlafen?«

Sie rang nach Luft. »Das habe ich nicht! Du gibst vor, mich zu kennen«, warf sie ihm aufgebracht vor, »aber du kennst mich überhaupt nicht, wenn du so etwas von mir glaubst!«

»Und was ist mit dem heutigen Tag? Du hast ihn wiedergesehen, nicht wahr? Noch vor wenigen Stunden. Dort bist du also gewesen, als ich zurückkam – bei ihm!«

Auf einmal war Sabrina so zornig, daß sie erbebte. »Was bedeutet das, Ian? Du erwartest von mir, daß ich dir vertraue – glaube, daß du Fionna nicht getötet hast –, während du hingegen kein Vertrauen zu mir hast?«

Er biß die Zähne zusammen. »Und welchen Grund sollte ich haben, dir zu glauben? Du wolltest mich nicht heiraten – in Wahrheit bist du sogar vor mir geflohen! Wann immer es geht, weichst du mir aus!«

Ihre Blicke schienen sich für einen langen Augenblick zu durchbohren. Doch dann verließ sie ihr Kampfeswille so plötzlich, wie er sie übermannt hatte.

Sie nahm einen tiefen, gequälten Atemzug. »Das war früher. Aber jetzt nicht mehr, Ian. Jetzt nicht mehr.« Sie sprach voller innerer Überzeugung. Als sie ihn ansah, kümmerte es sie nicht, daß ihre sämtlichen Gefühle unverhüllt in ihrem Blick lagen.

Aber er wollte ihr nicht zuhören. Er wollte nicht begreifen …

Sein verfluchtes Schweigen war gräßlich, seine Haltung unnachgiebig. Doch bevor er sich umdrehte, bemerkte sie in seinen Augen einen gnadenlosen Entschluß, der sie zutiefst beunruhigte. Er war von einem unbändigen Zorn besessen und schien nicht mehr Herr seiner Sinne zu sein.

Sie stürzte ihm nach, ergriff seine Hand und fiel auf die Knie. »Ian, nein! Du darfst ihn nicht verfolgen! Du darfst ihn nicht töten. Wenn du das tust, tötest du auch einen Teil von mir.«

Er verzog das Gesicht. »Du flehst so inständig, Sabrina. Liebst du ihn denn so sehr?«

»Ich … ich liebe ihn nicht, das schwöre ich dir!« Ihre Stimme war nur noch ein heiseres Flüstern. »Trotzdem könnte ich … ich dir das niemals vergeben, Ian.«

Sie spürte seine unterschwellige Anspannung. Während sie gegen ihre aufsteigende Verzweiflung ankämpfte, wartete sie auf eine Reaktion von ihm. Wartete endlos lange auf die Entscheidung dieses Augenblicks …

Er zog seine Hand fort, und in seiner Stimme schwang ein gräßlicher Unterton. »Ich werde ihn nicht verfolgen, Sabrina. Ich werde ihn nicht töten. Diesmal nicht. Aber sollte ich ihn noch einmal auf meinem Land antreffen, werde ich kurzen Prozeß mit ihm machen.«

Damit ließ er sie stehen und knallte die Tür hinter sich zu. Und Sabrina ließ dem brennenden Strom ihrer Tränen freien Lauf.

An diesem Abend erschien sie nicht zum Nachtmahl. Es war spät, als Ian schließlich ihr gemeinsames Bett aufsuchte. Er sprach weder, noch berührte er sie, und das traf sie wie ein Dolchstoß ins Herz, da sie nie zuvor seine Zärtlichkeiten mehr gebraucht hätte! Eine Woge der völligen Trostlosigkeit nahm sie gefangen. Sie sehnte sich verzweifelt danach, diesen Bruch zwischen ihnen zu kitten, befürchtete jedoch, er würde sie lediglich von sich weisen.

Und genau das hätte sie momentan nicht ertragen können.

Der Morgen dämmerte bereits, als sie endlich Schlaf fand. Als eine Hand sie an der Schulter wachrüttelte, hatte sie das Gefühl, soeben erst eingeschlafen zu sein.

»Sabrina.«

Wie benommen öffnete sie die Augen. Es dauerte eine ganze Weile, bis sie erkannte, daß Ian über sie gebeugt stand. Sein Gesichtsausdruck war unnahbar, sein Blick frostig distanziert. Ihr Herz raste. Er war immer noch wütend.

»Ich muß gehen.« Er drehte sich um, griff nach seinem Degen und ließ ihn in die Scheide gleiten. Das scheppernde Geräusch rüttelte sie endgültig wach.

Sie stützte sich auf einen Ellbogen und strich sich einige Haarsträhnen aus dem Gesicht. »Gehen?« wiederholte sie fragend. »Wohin?«

»Ich habe die Nachricht erhalten, daß der Bruce eine Armee zusammenstellt, um gegen Longshanks zu kämpfen. Ich reite los, um bei Carrick zu seinen Streitkräften zu stoßen.«

Longshanks. Der englische König. Furcht breitete sich in ihrem Herzen aus.

»Wie lange wirst du fortbleiben?«

Er schüttelte den Kopf. »Keine Ahnung.«

Energischen Schrittes stürmte er zur Tür, dort drehte er sich nur kurz um. Sabrina konnte keinen klaren Gedanken fassen.

»Denk daran, verlaß die Burg nie allein«, war alles, was er sagte.

Und dann war er fort.

Sabrina lehnte sich in die Kissen zurück und kämpfte gegen den erdrückenden Schmerz in ihrer Brust an. Was mußte sie tun, um ihn von der Wahrheit zu überzeugen – daß sie Jamie nicht länger liebte? Wieder einmal ging er fort, und die Kluft zwischen ihnen war größer denn je. Aber selbst wenn er nicht aufgebrochen wäre, hätte ihr Stolz es nie erlaubt, daß sie ihm ihr Herz zu Füßen legte, denn dann würde er es gewiß mit Füßen treten. Ja, er wollte weder ihre Liebe, noch brauchte er sie …

Noch liebte er sie.

Aber tief in ihrem Inneren lauerte die schreckliche Furcht, daß er niemals zurückkehren könnte.

Und schlagartig fiel ihr ein …

Sie hatte ihm noch nicht von dem Baby erzählt.

Alle Probleme, die schwer und ungelöst auf ihnen lasteten, waren vergessen. Sie wagte es nicht, sich seine Reaktion auszumalen, ob von Freude erfüllt oder von Entsetzen ergriffen. Aber sie konnte ihn nicht ziehen lassen, nicht, ohne daß er es wußte.

In diesem Moment vergaß sie alles – daß ihre Füße nackt waren und daß sie nur mit ihrem Nachtgewand bekleidet war. Sie stürmte die Treppen hinunter, durch den Saal und hinaus ins Freie.

In der Mitte des Innenhofes hatten sich die Männer auf ihren Pferden versammelt und warteten auf das Signal zum Aufbruch. Als sie zur Tür hinausstürzte, nahm Ian gerade die Zügel aus der Hand eines Stallburschen.

»Ian!«

Ein plötzlicher Windstoß fuhr durch ihr Haar und wehte es wie ein seidenes, flammendes Banner über ihre Schultern. Sie blieb stehen, rief erneut seinen Namen und hoffte, daß der Ruf nicht vom Winde davongetragen würde.

Er hörte sie. Der Blick, den er ihr zuwarf, war allerdings alles andere als erfreut. Mit grimmigem Gesichtsausdruck marschierte er in ihre Richtung.

»Sabrina! Welche Verrücktheit ist das schon wieder? Ins Haus mit dir, bevor …«

Ihre Hände legten sich auf seine Lippen, um seine Schimpftirade zu unterbinden.

Wie durch ein Wunder fand sie die Worte, um die sie so verzweifelt gerungen hatte – und den Mut, sie auszusprechen.

»Ian, ich bitte dich … sei vorsichtig. Ich will, daß du zurückkommst und … und deinen Sohn kennenlernst.«

Er wurde aschfahl. »Meinen S…«

Schließlich verstand er. Er atmete hörbar ein. Der Schock stand ihm ins Gesicht geschrieben, selbst als sein Blick ihren Körper streifte, als suchte er die Bestätigung.

»Wann?« war alles, was er sagte. »Wann ist es soweit?«

»Ich bin mir nicht ganz sicher, aber … ich glaube, zur Sommersonnenwende.«

Er schien vollkommen aufgewühlt. »Jesus!« brach es aus ihm hervor. Dann strich er ihr sanft über das Haar. »Sabrina, ich … ich kann nicht bleiben. Und dennoch, wie kann ich gehen?« In seinen Gesichtszügen spiegelte sich äußerste Entschlossenheit. »Du brauchst dir keine Sorgen zu machen. Ich werde zurückkommen.«

Zu ihrer Beschämung trübten Tränen ihren Blick. Sie gab einen erstickten Schluchzer von sich. »Versprich es mir, Ian. Versprich es mir.«

Seine Züge wurden sanfter. »Ich verspreche es, meine Kleine.« Dann küßte er sie – küßte sie voller Leidenschaft! –, während er seine Arme um ihren Rücken schlang und sie vom Boden hochhob. Sabrina kümmerte es nicht, daß die anderen zusahen. Sie klammerte sich willenlos an ihn und gab ihm alles, wonach er sich sehnte, und schenkte ihm mehr, als er sich je erträumt hatte.

Sie waren beide atemlos, als er sich schließlich aus ihrer Umarmung löste. Er nahm ihre Hände und führte sie zu einem letzten Kuß an seine Lippen.

Dann war er fort.

Kapitel 19

In den folgenden Wochen fragte sich Ian häufiger, ob seine schöne Frau eigentlich wußte, wieviel Überwindung es ihn gekostet hatte, sie zu verlassen. Ihre Tränen am Morgen seines Aufbruchs erfüllten ihn mit unbändiger Freude, wenngleich ihn das Wissen um die vor ihm liegende Mission in tiefste Verzweiflung gestürzt hatte.

Seitdem er sie wiedergesehen hatte, hatte sie ihn betört. Seine Seele. Seinen Geist. Jeden einzelnen seiner Sinne. Sabrina war die Dame seines Herzens, Gebieterin über seinen Körper. Auch wenn andere Männer ihre Frauen betrogen, geriet Ian nicht in Versuchung, da er mit Bestimmtheit wußte, daß er in den Armen einer anderen Frau kein Vergnügen fand.

Jede Nacht kam sie zu ihm. Nackt und sinnlich, mit flammenden Haaren und feurigen Küssen lockte sie ihn immer tiefer in einen Dschungel der süßen Versuchung. In seinen Träumen bot sie ihm ihren seidenweichen Körper dar. Vor seinem geistigen Auge sah er, wie sie sich über ihn beugte, ihr Haar seinen Bauch streifte … und tiefer glitt, dort wo der Pulsschlag des Verlangens heftig und qualvoll pochte … Und dann war er wieder der Verführer. Mit Lippen und Zunge schmeckte er sehnsüchtig ihr Fleisch, trieb sie fast in den Wahnsinn, bis sie in seinen Armen dahinschmolz, seine unbändige Lust teilte und ihr Verlangen nach ihm hinausschrie. In seinen Träumen gab sie sich ihm hemmungslos hin, und er versank in dem Strudel ihrer Leidenschaft. O ja, sie verfolgte ihn in seinen Träumen, in der Einsamkeit seiner Nächte, in jedem seiner wachen Momente. Er sehnte sich nach ihrem Herzen … aber hatte sie es vielleicht einem anderen geschenkt? Er besaß ihren Körper, aber würde sie ihm jemals ganz gehören?

Die Eifersucht quälte ihn wie ein schleichendes Gift, denn noch immer stand vieles zwischen ihnen – das mußte er sich frustriert eingestehen. Er hatte sogar daran gedacht, daß das Baby, welches sie erwartete, vielleicht nicht von ihm stammte, aber solche Zweifel schob er brutal beiseite. Sie hatte geschworen, daß sie Jamie MacDougall nicht liebte, trotzdem plagte ihn die Überlegung, daß sie sich zumindest sehr um ihn sorgte, selbst wenn sie ihn nicht wirklich liebte.

War er ein Dummkopf, wenn er glaubte, daß das Baby von ihm war – und nicht von Jamie? Trotz der nagenden Zweifel ließ sich die Wahrheit nicht verleugnen – sie war noch Jungfrau gewesen. Und wenn das Baby zur Sommersonnenwende erwartet wurde, dann mußte sie es während ihres ersten Beischlafs empfangen haben.

Mit jedem Tag, der ihn von seinem Heim – und von ihr! – trennte, wurde sein Inneres zunehmend in ein aufgewühltes Chaos verwandelt. Aber er hatte dem Bruce sein Wort gegeben, und er war ein Mann, der sein Wort hielt. Und tatsächlich brauchte der Bruce ihn jetzt mehr denn je, denn die englischen Truppen schienen überall zu sein. Die Armee des Bruce war klein, die Engländer waren zahlenmäßig überlegen, und so versuchten sie, die kleineren Einheiten zu schlagen, zu plündern, aus dem Hinterhalt anzugreifen und auf diese Weise die gesamte Armee zu besiegen. Aber das war beileibe nicht alles: die Anhänger des Comyn und ihre Familien waren ihnen schon immer ein Dorn im Auge gewesen – sie würden daher gnadenlos ihr Ziel verfolgen, bis sie den Bruce vom Thron gestürzt hatten.

Tagtäglich flehte Ian zu Gott, daß er nicht in der Schlacht fiele. Der Haß gegen die Engländer erreichte mittlerweile seinen Siedepunkt, und der Bruce war entschlossener denn je, die Engländer vom schottischen Boden fernzuhalten.

Ian wollte nichts anderes als Frieden – Frieden für das Land, welches er so liebte, Frieden innerhalb der Burg und auf seinem Land. Und Zeit für seine Frau und sein Kind, Zeit, die er zufrieden vor den wärmenden Flammen des Kaminfeuers verbringen wollte.

Aber er fürchtete um Sabrinas Sicherheit, da er keineswegs vergessen hatte, daß man sie eingeschlossen hatte. Aber wer? Und warum? War es vielleicht doch ein Unfall gewesen? Das war zugegebenermaßen kaum wahrscheinlich. Konnte es sein, daß sie in Lebensgefahr schwebte? Solche Fragen peinigten ihn endlos, und er beruhigte sich mit dem Gedanken, daß er sie bei Fraser gelassen hatte. Sein Freund würde ihr Leben wie sein eigenes beschützen.

Als der Frühling sein smaragdgrünes Kleid über das Land legte, einigten sich mehrere Clanchefs aus dem Norden auf einen Zusammenschluß und stellten ihre Dienste – und ihre Truppen – dem Bruce zur Verfügung. So konnte Ian schließlich seinen Rückweg zur Burg der MacGregors antreten.

Lautes Rufen erscholl eines Nachmittags vom Turm, als er und seine Männer näherkamen. Mehrere Soldaten gaben ihren Pferden die Sporen und galoppierten zu den Toren. Ian bildete die Nachhut, obwohl es ihn in Wahrheit ebenso drängte heimzukehren.

Im Rittersaal eingetroffen lachte und plauderte er, gleichzeitig hielt er in der wachsenden Menschenmenge unablässig nach seiner Frau Ausschau. Dann erspähte er eine kleine, schlanke Gestalt, die aus dem Küchentrakt eilte.

Sabrina.

Ihre Blicke trafen sich. Überraschung spiegelte sich in ihren weit aufgerissenen Augen – Überraschung und eine Regung, die sein Herz höherschlagen ließ. Sie zauberte ein verhaltenes Lächeln auf ihre süßen Lippen, ein Lächeln, das so unschuldig und rein war, daß es ihm fast den Atem raubte. Eine Woge unbändigen Besitzerstolzes überrollte ihn. Der Lärm um sie herum verklang im Nichts.

Es schien, als wären sie allein auf dieser Welt …

Langsam schritt sie auf ihn zu, dann ging sie schneller und immer schneller, bis sie schließlich auf ihn zustürmte.

Er fing sie an seiner Brust auf – dicht an seinem Herzen –, denn dort hatte sie ihren Platz. Jetzt und bis in alle Ewigkeit.

Ihre Lippen verschmolzen zu einem langen, glückseligen Austausch zärtlicher Empfindungen und gaben ihm Befriedigung, erweckten aber auch sein Verlangen. Schallendes Gelächter erinnerte ihn erneut daran, daß sie nicht allein waren, und nur widerwillig gab er ihre Lippen frei.

Er hielt sie zärtlich bei den Händen, als er einen Schritt zurück machte. Lange betrachtete er sie mit unverhohlen leidenschaftlichem Blick. Ein Lächeln umspielte seine Mundwinkel, da ihre Figur weiblich gereift war. Ihre Brüste waren voll und üppig, und ihr Bauch war eindeutig gerundet – dennoch war sie immer noch über alle Maßen schön.

Zwei leuchtende Flecken erschienen auf ihren Wangen. »Ian! Du sollst mich nicht so anschauen!«

Plötzlich fühlte er eine innere Leichtigkeit wie schon seit Jahren nicht mehr. »Und warum nicht?« meinte er scherzhaft. »Jeder, der mich kennt, wird dir versichern, daß ich schon immer ein Auge für schöne Frauen hatte.«

Sie blickte sich um, um sicherzugehen, daß sie niemand belauschte. »Ach, hör schon auf«, protestierte sie. »Ich bin wohl kaum eine schöne Frau.«

»Na ja, aber du bist über die Maßen hübsch.« Er legte ihre Hand in seine Armbeuge. Obwohl sie erneut protestierte, wußte er genau, daß er ihr geschmeichelt hatte.

Schließlich feierten sie, da alle, die gemeinsam mit ihm aufgebrochen waren, heil und unversehrt zurückgekehrt waren. Bis spät in die Nacht hinein wurde viel gegessen, getanzt und gelacht. Sabrina saß an seiner Seite und erzählte ihm, was sich während seiner Abwesenheit ereignet hatte. Er war grenzenlos erleichtert zu erfahren, daß es zu keinen weiteren unangenehmen Zwischenfällen gekommen war. Vielleicht hatte er Unrecht gehabt. Vielleicht war sie durch einen grotesken Zufall in der Kammer dort unten eingeschlossen worden. Obschon so etwas vorkommen konnte, war er in der Tat verwirrt.

Genau in diesem Augenblick steckte ein neugieriger Jagdhund seine kalte Schnauze unter Frasers Schottenrock. Mit verblüfftem Gesicht sprang Fraser kreischend auf.

Alles brüllte vor Lachen.

Mit angewidertem Gesichtsausdruck wirbelte Fraser herum. »Fort mit dir, du blödes Tier!« rief er dem Übeltäter zu.

Der Hund hatte sich auf dem Boden ausgestreckt und legte seine Schnauze auf seine ausgestreckten Pfoten. Während er seine riesigen, traurigen Augen nach oben richtete, stimmte er ein klagendes Geheul an.

Selbst Frasers Wut verwandelte sich in ein Lachen.

Ians Augen wanderten zu dem lieblichen Antlitz seiner Frau, als wollte er sich die Schönheit ihres Gesichts in Erinnerung rufen. »Es ist schön, dich lächeln zu sehen«, meinte er zärtlich.

»Und es ist schön, daß du wieder zu Hause bist«, erwiderte sie. Ihre Worte erinnerten ihn daran, daß er seit seiner Rückkehr noch nicht mit ihr allein gewesen war, und das war tatsächlich sein sehnlichster Wunsch. Schnell täuschte er ein Gähnen vor und erhob sich.

»Ich fürchte, es war ein langer, anstrengender Tag«, rief er in die Runde, »und nachdem ich so viele Nächte auf dem kalten, harten Erdboden geschlafen habe, freue ich mich darauf, diese Nacht in der Wärme meines eigenen Betts zu verbringen.«

»Und in den wärmenden Armen deiner Lady!« rief jemand übermütig.

»Ja, das auch!« Ian grinste breit. Er drehte sich zu Sabrina um, streckte seine Hand aus und zog sie hoch. Gemeinsam verließen sie kurz darauf den Saal.

Allein in ihrer Kammer zog er sie zu dem Sessel vor dem Kamin, wo ein einladendes Feuer Licht und Wärme spendete. Als sie zärtlich umschlungen dort saßen, richtete er ein stummes Dankgebet an den Allmächtigen, daß dieser ihn in seiner grenzenlosen Güte wieder heil nach Hause gebracht hatte. Er war ein rundum zufriedener Ehemann, und in nicht allzu ferner Zukunft würde er Vater sein. Und obwohl es ihn danach verlangte, seine Frau zu lieben, so genügte es ihm im Augenblick vollkommen, sie festzuhalten, ihren weichen Körper an dem seinen zu spüren, den berauschenden Duft ihres Haares einzuatmen … all das bedeutete ihm viel mehr, als er je zu hoffen gewagt hatte.

Aber plötzlich senkte sie ihren Kopf. Er runzelte die Stirn.

»Was ist denn?« murmelte er.

Sie versuchte ihren Blick vor ihm zu verbergen, und ihre Finger zupften an den Falten seines Hemds. »Ian … ich … ich fürchtete mich beinahe vor dem Tag deiner Rückkehr, da ich mir sicher war, du würdest an mir zweifeln …«

»An dir zweifeln?« Er war verwirrt. »Warum?«

Er spürte ihren tiefen Atemzug. »Als du aufbrachst, hatten wir keinen Gelegenheit, über … über das Baby zu sprechen … Ich dachte, du würdest vielleicht glauben, daß … daß es Jamies Baby ist, welches ich unter dem Herzen trage.«

Jetzt war beileibe nicht der richtige Zeitpunkt für sein Geständnis, daß er das tatsächlich geglaubt hatte.

»Aber so ist es nicht, Ian … und ich weiß nicht, wie ich dich überzeugen soll …«

Ian blickte auf die kleinen Finger, die seine Hand umklammert hielten, und er fühlte, wie sie zitterte.

»Du brauchst mich nicht zu überzeugen«, sagte er zu ihr, und gütiger Himmel, auf einmal stimmte es sogar. Was auch immer zwischen ihr und Jamie gewesen war – vielleicht immer noch Bestand hatte –, so wußte er doch, daß sie ihn nicht belog. Das paßte einfach nicht zu ihr.

Er legte einen Finger unter ihr Kinn und zwang sie, zu ihm aufzublicken. »Hör mir zu, mein Schatz, und hör mir gut zu. Ich weiß, daß damals erzürnte Worte zwischen uns gefallen sind, aber ich werde niemals vergessen, daß du nach unserer Eheschließung noch unberührt warst. Und trotz deiner Gefühle für Jamie – wie auch immer sie gewesen sein mögen und es vielleicht jetzt noch sind – bist du meine Frau, und ich glaube nicht, daß du den vor Gott geleisteten Schwur leichtsinnig brechen würdest.«

Er unterbrach sich und blickte sie durchdringend an. »Ich habe dich einmal gebeten, mir zu vertrauen und nie an mir zu zweifeln. Und tatsächlich fordere ich von mir nicht weniger, als ich von dir erwarte. Aber das eine muß ich wissen. Du wirst bald mein Kind gebären, Sabrina, und es gab eine Zeit, da glaubte ich, du wärest angesichts einer solchen Perspektive zutiefst entsetzt.« Er hielt inne. »Aber was fühlst du jetzt?«

Für einen Augenblick glitt ein vages Lächeln über ihr Gesicht, doch dann wurde sie erneut ernst. Sie senkte ihre Lider und schwieg.

Ian erstarrte. Er wollte sie von sich stoßen, doch sie

legte ihre Hände auf seine Unterarme. »Nein, Ian, nein!« rief sie sanft. »Es ist nicht, was du denkst!«

»Dann sag mir, was du empfindest.« In seiner Stimme schwang ein unnachgiebiger Unterton.

Ihre Augen hingen an den seinen. »Ich … ich freue mich auf das Kind. Wirklich. Obwohl ich zugeben muß, daß diese Situation für mich völlig unerwartet eingetreten ist. Und … o ja, ich weiß, daß es dumm von mir ist, aber … ich habe …« Sie schluchzte beinahe. »Ich habe Angst!«

»Angst!« Er war verblüfft. »Warum?«

Sie zitterte. »Meine Mutter starb im Wochenbett.«

Seine Arme umschlossen sie. Eine Woge leidenschaftlichen Besitzerstolzes erfaßte ihn. Als er sie küßte, schmeckte er ihre Furcht und Verletzlichkeit.

»Es tut mir leid, das hatte ich vergessen. Aber du bist jung und gesund, Sabrina. Und es besteht doch kein Grund zu der Annahme, daß irgendwelche Komplikationen auftreten könnten, oder?« Beinahe furchtsam forschte er in ihrem Gesicht.

Sie schüttelte den Kopf. »Die Übelkeit, die mich morgens geplagt hat, hat nachgelassen. Und ich habe die Hebamme im Dorf besucht. Sie sagt, ich sei gesund und das Baby ebenso.«

»Das sind gute Nachrichten, nicht wahr?« Aus irgendeinem Grund schien sie immer noch besorgt zu sein.

»Ja«, gestand sie, zögerte dann aber. »Du magst mich für kindisch halten, und Mary ist sicherlich ein Schatz, aber … wenn doch nur Margaret hier wäre, würde … würde ich mich nicht so allein fühlen!«

Im Grunde genommen hatte Ian wenig Erfahrung mit Geburten. Trotzdem war er nicht so gedankenlos, daß er ihre Gefühle nicht verstanden hätte. Sie hatte keine Mutter, der sie sich anvertrauen konnte, niemanden, mit dem sie ihre Ängste teilen konnte. Sie hatte keine

Schwester mehr und auch keine andere Frau, die ihr wirklich nahe stand.

Er versuchte sie zu beruhigen. »Du bist nicht allein, Sabrina. Ich werde bei dir sein.«

Ihre Augen verdunkelten sich. »Du bist vielleicht mit dem Bruce unterwegs. Ich bitte dich, mache keine Versprechungen, die du nicht halten kannst.«

Er blieb unerschütterlich. »Es ist ein Versprechen, daß ich zu halten versuche.«

Und im Grunde ihres Herzens betete Sabrina, daß ihm das gelang, da sie ihn um sich haben wollte. Heute. Morgen.

Für immer.

Mit seiner Hand streichelte er ihre Wange. Sein Blick ließ sie nicht los, als er murmelte: »Ich habe dich vermißt, meine Süße.«

Seine Worte trafen sie mitten ins Herz. Seine Augen waren nicht mehr kalt wie Eis, sondern schimmerten mit einer Wärme, auf die sie fast nicht zu hoffen gewagt hätte.

Die vergangenen Wochen waren eine entsetzliche Qual gewesen. Sie hatte ihn vermißt – so schrecklich vermißt! Aber jetzt war er zurückgekehrt und ... und seine Augen schauten sie zärtlich an, und plötzlich erklang ein Jubelchor in ihrem Herzen.

Ein zitterndes Lächeln erschien auf ihren Lippen. »Und ich dich, Ian. Ich kann dir gar nicht sagen, wie sehr ...«

»Ach. Vielleicht kannst du es mir dann zeigen. Ich«, sein spitzbübisches Lächeln ließ ihr Herz vor Freude überlaufen, »ich würde das überaus begrüßen.«

Das war eine Einladung, die Sabrina nicht ablehnen konnte. Zärtlich umfaßte sie sein Gesicht mit ihren Händen. Ihre Daumen verweilten auf seinen Wangenknochen, und unter ihren Fingern spürte sie seinen Bartansatz. Ein Beben durchfuhr sie. Er war so außerordentlich attraktiv … Ihre Fingerspitzen streichelten ihn zärtlich und liebkosend.

Dann nahm sie ihren ganzen Mut zusammen und küßte ihn auf den Mund. Sofort glitt eine starke Hand über ihren Rücken und umfaßte ihren Nacken. Sie schloß die Augen und seufzte, ein beinahe lautloses Geräusch, welches ihr Vergnügen an diesem Augenblick – und an ihm verriet. Ihre Arme legten sich um seinen Hals. Sie spürte sein Lächeln auf ihrem Mund, und sie erwiderte es von ganzem Herzen. Schüchtern drang ihre Zunge zwischen seine feuchten Lippen und umkreiste in lustvollen, erotischen Bewegungen die seine. Ihr Herz schlug schneller, erinnerte sie sich doch nur zu gut an die unendlich lange Zeit, die seit ihrem letzten Liebesspiel verstrichen war.

Ein Stöhnen entwich seiner Kehle. Der Druck seiner Lippen war leidenschaftlich, fordernd und unbeherrscht. Aber bei allen Heiligen, es machte ihr nichts aus, denn sie genoß sein Begehren.

Mit einer flinken Bewegung hob er sie hoch und trug sie zum Bett.

Im Nu lag er neben ihr und küßte fordernd ihren Mund, als wäre er ausgehungert nach ihrer Sinnlichkeit … was sie in Wahrheit beide waren. Eine zärtliche Fingerspitze strich über die zarte Linie ihres Schlüsselbeins. Auf der Suche nach ihren reifen Brüsten tastete er sich kühn unter ihr Mieder. Ihre Brustwarzen wurden vor Erregung steif und ergaben sich hemmungslos seinen Liebkosungen.

Langsam und nur widerstrebend gab er ihren Mund frei.

Sabrina sah ihm zu, als er sich neben das Bett stellte. Sie konnte ihren Blick nicht von ihm losreißen, während er sich im zuckenden Schein des Kaminfeuers seiner Kleidung entledigte. Sein Körper war die vollkommene Stärke und Anmut, seine Schultern glänzten bronzefarben im Licht der lodernden Flammen, seine Muskeln schienen aus Eisen geschmiedet.

Ihr Mund war plötzlich wie ausgetrocknet. Sein Vorhaben war offensichtlich, doch auf einmal wurde sie sich übermächtig der Veränderungen bewußt, die diese vergangenen Wochen an ihrem eigenen Körper bewirkt hatten. Ihre Taille war stärker geworden, ihre Brüste waren rund wie Melonen, und sie fühlte sich aufgedunsen und plump. Und mit Sicherheit weder hübsch noch verführerisch!

Obwohl sie ihm keinen Einhalt gebot, griff sie mit fahrigen Fingern nach ihm. Als nur noch ihr Mieder übrigblieb, holte sie tief Luft.

»Ian«, flüsterte sie, »müssen wir … nackt sein?«

Er zog seine Braue nach oben. »Das hast du schon bei unserem ersten Mal gefragt, mein Mädchen.« Sein Grinsen war überaus schalkhaft. »Aber so funktioniert es am besten … oder hast du das etwa vergessen?«

Sabrina konnte ihn nicht ansehen, sie konnte es einfach nicht.

Langsam verschwand sein Grinsen, und eine schlanke Hand legte sich auf ihre Schulter. Beruhigend murmelte er: »Du brauchst vor mir keine Scham zu empfinden, meine Süße.«

»Das ist es nicht«, sagte sie verwirrt. »Es ist nur so, daß ich mich … verändert habe«, beendete sie den Satz stockend.

Sein Blick ruhte fest auf dem ihren. »Verändert?« wiederholte er. »Wieso denn, Liebling?«

Liebling. Ihr Herz machte wieder einen freudigen Satz. Oh, warum konnte er das nicht verstehen? Sie stockte, ihr Hals war wie zugeschnürt.

»Ian«, sagte sie hilflos, »Ich … ich weiß, daß du nicht blind bist. Ich bin nicht mehr schlank und …«

Er legte ihr einen Finger auf die Lippen, um sie zum Schweigen zu bringen.

»Du glaubst, daß ich dich nicht begehre?«

Den Tränen gefährlich nahe, nickte Sabrina mit dem Kopf. »Ich ... ich fühle mich nicht ... begehrenswert«, platzte es aus ihr heraus.

Sein Blick wurde sanft. »Hör mir zu, mein Schatz. Du bist genauso schön wie eh und je.« Er schüttelte den Kopf, und jetzt schien er derjenige zu sein, dem die passenden Worte fehlten. »Wie soll ich es erklären ... Du besitzt etwas Verlockendes – einen weiblichen Liebreiz, der mich wie einen Jüngling erschauern läßt.«

Fest entschlossen streichelten seine Finger über die sanfte Rundung ihres Bauchs. »Ich begehre dich so wie immer, Sabrina ... nein, sogar mehr, denn zu sehen, wie mein Sohn in dir heranreift, läßt meine Brust vor Stolz schwellen – und erfüllt mein Herz bis zum Bersten.« Seine Stimme klang tief und rauh und sandte einen Schauer durch ihren Körper. »Ich begehre dich, Liebling. Ich begehre dich, wie ich keine andere begehre – wie ich noch nie zuvor eine andere begehrt habe.«

Seine Erklärung war alles, was sie hören wollte – alles, wonach sie sich gesehnt hatte. Mit einem verhaltenen Schluchzen umschlang sie seinen Hals und bot ihm, schwindlig vor Erleichterung, ihre Lippen dar. Als er sie schließlich völlig entkleidete, protestierte sie nicht.

Er streckte sich neben ihr aus, ergriff ihre Hand und führte sie über seine durchtrainierte Bauchmuskulatur. Entschlossen legte er ihre Finger um sein heißes Glied, das ihre gesamte Handfläche ausfüllte.

»Du hast einmal gesagt, daß er in meiner Jugend ziemlich klein geraten war.« Er schmunzelte. »Trifft das immer noch zu, meine Kleine?«

Ihr Herz klopfte so heftig, daß es ihren gesamten Körper in Schwingungen versetzte. »Ich glaube nicht«, sagte sie schüchtern.

Seine Augen verdunkelten sich. »Streichle mich, Liebling.« Heißes Verlangen schwang in seiner Stimme. »Streichle mich.«

Und sie gehorchte. Sie streichelte ihn, wie sie es nie zuvor getan hatte … streichelte ihn auf eine Weise, die sie sich insgeheim erträumt hatte. Obwohl sie von ihrer eigenen Schamlosigkeit schockiert war, zog sie ihre Hand nicht zurück. Seine Dimensionen ließen sie erzittern, da er steif und mächtig in ihrer Hand lag. Sie war verwirrt über den Gegensatz, auf den sie stieß, als ihre Finger behutsam über seine samtige Spitze strichen, um ihn dann erneut zu umklammern.

Er schwoll noch weiter an.

Sie wurde von einem berauschenden Machtgefühl übermannt. Nur von ihren Instinkten geleitet, ließ sie ihre Hand auf und ab gleiten – und ihre Bewegungen schienen ihn an den Rande des Wahnsinns zu treiben.

»So ist es richtig, Liebling. Gütiger Himmel, du bringst mich um den Verstand!« flüsterte er angespannt. Ihre Hand liebkoste ihn noch etwas mehr, und seine Hüften zuckten heftig.

Seine Finger umspannten die ihren. »Genug!« sagte er rauh. »Oder ich werde mich hier und jetzt ergießen.«

Daraufhin verführte er sie.

Seine Augen glänzten vor leidenschaftlichem Feuer, als er sie zurück in die Kissen drückte. Mit seinen Daumen umkreiste er ihre dunklen, erregten Brustwarzen. Stöhnend umklammerte sie seinen Kopf und zog ihn zu der Stelle, an der sie seine Küsse am heißesten ersehnte … Mit einem kehligen Lachen gab er ihr, wonach sie verlangte, und seine Zunge umschlang wollüstig ihre Spitzen und hinterließ sie feuchtglänzend und vor Erregung steif aufgerichtet.

Seine Hand glitt tiefer und verharrte in dem dichten Schamhaar zwischen ihren Schenkeln. Mit seinem Daumen erregte er die Knospe ihrer Lust, die tief zwischen ihren rosigen Falten verborgen lag.

Ein einzelner Finger tastete sich kühn in ihr vor. Sabrina stöhnte, als sie ein heißer, zuckender Blitz durchfuhr. Ein weiterer Finger drang in sie ein … Züngelnde Flammen schossen durch ihren Körper, als sie seine Finger tief in sich spürte. Und die ganze Zeit führte sein Daumen den quälenden Raubzug fort, rieb und umkreiste ihre bebende Knospe. Sie wimmerte, als sie spürte, wie die heiße Flüssigkeit ihres Körper seine Fingerspitzen umhüllte, während sie in seinen Armen zuckte und ihre Lust laut herausschrie.

Danach küßte er sie, und der gierige Hunger, den sie in seinem Mund schmeckte, weckte ihre Lust erneut. Er beugte sich schließlich über sie und spreizte mit seinen Knien ihre Schenkel weit auseinander. Von einem beinahe unerträglichen Feuer entflammt, krallte sie ihre Finger in sein Fleisch.

Seine Gesichtszüge waren angespannt, als er sich über sie kniete. Sie streichelte die rauhe Vertiefung seiner Wangen, zeichnete die Kurve seines Mundes nach, der sie in einen solchen Taumel versetzte. Ihre Finger tasteten sich über seine kräftigen Schultern, liebten das Gefühl seiner harten Muskeln unter glatter, geschmeidiger Haut.

Ihre Blicke trafen sich und hielten einander fest, und sie sah in seinen Augen dasselbe, alles verzehrende Verlangen.

Genau in diesem Moment drang er in sie ein. Sein Mund verschloß den ihren mit einem glutvollen Kuß. Sein zuckender Dolch erfüllte sie, bis sie ihn tief in sich spürte, bis er an die Grenzen ihrer Weiblichkeit stieß …

Und ihre ganze Seele entflammte.

Es war ein Liebesakt, wie sie ihn nie zuvor erlebt hatte – eine Vereinigung nicht nur des Fleisches, sondern auch des Geistes, ein Verschmelzen ihrer Seelen. Mit beinahe schmerzlicher Zärtlichkeit nahm er sie, und sie konnte ein Stöhnen der puren Lust nicht unterdrücken.

Ihre Nägel gruben sich in seinen Arm. »Ian«, rief sie leise. »Ian!«

Keuchend preßte er sie an sich. Ihre Hüften trafen sich wieder und wieder in einem wilden, brennenden Liebestanz. Als sie sich ihm erneut entgegenstreckte, krallten sie ihre Finger ineinander. Sie bog ihm ihre Hüften entgegen, um alles zu nehmen, was er ihr geben konnte, und wollte noch mehr. Ihre Wollust erreichte den Gipfel schwindelerregender Ekstase. Sie fühlte, wie ihr Körper sich anspannte und ihr Kelch der Lust sich um sein pulsierendes Fleisch rhythmisch zusammenzog. Und dann wurde sie hoch in die Lüfte getragen, als würde sie schweben, frei von jeder Verbindung zur Erde. Über ihr erbebte Ian, Sekunden bevor er in ihr explodierte.

Als der Sturm ihrer Leidenschaft abgeebbt war, stützte er sich auf seine Ellbogen und verschloß ihren Mund mit einem Kuß von unendlicher Süße.

Genau in diesem Augenblick glaubte das Baby, es müsse seine Anwesenheit kundtun – ja, und spüren lassen! Es trat in ihrem Leib um sich, genau an der Stelle, wo ihr Bauch an den seines Vaters gepreßt war.

Ians Augen weiteten sich, ob vor Entsetzen oder Furcht, konnte sie nicht sagen. Er drehte sich abrupt zur Seite, und sie prustete los. »Sabrina«, hauchte er atemlos. »War das …?«

Sie kicherte. »Ja«, sagte sie, und jetzt war sie es, die seine Hand nahm und sie auf ihren Bauch legte. Mit dem Druck ihrer Finger führte sie seine Hand über ihren Leib, damit er genau wie sie die Bewegungen seines Sohnes fühlen konnte. Als wüßte das Baby genau, was sein Vater von ihm erwartete, machte es wieder eine heftige Strampelbewegung.

Ians glückseliges Lächeln berührte sie tief. Er zog

seine Hand nicht fort, sondern ließ sie wie im Traum dort liegen.

»Was denkst du wirklich?« grübelte er. »Junge oder Mädchen?«

Sie lächelte. »Würdest du denn tatsächlich etwas Bestimmtes bevorzugen?«

»Nein«, sagte er heiser. »Solange du und das Baby wohlauf seid.«

Seine Antwort machte sie so unglaublich froh.

»Ich glaube, wir werden einen Sohn bekommen«, murmelte sie schläfrig. »Ja, einen Sohn.« Sie schmiegte sich an seine Schulter, als er einen Arm unter sie schob, um sie dicht an sich heranzuziehen. Erschöpft schlief sie bald darauf ein.

Ians Gesichtsausdruck war zärtlich, als er die Stelle küßte, an der ihr Kind wohlbehütet in ihrem Leib ruhte. Seine Finger ließ er von den ihren umschlungen auf der Wölbung ihres Bauches liegen.

Es dauerte nicht lange, bis auch er eingeschlummert war.

Kapitel 20

In den nebelumhüllten Highlands legte der herannahende Frühling sich sanft über das Land und erweckte die Hügel und Berge in einer prunkvollen Farbvielfalt zu neuem Leben. Sabrina hieß ihn mit Freude willkommen, da sie der eisigen Kälte und der Unwirtlichkeit des Winters überdrüssig war. Die Tage wurden länger, und der Sommer war nah. Während die Heide üppig und purpurfarben erblühte, wuchs in ihr neues Leben heran.

Sie und Mary verbrachten die meiste Zeit damit, für das Kind zu nähen, obwohl Sabrina das lange Sitzen zunehmend schwerfiel. Sie spazierte zum Dorf und zurück, manchmal auch zu den saphierblauen Tiefen des Sees, der direkt hinter der Westmauer lag. Obwohl Ian ihre Spaziergänge mißfällig beobachtete, hielt er sie nicht zurück, da sie immer zusammen mit Mary ging und niemals allein. Die Erinnerung an den Tag, an dem sie im Kellergewölbe eingesperrt worden war, erfüllte sie nicht länger mit entsetzlicher Furcht. Zwar hatte sie noch keine Erklärung für den Vorfall gefunden, aber sie hatte auch nicht mehr das Gefühl, daß hinter jeder Ecke eine Gefahr lauerte.

Ian. Allein der Gedanke an ihn ließ ihr Herz höher schlagen. Er war zärtlich und nahm stets auf ihren Zustand Rücksicht – tatsächlich glaubte sie fast schon, daß er sie wirklich liebte … Er schien sich auf das Baby zu freuen, und darüber war sie unendlich froh. Und er sorgte sich um ihr Wohlergehen. Aber insgeheim sehnte sie sich nach mehr … nach seinen Liebesbezeugungen vielleicht? Bisher waren diese noch selten über seine Lippen gekommen. Sie schalt sich, denn das war vermutlich zu viel verlangt. Wenn er besorgt war, so galt diese Sorge nicht nur dem Wohlergehen seines ungeborenen Sohnes, sondern auch ihr. Und so hielt sie ihre eigenen Gefühle streng verschlossen …

Sie wollte einfach keine Liebe geben, wo ihre Liebe nicht erwünscht war.

Und obwohl sie oft bis tief in die Nacht hinein redeten, spürte sie, daß er ihr vieles verschwieg. Manchmal war er unnahbar und abwesend, und er teilte ihr nicht mit, was ihn beunruhigte. Mehrere Male versuchte sie, ihn über Fionna auszufragen – wer sie ermordet haben könnte und warum …

Dann reagierte er sofort abweisend und zeigte ihr deutlich, daß er darüber nicht sprechen würde. Sabrina konnte nicht dagegen an – doch innerlich zerriß sie die Tatsache, daß er sich weigerte, sich ihr mitzuteilen. Und in diesen Momenten wurde sie schmerzlich daran erinnert, daß es noch etwas gab, was er niemals preisgeben würde …

Sein Herz.

Ende Mai brach er erneut auf, um sich dem Bruce anzuschließen. Sabrina war stolz auf sich, da sie ihm alles Gute wünschte und ihm Lebewohl sagte, ohne eine Träne zu vergießen. Erst viel später, in der Einsamkeit der Nacht, in der Leere ihres Bettes – des Bettes, das sie mit ihm teilte –, weinte sie hemmungslos.

Einige Wochen später befand sie sich eines Nachmittags gerade im Rittersaal, um die Abendmahlzeiten für die kommende Woche zu planen, als Onkel Malcolm in den Innenhof geschlurft kam.

»Er kommt«, kündigte der alte Mann an.

Sabrina schaute auf. Sie hatte ihn tief in ihr Herz geschlossen, obwohl es genauso war, wie Ian gesagt hatte: Man wußte von einem auf den anderen Tag nicht, wo er mit seinen Gedanken war – in der Vergangenheit oder in der Gegenwart.

Sie neigte den Kopf zur Seite. »Wer, Onkel?«

»Dein Ehemann, mein Mädchen! Warum sonst würde ich es dir erzählen?«

Sie blickte ihn scharf an. Seine Augen waren so klar wie ein rauschender Gebirgsbach.

Ihr Herz machte einen freudigen Satz. Ian, dachte sie verwirrt.

Ian war zurückgekehrt! Ihr Federkiel fiel auf den Tisch und war vergessen. So schnell, wie ihre Körperfülle es erlaubte, war sie auf den Füßen.

Aber kaum stand sie, als draußen auch schon der Widerhall von Pferdehufen erscholl. Sabrinas Hände glitten zu ihrem Haar. Sie trug es offen, so wie Ian es mochte, aber sie hatte es seit dem frühen Morgen nicht mehr gebürstet. Und ihr Kleid war ausgeblichen und abgetragen... Aber was nutzte es, sich zu grämen? Sie war fett und plump und alles andere als hübsch!

Und dann war er da und durchquerte die Eingangshalle, mit jeder Faser der kühne Clanchef, so attraktiv, daß es ihr den Atem raubte. Seine Augen schweiften durch den Saal, als suchte er jemanden. Sein Blick erfaßte ihre Gestalt, und er blieb stehen. Sabrina wollte sich kneifen, um sicherzugehen, daß sie nicht träumte, denn in diesen hellgrauen Augen, dem Ausdruck, den nur sie allein zu deuten wußte, spiegelte sich Wärme und Wiedersehensfreude.

Dann stand er vor ihr und umschlang ihre Taille. Er küßte sie lange und intensiv, und Sabrina war sich ganz, ganz sicher, daß sie an der Pforte zum siebten Himmel stand.

Als er schließlich von ihr abließ, umspielte ein merkwürdig durchtriebenes Lächeln seine Mundwinkel.

»Ich habe etwas für dich, holdes Eheweib!«

Sabrinas Augen leuchteten auf. »Was denn? Ein Geschenk?«

Mit einem Finger strich er über ihren Nasenrücken. »Nicht ganz.«

Sie schmollte. »Was dann?« In Wahrheit war sie maßlos neugierig.

Sein Grinsen war einfach unwiderstehlich. Er gab keine Antwort, sondern drehte sich um und deutete mit dem Kopf zur Tür.

Und dann konnte Sabrina nur noch staunen, überzeugt, daß ihre Wahrnehmung ihr einen Streich spielte.

»Edna«, sagte sie verwirrt, und dann folgte ein Aufschrei der Verzückung: »Edna!«

Edna, ihre kleine Kammerzofe von Burg Dunlevy, stürmte auf sie zu, und lachend und weinend umarmten sich die beiden.

Schließlich trat Sabrina einen Schritt zurück und schüttelte den Kopf. »Edna, ich kann nicht glauben, daß du hier bist! Wie lange kannst du bleiben?«

»Oh, ich werde eine ganze Weile bleiben, Mylady.« Edna strahlte. »Wirklich eine ganze Weile«, ein sprudelndes Lachen entrann ihrer Kehle, »denn ich möchte behaupten, daß ich auf der Burg der MacGregors mein Zuhause finden werde!«

Ian hatte die Szene mit einem zufriedenen Lächeln beobachtet. Sabrina drehte sich zu ihm um. Zu aufgewühlt, um etwas zu sagen, faßte sie nach seiner Hand. Ihr Herz setzte für Sekundenbruchteile aus. Er hatte das – stellte sie verwundert fest – für sie getan. Nur für sie.

Seine Aufmerksamkeit und Anteilnahme waren ihr Untergang. Ihr Lächeln wurde verhalten. »Danke«, flüsterte sie, als sie endlich dazu in der Lage war. Ihre Gefühle spiegelten sich sicher unverhohlen auf ihrem Gesicht wider, aber das war ihr egal.

Ian führte ihre Hand an seine Lippen, ohne seinen Blick von ihr abzuwenden. »Es war mir ein Vergnügen, Liebling.«

Sabrina hatte die deutliche Vorahnung, daß Mary Ednas Ankunft übelnehmen könnte. Aber sie versicherte Mary, daß Edna ihr die Stelle keineswegs streitig machen wollte. In Wahrheit hoffte sie, daß Mary die Aufgabe der Kinderschwester für das Baby übernehmen würde, da sie bemerkt hatte, wie gut Mary mit den Kindern aus dem Dorf umgehen konnte.

Marys Augen leuchteten auf. »Oh, ich liebe kleine Kinder abgöttisch«, sagte sie aufgeregt. »Ich glaube, das liegt daran, daß ich die älteste von zwölf Geschwistern bin. Nun, ich … ich würde das wirklich sehr gern übernehmen, Mylady.«

»Dann ist es also abgemacht«, entschied Sabrina. »Du wirst die Kinderschwester für unser Baby.«

Später, als sie und Ian sich für die Nacht zurückgezogen hatten, erzählte sie ihm die Neuigkeiten. »Du hast doch nichts dagegen, oder? Daß Mary als Kinderschwester arbeitet?«

»Natürlich nicht. Ich glaube, Mary ist eine ausgezeichnete Wahl.« Er zögerte, als er sie in seine Arme zog und eng an seinen Körper schmiegte.

»Bist du glücklich, daß Edna hier ist?«

Sie lächelte an der festen Rundung seiner Schulter. »Ja. Ich muß zugeben, daß ich niemals erwartet hätte, Edna hier auf der Burg wiederzusehen.« Sie zögerte. »Warst du mit dem Bruce in der Nähe von Dunlevy?«

»Ja, ich habe ihn bei Perth verlassen. Ich mußte direkt an Dunlevy vorbei und habe deshalb die Nacht dort verbracht. Dann ist mir die Idee gekommen, da ich ja weiß, daß es für dich hier manchmal sehr einsam gewesen ist.« Seine Stimme klang ruhig. »Und ich dachte, es wäre einfacher, wenn du zum Zeitpunkt der Geburt eine liebe und vertraute Person um dich hast.«

Aber ich bin nicht einsam, wenn du hier bist, wollte sie rufen. Aber irgend etwas hielt sie zurück. Statt dessen murmelte sie: »Hmmm. Nahm Papa es dir nicht übel, daß du jemanden aus seiner Dienerschaft abgeworben hast?«

Ian kicherte. Das Geräusch klang angenehm in ihren

Ohren. »Das hat er wohl. Aber du brauchst Edna viel mehr als er, und das habe ich ihm auch gesagt.«

Sabrina schwieg. Sie hatte ihrem Vater geschrieben, um ihm die frohe Nachricht mitzuteilen, daß sie und Ian im Sommer ein Kind erwarteten, aber keine Antwort erhalten, und tatsächlich hatte sie in der ganzen Zeit, seitdem sie Dunlevy verlassen hatte, kein Wort von ihm gehört.

Betrübt verzog sie das Gesicht. »Erzähl mir«, sagte sie mit gespielter Heiterkeit. »Wie geht es Papa?«

»Es geht ihm gut.«

»Gut.« Eine lange Pause folgte. »Und hat er nach mir gefragt?«

»Ja«, antwortete Ian schnell. Aber da war etwas in seinem Ton, was ihr vermittelte, daß das nicht stimmte.

Und Sabrina kannte die Wahrheit.

Sie glaubte, die Kehle schnüre sich ihr zu und ein messerscharfer Schmerz durchzuckte ihre Brust. Vorsichtig löste sie sich von Ian und stieg aus dem Bett.

Unbewußt führten ihre Schritte sie zum Fenster. Sie öffnete die Fensterläden und starrte hinaus in die Dunkelheit. In diesem Moment war ihr Herz so kalt und finster wie die Nacht.

Im stillen schalt sie sich. Es war eine törichte Frage gewesen – das wußte sie jetzt, denn sie hatte Ians Antwort bereits gekannt, bevor er sprach. Alles in ihr schrie ihre Seelenqualen hinaus. Als sie noch bei ihrem Vater gelebt hatte, hatte er schon nichts für sie übrig gehabt …

Und jetzt, so schien es, sogar noch weniger.

Plötzlich fühlte sie, wie kräftige Arme sie von hinten umschlangen, spürte seinen heißen Atem an ihrer Schläfe.

»Komm ins Bett, Sabrina.«

Sabrina rührte sich nicht. »Ich schrieb ihm wegen des Babys«, sagte sie tonlos. »Er antwortete nicht.« Sie konnte ihre Bitterkeit nicht verbergen. »Es ist ihm egal.«

»Er ist ein Narr, Sabrina. Ein mit Blindheit geschlagener alter Narr. Er kann sich nicht ändern, und er wird sich nicht ändern.«

»Es wäre ihm nicht egal gewesen, wenn es sich um Margarets Baby handelte.« Ihre Stimme war nur noch ein Flüstern. Sie zitterte. »Mein ganzes Leben lang fühlte ich mich … so wertlos, Ian.«

Ians Umarmung wurde fester. »Das stimmt nicht, mein Liebling. Er ist es, der deiner nicht würdig ist.«

Sabrina gab keine Antwort. Ein schrecklicher Schmerz keimte in ihr auf.

Sie ahnte nicht, daß ihre Traurigkeit ihn wie ein Dolchstoß traf. Auf seiner Brust schien eine zentnerschwere Bürde zu lasten. Sie war so stark und wußte es nicht einmal.

»Dein Vater ist ein Narr«, wiederholte er grimmig. »Du bist nicht allein … du bist niemals allein. Es gibt Leute hier, die sich sehr um dich sorgen, Sabrina.«

Aber was war mit ihm? fragte sie sich qualvoll. Sorgte er sich um sie? Verzweiflung übermannte sie. Qualvoll rang sie nach Atem. Warum konnte er sie nicht lieben … ihr wenigstens etwas von seiner Liebe geben?

Dann bewegte sich das Baby und erinnerte sie daran, daß, wenn sie ihn schon nicht haben konnte, sie wenigstens dieses – sein – Kind haben würde. Dieses Band konnte niemand zerstören oder verleugnen. Sie betete, daß ihr Kind – ihr Sohn – wohlbehalten und gesund das Licht der Welt erblickte.

Auch Ian hatte den Tritt gespürt. Seine Hand bewegte sich und streichelte über ihren rundlichen Bauch, in dem ihr Baby ruhte. »Es dauert nicht mehr lange«, flüsterte er. »Hast du immer noch Angst, Liebling?«

»Ein wenig«, gab sie zu. Mit blutendem Herzen unterdrückte sie blinzelnd die aufwallenden Tränen und schmiegte sich in seine Arme.

»Halt mich, Ian. Bitte … halt mich fest.«

Starke Arme umschlangen sie und zogen ihre zitternde Gestalt an seinen Brustkorb. Er hob sie hoch und trug sie zum Bett. Sabrina sehnte sich wie nie zuvor nach seiner Nähe und schmiegte sich an ihn. Plötzlich hatte sie Angst – nicht unbedingt vor der Geburt, sondern vor einem unerklärlichen Gefühl. Auf einmal wurde sie von einer unheilvollen Ahnung erfaßt, die sie nicht in Worte hätte kleiden können, die aber so übermächtig war, daß sie sich nicht verdrängen ließ.

»Sabrina! Was ist denn? Du zitterst ja!«

»Es ist nichts«, murmelte sie, während sie ihr Gesicht an seiner schutzbietenden Schulter vergrub. Er war so liebenswürdig, so sanft, und seine Aufmerksamkeit schnürte ihr das Herz zusammen. Sie rieb ihre Wange an seiner Haut, denn sie liebte seinen männlichen Duft, liebte es, wenn er seine kräftigen Arme fest um ihren Körper schlang.

Ihr Haar fiel ungebändigt über seine nackte Brust. Mit seiner Hand streichelte er immer und immer wieder über ihre seidigen Locken. Sie spürte, wie feste Lippen sanft über ihre Stirn, über ihre Wangen und die Linie ihres Halses strichen. Er hielt sie mit einer solchen Zärtlichkeit fest, daß sie sich auf der Suche nach Trost in der beschützenden Zuflucht seiner Umarmung noch enger an ihn schmiegte.

Allmählich ebbte ihr Zittern ab und sie schlief ein.

In der Tat war Mary sehr glücklich darüber, daß sie die Aufgaben einer Kinderschwester für das Baby der Herrschaften übernehmen durfte, denn sie mochte kleine Kinder sehr. Ihre Dienstherrin war großzügig und liebenswürdig, und sie konnte sich kein größeres Privileg vorstellen, als die Betreuung des Kindes übernehmen zu dürfen.

Mary wollte die Neuigkeiten so schnell wie möglich mit Thomas, dem Sohn des Schmiedes, teilen und machte sich deshalb auf den Weg ins Dorf. Sie waren noch nicht verheiratet, aber es war ihr sehnlichster Wunsch, daß Thomas bald um sie anhielte. Beschwingten Schrittes und fröhlich vor sich hinsummend lief sie den ausgetretenen Pfad hinunter. Hoch oben am Himmel versteckte sich der Mond hinter den silbernen Wolken. Sie blieb stehen und blickte zum Firmament. Gedankenversunken ging sie ihren Träumen nach. Insgeheim hielt sie sich für einen Glückspilz. Mit einem breiten Lächeln auf den Lippen holte sie tief Luft. Wenn alles so erwartungsgemäß verlief, würde sie bald selbst ein eigenes Kind in den Armen wiegen.

Plötzlich hörte sie Schritte hinter sich. Mary blieb stehen und drehte sich um.

»Hallo?« rief sie. »Ist dort jemand?«

Sie neigte den Kopf zur Seite, doch es kam keine Antwort. Auf einmal trat eine Gestalt dunkel und gesichtslos aus der Finsternis.

Marys Lächeln gefror, und eine Gänsehaut lief ihr über den Rücken.

Sie wirbelte herum und rannte, als wäre ihr der leibhaftige Teufel auf den Fersen. Und vielleicht war er das auch, denn kurz darauf schmetterten sie mächtige Hände zu Boden.

»Sag der Burg der MacGregors Lebwohl«, krächzte eine Stimme über ihr. »Ich fürchte, du hast sie zum letzen Mal gesehen.«

Bevor sie schreien konnte, erhielt sie einen betäubenden Schlag auf den Kopf, dann wurde die Welt um sie herum schwarz.

Am nächsten Morgen stellte man ihr Verschwinden fest.

Sabrina ließ die Dienerschaft sämtliche Winkel der Burg durchsuchen, während Ian seine Männer aussandte, um das Dorf und die nähere Gegend zu durchforsten.

In der Eingangshalle rang Edna die Hände. »Es war mein Fehler«, jammerte sie. »O ja, ich weiß es. Ich wollte ihr nicht ihre Stelle streitig machen, wirklich nicht!«

»Natürlich hast du das nicht gemacht«, besänftigte Sabrina sie. »Und in Wahrheit glaube ich auch nicht, daß ihr Verschwinden damit zusammenhängt!«

Das stimmte – Sabrina glaubte keineswegs daran. Sie wurde von einem Zittern erfaßt, und es gelang ihr nicht, ihre innere Unruhe zu zerstreuen.

Ian kehrte an diesem Abend erst spät zurück, da er den ganzen Tag mit seinem Suchtrupp unterwegs gewesen war.

»Glaubst du, sie ist wegen Edna davongelaufen?« fragte er.

»Der Gedanke ist mir zwar auch schon gekommen«, gab Sabrina zu, »aber sie war in Thomas, den Sohn des Schmiedes, verliebt. Tatsächlich hat sie mir erst vor wenigen Tagen anvertraut, daß er sicherlich in Kürze um ihre Hand anhalten würde.«

Ians Ausdruck war besorgt. »Der Bursche kommt fast um vor Besorgnis«, murmelte er. »Ich habe ihn losgeschickt, um ihre Familie im nächstgelegenen Tal aufzusuchen.«

Die Reise von Thomas war jedoch vergeblich gewesen – Marys Familie hatte sie nicht gesehen. Sabrinas Besorgnis nahm zu, und ihre Ängste wurden größer. Mary mußte etwas Entsetzliches zugestoßen sein. Sie spürte es mit jedem einzelnen ihrer Sinne …

Und sie sollte rechtbehalten.

Am nächsten Morgen wurde Marys Umhang am Ufer des Sees gefunden.

Als Sabrina von dieser Nachricht erfuhr, wand sie sich vor Entsetzen und floh erschüttert in ihre Kammer. Dann dämmerte es ihr schlagartig.

»Genau wie Margaret«, flüsterte sie. Genau wie Margaret …

Sie wußte nicht, was sie tun sollte. Ihr stockte das Blut in den Adern, und ihre Gedanken schweiften sofort zu Ian. Nein, dachte sie. Das konnte unmöglich sein … Ian war in der letzten Nacht bei ihr gewesen. Sie hatte die ganze Nacht über in seinen Armen geschlafen, dessen war sie sich sicher. Aber konnte er sie nicht dennoch heimlich verlassen haben …?

Ein dunkler Schatten lag über allem, und die Stimmung auf der Burg war bedrückend. Heiterkeit und Frohsinn waren plötzlich dahin. Es schien, als wären tiefe, dunkle Wolken über der Burg der MacGregors aufgezogen.

Die Wahrheit wollte sich nicht einstellen, wie ein Pfad, der sich windet und schlängelt und kein Ende nimmt. Auch Ian verhielt sich distanziert und reserviert. Sabrina schwankte zwischen ihrer Furcht und der verzweifelten Hoffnung, daß es unmöglich war – Ian konnte Fionna nicht ermordet haben. Oder Margaret. Oder Mary …

Oder vielleicht doch?

Es war Alasdair, der ihr nur ungern eingestand, daß die Dorfbewohner mittlerweile tuschelten.

Eines Nachmittags waren sie allein im Rittersaal, da Ian zur Jagd ausgeritten war.

»Ich erzähle es dir, weil ich befürchte, daß es dir ohnehin bald zu Ohren kommen wird, Sabrina.« Er schüttelte den Kopf, sein attraktives Gesicht war ungewöhnlich ernst. »Und ich dachte mir, du solltest es besser von mir erfahren.«

Sabrina ließ sich auf einer Bank nieder. »Was reden sie, Alasdair?«

»Man munkelt, daß Mary zweifellos auf dem Grund des Sees liegt. Sie sagen …« Er hielt mit unbehaglichem Gesichtsausdruck inne. Seine Lider flatterten. »Vergiß nicht, Sabrina, es handelt sich keineswegs um das, was ich glaube. Es handelt sich lediglich um das Gerede der Leute.«

Sie lächelte schwach. »Ich weiß, Alasdair. Du brauchst keine Rücksicht auf mich zu nehmen. Bitte sprich weiter.«

»Sie sagen, daß Fionna ermordet wurde. Es geht das Gerücht, daß Margarets Tod vielleicht gar kein Unfall war. Jetzt ist auch noch Mary verschwunden. Und sie fragen sich ...«

»Sie fragen sich, wer die Nächste sein wird«, beendete Sabrina den Satz für ihn. Sie senkte den Kopf, während sie über ihre schmerzende Stirn strich. »Sag mir, Alasdair. Halten sie Ian für den Täter?«

Weder bestätigte, noch leugnete Alasdair ihren Verdacht – aber das war auch nicht erforderlich. »Du mußt verstehen, Sabrina. Zuerst wurde seine Stiefmutter ermordet. Dann stirbt seine Zukünftige.«

Seine Stimme klang beschwörend.

»Und was glaubst du?

Sein Unbehagen war offensichtlich. »Gott ist mein Zeuge«, sprach er mit ruhiger Stimme. »Ich weiß nicht, was ich glauben soll. Und doch gibt es Momente, in denen ich mich dasselbe frage. Seit dem Tod seines Vaters David ist Ian ... irgendwie anders. Härter. Verschlossener.« Ein qualvoller Ausdruck glitt über sein Gesicht. »Gott möge mir vergeben, es scheint ... oh, ich weiß nicht, wie ich es ausdrücken soll! Es scheint, als ob mein Cousin nicht mehr der Mann ist, der er früher einmal war.«

Aber war er der Mann, der Fionna ermordet hatte? Mary? Vielleicht sogar Margaret? Das war die entscheidende Frage ...

Nein. Nein. Nicht Ian. Nicht Ian. Sie konnte es nicht glauben. Sie wollte es nicht glauben.

Aber irgend jemand hatte Fionna ermordet. Hatte dieselbe Person die arme Mary ermordet?

Sie zitterte wie Espenlaub.

Alasdair kniete vor ihr nieder und nahm ihre Hand in die seine.

»Du hast Angst, nicht wahr?«

»Ja«, gestand sie ihm.

»Das brauchst du nicht. Ich werde zusätzliche Wachen auf der ganzen Burg postieren, sowohl am Tage als auch in der Nacht.«

Nur mühsam brachte Sabrina ein verhaltenes Lächeln zustande. »Vielen Dank, Alasdair. Das ist wirklich sehr nett von dir. Bitte nimm es mir nicht übel, aber ich würde gern eine Weile allein sein.«

»Natürlich nicht, Sabrina. Aber solltest du einmal jemanden brauchen, dem du dich anvertrauen möchtest ...«

»Ich werde darüber nachdenken«, sagte sie sanft.

Bevor er sie verließ, führte er ihre Hand an seine Lippen. Sabrina sah ihm nach, als er durch die Tür in den Innenhof marschierte. Er war so ungeheuer liebenswürdig. Eigentlich überraschte es sie, daß sich noch kein junges Mädchen hoffnungslos in ihn verliebt hatte.

An demselben Tag hütete Onkel Malcolm aufgrund eines Gebrechens das Bett. Bereits kurze Zeit später ging Sabrina nach oben, um nach ihm zu schauen. Noch bevor sie seine Kammer erreichte, vernahm sie seine rasselnden Atemgeräusche. Rasch rief sie nach Edna und trug ihr auf, einen warmen Hustentrank zuzubereiten.

An seinem Bett legte Sabrina eine Hand auf seine faltige Stirn. Da seine Haut heiß und fiebrig war, holte sie ein Leinentuch und eine Schüssel Wasser und begann, seine Stirn zu betupfen. Dankbar gab er sich der Kühle hin. Er murmelte etwas.

Sabrina beugte sich näher über ihn. »Was ist los, Onkel Malcolm? Ich verstehe dich nicht.«

Seine Augen öffneten sich. Bevor Sabrina einen Laut von sich geben konnte, hatte sich sein Gesichtsausdruck blitzartig verändert. Er riß ihr das Tuch aus den Händen und warf es beiseite. Er fuchtelte so mit den Armen, daß die Schüssel im hohen Bogen durch die Luft flog und das Wasser in alle Richtungen spritzte.

»Du hast dich versündigt«, keuchte er. »Ich sah dich mit ihm im Garten. Ich habe dich gesehen!« Trotz seines geschwächten Zustands klang seine Stimme überaus anklagend. »Du liebst den Speer zwischen seinen Schenkeln – und dort liegt der Beweis!« Er deutete auf ihren Bauch. »Ich habe dich auch mit anderen gesehen ... David wird den Tag verwünschen, an dem er dich geheiratet hat. Gütiger Himmel, er hätte dich niemals heiraten dürfen!«

David. Schockiert und verwirrt, dauerte es einen Moment, bis Sabrinas Kopf die Verbindung hergestellt hatte. Er mußte denken, sie wäre Fionna.

»Onkel. Onkel Malcolm, ich bin es ... Sabrina. Nicht Fionna. Hörst du mich? Ich bin Sabrina, nicht Fionna!«

Seine Augen funkelten. »Ich weiß, wer du bist. Ich weiß, was du bist ...!«

Mitten in dieser grotesken Szene betrat Edna mit einem dampfenden Becher das Zimmer. Malcolm sah sie und schrie. »Hilf mir, Mädchen. Laß sie nicht an mich heran.« Bittend streckte er seine Arme aus. »Laß sie nicht an mich heran!«

Sabrina war bereits an Ednas Seite getreten. »Er erkennt mich nicht, Edna. Bitte gib ihm den Trank, sofern er ihn freiwillig nimmt. Dann suche ein Dienstmädchen, das bei ihm Wache hält.«

Das alles war einfach zu viel für sie – die nervliche Anspannung war unerträglich. Erst Alasdairs unverhohlener Verdacht – und jetzt das. Tränen trübten ihren Blick, als sie schwerfällig aus der Kammer eilte.

Sie blieb auf dem Treppenabsatz stehen. Ihre Lungen schmerzten, und ihr Atem ging stoßweise. Sie beugte sich leicht nach vorne, um den Schmerz in ihrer Seite zu lindern.

Während sie noch ein unheimliches Prickeln auf ihrer Haut verspürte, geschah es.

Ein Hieb zwischen die Schulterblätter und dann stürzte sie die schmale, gewundene Treppe hinunter.

Ein erstickter Aufschrei entwich ihrer Kehle. Sie streckte eine Hand aus und landete empfindlich hart auf ihrem Arm. Ein erschütternder Schmerz durchzuckte ihr Handgelenk, aber es gelang ihr, ihren Sturz abzufangen.

Eine Weile war sie zu benommen, um sich zu bewegen. Jemand hatte sie gestoßen. Jemand hatte sie die Treppe hinuntergestoßen!

Schwerfällig erhob sie sich und stieg die Stufen erneut hinauf. Der Flur lag verlassen vor ihr. Weit und breit war niemand zu sehen.

Zu ermattet, um die Verfolgung aufzunehmen, sank sie zu Boden. Ihr linkes Handgelenk schmerzte fürchterlich. Sie umklammerte es mit ihrer Rechten, während sie nach Luft schnappte und angestrengt nachdachte.

Schritte näherten sich ihr. Ruckartig drehte sie den Kopf in Richtung des Geräuschs.

Es war Ian.

Unbändige Ängste stürmten erneut auf sie ein, und eine übermächtige Furcht durchfuhr sie. Ian war es gewesen, der Fionna entdeckt hatte. Ian war es auch gewesen, der Margaret als letzter lebend gesehen hatte. Und jetzt war er der erste, den sie sah … Und alles war bester Ordnung, solange Ian mit dem Bruce unterwegs war … Sie zermarterte sich ihr Hirn. Ian, Ian, Ian. Hatte sie Unrecht? Oder war er ein Verrückter?

Seine Schritte wurden schneller, als er näherkam.

»Sabrina! Um Himmels willen … ist es das Baby?« Er kniete sich neben sie.

Instinktiv drückte sie sich an die Wand. O ja, sein Tonfall enthielt gerade die richtige Dosis Besorgnis. Sie hob einen Arm, als wollte sie ihn abwehren.

»Nein«, kreischte sie. »Rühr mich nicht an!«

»Sabrina, welcher Unsinn ist das schon wieder! Du hast nichts von mir zu befürchten, und das weißt du ganz genau!«

»Weiß ich das? Jemand hat mich die Treppe hinuntergestoßen!« Ihre Stimme hatte einen hysterischen Unterton. »Zweifellos sollte ich sterben! Und wen treffe ich – dich! Solange du fort bist, ist alles in bester Ordnung. Sobald du zurückkehrst, passieren diese … diese gräßlichen Dinge!«

Er knirschte mit den Zähnen und fluchte laut. Er schob ihre Hand beiseite, ergriff ihre Arme und zog sie hoch. Er ließ sie nicht los, sondern starrte nur mit grauen, funkelnden Augen auf sie hinab.

»Ich war es nicht, Sabrina. Hörst du mich? Ich war es nicht!«

»Das sagst du! Und was war mit Fionna, Ian?«

Sein Gesichtsausdruck war wieder ausdruckslos. Er schwieg.

»Siehst du? Und was ist mit Margaret?«

»Margarets Tod kann ohne weiteres ein Unfall gewesen sein.«

»Oder auch nicht!« schrie sie. »Sag mir eins, Ian. Wird es mir wie Fionna ergehen? Erdrosselt in meinem eigenen Bett? Von derselben Hand?«

Er schüttelte sie. »Hör auf damit, Sabrina! Ich sagte dir bereits, daß ich mit ihrem Tod nichts zu tun habe!«

Auf ihrer Brust lastete eine zentnerschwere Bürde, die sie zu ersticken drohte. Ihr Gesicht war aschfahl, und ihre Hände zitterten, als befände sie sich im Fieberwahn. »Wer dann?«

Seine Augen hingen an den ihren. »Gott im Himmel, ich war es jedenfalls nicht.«

»Wer dann, Ian? Du weißt es«, schrie sie außer sich

vor Entsetzen. »Ich spüre es. Du weißt, wer Fionna getötet hat, oder? Du weißt es!«

Er hielt seine Augen fest geschlossen, sein Gesicht nach oben gerichtet – zum Himmel? –, als würde er einen fürchterlichen inneren Kampf ausfechten. Als er seine Lider erneut öffnete, waren sie von einer solch tiefen Beklommenheit und Qual erfüllt, daß sie beinahe aufschrie.

»Ja«, flüsterte er, und dann herrschte für Sekundenbruchteile gespenstisches Schweigen. »Es war mein Vater.«

Kapitel 21

Sabrina konnte sich kaum daran erinnern, daß sie in ihre Kammer gegangen waren. Als nächstes bemerkte sie, daß sie auf dem Bett saß. Statt sich neben sie zu setzen, strich Ian ruhelos durch den Raum.

Sie war wie betäubt. »Dein Vater«, sagte sie leise. »Dein Vater hat Fionna getötet?«

Er blieb stehen und nickte, wobei er seine Hände zu Fäusten ballte.

Verwirrt schüttelte Sabrina den Kopf. »Ich … ich dachte, daß er sie schrecklich liebte …«

»Das tat er auch. In Wahrheit betete er sie an.«

»Warum hätte er sie dann töten sollen?«

Er war für einen Moment still. »Er entdeckte, daß sie mit einem anderen Mann zusammengewesen war.«

Sie hätte es wissen müssen, dachte sie bei sich. Onkel Malcolms Worte schallten ihr in den Ohren. *Du hast dich versündigt … Du liebst den Speer zwischen seinen Schenkeln … David wird den Tag verwünschen, an dem er dich geheiratet hat. Gütiger Himmel, er hätte dich niemals heiraten sollen!* Und irgendwann einmal hatte er erwähnt, daß Fionna seinen Neffen ins Grab gebracht habe.

Tonlos erwiderte sie: »Es war nicht das erstemal, oder?«

Ians Gesichtsausdruck sprach Bände. »Nein.«

Sabrina benetzte ihre Lippen. »Ich habe dich schon einmal gefragt, ob du sie geliebt hast, Ian. Ich weiß, was du geantwortet hast. Aber ich … ich möchte dich das jetzt erneut fragen.«

Seine Augen funkelten. »Ich habe sie nicht geliebt. Niemals«, betonte er. »O ja, ich weiß, alle glauben, daß es sich so verhielt.« Er gab ein rauhes Lachen von sich.

»Ja, ich hielt sie für schön, denn das war sie. Und im Sommer meines 18. Lebensjahres gab sie mir deutlich zu verstehen, daß sie mich in ihrem Bett willkommen hieße. Und damit stellte ich fest, was sie wirklich war: ein treuloses Biest, eine selbstsüchtige und eitle Lügnerin.« Seine Worte waren eine vernichtende Anklage. »Ich war entsetzt darüber, daß sie glaubte, ich würde mit ihr – der Frau meines Vaters, meiner Stiefmutter! – intim werden. Sie war sehr wütend, daß ich sie verschmähte. Tatsächlich glaube ich, daß sie es war, die das Gerücht in Umlauf brachte, ich wäre in sie verliebt. Schon bald mußte ich feststellen, daß ich, sofern ich ihren Avancen nachgegeben hätte, nicht der erste gewesen wäre – und auch nicht der letzte.«

»Und dein Vater hat es nicht gewußt?«

»Sie wußte es vor ihm geheimzuhalten. Und kein Mann, der ihr erlegen war, hätte es gewagt, es meinem Vater zu erzählen. Ich tolerierte sie nur aus Rücksicht auf meinen Vater.«

Ihre Augen hingen gespannt an seinen Lippen. »Was passierte an dem Tag, als du sie fandest?«

Er kam zu ihr herüber und setzte sich mit ausdruckslosem Gesicht neben sie. »Die Tür zu ihrem Zimmer war versperrt. Ich wurde von einem der Dienstmädchen alarmiert. Als ich die Tür öffnete, sah ich sie dort liegen.« Er unterbrach sich. »Sie war mit ihrem eigenen Schleier erdrosselt worden. Zuerst dachte ich, es wäre vielleicht ein eifersüchtiger Liebhaber gewesen, der sie getötet hatte. Ich hatte Angst, es meinem Vater zu gestehen, da ich wußte, wie sehr er sie liebte ... als ich es ihm schließlich erzählte, sagte er kein Wort. Nicht einen Ton. Er wandte sich nur ab. ... Ich erinnere mich, wie merkwürdig ich es fand, daß er keinerlei Trauer zeigte. Auch schrie er nicht vor Schmerz auf. Statt dessen war da eine trostlose Leere in seinen Augen ... er schloß sich ein und wollte niemanden sehen. Ich dachte, er wäre zu Tode betrübt, da er nicht einmal der Totenmesse beiwohnen wollte. Trotzdem war mir klar, daß es so nicht weitergehen konnte. Ich trat in seine Kammer«, ein verräterischer Unterton schwang in seiner Stimme, »aber ich kam zu spät. Ich fand ihn, als er in den letzten Atemzügen …«

Ian schloß die Augen. Seine Halsmuskulatur war angespannt. Sabrina zerriß es fast das Herz, da sie wußte, wie schwer es ihm fiel, ihr das alles zu erzählen.

Ihre eigene Kehle schnürte sich zusammen, und sie griff nach seiner Hand.

»Dieser Augenblick wird mich mein Leben lang verfolgen, da ich sofort begriff, daß er im Sterben lag. Er winkte mich zu sich und schilderte mir … Er war an jenem Abend früh nach Hause gekommen – früher, als Fionna erwartet hatte. Der Geruch des Intimverkehrs schwängerte die Luft und klebte an ihrem Körper. Und er hatte einen Mann im Gang bemerkt, kurz bevor er hereingekommen war…«

»Dann begriff er also in diesem Augenblick, daß sie treulos war?« Sabrina hielt den Atem an und wartete.

»Ja. Er sagte es ihr ins Gesicht, und sie gab es zu.« Er verzog den Mund. »In Wirklichkeit verhöhnte sie ihn mit ihrer Treulosigkeit. Er sagte, daß etwas in ihm zerbrach. Er war verrückt vor Wut und Eifersucht«, einen kurzen Augenblick herrschte Stille, »und aus diesem Gefühl heraus tötete er sie.«

Sabrina hörte mit schmerzendem Herzen zu. »Er konnte so nicht weiterleben, oder? Aus diesem Grund nahm er sich das Leben?«

»Ja«, seufzte er qualvoll. »Es war eine Bürde, die er nicht tragen konnte – eine Schuld, mit der er nicht leben konnte.«

Das also war das Geheimnis, das Ian nicht hatte preisgeben wollen. Ian war wirklich ein Mann, der eines Mordes nicht fähig war – fürwahr, sie bereute, daß sie überhaupt jemals einen solchen Gedanken gehegt hatte. Das Gerücht, daß Ian Fionna ermordet hatte, war nichts weiter als leeres Gerede. Ian würde das Andenken seines Vaters nicht beschmutzen, indem er enthüllte, daß David Fionna erdrosselt hatte. Er hatte die Ehre seines Vaters verteidigt …

Auf Kosten seiner eigenen.

Ihr Herz flog ihm entgegen, denn seine Qual war tief in seine Züge eingegraben. Sie schlang die Hände um seine Taille und drückte ihren Kopf an seine Brust.

Seine Arme umschlossen sie behutsam. »Möge Gott mir vergeben«, flüsterte er in die weiche Flut ihres Haars, »ich bereue nicht, daß Fionna tot ist. Nur mich selbst werde ich ein Leben lang verachten, Sabrina, denn wäre ich früher zu meinem Vater gegangen, hätte ich seinen Selbstmord vielleicht verhindert. Und jetzt zittere ich bei dem Gedanken, daß ihm die Himmelspforte für immer verschlossen bleibt, da er sich versündigt hat. Bitte, denke nicht schlecht von ihm, denn trotz dieser Verfehlung war er ein tapferer, ehrenhafter Mann.«

Auf einmal standen Tränen in ihren Augen. Sein Herzschmerz war auch der ihre. Ihre Kehle war aufgrund ihrer Empfindungen wie zugeschnürt. Sie lehnte sich ein wenig zurück, um ihm ins Gesicht zu blicken. »Du darfst dir nicht die Schuld geben, Ian. Im Gegensatz zu den Aussagen der Kirche glaube ich nicht, daß der Allmächtige ein so harter Richter ist. Ich glaube auch nicht, daß dein Vater in der Hölle schmort. Und ich gebe dir hier und jetzt ein Versprechen, Ian. Was du mir erzählt hast, wird niemals über meine Lippen kommen. Niemand wird jemals die Wahrheit darüber erfahren, wer Fionna getötet hat.«

Seine Augen verdunkelten sich. Er zog sie erneut an sich und vergrub sein Gesicht in ihrer Halsbeuge – diesmal war seine Umarmung von Verzweiflung erfüllt. Wie lange sie so verweilten, während ihre Herzen im Einklang schlugen, konnte sie nicht sagen.

Es blieb ihr nicht verborgen, daß seine Arme sich in einer plötzlichen Anspannung zusammenzogen. Besorgt schaute sie zu ihm auf.

»Was ist, Ian? Was ist denn?«

Sein Gesichtsausdruck war finster. »Was ist mit dir? Geht es dir gut?« Seine Finger tasteten nach ihrem verletzten Handgelenk.

Bis zu diesem Moment hatte sie den Vorgang verdrängt. »Mir geht es schon wieder besser«, murmelte sie mit einem schwachen Lächeln.

In seinem Blick lag Entschlossenheit. »Bist du sicher, daß du die Treppe hinuntergestoßen wurdest?«

Sie erschauerte, als der Schreck der Erinnerung durch ihre Glieder fuhr. »Ich ... ich glaube ja.« Ihr Blick trübte sich. »Glaubst du, Mary ist tot?«

»Ich weiß es nicht. Aber ich befürchte, daß dem so ist.« Eine flüchtige Regung huschte über sein Gesicht, die sie nicht genau zu deuten wußte. »Möglicherweise möchte jemand, daß jeder – einschließlich dir – glaubt, ich sei der Übeltäter, der dich hinunterstoßen wollte.«

Sie spürte ihre Gänsehaut. »Wahrscheinlich derjenige, der mich in der Dunkelheit eingesperrt hat?«

»Ja.« Sein Tonfall war so grimmig wie sein Gesichtsausdruck.

Vollkommen entmutigt schaute sie ihn an. »Du glaubst, daß ich nicht sterben sollte?«

»Ich weiß es nicht. Allerdings war das vielleicht die ursprüngliche Absicht ...«, sinnierte er. Sie wurde von einer eisigen Kälte ergriffen, da aus seiner Stimme fatale Entschlossenheit klang.

Plötzlich nahm er ihr Gesicht in beide Hände. »Ich weiß nur das eine. Hier bist du offensichtlich nicht sicher. Vielleicht wäre es am besten, wenn ich dich nach Dunlevy zurückbringen würde ...«

»Ian, nein! Nein, ich werde nicht gehen!«

»Ich möchte, daß du am Leben und unversehrt bleibst, Sabrina. Gott möge mir beistehen, sollte dir irgend etwas geschehen, so würde ich mir das niemals verzeihen!«

»Und was ist mit dem Baby? Du sagtest, du würdest bei mir sein, wenn es geboren wird! Du ... du hast es mir versprochen!« Vielleicht war es ungerecht, aber sie wußte keinen anderen Weg, als ihm das brutal vor Augen zu führen. Ihr Aufschrei war Bitte und Anklage zugleich. »Hast du damals gelogen?«

Um seine Mundwinkel lag ein angespannter Zug, während er vermied, ihr ins Gesicht zu blicken. »Nein«, erwiderte er. »Aber damals wußte ich nicht, in welcher Gefahr du schwebtest.«

»Vielleicht irren wir uns auch, denn warum sollte mir jemand den Tod wünschen?« Sie legte die Hände auf ihren Bauch. »Außerdem kann ich nicht reisen. Bis zur Entbindung dauert es nicht mehr allzu lange, oder möchtest du, daß dein Sohn unterwegs auf dem Weg nach Dunlevy geboren wird?«

Das gab letztlich den Ausschlag. »Das stimmt«, pflichtete er ihr mit einer Grimasse bei. Er zog sie eng an sich. »Aber du mußt besonders gut auf dich aufpassen, Sabrina. Gehe nirgendwo allein hin ...«

»Ja. Ja, ich weiß.« Insgeheim atmete sie vor Erleichterung tief auf.

»Wenn ich fort bin, dann stelle sicher, daß Edna bei dir ist. Solange ich hier bin, bleibst du in meiner Nähe!«

Während sie ihre Wange an seine feste Schulter schmiegte, dachte sie, daß ihr das keineswegs schwerfallen würde. Nein, ganz und gar nicht. »Mit Vergnügen, mein Highland-Prinz«, murmelte sie. »Mit dem größten Vergnügen.«

Vor ungefähr einem Monat hatte Ian die Nachricht erhalten, daß Robert the Bruce die englischen Truppen bei Loudon Hill in Ayrshire vernichtend geschlagen hatte.

Jetzt, um die Mitte des Sommers, erreichten ihn weitere Depeschen. Longshanks, so schien es, war außer sich vor Zorn gewesen. Als Vergeltungsmaßnahme hatten die Engländer eine Armee aufgestellt, die entschlossen war, die schottischen Aufstände ein für allemal niederzuschlagen. Doch dann war Longshanks erkrankt und auf dem Vormarsch nach Norden gestorben.

»Sein Sohn, seines Zeichens Edward II.«, bemerkte Ian an jenem Tag während des Abendessens sarkastisch, »entschied, daß es politisch klüger sei, sich nicht länger in kämpferische Auseinandersetzungen zu verstricken. Statt dessen drehte er ab und zog sich in den Süden zurück.«

»Er fürchtete unsere mächtigen schottischen Degen!« rief jemand.

Ian verzog seine Mundwinkel zu einem schiefen Lächeln. »Und wir alle wissen, warum – ein englisches Schwert ist für einen schottischen Degen keine Herausforderung.«

»Was geschieht jetzt?« fragte Sabrina, als sie später allein waren.

Ian war in nachdenklicher Stimmung. »Es ist durchaus möglich, daß die Kämpfe noch kein Ende gefunden haben. England weigert sich, den Bruce als Landesherrn anzuerkennen, obwohl es Gerüchte gibt, daß Longshanks' Sohn Edward als Regent beileibe nicht das Format seines Vaters besitzt. Was den Bruce anbelangt, so muß er weiterhin die tatkräftigsten Leute und Verbündeten um sich scharen. Und ich fürchte, daß seine Blutfehde mit den Comyns und ihren Anhängern noch nicht beendet ist.«

Sanft streichelte sie seinen Arm. Was sie zu sagen

hatte, war schmerzlich für sie, dennoch wußte sie, daß ihr keine Wahl blieb.

»Ich weiß, daß du allen Grund hast, an mir zu zweifeln, Ian, aber ich bin zu der Erkenntnis gelangt, daß du recht hast und daß das Wohl ganz Schottlands auf dem Spiel steht. Robert the Bruce hat für unser Land vieles erreicht, was die meisten zunächst für unmöglich hielten: ehemals zerstrittene Gegner gegen einen gemeinsamen Feind – die Engländer – zu verbünden.«

Sein Blick durchbohrte sie, als wollte er bis tief in ihre Seele vordringen. Dann strich er ihr mit der Hand zärtlich über die Wange. »Es freut mich, das aus deinem Mund zu hören, mein Schatz. Das freut mich außerordentlich.«

Die darauffolgenden Tage verliefen ruhig. Sabrina schob ihren kräftigen Zopf aus dem Nacken. Der Nachmittag war heiß, und das Baby wurde mit jeder Stunde schwerer. Häufig war sie so erschöpft, daß sie jeden Nachmittag ruhen mußte.

Doch an diesem Tag gab es kein Ausruhen für sie. Sie hatte sich kaum hingelegt, als lautes Geschrei aus dem Innenhof erscholl. Sie eilte zum Fenster.

»Grenzräuber! Sie kommen hier entlang!«

Ian vernahm den Lärm ebenfalls und marschierte umgehend zu den Stallungen. Nur Sekunden später galoppierte er in einer riesigen Staubwolke durch das Tor. Das Geräusch donnernden Hufschlags drang an seine Ohren, da ein halbes Dutzend weiterer Soldaten bereits vorausjagten, und diesen schloß er sich an. Er erkannte mindestens drei, die zur persönlichen Garde des Bruce gehörten.

Drei Grenzräuber befanden sich genau vor ihnen. Einer von ihnen scherte nach rechts aus in Richtung Wald. Ian verfolgte ihn sofort. Aus den Augenwinkeln sah er, daß die beiden anderen Räuber sich ebenfalls trennten und einer nach Norden, der andere nach

Westen ritt. Schlau waren sie, denn ihre Fluchtchancen vervielfachten sich aufgrund dieser Taktik.

Er verengte seine Augen zu Schlitzen. Über den Hals seines Hengstes gebeugt, trieb er das Tier mit den Sporen zu Höchstleistungen an. Die von ihm verfolgte Beute war im Unterholz einer Baumgruppe verschwunden. Laut fluchend verfiel Ian in einen stürmischen Trab. Auf der Suche nach irgendwelchen Hinweisen schnellte sein Kopf ständig in sämtliche Richtungen.

Plötzlich erstarrte er. Obwohl er die Gefahr unterschwellig gespürt hatte, erhielt er einen kräftigen Schlag auf den Rücken. Unfähig, sich im Sattel zu halten, stürzte er zu Boden und landete in einem Haufen Laub. Für einen kurzen Augenblick war er benommen, während der Geruch von feuchter Erde in seine Nase drang und die Luft schmerzhaft aus seinen Lungen gepreßt wurde. Sobald er sich gefaßt hatte, drehte er sich auf den Rükken, wobei er instinktiv nach dem in seinem Stiefel steckenden Dolch griff. Ein heller Sonnenstrahl prallte auf den glänzenden Stahl, dann wirbelte sein Dolch hoch in die Luft und sauste davon, um weit entfernt auf dem Waldboden niederzugehen.

»Ich glaube nicht«, vernahm er eine blasierte Stimme direkt über seinem Kopf. Zwei Stiefel postierten sich jeweils rechts und links von seinen Hüften.

Mit schmerzverzerrtem Gesicht erkannte Ian seinen Angreifer.

Großer Gott, es war Jamie MacDougall!

Das Entsetzen über diese Erkenntnis flackerte in den Augen der beiden Männer auf.

Jamies Schwert war hoch erhoben und schwebte über ihm, um zum tödlichen Schlag auszuholen. In diesem Augenblick schossen Ian die unterschiedlichsten Gedanken durch den Kopf, da er wußte, daß sein Ende bevorstand – Kampfeslust funkelte in den stahlblauen Augen, die ihn hämisch musterten.

Aber der Schlag erfolgte nicht, und die Zeit schien stillzustehen.

»Tu es doch endlich«, stieß Ian zwischen zusammengebissenen Zähnen hervor. »Tu es, und dann hast du es hinter dir!«

Abrupt senkte Jamie sein Schwert. »Ich kann dich nicht töten«, erwiderte er mit gepreßter Stimme.

Ian schnappte rasselnd nach Luft. »Was, zum Teufel ...«

Energisch schob Jamie sein Kinn vor. »Ich werde dich nicht töten«, sagte er erneut. »Ich kann dich nicht töten.«

Aufgebrachtes Rufen drang durch den Wald.

Im Nu war Ian auf den Beinen, seine Gedanken rasten. Er machte keine Bewegung, um nach seinem Schwert zu greifen, statt dessen pfiff er nach seinem Hengst. Das Pferd schaute von den Büschen, an denen es graste, auf und trottete herbei.

Ian holte tief Luft. »Gib mir deinen Dolch«, sagte er tonlos.

Jamie reagierte nicht. Seine dichten Augenbrauen zogen sich über der Nasenwurzel zusammen.

»Um Gottes willen, Mann, gib mir deinen Dolch! Ich werde den anderen sagen, daß du mich verwundet hast.«

Langsam begriff sein Gegenüber. Er zog seinen Langdolch und warf ihn ihm hin.

Ian hob ihn auf. Entschlossen rammte er ihn tief in seine linke Schulter und spürte, wie er sich durch Stoff, Muskeln und Fleisch bohrte.

Unsäglicher Schmerz durchfuhr ihn. »Geh jetzt«, drängte er nervös. »Nimm mein Pferd und geh. Verschwinde!«

Der Schmerz wurde zunehmend intensiver. Während er auf die Knie sank, nahm er ein Knirschen im Unterholz wahr.

Er schloß die Augen, und betete, daß Jamie sich beeilen würde …

Das Donnern von Pferdehufen erschütterte den Waldboden. »Nicht so schnell, Bursche!« erklang ein Ruf.

Ian erschauerte. Sein Herz sank ins Bodenlose, als seine grauen Augen in blaue starrten. Gott im Himmel, er hatte es versucht. Aber es war zu spät …

Der Bruce befand sich persönlich unter den Männern, die kurze Zeit später in das Dorf ritten.

Und es war der Bruce selbst, der die Strafe verhängte.

Jamie MacDougall sollte im Morgengrauen gehenkt werden.

Während Fraser ihm die Wunde verband, grübelte Ian darüber nach, wie er es Sabrina erklären sollte.

Kurz darauf knarrte die Türe in ihren Angeln und das leise Rascheln von Röcken und süßer Lavendelduft zeugten von ihrer Anwesenheit. Sie marschierte direkt zu dem Sessel, in dem er saß. Ian sah nicht den stummen, fragenden Blick, mit dem sie Fraser bedachte. Fraser erwiderte ihn mit einem beruhigenden Lächeln.

»Diesmal wird er rasch genesen, Mädchen.« Mit einer tiefen Verbeugung ließ er die Eheleute allein.

Das Schweigen schien endlos zu währen. Keiner sagte ein Wort und Ian spürte ihren auf ihm lastenden Blick.

Er wand sich innerlich. Was dachte sie? O ja, zweifellos machte sie ihn verantwortlich. Zweifellos verurteilte sie ihn.

Er konnte sie nicht ansehen, als er sich schließlich äußerte. »Ich war es nicht, der ihn gefangengenommen hat, Sabrina.«

Gespannt wartete er … wartete endlos, wie es schien. Dann fühlte er, wie ihre Hand in einer behutsamen Berührung vorsichtig über seinen Schulterverband strich.

»Hat er das getan?«

Ihre Worte waren eher gehaucht als gesprochen. Ian schüttelte den Kopf. Wie es geschehen war, spielte letztlich keine Rolle mehr. Später würde er ihr die Wahrheit erzählen. Später …

Er hörte ihren Seufzer, in dem tiefe Erleichterung mitschwang.

Langsam hob Ian seinen Kopf – ihrem Blick standzuhalten, gestaltete sich als das Schwierigste in seinem bisherigen Leben. Jede Schlacht hätte er dieser Situation vorgezogen.

»Der Bruce hat das Urteil gesprochen«, beeilte er sich zu sagen. »Er soll bei Morgengrauen hängen.«

Ihre Augen füllten sich mit Tränen.

Ians Herz krampfte sich schmerzvoll zusammen.

Sie sank vor ihm auf die Knie und senkte ihren Kopf. Dann hob sie ihre Hände und tastete nach seinen Fingern. Als sie schließlich erneut den Kopf hob, um ihm ins Gesicht zu blickten, zitterten ihre Lippen.

»Bitte, Ian. Du kannst ihn nicht sterben lassen. Du darfst es nicht tun!«

»Er wird von einem Dutzend Männern bewacht, Sabrina. Ich riskiere meinen Kopf, wenn ich ihn befreie.« Alles in ihm ballte sich zu einem schmerzhaften Knoten zusammen. Seine Stimmung war plötzlich düster geworden. Aber vielleicht war ihr das egal, dachte er verbittert. Vielleicht war ihr sein Tod lieber als der Jamies. Schließlich war Jamie derjenige, den sie liebte …

»Ich … ich möchte dich keinesfalls dazu zwingen. Trotzdem, Ian, du könntest zum Bruce gehen. Und um sein Leben bitten. Ich … ich weiß, der Bruce wird ihn nicht freilassen, aber muß er wirklich sterben? Ian, ich flehe dich an … du bist der einzige, der ihn jetzt noch retten kann … der einzige …« Verhaltenes Schluchzen klang in ihrer Stimme.

Ian hatte dem Bruce und seinen Leuten für die Nacht

Quartier angeboten. Und jetzt erwarteten sie ihn unten.

Ian konnte nicht anders. Wenn er sich weigerte, würde sie ihn vielleicht für den Rest seines Lebens verachten. Andererseits wäre es auch nicht klug von ihm, sich den Bruce zum Feind zu machen, indem er ihn um Gnade für Jamie bat.

Sein Schweigen lastete schwer im Raum … und auf ihnen beiden.

Sabrina stieß einen unterdrückten Aufschrei aus. »Was, Ian! Kannst du das nicht? Oder willst du etwa nicht?«

Langsam erhob er sich, richtete sich kerzengerade auf und entzog sich ihrer Umklammerung. Sabrina verharrte auf ihren Knien und schaute mit flehendem Gesichtsausdruck zu ihm auf.

»Also gut. Ich werde ihn darum bitten. Aber ich warne dich, Sabrina. Ich habe wenig Hoffnung, daß der Bruce Milde zeigt.«

Dankbarkeit erfüllte ihre Augen. »Ich … danke dir, Ian.« Ihre Lippen bebten. »Vielen Dank.«

Wortlos verschwand Ian. Er konnte nichts sagen, weil in seiner Brust das Chaos wütete. Trotz seines Mitgefühls fragte er sich voller Bitterkeit, wie es wohl aussähe … wenn er derjenige wäre, der bei Tagesanbruch hängen sollte? Würde seine geliebte Frau auch um sein Leben gebettelt haben?

Darauf wußte er keine Antwort, und die Erkenntnis war wie ein Stich mitten ins Herz.

Er aß mit dem Bruce zu Abend und wartete auf den passenden Moment. Während ihres Mahls dachte er bei sich, daß Edward von England es vielleicht einmal bereuen würde, einen Mann wie Robert the Bruce eingesetzt zu haben, da der Bruce ein Mann von mächtiger Präsenz war – und unbarmherziger Entschlossenheit.

Nachdem der letzte Gang serviert worden war, entließ Robert seine Männer und wandte sich Ian zu.

»Irgend etwas macht dir Sorgen, Ian.«

Ian lächelte zaghaft. »Ja, Euer Gnaden. Es hat keinen Zweck, es länger hinauszuschieben.« Sein Lächeln erstarb. »Es betrifft den Gefangenen, Jamie MacDougall.«

»Was ist mit ihm?«

»Ich bitte Euch, mir dies nicht nachzutragen, Sir, da ich Euer Urteil in keiner Weise in Frage stellen möchte. Und ich bitte Euch, nicht an meiner Loyalität zu zweifeln, denn sie wird immer die Eure sein.«

Robert legte ihm eine Hand auf die Schulter. »Du hast lange und gut für mich gekämpft, Ian, und das werde ich dir nie vergessen. Sprich also offen zu mir, Mann.«

»Also gut, Euer Gnaden. Meine Frau Sabrina entstammt dem Clan der Kincaid aus den Lowlands. Sie und Jamie MacDougall standen einander früher sehr nahe. Sie bedauert zutiefst, daß er sterben muß. Aus diesem Grund bitte ich zwar nicht darum, daß Ihr ihn freilaßt, aber daß Ihr ihm das Leben schenkt.«

»Die MacDougalls sind mir schon seit vielen Monaten ein Dorn im Auge, Ian.«

»Ich bin mir dessen bewußt, Sir. Ginge es nicht um die zarten Gefühle meiner Frau, würde ich nicht fragen.«

Robert nickte, starrte in das flackernde Licht der Kerzen und strich sich über sein bärtiges Kinn.

Schließlich schüttelte er den Kopf. »Ich glaube nicht, daß dir deine Bitte leichtgefallen ist, Ian. Aber ich kann nicht mit schwacher Hand regieren. Wenn ich Nachsicht und Unentschlossenheit an den Tag lege, wird man mich immer als Schwächling ansehen. Als Schottlands Regent und Landesverteidiger muß ich mich auch wie ein solcher verhalten. Wenn die Feinde innerhalb meiner Landesgrenzen – die Comyns und die MacDougalls – erkennen, daß man mit ihnen gnadenlos verfährt, dann werden sie vielleicht begreifen, daß weitere Aufstände zwecklos sind.« Sein Tonfall war überaus ernst. »Meine Entscheidung steht fest. Jamie MacDougall wird bei Morgengrauen hängen.«

Mit diesen Worten wünschte Robert the Bruce ihm eine gute Nacht. Ian blieb sitzen, seine Stimmung war auf dem Nullpunkt angelangt. Die Minuten verstrichen.

Ein leises Geräusch verriet ihm, daß jemand im Raum war. Er schaute auf und bemerkte Sabrina, die mit einer Hand ihren Bauch abtastete. Äußerlich wirkte sie gefaßt, aber Ian ließ sich nicht täuschen. Stumm sah sie ihn mit großen, dunklen Augen fragend an.

Ians Kehle war wie zugeschnürt. Die Worte wollten nicht über seine Lippen kommen. Frustriert schüttelte er lediglich den Kopf.

Sie blickte ihn mit aschfahlem Gesicht an. Ihr Mund formte ein leises »nein« …

Bevor er wußte, wie ihm geschah, war Ian aufgesprungen. Als er seine Hand nach ihre ausstreckte, drehte sie sich mit einem erstickten Schluchzen weg … ein Laut, der ihn bis in die Tiefen seiner Seele anrührte.

Er ließ die Hände sinken, sah, wie sie die Treppe hinaufeilte und machte sich erbitterte Selbstvorwürfe. Er folgte ihr nicht, da er wußte, daß sie keinen Trost von ihm wollte. Nein, sie wollte gar nichts von ihm …

Er verspürte den Drang, mit der Faust gegen die Wand zu schlagen, statt dessen schleppte er sich gramgebeugt zum Kamin.

Dort verbrachte er die Nacht.

Ein schriller Hahnenschrei hieß den neuen Tag willkommen. Eine Gruppe neugieriger Zuschauer hatte sich bereits unter dem Felsengestade versammelt, wo der Galgen errichtet worden war. Ein langes Seil baumelte vom Querbalken herab.

Im Zuge der Aufregung bemerkte niemand die hochschwangere Frau, die sich mit gebeugtem Kopf und gesenktem Blick einen Weg zum Rand der Menge bahnte.

»Fangt endlich an!« ertönte ein lauter Ruf.

Ein pausbäckiger Mann rieb sich launig die Hände. »Los, los!« rief er. »Hängt den Verräter endlich!«

»Ja«, stimmte ein anderer zu. »Der Tag hat begonnen, und wir warten!«

Eine sanfte Morgenbrise vertrieb die letzten Spuren der diesigen Nacht. Der östliche Himmel schimmerte in rosaroten und bernsteinfarbenen Tönen. Dahinter erhoben sich die Berge in ihrer rauhen Pracht.

Es würde ein schöner, strahlender Tag werden ...

Sabrina war innerlich zerrissen. Die Vorfreude der Dorfbewohner auf das in Kürze stattfindende Ereignis schmerzte sie in ihrem Herzen, schmerzte sie bis in die Tiefen ihrer Seele. Dennoch konnte sie diese Leute nicht hassen. Für sie war Jamie MacDougall kein Mensch aus Fleisch und Blut, kein Mann, den sie gekannt und gestreichelt hatten, mit dem sie gelacht und dem sie vertraut hatten ...

Er war lediglich ein Symbol der Feindschaft, ein Verräter an dem Mann, der jetzt als ihr König vor ihnen stand.

»Da kommt er!« rief jemand.

Ja, und da war er, seinen Kerkermeister um einen halben Kopf überragend. Sein blondes Haar schimmerte im Sonnenlicht wie ein goldener Strahlenkranz. Obwohl seine Hände auf dem Rücken gefesselt waren, ging er weder gebückt noch stolpernd. Sein Gang war kraftvoll und sicher, die Linie seiner Schultern edel und gestrafft, die Haltung seines Kopfs tapfer und stolz.

Er sah dem Tod ins Auge, wie er sein Leben gemeistert hatte: unerschrocken und furchtlos.

Ihr Herz schrie auf. Jamie, dachte sie qualvoll. Oh, Jamie ... möge Gott dich beschützen ...

Er stellte sich auf einen Hocker. Die Schlinge wurde ihm um den Hals gelegt – sie glaubte beinahe den rauhen Strick auf ihrer Haut fühlen. Sie spürte die wärmenden Sonnenstrahlen auf ihrem Gesicht, die Morgenbrise mit ihrer angenehmen Frische. Über ihrem Kopf wölbte sich der Himmel in einem strahlenden Blau.

Ja, dachte sie schmerzlich. Ein wunderschöner Tag …

Ein Geistlicher trat vor und erteilte ihm den letzten Segen. Er zog sich zurück, und ein verhüllter Henker nahm seinen Platz ein. Er fragte, ob der Delinquent noch etwas sagen wollte.

Jamies Blick schweifte über die Menschenmenge. »Ja!« rief er. »Lang lebe Schottland!«

Sabrinas Herz pochte zum Zerspringen, und ihre Zähne gruben sich in ihre Lippen – sie schmeckte ihr eigenes Blut. Die Menge war still geworden, ihr Schweigen schien die gesamte Welt zu umspannen.

Der Hocker wurde fortgestoßen. Sie vernahm ein Geräusch – es war wie der Hieb eines Schwertes, der ihr Inneres spaltete …

Sein Körper zuckte. Rechts neben ihr rief jemand höhnisch: »Schau mal, wie der Bursche tanzen kann!«

Die Beifallsrufe der Zuschauer drangen wie von fern an ihre Ohren. Ihr Magen rebellierte, und eine unsägliche Übelkeit stieg in ihr auf.

Sie nahm die große Gestalt kaum wahr, die plötzlich an ihrer Seite auftauchte. Ians Gesichtsausdruck war aufgebracht. Sein starker Arm umfaßte ihre Schultern, und er versuchte, ihr Gesicht an seine Brust zu drücken.

»Sieh nicht hin«, rief er heiser. »Sieh nicht hin!«

Sie wehrte sich. Sie bekämpfte ihn mit all ihrer Kraft, gab aber keinen Laut von sich. Dann wandte sie den Kopf. Ihr starrer Blick war auf den Galgen fixiert.

Schließlich gelang es ihm, ihr Gesicht gegen seine Schulter zu drücken, und genau in diesem Augenblick hatte Jamie seinen Kampf verloren …

Ein Raunen ging durch die Menge.

Er spürte, wie sie die Luft ausstieß … als hätte sie ebenfalls den letzten Atemzug getan.

Am liebsten hätte Ian seinen Schmerz laut herausgeschrien.

Sie vergrub ihr Gesicht an seinem Hals. Sie gab keinen Laut von sich, aber er spürte ihre heißen Tränen auf seiner Haut … Tränen, die ihn beinahe zerrissen.

Er bückte sich und hob sie in seine Arme. »Aus dem Weg!« rief er. »Geht doch endlich beiseite!«

Kapitel 22

Sie schrie nicht auf – hätte sie es doch nur getan! Hätte sie doch nur geschrien, getobt. Gekreischt …

Sie war viel stärker, als er gedacht hatte. Viel stärker, als er je geahnt hatte …

Ihre Finger krallten sich sein Hemd – auf diese Weise hielt sie sich lediglich an ihm fest. Er spürte ihren tiefen, heftigen Atemzug.

In ihrer Kammer eilte er ohne Umschweife zum Bett. Sobald er seine Umarmung lockerte, drehte sie sich von ihm fort und wandte ihr Gesicht ab. »Laß mich allein«, bat sie mit erstickter Stimme. »Bitte, laß mich allein.«

Ian erstarrte. Er preßte die Lippen zusammen und ballte seine Hände zu Fäusten. Ihre Ablehnung traf ihn bis in die Tiefen seiner Seele. Plötzlich war er von Zorn erfüllt. Verdammt sollte sie sein, dachte er wütend. Verdammt sollte sie sein, sich von ihm abzuwenden! Sie wollte nichts mit ihm teilen, nicht einmal ihren Schmerz.

Er drehte sich auf dem Absatz um und stürmte aus dem Zimmer.

Im Rittersaal betäubte er seinen Schmerz mit einem Glas Ale.

Nach einer Weile bemerkte er einen Schatten hinter sich. Er blickte auf und sah Onkel Malcolm, der sich über ihn beugte.

Er deutete auf die gegenüberstehende Bank. »Setz dich, Onkel Malcolm.«

Der alte Mann tat, wie ihm geheißen, blinzelte ihn aber seltsam an.

Da Ian nicht wußte, was er sagen sollte, murmelte er

nur: »Es freut mich, daß du wieder genesen bist, Onkel.«

»Mein Junge, du hingegen siehst alles andere als gesund aus. Oder ist es der Schmerz des Herzens, der dich quält?«

Ian lächelte verhalten. Ach ja, der Blick des alten Mannes war manchmal ein wenig zu scharf.

»Jamie MacDougall, der Mann, den Bruces Truppen gestern schnappten, wurde heute morgen gehenkt, Onkel.« Seine Stimme war sehr leise. »Niemand weiß von dieser Geschichte … aber Jamie und Sabrina hatten einmal vor zu heiraten.«

Buschige Augenbrauchen zogen sich nach oben. »Tatsächlich?!«

Er runzelte plötzlich die Stirn. »Und das Mädchen ist jetzt todtraurig, oder?«

»Da kannst du sicher sein, Onkel.« Das Ale hatte seine Zunge gelöst, dachte Ian verschwommen. »Sie liebt ihn immer noch.«

»Nein, mein Junge, da irrst du dich.«

»Aber es stimmt, Onkel …«

Malcolm schlug mit der Faust auf den Tisch. »Siehst du es denn nicht selbst, mein Junge? Bist du denn mit Blindheit geschlagen?«

Ian kräuselte die Lippen. »Was sollte ich deiner Ansicht nach sehen? Genau in diesem Augenblick ist sie oben und trauert um den Mann, den sie liebt.«

Malcolm blickte seinen Neffen finster an. »Vielleicht trauert sie lediglich um den Freund, den sie jetzt verloren hat. Was ist daran falsch, Ian? Du bist derjenige, den sie liebt, mein Junge. Und statt hier zu sitzen und wie ein Vollidiot Ale in dich hineinzuschütten, solltest du besser nach ihr schauen!«

Aus Respekt vor dem Älteren erwiderte Ian nichts. Dennoch konnte er nicht anders, als spöttisch festzustellen, daß Malcolm jeglicher Realitätssinn fehlte, da

Ian wußte, daß seine Frau nichts von ihm wissen wollte.

»Ihre Kammerzofe – Edna – erzählte mir, daß Sabrina während meiner Erkrankung häufiger nach mir schaute. Es ist merkwürdig, da ich bei ihrem Eintreffen auf der Burg dachte, sie wäre Fionna ungeheuer ähnlich. Und Edna erzählte mir, daß ich an jenem Tag getobt und sie angeschrien habe, da ich überzeugt war, es wäre Fionna, die mich pflegte. Ich entsinne mich nicht mehr, denn gelegentlich gibt es wirklich Tage, an denen ich mich an nichts erinnere.« Der Blick des alten Mannes wurde eindringlich. »Aber sie ist nicht wie Fionna, und wenn einer das weiß, dann bist du es, mein Junge, denn du bist keinesfalls ein solcher Narr wie dein verstorbener Vater.« Er schaute ihn durchdringend an. »Aber vielleicht bist du es doch, wenn du nicht einmal weißt, daß sie dich liebt!«

Onkel Malcolm verließ ihn und überließ ihn seinen Gedanken – und seinem Bier. Und es mußte das Bier gewesen sein, welches ihn grübeln ließ ... hatte der Onkel recht? Liebte Sabrina ihn? Oder handelte es sich lediglich um die wunderlichen Phantasien eines alten Mannes?

Das nächste, an das er sich erinnerte, war, daß er an der Tür zu seiner Kammer stand. Als er sie leise öffnete und ins Zimmer schaute, lag Sabrina nicht wie erwartet im Bett. Statt dessen stand sie mit verwirrtem Gesichtsausdruck mitten im Raum. Sie blickte an ihrem Kleid hinunter, das an ihren feuchten Schenkeln klebte.

Langsam wandte sie den Kopf. Als sie ihn erblickte, riß sie die Augen weit auf. Eine Hand glitt langsam über ihren Bauch. Sie krümmte sich unmerklich, während sich ihr reizendes Gesicht sich zu einer schmerzverzerrten Grimasse verzog.

»Ian«, keuchte sie, »dein Sohn kommt.«

Für einen Moment stand er wie angewurzelt da. Sein

Herz schien stillzustehen. Das Baby, dämmerte es ihm. Das Baby kam …

Er stürzte zum Gang. »Edna«, brüllte er, »laß die Hebamme holen!«

Er eilte zu Sabrina zurück. Ihr erschrockener Gesichtsausdruck traf ihn bis ins Mark. Bevor er sie umarmen konnte, kam Edna hereingeschneit. »Ich habe Marcus zur Geburtshelferin geschickt!« rief sie. Typisch Frau hatte sie die Situation im Handumdrehn im Griff. »Hier, Mylady, lassen Sie mich Ihnen ein trockenes Nachtkleid überstreifen, und dann müssen wir Sie wieder ins Bett schaffen.«

Ian stand daneben und fühlte sich völlig fehl am Platz. Nachdem Sabrina wieder in ihrem Bett lag, trat er zu ihr und ergriff ihre Hand. Ihre Finger lagen eiskalt zwischen den seinen.

Um sicherzugehen, fragte er sie, ob sie seine Anwesenheit wünsche.

»Bleibe! Nein«, keuchte sie. »Nein! Geh!«

Sein Lächeln gefror auf den Lippen. »Wie du meinst«, bemerkte er angespannt.

Voller Nervosität nahm er erneut seinen Platz im Rittersaal ein, stemmte die Ellbogen auf den Tisch … und verlangte nach einem weiteren Bier.

Alasdair und mehrere andere gesellten sich zu ihm, aber ihm war nicht nach Reden zumute. In düstere Gedanken versunken brütete er schweigend vor sich hin.

In ihr hatte er alles gefunden, wonach er sich sehnte, alles, was er sich jemals erträumt hatte … um sie erneut an Jamie zu verlieren. Er hatte geglaubt, daß er ihr mittlerweile nahestand, aber nein, es war Jamie, den sie liebte. Jetzt und in alle Ewigkeit …

Aber es war sein Kind, das sie unter dem Herzen trug.

Sein Blut von siedendem Zorn in Wallung gebracht, kippte er sein Ale hinunter. Entschlossen reckte er sein

Kinn. Bei Gott, er würde sich nicht von der Geburt seines Sohnes ausschließen lassen – das Baby war schließlich auch sein Kind!

Aufgebracht nahm er in Riesensätzen die Treppe.

Entschlossen stieß er die Tür auf. Er schwankte ein wenig, als er schließlich auf der Schwelle stand, und mußte sich am Türrahmen festhalten, um aufrecht zu stehen. Edna schnappte nach Luft, sagte aber nichts.

Meredith, die Hebamme, stemmte mit hochroten Wangen energisch ihre Hände in ihre ausladenden Hüften. »Eine Geburt ist kein angemessener Aufenthaltsort für einen Mann«, platzte sie heraus, »egal, ob er Clanchef oder sonstwer ist! Und jetzt raus mit Ihnen!«

Eine arrogante schwarze Braue erhob sich. »Dies ist meine Burg, Lady, und ich lasse mir mein Hausrecht nicht verbieten!«

Ihr Kinnladen klappte herunter. »Dann verhalten Sie sich ruhig, und mischen Sie sich nicht ein!« ordnete sie grimmig an.

Ian schaute sie grollend an und ließ sie reden. Mit vier schnellen Schritten stand er neben ihr am Bett, doch der Anblick, der sich ihm dort bot, ließ ihn beinahe in die Knie gehen.

Sabrina lag in den Kissen und wirkte klein und zerbrechlich, ihre Haut war leichenblaß. Ihr Brustkorb hob und senkte sich in schnellen, stoßweisen Atemzügen. Als er einen Stuhl ans Bett zog, hoben sich ihre Lider.

»Ian«, flüsterte sie. »Du solltest nicht hier sein.«

Sein Herz verkrampfte sich. Ihre smaragdgrünen Augen waren der einzige Farbtupfer in ihrem bleichen Gesicht.

»Ach«, sagte er feierlich. »Ich habe dir doch versprochen, daß ich da sein würde. Und ein Versprechen geben, bedeutet, ein Versprechen halten, nicht wahr?«

Sie versuchte zu lächeln, doch ihr Lächeln verkrampfte sich vor Schmerz, als sie von einer Wehe erfaßt wurde. Ihr Keuchen wurde zu einem leisen Wimmern, als diese schließlich nachließ.

Ian beugte sich vor. Er griff nach einem Leinentuch, das über dem Rand einer Waschschüssel hing, und tupfte ihr den Schweiß von der Stirn.

»Du darfst den Atem nicht anhalten, Liebling«, murmelte er. »Das macht den Schmerz nur noch schlimmer.« Das war ihm bekannt, wenn auch nicht aus eigener Erfahrung, so doch von den schwerverwundeten Männern, die er gepflegt hatte. Er legte das Tuch beiseite und umschloß ihre Hände warm und tröstend mit den seinen.

»Hier, mein Liebling, nimm meine Hände.« Er sprach beruhigend und ermutigend. »Wenn der Schmerz das nächste Mal kommt, drücke so fest, wie du willst.«

Meredith sah Edna überrascht an. Konnte es sein, daß dieser Mann am Ende doch nicht störte?

Kaum hatte er das gesagt, als eine weitere Wehe ihren Unterleib erschütterte. Sie kamen jetzt in immer kürzeren Abständen, beinahe regelmäßig. Obwohl sie nicht schrie, waren ihre Lippen doch zerbissen und blutig, während sie ihre Schmerzen tapfer ertrug. Ian war zutiefst erschüttert – zum ersten Mal zog er die Möglichkeit in Betracht, sie zu verlieren, da er sich nicht vorstellen konnte, daß sie solche Schmerzen lebendig überstehen würde.

Sein Gesicht war aschfahl, als er ihr Mut zusprach. Er bemerkte, daß sie zunehmend schwächer wurde und sie die Luft aus ihren Lungen preßte. Dennoch wurden ihre Anstrengungen immer größer, immer qualvoller. Eine weitere Wehe ergriff sie, diesmal länger und heftiger als alle bislang dagewesenen. Als sie verebbte, fiel sie kraftlos und erschöpft in ihre Kissen zurück.

Ian versuchte, seine Furcht vor Sabrina zu verbergen, und wandte sich mit entsetztem Blick an Meredith. »Gütiger Himmel! Nimmt das denn niemals ein Ende?«

Es war ein Stoßgebet, ein Flehen.

Am Fußende des Bettes schaute Meredith unter die Tücher. Zu seiner Verwunderung gab sie ein schrilles Lachen von sich. »Oh, Sie machen sich unnötig Sorgen, Mylord! Denn genau in diesem Augenblick erscheint der Kopf!« An Sabrina gewandt drängte sie: »Los jetzt, Mädchen, du hast es fast geschafft. Das nächste Mal mußt du fester pressen, denn dein Baby ist bestrebt, das Licht der Welt zu erblicken!«

Er hatte keine Vorstellung, daß sich zwischen ihren Schenkeln ein enormer Druck entwickelt hatte. Ein furchtbarer Schmerz ließ sie beinahe schwarz vor Augen werden. Obwohl sie versuchte, ihn zu unterdrücken, gellte kurz darauf ein gequälter Schrei über ihre Lippen.

Ian wurde kreidebleich. Er hielt ihre Hände fest umklammert. »Sabrina ...«, stotterte er.

Aber dann hörte er Merediths Stimme, die Sabrina genaue Anweisungen gab: »Ja, so ist es richtig, Mädchen! Halte durch, denn dein Baby ist fast da!«

Sabrina nahm alle Kraft zusammen und beugte ihren Kopf. Sie war sich der Anwesenheit von Ian, der ernst und mit bewegtem Gesicht an ihrer Seite saß, kaum bewußt. Mit geschlossenen Augen straffte sie ihren Rücken und preßte gewaltig. Ihre Nägel gruben sich dabei in seine Handflächen.

Das Baby glitt aus ihr heraus, und im nächsten Augenblick gellte ein hoher, markerschütternder Schrei durch den Raum. Erschöpft fiel Sabrina in die Kissen zurück, so ermattet, daß sie am ganzen Körper zitterte.

Vollkommen betäubt erhob Ian sich. Er begriff nur, daß es endlich vorüber war, daß Sabrina nichts geschehen war, daß er sie nicht verloren hatte.

Jemand berührte ihn am Ellbogen. Es war eine strahlende Edna. »Eine Schönheit, Mylord!« sagte sie mit einem unterdrückten Schluchzen. »Ja, eine wahre

Schönheit!« Sie drückte ein in weiße Tücher gehülltes Bündel in seine Armbeuge.

Verwirrt schaute Ian hinunter. Er blickte in ein ernstes, kleines Gesicht mit haarfeinen Brauen über einer winzigen Nase. Es hatte kaum Haar, aber der vorhandene Flaum war schwarz wie die Nacht – schwarz wie sein eigenes Haar.

Er erschauerte. Er war in einem Strudel von Empfindungen gefangen, die ihn erschauern ließen. Gott, wenn er daran dachte, daß er einmal den Gedanken gehegt hatte, das Baby könnte nicht von ihm sein …

Er faltete die Windeln auseinander, um das Kind genauer zu betrachten, und begutachtete es dann überaus verwundert.

»Ian … Ian, bitte …«

Sabrina blickte ihn flehentlich an. Sie hatte tiefe Ringe unter den Augen, aber er erkannte, daß sie sich danach sehnte, daß Baby anzuschauen. Schnell setzte er sich auf den Bettrand, so daß sie mit eigenen Augen das herrliche Wunder, welches sie geschaffen hatten, betrachten konnte.

Sie rümpfte die Nase. Ein Ausdruck des Abscheus huschte über ihr Gesicht. »Ian, du bist … betrunken!«

Er kicherte. »Das bin ich, mein Schatz. Aber nicht so betrunken, daß ich nicht Junge von Mädchen unterscheiden kann!«

Ihr Mund öffnete sich. »Was!« hauchte sie. »Willst du damit sagen …«

»Der Sohn, den du deiner Meinung nach unter dem Herzen trugst, Liebling … ist …«

»Ein Mädchen!« rief sie bekümmert. »Großer Gott, und ich war mir so sicher, daß wir einen Sohn haben würden!«

In diesem Augenblick fing das Baby an zu schreien.

Ian lachte zufrieden, und Sabrina sah ihn mit flehenden Augen an. »Ian, kann ich … sie halten?«

Seine Augen bekamen einen sanften Ausdruck. Er drehte sich ein wenig, um sie mit seinem freien Arm anzuheben, so daß sie sich bei ihm anlehnen konnte. Er legte das kostbare Bündel in ihre Armbeuge. »Ja«, sagte er zärtlich, »ein hübsches kleines Luder ...«

Er beugte sich vor und drückte seine Lippen auf die zarte Stirn ihres winzigen Köpfchens.

Tränen stiegen ihr in die Augen, da aus dieser Liebkosung der ganze Stolz eines Vaters sprach. Ihre Hände tasteten nach den Windeln, und sie entblößte den winzigen Körper, um es mit ihren eigenen Augen zu sehen. Ein Seufzer der Zufriedenheit entwich ihrer Brust, und ihr glückseliges Lächeln erfüllte ihn mit unbändiger Freude.

»O Ian, sie ist süß, nicht wahr?«

»Ja«, sagte er rauh. »Das ist sie.« Er umschlang Mutter und Tochter und wiegte sie zärtlich in seinen Armen, da sie für ihn kostbarer als sein eigenes Leben waren. Seine überschwenglichen Emotionen ließen seine Brust vor Stolz schwellen, aber leider hatte seine Freude einen negativen Beigeschmack. Bittere Ironie dämpfte seine Euphorie.

Ja, jetzt lächelte sie, aber wie würde es in den kommenden Tagen sein? Jamie MacDougall war tot. Und ihr Kind hatte an dem Tag das Licht der Welt erblickt, an dem er sein Leben ausgehaucht hatte. Würde sie ihm je vergeben? Konnten sie jemals vergessen ...?

Seine Umarmung wurde fester. Ein übersteigertes Gefühl des Besitzanspruches übermannte ihn. Sie mußte es. Sie mußte ihm vergeben. Denn sie war seine Frau. Seine Frau ...

Und wenn es bis an sein Lebensende dauerte, er würde sie dazu bringen, ihn zu lieben.

Die darauffolgenden Tage waren alles andere als einfach. Sabrina kam rasch wieder zu Kräften, und dafür war sie von Herzen dankbar. Aber es gab Momente, in denen sie von einer melancholischen Traurigkeit erfaßt wurde, der sie sich nur mühsam entziehen konnte.

In diesen Augenblicken dachte sie intensiv an Jamie. Sie trauerte tief um ihn und war zornig, daß das Schicksal so grausam gewesen war und ihm jegliche Chance auf Leben und Glück geraubt hatte. Ohne das Baby wären ihre Tage unerträglich gewesen. Sie sah Ian nur zu den Mahlzeiten, da er es sich seit der Geburt des Babys zur Angewohnheit gemacht hatte, in der Kammer neben dem Rittersaal zu nächtigen. Sein Verhalten war höflich und zurückhaltend, aber die Intimität war verloren gegangen.

Sie hatten das Baby Elizabeth genannt – Ian pflegte sie seine hübsche, kleine Beth zu nennen. Er hatte Freude an seiner Tochter, denn er kam täglich, um sie zu sehen, zu halten und zärtlich zu lachen, wenn sie ihre rosigen Lippen kräuselte oder ihre winzigen Brauen über Augen hochzog, die, so prophezeite er, so grün wie die ihrer Mutter werden würden. Eine unverhüllte Zärtlichkeit lag in solchen Momenten in seinem Blick – eine Zärtlichkeit, die sie sowohl mit Freude, als auch mit Schmerz erfüllte.

Die Erinnerung an Elizabeths Geburt würde sie für immer bewahren – o nein, nicht wegen der Schmerzen, denn die waren schnell vergessen. Nein, sie würde die Empfindung, wie Ian sie an seine Brust gezogen, wie er sie und das Baby in den Armen gewogen hatte, stets in ihrem Herzen tragen. Er hatte sich so zärtlich und liebevoll verhalten, und es war der herrlichste Moment ihres Lebens gewesen.

Und jetzt ... jetzt wollte sie das alles erneut spüren, aber sie wußte nicht wie ... Sie vermißte die Nähe, die Wärme seines Körpers neben dem ihren in der Stille der Nacht, das gleichmäßige Pochen seines Herzens an ihrem Ohr, und alles in ihr schrie ihren Seelenschmerz heraus. Was war geschehen? Warum verhielt er sich so distanziert und unnahbar?

Zwei Wochen später hob sie einen wimmernden Säugling aus der am Fußende des Bettes stehenden Wiege. »Aber ja, gleich geht es los«, kündigte sie mit einem gurrenden Lachen an. »Bist du denn so hungrig?«

Sie ließ sich auf einem Stuhl neben dem Kamin nieder und öffnete ihr Kleid. Sie schmunzelte, als das Baby gierig nach ihrer Brustwarze suchte und plötzlich seine Schreie verstummten. Elizabeth war kein Kostverächter – was ihre Mutter nur bestätigen konnte! – und hatte daher bereits Babyspeck angesetzt. Ihre kleinen Wangen waren rundlich, ihr Bauch wohlgenährt. Sabrina hatte die Dienste einer Amme abgelehnt, da sie sich nichts Schöneres vorstellen konnte, als den winzigen Körper ihres Kindes zu liebkosen und an sich zu drücken.

Leise vor sich hinsummend, schaute sie aus dem geöffneten Fenster. Der Tag war heiß, beinahe drückend gewesen, und sie begrüßte die frische Brise, die in die Kammer wehte. Der blutrote Schleier der Abenddämmerung bedeckte inzwischen den Himmel.

Elizabeth hob eine Faust in die Luft, während sie geräuschvoll saugte. Sabrina ergriff sie, führte sie an ihre Lippen und lächelte, während sie die winzigen Fingerknöchel küßte.

Die Tür knarrte. Sabrina schaute auf, als Ian eintrat.

Als er sie sah, blieb er abrupt stehen. Sein Gesicht war ausdruckslos. »Verzeih mir«, sagte er knapp. »Ich hätte klopfen sollen.«

Sie schüttelte den Kopf. »Dafür besteht kein Anlaß«, meinte sie sanft. »Dies ist deine Kammer.«

Für einen Augenblick stand er ganz still, so still, daß sie dachte, er hätte es nicht gehört. Sein Blick war auf die üppige Fülle einer elfenbeinfarbenen, von blauen Adern durchzogenen Brust geheftet, die entblößt vor ihm lag. Sabrina spürte, wie sich ihre Wangen röteten, da es das erste Mal war, daß er hereinkam, während sie Elizabeth stillte. Aber sie bedeckte ihre Blöße nicht. Vielmehr beschleunigte sein beharrlicher Blick ihren Puls.

Am ganzen Körper bebend warf sie ihm ein – wie sie hoffte – ermutigendes Lächeln zu. Erst jetzt konnte er sich von ihrem Anblick losreißen.

»Ich ... ich muß gehen«, stotterte er.

Furcht und Sehnsucht übermannten sie. Das Verlangen, ihn zu berühren, war übermächtig. Sie sehnte sich danach, mit ihren Fingern seine Wangen zu streicheln, seine Arme stark und fest auf ihrem Rücken zu fühlen. Sie spürte das schmerzliche Verlangen, ihm wieder nah zu sein.

Ihre Augen hingen an den seinen. Während sie ihren ganzen Mut zusammennahm, benetzte sie ihre Lippen. »Ian, du ... du brauchst nicht zu gehen.«

Er machte eine schroffe Handbewegung. »Ich muß noch andere Angelegenheiten erledigen.«

Ihr Lächeln erstarb. »Ian, bitte ... können wir nicht miteinander reden?«

»Später, Sabrina. Nicht jetzt.« Sein Tonfall war beinahe grob. Er vermittelte ihr keinerlei Zuneigung, sondern starrte sie lediglich mit diesem verschlossenen Blick an, den sie so zu fürchten gelernt hatte.

Bitte nicht, wollte sie rufen. Ach, siehst du denn nicht, daß ich dich brauche? Ich brauche dich jetzt, Ian. Jetzt und immer ...

Aber er marschierte bereits zur Tür.

Sabrina war auf einmal innerlich zerrissen, ihr Herz voller Qual. Ich liebe ihn, dachte sie hilflos. Ich liebe ihn so sehr. Und plötzlich war nur noch wichtig, daß auch er das wußte.

Schnell legte sie das Baby in seine Wiege zurück und rannte zur Tür. Aber Ian war fort, das Echo seiner Schritte verhallte im Gang.

Elizabeth schrie, da sie noch nicht satt war.

Tränen trübten Sabrinas Blick, aber sie wollte der Verzweiflung nicht nachgeben. Sie rannte zurück zur Wiege, hob Elizabeth heraus und legte sie an ihre Brust, während sich ihre Tränen mit denen des Babys vermischten.

Später, beschloß sie. Später würde sie es Ian sagen. Ihm gestehen, daß sie ihn liebte … und – und beten, daß er sie mit der Zeit ebenfalls lieben würde, und sei es nur als Mutter seines Kindes.

Aber Elizabeth hatte großen Hunger, und sie brauchte eine Weile, um sie in den Schlaf zu schaukeln. Als Elizabeth schließlich behaglich in ihrer Wiege schlummerte, trug sie Edna auf, bei dem Baby zu bleiben, und machte sich dann auf die Suche nach Ian.

Sie betrat gerade den Gang, als jemand sie rief.

»Sabrina!«

Es war Alasdair. »Alasdair«, fragte sie atemlos, »hast du Ian gesehen?«

»Ja.« Er nickte. »Ich habe sogar eine Nachricht für dich. Er trug mir auf, dich zu suchen und zu bitten, ihn im Wehrgang am Nordturm zu treffen.«

Im Wehrgang? Für Sekundenbruchteile überlegte sie, daß das ein seltsamer Ort war … Vielleicht aber auch nicht. Nein, er war hervorragend gewählt. Dort waren sie allein und ungestört. Sie konnten reden, ohne belauscht zu werden oder Elizabeth aufzuwecken.

Sie drückte seinen Arm. »Danke, Alasdair.«

Schnell lief sie zur Turmtreppe. Völlig außer Atem erreichte sie die letzte Stufe. Ihr Herz schlug heftig, gleichzeitig ängstlich und erwartungsvoll, aber auch ungeduldig, daß es bald vorüber sein möge. Und dennoch fürchtete sie sich beinahe, denn was war, wenn Ian sie verschmähte? Nein. Nein. Das würde nicht geschehen. Darauf wollte sie auch nicht einen Gedanken verschwenden …

Der Turm lag verlassen da, als sie hinaustrat. Ein Schauer fuhr über ihren Rücken, da es bereits dunkel war. Sie hätte daran denken sollen, eine Kerze mitzunehmen.

Während sie noch überlegte, tauchte der gelbe Schein einer Fackel vor ihr auf. Sabrinas Herz machte einen freudigen Satz. Doch dann blieben ihr die Worte im Halse stecken.

Denn es war nicht Ian, der aus dem Schatten hervortrat …

Es war Margaret.

Kapitel 23

Schon bald darauf stieg Ian die Treppe erneut hinauf. Er schämte sich entsetzlich, denn er wußte nicht, welcher Teufel ihn geritten hatte, Sabrina so abrupt zu verlassen. Er schürzte die Lippen und verspottete sich im stillen. Er war ein Feigling – ein gräßlicher Feigling!

Ihm war bewußt, daß er der Wahrheit ins Auge blicken mußte. Er konnte sich vor ihr nicht verstecken. Ein schmerzliches Band umklammerte seine Brust und schnürte ihm die Luft ab. Wenn sie Jamie immer noch liebte, dann war das unabänderlich. Vielleicht würde sie ihn mit der Zeit vergessen. Schließlich war sie seine Frau und sie teilte Tisch und Bett mit ihm. Sie hatte sein Kind geboren, und so Gott wollte, würde es eines Tages weiteren Nachwuchs geben. Er konnte sich ein Leben ohne seine kleine rothaarige Zauberin einfach nicht vorstellen. Es wäre wertlos und kalt ... ein gräßliches Dasein.

Dummkopf! schalt ihn seine innere Stimme. War es denn verwunderlich, daß sie nichts mit ihm zu tun haben wollte? Er hatte sie von Dunlevy fortgeholt, von allem, was ihr lieb und wert war – von ihrem geliebten Jamie. Er hatte sie geheiratet – ja, und sie verführt –, und das alles, weil sie in ihm eine nie gekannte Leidenschaft geweckt hatte. Er hatte sie begehrt. Er war entschlossen gewesen, sie zu besitzen ... und so war es geschehen. Ihre Wünsche hatten in seinen Plänen keine Rolle gespielt, da er selbstsüchtig nur an sich gedacht hatte.

Und vielleicht war er immer noch so egoistisch wie eh und je. Denn er durfte sie nicht verlieren. Er konnte sie nicht aufgeben.

Ihre Melancholie zehrte an ihm, und er wußte nicht,

wie er sich ihr nähern sollte. Aus Rücksicht auf ihre Trauer und die Geburt des Babys hatte er in den vergangenen Nächten ein anderes Zimmer bewohnt. Aber er fühlte sich wie ein Fremder – und das in seinem eigenen Haus! –, der vollkommen aus der Bahn geworfen und unsicher war, wohin er sich wenden sollte. Vielleicht war es Hochmut, doch dieses Gefühl war ihm unbehaglich.

Sie konnten nicht so weiterleben wie bisher, dachte er angespannt. Er mußte ihr gegenübertreten … und zwar sofort. Er wollte wieder in ihrem Bett schlafen – in ihrem gemeinsamen Bett. Er wollte einen Platz in ihrem Herzen …

Denn er hatte sein eigenes schon vor langer, langer Zeit an sie verloren.

Das waren seine Gedankengänge, als er seine Kammer zum zweiten Mal innerhalb einer Stunde betrat. Ein schneller Blick auf Beth bestätigte ihm, daß sie wohlig in ihrer Wiege schlummerte. Aber es war Edna und nicht Sabrina, die sich bei seinem Eintreten aus dem Sessel erhob.

»Wo ist deine Herrin, Edna?«

Edna war erstaunt. »Warum, ich dachte, sie sei bei Ihnen, Mylord.«

Ian schüttelte den Kopf. »Ich habe sie nicht gesehen, seit ich diesen Raum vor etwa einer Stunde verließ.

Edna schaute ihn verwirrt an. »Sie rief mich, weil ich bei Elizabeth bleiben sollte. Doch als sie ging, vernahm ich im Flur die Stimme Ihres Cousins, der ihr eine Nachricht überbringen sollte – eine Nachricht von Ihnen.«

»Von mir!« Ian war verdutzt. »Aber ich hatte ihm nichts dergleichen aufgetragen.« Seine Augen verengten sich zu Schlitzen. »Ist das alles?« verlangte er zu wissen.

»Ich glaube, er sagte, Sie wollten sie auf dem Nordturm treffen – im Wehrgang, wenn ich recht gehört habe.«

Ian war sehr still geworden. Aufflackernde Unruhe wühlte in ihm. Alasdair ... das war merkwürdig, überaus merkwürdig. Und es gefiel ihm gar nicht – nein, nicht im geringsten!

Er faßte Edna bei den Schultern. »Bist du sicher?«

Edna schien bestürzt. »Ganz sicher, Mylord.« Sie holte tief Luft. »Mylord, was ist denn passiert? Ist alles in Ordnung?«

Ians Gesichtsausdruck verfinsterte sich. Er wirbelte herum und stürmte zur Tür. »Wir wollen es hoffen«, rief er über seine Schulter zurück. »Sprich dennoch ein Gebet für sie, Edna – und für mich ebenso.«

Sabrinas Herzschlag setzte für Sekundenbruchteile aus. Vor ihren Augen drehte sich alles. Margaret war doch ertrunken! Warum war sie nicht tot?

»Was ist denn, Sabrina? Hast du keinen Willkommensgruß für deine eigene Schwester übrig?«

Sabrina starrte, überzeugt, daß ihre Wahrnehmung ihr einen Streich spielte, und doch wissend, daß das nicht sein konnte. Das war kein Geist, sondern eine Frau aus Fleisch und Blut, eine Frau, die allem Anschein nach in diesen vergangenen Monaten gesund und munter gewesen war. Ihr dünnes, weißes Kleid betonte ihre schlanke Gestalt.

Sabrina war sprachlos. »Margaret«, brachte sie schließlich hervor. »Margaret, wie ist das möglich ... wir alle dachten, du seiest tot!« Kopfschüttelnd unterbrach sie sich, als könnte sie es nicht fassen, und tatsächlich war das auch der Fall! Plötzlich sprudelten die Fragen aus ihr hervor, kamen ihr unüberlegt über die Lippen. Sie war freudig erregt. Sie war wütend. In Wahrheit aber war sie schrecklich durcheinander!

»Margaret, was tust du hier ... wo warst du die ganze Zeit? Was ist mit Papa … weiß er eigentlich, daß du lebst?«

»Nein, Schwesterherz. Niemand weiß es. Niemand außer uns dreien.« Margaret starrte auf einen Punkt hinter ihr.

Sabrina warf einen Blick über ihre Schulter. Alasdair stand mit funkelnden Augen hinter ihr.

Mit einem Mal verstand sie. Niemand weiß es … außer uns dreien. Sie selbst, Margaret … und Alasdair.

Ein Schauer fuhr ihr über den Rücken. Irgend etwas stimmte da nicht, stellte sie fest. Nein, keinesfalls.

Margarets Lächeln war ihr unverständlich. Aber das Funkeln in ihren Augen … Sabrina wurde es bis in die Fingerspitzen eiskalt.

Alasdair kam einen Schritt näher.

Plötzlich hatte sie das Gefühl, in eine Falle getappt zu sein, aus der es kein Entrinnen gab, da Alasdair zwischen ihr und der Treppe stand.

»Margaret, bitte, sag … sag jetzt nicht, daß du deinen Tod vorgetäuscht hast!«

Margaret lachte nur, ein schriller Laut, der Sabrina das Blut in den Adern gefrieren ließ. Sie war erneut entsetzt, aber diesmal aus einem völlig anderen Grund. Ihr Instinkt suggerierte ihr, daß sie es besser nicht zu erkennen gab.

»Margaret … Mein Gott, wie konntest du Papa das antun? Ihm brach das Herz, als er von deinem Tod erfuhr. Er liebte dich so sehr …«

»Ja, er liebte mich. Er liebte mich weitaus mehr als dich, Schwesterherz.«

Ihr Tonfall war hämisch.

Sabrina erschauerte. »Ich … ich bin mir dessen durchaus bewußt. Aber es gab keinen einzigen Tag in meinem Leben, an dem ich dir etwas Böses gewünscht hätte. Das hat mich nicht davon abgehalten, dich zu lieben – in keinster Weise.«

»Du hast schon immer ein viel zu weiches Herz gehabt, Sabrina.« Aus Margarets Mund klang es wie ein Fluch.

Sabrina war totenblaß geworden. »Warum?« fragte sie mit sehr leiser Stimme. »Warum hast du das gemacht?«

»Die Erklärung ist ganz einfach, Sabrina. Siehst du, ich verspürte keinesfalls das Bedürfnis, Ian zu heiraten. Und als Alasdair mit ihm nach Edinburgh kam, war ich mir meiner Sache hundertprozentig sicher.« Sie machte eine kurze Pause. »Du erinnerst dich doch noch daran, oder, meine Liebe? Du konntest uns nicht begleiten – es war kinderleicht, dich vorübergehend außer Gefecht zu setzen – mit etwas Vogelmiere in deinem Tee.«

Sabrina war entsetzt. »Das hast du getan? Du hast mich absichtlich vergiftet, damit ich nicht reisen konnte?«

»Papa hätte dich ohnehin nur zähneknirschend mitgenommen. Also, warum regst du dich so auf?«

Margaret lächelte scheinheilig, und Sabrina begann zu verstehen ...

»Bitte sprich weiter«, sagte sie ruhig. »Was geschah in Edinburgh?«

Margaret lächelte Alasdair an, der ihr daraufhin eine Kußhand zuwarf. »Alasdair und ich verliebten uns«, erzählte sie fröhlich. »Obwohl das keiner wußte, trafen wir uns in den vergangenen Jahren viele Male. Und als Ian nach Dunlevy kam, um mich zu heiraten ... nun, da wußte ich, was zu tun war.«

»Du warst entschlossen, Ian nicht zu heiraten, nicht wahr?«

Margaret riß ihre blauen Augen auf. »Schau an, Sabrina, vielleicht bist du schlauer, als ich dachte.«

Sabrina grub ihre Fingernägel in die Handflächen. »Du warst es, die mich in die gräßliche Kammer unter der Treppe sperrte, nicht wahr?«

»Nein, meine Liebe. Das war Alasdair.«

Sabrina zitterte. »Warum? Warum?«

»Das war keineswegs geplant, nein, zumindest nicht von Anfang an, da uns ja nicht klar war, daß du Ian heiraten würdest. Doch nach eurer Eheschließung beschlossen wir, dich aus dem Weg zu räumen, weil du eine Gefahr für uns darstelltest. Wir konnten es nicht riskieren, daß du unsere Machenschaften vielleicht irgendwann aufdecken würdest. Und alles paßte hervorragend zusammen. Wir mußten nur den richtigen Zeitpunkt abwarten, weil der Mord an Fionna Ians Namen bereits einmal ins Gerede gebracht hatte. Als ich ›starb‹, brauchte Alasdair dich nur etwas durch Fragen über meinen Tod zu verunsichern. War es ein Unfall ... oder vielleicht doch nicht? Wir mußten lediglich Verdachtsmomente streuen, daß Ian bei diesen beiden Todesfällen seine Hand im Spiel gehabt haben könnte.« Sie lachte hämisch. »O ja, es war alles so einfach – und so amüsant.«

Sabrinas Blick wanderte zu Alasdair. »Ich vertraute dir, Alasdair«, murmelte sie tonlos. »Ich ... ich schätzte dich! Ich dachte, du wärest so gutherzig! Und die ganze Zeit waren deine Worte nichts als Lügen ... Du warst es auch, der mich die Treppe hinuntergestoßen hat, oder?«

»Ich hatte keine Ahnung, ob der Sturz tödlich ausginge.« Er zuckte die Schultern. »Mit etwas Glück ... auf alle Fälle wäre Ian der Sache bezichtigt worden.«

»Und was ist mit Mary? Wo ist sie?« Sabrinas Kehle war wie ausgetrocknet. »Sagt jetzt nicht, daß ihr auch sie getötet habt!«

Diesmal antwortete Margaret. »Nein. Haben wir nicht, obwohl ich daran dachte. Mary, meine liebe Schwester, steht jetzt in den Diensten des Anführers des Lindsay-Clans, eines Mannes, mit dem Alasdair befreundet ist.«

Immer wieder Alasdair. Das Gerede der Dorfbewohner über Fionna. Und Margaret … er hatte die Gerüchte in die Welt gesetzt, um Ian zum Sündenbock abzustempeln. Er hatte sie die ganze Zeit über manipuliert …

»Ihr wolltet Ian auch für Marys Verschwinden verantwortlich zu machen, nicht wahr?«

»Korrekt.« Margaret kicherte. »Percival Lindsay glaubt, daß Ian ein Auge auf Mary geworfen hatte, und das war auch der Grund, warum Alasdair sie aus seiner näheren Umgebung fortschaffen wollte.« Sie kicherte erneut. »Tatsächlich hat uns Mary gute Dienste geleistet, da die Dorfbewohner jetzt der einhelligen Überzeugung sind, daß das arme Mädchen tot auf dem Grund des Sees liegt. Und die arme Mary glaubt, daß Ian die Schuld an ihrem Verschwinden trägt.«

Sabrinas Magen rebellierte. »Du hast Alasdair bekommen, Margaret. Und das wolltest du doch, oder? Warum mußt du Ians Namen in den Schmutz ziehen?«

»Das ist ganz einfach, Schwesterherz. Alasdair haßt seinen Cousin, und aufgrund dieser Tatsache haben wir alles versucht, um seinen Namen zu verunglimpfen. Uns steht der Sinn keineswegs danach, daß man Ian wie einen Heiligen verehrt. Nein, uns ist es wesentlich lieber, wenn Ians Name von jedermann verflucht wird.«

Sabrina holte tief Luft. »Was ist mit dir geschehen, Margaret? Was ist bloß mit dir geschehen?«

»Oh, ich war schon immer so, Schwesterherz. Du hast es nur einfach nicht bemerkt. Ich war diejenige, die Papa erzählte, daß du mit den Dorfjungen im Stall gewürfelt hast, statt der Predigt beizuwohnen. Natürlich wußte ich nicht, daß Papa dich einschließen würde. Selbstverständlich konnte ich nicht ahnen, daß du danach zeit deines Lebens Angst vor der Dunkelheit haben würdest. Aber auch das habe ich genossen!« Margarets Augen leuchteten. »Du warst wirklich ein Kind des Teufels, Sabrina – man stelle sich das einmal vor –, dem Glücksspiel zu frönen statt zu beten!«

Des Teufels? Nein, dachte Sabrina matt. Ihre Schwester war vom Teufel besessen. Sie war das arglistige Genie, die diese Greueltaten geschickt eingefädelt hatte. Ihre so überaus schöne und bezaubernde Schwester war boshaft und verschlagen ... und schreckte selbst vor Mord nicht zurück. Margaret hielt immer noch die Fackel in der Hand, die sie in ein sanftes Licht eintauchte. In ihrem blütenweißen Kleid wirkte sie zart, engelsgleich und atemberaubend schön... aber ihre Hände, die so sanft und weiß waren, würden schon bald mit Blut befleckt sein ...

Sabrinas Blut.

Schlagartig war Sabrina klar, daß sie sterben sollte. Die beiden würden sie kaltblütig umbringen.

Ihre Lungen schmerzten mit jedem Atemzug. »Ian werdet ihr ebenfalls töten, wenn ich nicht mehr da bin, oder?«

»Natürlich. Und dann wird Alasdair seinen Platz als Clanchef einnehmen, denn er hat Ian immer darum beneidet, verstehst du. Was dein Kind, meine geschätzte Nichte Elizabeth, anbelangt, so gräme dich nicht, Sabrina. Ich werde ihr eine gute Mutter sein.«

Der Gedanke, wie Margarets blutbesudelte Hände ihr Baby berührten, erfüllte Sabrina mit unbändiger Wut.

»Wie denn das, Margaret? Schließlich halten dich alle für tot.«

Margaret lächelte zuckersüß. »Ach ja, ich vergaß, es dir zu erzählen, nicht wahr? Sobald Alasdair als Clanchef eingeführt ist, werde ich wieder auftauchen. Ich werde schildern, daß Ian mir auf den Kopf schlug und mich dann in das Wasser des Sees warf. Daß ich zwar benommen war, aber nicht tot. Nein, statt dessen gelang es mir, aus seinem Blickfeld zu schwimmen und mich zu verstecken. Als ich losrannte, stürzte ich und verlor das Bewußtsein ... und als ich wieder zu mir kam, erinnerte ich mich an nichts, nicht einmal an meinen Namen oder an mein Zuhause. Ja«, prahlte sie. »Ich werde erzählen, daß ein freundlicher Reisender mich in diesen vielen Monaten bei sich aufnahm, bis ich mich eines Tages zufällig an meine Identität erinnerte und daß ich Ian versprochen war. Aber der arme Ian ist tot, und so kann ich statt dessen ebensogut Alasdair heiraten ... Oh, das funktioniert mit Leichtigkeit«, frohlockte sie, »denn ich habe erst vor kurzem eine solche Geschichte von einem Mann in England gehört.«

Gott im Himmel, sie war verrückt – Margaret war verrückt, und dennoch gerissen, so überaus gerissen.

»Komm jetzt.« Margarets zuckersüßes Lächeln erstarb. »Wir haben genug Zeit vertrödelt.« Ihre Schwester schaute sie mit unbändigem Haß an, der ihre Seele zu verzehren schien.

Sie winkte Alasdair heran.

Alasdair kam näher, und in einem teuflischen Grinsen fletschte er die Zähne.

In seinen Händen hielt er einen langen Strick.

»Man wird deinen Körper im Morgengrauen finden, teuerste Sabrina«, sagte er sanft.

Sabrina erschauerte. Entsetzliche Furcht übermannte sie, dennoch wußte sie, daß sie einen klaren Kopf behalten mußte.

»Es ist jammerschade. Das werde ich jedem sagen. Aber natürlich wissen wir alle, wer die Schuld trägt ...«

»Ja«, warf aus dem Hintergrund eine harte, männliche Stimme ein. »Das wissen wir in der Tat.«

Sabrina stöhnte auf. Ian trat nicht einmal drei Schritte hinter Alasdair aus dem Schatten der Dunkelheit.

Alasdair wirbelte herum. »Du!« schnaubte er und zog eine seiner Augenbrauen fragend nach oben. »Sag mir, Cousin. Hast du uns belauscht? Weißt du ...«

»Ich habe alles mitangehört.« Ians Stimme war von tödlicher Ruhe, seine Halsmuskulatur angespannt. »Ich weiß alles.«

»Aber, aber, Cousin, da gibt es noch ganz andere Dinge. War dir eigentlich klar, daß dein Vater Fionna tötete? Ich wußte schon immer, daß er es war – schließlich sah ich ihn in jener Nacht – und er mich natürlich. Also, ich war gerade erst aus ihrem Bett geschlüpft ... Was denn!« höhnte er. »Du wußtest nicht, daß ich es war, der in besagter Nacht Fionna aufgesucht hatte? O ja, deine Stiefmutter war ein besonders schmackhafter Leckerbissen.«

Ian ballte seine Hände zu Fäusten. Rasende Wut funkelte in seinen Augen. »Du Bastard«, stieß er zwischen den Zähnen hervor. »Du Bastard!«

Ian entriß ihm das Seil, doch plötzlich erschien ein Dolch in Alasdairs Hand.

»Was denn? Willst du mich töten, Cousin?« Er lachte schallend und winkte ihn mit dem Dolch heran. Das Licht der Fackel traf auf die Klinge, als er einen Bogen durch die Luft zeichnete. »Dann komm. Komm schon.«

Aber er wartete nicht. Den hoch erhobenen Dolch auf Ians Kehle gerichtet stürzte er vorwärts. Sabrina schrie auf, denn zweifellos war Ian unbewaffnet – in der Regel legte er Degen und Langdolch nur an, wenn er die Burg verließ. Aber sie hatte vergessen, daß er ein Krieger war, der sich blitzschnell mit jedem seiner Sinne auf die allergrößte Gefahr einstellte. Er duckte sich und wirbelte herum. Alasdair fletschte die Zähne und raste erneut auf ihn zu.

Wieder wich Ian ihm aus und zog sich zurück. Da wußte Sabrina, daß er versuchte, Alasdair von ihr fortzulocken, um sie aus der Gefahrenzone zu bringen. Für Sekundenbruchteile schoß ihr der Gedanke durch den Kopf, daß sie noch nie zuvor einem so kraftstrotzenden und mutigen Mann begegnet war.

Sie bemerkte kaum, daß Margaret neben sie getreten war. Ihre Schwester wandte sich triumphierend an sie.

»Hör mir gut zu, Schwesterherz«, zischte sie. »Ian ist

genauso schwach wie du. Alasdair wird ihn töten, und dann töten wir dich.«

Sabrina zwang sich zur Beherrschung, um Margaret nicht ins Gesicht zu schlagen. Ihre Augen sprühten Blitze. »Wir werden sehen«, war alles, was sie sagte. »Wir werden sehen.«

Und auf einmal war Ian der Angreifer voller geschmeidiger Anmut und verborgener Energien. Eine eisenharte Faust in die Magengegend ließ Alasdair in die Knie gehen. Trotzdem versuchte er nach Ian zu greifen, und im nächsten Augenblick hatte er Ian zu Fall gebracht. Im dramatischen Zweikampf wälzten sich die beiden über den felsigen Boden. Schließlich verschwanden sie im Schatten der Dunkelheit und aus dem Blickfeld.

Ein greller Schrei zerriß die Nacht und wurde vom Wind davongetragen ...

Dann herrschte Stille.

Endlose, gräßliche Stille.

Sabrina hielt es nicht mehr aus. Ihre Angst ließ das Blut in ihren Adern gefrieren und brachte sie beinahe um den Verstand. Sie streckte die Hände aus und stolperte vorwärts.

»Ian ... Ian!«

Sein Name klang wie ein qualvoller Aufschrei, wie ein inständiges Gebet. Dann war er plötzlich da, groß und stark marschierte er auf sie zu. Sie warf sich ihm verzweifelt entgegen, um sich zu vergewissern, daß er noch lebte.

»Ian ... ist Alasdair ...«

»Tot.«

Beide hatten sie Margaret vergessen, die jetzt wie ein Schattenwesen ängstlich kreischte.

»Du Schuft!« Abscheuliche Flüche sprudelten über ihre Lippen. »Er ist tot ... tot!« Voller Wut warf sie sich Ian entgegen.

Und sie hielt immer noch die Fackel … fiel sie ihr aus der Hand … oder schleuderte sie die Fackel vor ihre Füße …? Letztlich war es egal, da die Flammen bereits am Saum ihres Kleides leckten, sie züngelten höher …

Ein erschütternder Schrei zerriß die Nacht. Margaret griff sich an die Brust. In lodernden Flammen stehend stürzte sich die brennende Gestalt über die Burgzinnen.

Es war endgültig … und im Nu vorüber.

Für Sabrina war es zuviel, und ihr schauderte vor Entsetzen.

Ihr Körper wurde schlaff. Plötzlich sank sie Ian ohnmächtig in die Arme.

Kapitel 24

Eine Stimme rief ihren Namen und löste sie langsam aus der dunklen Leere, in die sie gefallen war. Sie lag in ihrem Bett, da sie die weiche Matratze unter ihrem Körper spürte. Zärtliche Finger strichen über ihre glatte Wange. Sabrina schmiegte ihr Gesicht an die schlanken, starken Hände, deren Berührung sie überall wiedererkannt hätte.

Aber schon bald stürzte das Entsetzen der Erinnerung auf sie ein. Erstickt schluchzend setzte sie sich auf und Ians Gesicht verschwamm vor ihren Augen. Seine Züge waren von Besorgnis gezeichnet.

»Margaret ...«, stieß sie hervor.

»Sie ist tot, mein Liebling.« Seine Stimme war sehr leise. »Finde Trost in der Tatsache, daß sie dort ist, wo sie sein wollte, bei Alasdair, wo auch immer das sein mag.«

Sabrina fröstelte.

Sofort umschlossen Ians Arme sie und zogen sie nah an seine Brust. Eng an ihn geschmiegt, ließ ihr Zittern allmählich nach.

Sie wandte den Kopf und blickte ängstlich auf das Ende des Bettes. »Ist Elizabeth ...«

Er lächelte breit. »Es geht ihr gut, Sabrina.«

Aber Sabrina brauchte die Gewißheit, die nur der Anblick ihres Kindes ihr geben konnte. Während ihre Augen stumm um sein Verständnis baten, entzog sie sich seinen Armen. Ein Blick bestätigte ihr, daß er die Wahrheit sprach. Elizabeth schlief tief und fest, ihre Wangen plusterten sich auf, während ihr winziger Brustkorb sich mit jedem Atemzug hob und senkte. Sabrina lächelte verhalten, als der Säugling einen schmatzenden Seufzer von sich gab.

Ian blieb mit ernstem Gesicht auf dem Bettrand sitzen. Ihre Blicke trafen sich, und er streckte seine Hand aus.

Nervös schnappte Sabrina nach Luft. Plötzlich fühlte sie sich unerklärlich schüchtern. Mit drei Schritten war sie bei ihm und streckte ihm ihre Hand entgegen.

Ihre Fingerspitzen berührten sich. Seine Hand umklammerte die ihre und zog sie sanft zu sich hinunter. Unfähig, ihren Blick abzuwenden, betrachtete sie seine starken Finger, die ihr Geborgenheit gaben trotz des Sturmes, der immer noch in ihr wütete.

Ihr Blick schweifte ab. »Die ganze Zeit«, murmelte sie, »lebte Margaret. Ich ... ich kann es einfach nicht glauben ... Ich ... ich sage es nur ungern, aber ... ich glaube beinahe, daß sie mich schon während unserer Kindheit haßte. Ich ... ich schäme mich einzugestehen, daß ich ... ich nicht wußte, ob ich dir glauben sollte, als du behauptetest, du hättest Papa nichts von meinem Würfelspiel mit den Dorfjungen erzählt. Sie war es, die mich verriet, und damit hätte ich nie im Leben gerechnet.«

»Ich weiß, Liebes. Ich hörte es.«

Auf einmal schwammen Sabrinas Augen in Tränen. Sie biß sich schmerzhaft auf die Lippen und senkte den Kopf, da ihre Gefühle vollkommen durcheinander waren.

»Sabrina! Was hast du?«

Aber sie schluchzte nur noch hemmungsloser.

Unbeholfen berührte er sie an der Schulter. »Sabrina«, murmelte er hilflos, »ich weiß, daß das hart ist. So vieles ist geschehen. Es hat so viele Tote gegeben ...«

Ihr unterdrücktes Schluchzen war wie ein Messer, das sich tief in seine Brust bohrte. »Das ist es nicht!«

Er strich mit einer Hand durch ihre Lockenpracht, während er sie erwartungsvoll anschaute. »Was ist es dann?«

Plötzlich vergrub sie ihr Gesicht an seiner Brust. »Du bist es!«

Er zog sie an sich und legte beschützend seine Arme um sie. »Ich! Sabrina, ich –«

»Ich muß immer daran denken … was passiert wäre, wenn es dich statt Alasdair getroffen hätte!« Sie schluchzte in seine Halsbeuge. »Ian, wenn du den Tod gefunden hättest …« Sie brach ab. Sie konnte nicht weitersprechen, denn der Gedanke war unerträglich.

Ian wurde ganz still. Sie hatte so merkwürdig geklungen …

Er legte seinen Daumen unter ihr Kinn und zwang sie, ihn anzusehen. Er schaute in dunkle, grüne Augen und wagte kaum zu atmen, wagte nicht zu hoffen …

»Hättest du um mich getrauert?« flüsterte er.

Sie hielt seinem Blick stand. »Ja«, hauchte sie mit erstickter Stimme, und wiederholte: »Ja! Oh, Ian, ich … ich liebe dich«, schluchzte sie. Plötzlich brach alles aus ihr hervor, und sie konnte nichts tun, um es zurückzuhalten. »Ich liebe dich so sehr! Ich … ich glaube, ich habe mich schon vor langer, langer Zeit in dich verliebt, damals, als du noch ein Junge warst …«

In diesem Augenblick setzte sein Herzschlag kurz aus, doch dann pochte es heftig weiter.

Er schrak zusammen. »Was ist mit Jamie?« Diesmal stotterte er. »Sabrina, ich dachte, du liebtest ihn. Als er starb, hast du dich von mir abgewandt.«

Ihre Augen verdunkelten sich. »Ian, ich war verwirrt und voller Seelenqualen … aber an meinen Gefühlen für dich hat sich nie etwas geändert. Und … oh, bitte hasse mich nicht! Aber ich wünschte, er hätte weiterleben können, da er so voller Leben war, er hatte soviel zu geben …«

»Sabrina, es gibt etwas, was ich dir sagen muß. Etwas, das du wissen sollst. Er hätte mich erschlagen können, Liebling. Er stand mit seinem erhobenen Schwert über mir, doch dann senkte er es, obwohl er mich mit Leichtigkeit hätte töten und verschwinden können!«

Sabrina starrte ihn an. Der Schock ließ sie erzittern. Ian wußte, daß er im Grunde genommen hätte sterben müssen. Und es bestand für ihn keine Notwendigkeit, das laut auszusprechen. Dessen war sie sich sicher.

Ihre Kehle war wie zugeschnürt, als sie die Arme um seinen Hals legte und sich an ihn schmiegte.

Sie spürte seine Qualen mit jedem einzelnen ihrer Sinne. »Ich hätte ihn gerettet, wenn ich gekonnt hätte. Er senkte sein Schwert und stand dort und sagte, daß er mich nicht töten könne – daß er mich nicht töten wolle. Ich flehte ihn an, mir seinen Dolch zu geben und rammte ihn mir in die Schulter, dann rief ich meinen Hengst, damit er fliehen konnte. Nur waren inzwischen schon Bruces Männer in der Nähe ...« Seine Stimme klang erstickt. »Ich versuchte, ihn zu retten, Sabrina. Bei Gott, ich ... ich habe es versucht!«

Seine Wange schmiegte sich an die ihre. Erst als ihre Tränen sich vermischten, bemerkte sie, daß er ebenfalls weinte. Sie spürte, wie er zitterte und um Beherrschung kämpfte.

»Du darfst dir nicht die Schuld daran geben, Ian«, sagte sie sanft. »Vielleicht war es Gottes Wille, daß Jamie den Tod fand und du weiterlebst. Denn so sicher wie Er von dort oben über uns wacht, so sicher weiß ich, daß ich den Ausgang jenes Tages nicht ändern wollte, selbst wenn es mir möglich wäre.«

Schimmernde Tränen standen in ihren Augen, als sie ihn schmerzvoll anlächelte. »Ja«, sagte sie mit heiserer Stimme, » ich will lieber dich an meiner Seite haben«, sie legte einen Finger auf seine Lippen, »heute und an jedem anderen Tag.«

Ihr tiefempfundenes Eingeständnis erschütterte Ian bis in die Tiefen seiner Seele und rührte sein Herz.

Er umklammerte ihre Finger mit den seinen und

drückte einen Kuß auf ihre Handflächen, während seine Augen die ihren gefangen hielten.

»Ich liebe dich, Sabrina.«

Ihr stockte der Atem, und sie erforschte seinen Blick. »Wirklich?« flüsterte sie.

»Hmmm.« Er zog sie an seine Brust. Sein Mund streifte den ihren. Er lächelte an ihren Lippen. »Ich liebe dich, mein Schatz.«

Ihr Herz schlug schneller, und sie fühlte sich im siebenten Himmel. »Und ich liebe dich, Ian. Aber ich möchte eines wissen«, ein kleines Funkeln tanzte in ihren Augen, »versprichst du, mich für immer zu lieben, mein Highland-Prinz?«

Er legte seine Stirn an die ihre. »Das tue ich von ganzem Herzen, meine Kleine. Und, ein Versprechen geben, bedeutet, ein Versprechen halten, wie du sehr wohl weißt.« Er lächelte spitzbübisch. »Ehrlich gesagt wird es mir leichtfallen, dieses Versprechen einzuhalten.«

Epilog

Das Sonnenlicht strahlte von einem azurblauen Himmel und tauchte die zerklüfteten Berggipfel in einen silbrigen Schimmer. Das Wasser des winzigen Gebirgssees glitzerte wie ein Edelstein, während eine warme Sommerbrise die Oberfläche in sanfte Wellen legte.

Beinahe drei Sommer waren seit jenem tragischen Abend auf der Burgwehr vergangen, und die schmerzlichen Wunden waren mit der Zeit verheilt.

Sabrina saß auf einer Decke im Schatten unterhalb eines Felsvorsprungs und beobachtete zärtlich lächelnd, wie Ian seine Tochter durch das Gebirgstal scheuchte. Entzücktes Kreischen erfüllte die Luft, als Elizabeth hoch durch die Luft geschwungen wurde.

Die beiden kamen zu ihr herüber. Sabrinas Herz wollte vor Freude zerspringen, als zwei kleine Händchen sich um markante, gebräunte Wangen legten.

»Ich will einen Kuß von dir, Papa«, lautete der kindliche Befehl.

Makellos weiße Zähne blitzten auf. »Einen Kuß? Und warum sollte ich dich küssen«, neckte Ian sie, »wo du doch nur ein hübsches kleines Luder bist.«

Ein Kichern erscholl. »Aber ich bin dein hübsches kleines Luder!« lautete die kindliche Erwiderung. Glänzende, rote Lippen wurden gespitzt.

»Ja, meine Kleine, das bist du. Und du bist genauso unwiderstehlich wie deine Mama!« Damit drückte er einen schmatzenden Kuß auf die Lippen seiner Tochter. Elizabeth stieß einen spitzen Schrei aus, schürzte aber die Lippen zu einem weiteren Kuß. Ihr Vater tat ihr den Gefallen und setzte das kleine Mädchen dann auf die Decke neben seinen Bruder.

Ihr Bruder stützte sich auf seine pummeligen Unterarme und grinste sie an. Auf allen Vieren schaukelte er hin und her.

Prompt richtete Elizabeth ihre smaragdgrünen Augen auf ihren Vater. »Ich will eine Schwester!« erklärte sie unumwunden.

»Möchtest du sie jetzt?« Er zog sie auf seinen Schoß. »Dann mußt du ein Nickerchen halten, meine Taube.«

Genau wie ihre Mutter es geahnt hatte, schmollte Elizabeth, besann sich dann jedoch abrupt eines besseren. Lange schwarze Locken fielen über den Arm ihres Vaters, als sie mit ernstem Gesicht zu ihm hinaufschaute.

»Wenn ich ein Nickerchen halte, Papa, wird meine Schwester dann hier sein, wenn ich aufwache?«

Ian kicherte. »Nein, mein Schatz, so schnell geht das nicht. Ich befürchte, daß ich dafür die Unterstützung deiner Mutter benötige.«

Elizabeth faltete ihre rundlichen Hände wie zum Gebet. »Mama!« bettelte sie. »Wirst du Papa helfen?«

Sabrinas Mundwinkel zuckten. Auf der ganzen Welt gab es sicherlich keine Mutter, die einer solchen Bitte widerstehen konnte. Ihre Augen suchten die Ians, in denen ein entschlossenes Leuchten aufblitzte. Ihre Wangen liefen rot an, da seine Absicht unmißverständlich war. Sein Blick glitt über ihr Gesicht. Der Besitzanspruch und die heiß aufflackernde Leidenschaft, die sie in ihnen wahrnahm, erregte jeden Zoll ihres Körpers. Von ihrer Seite würde es keine Einwände geben – nein, absolut keine. Tatsächlich ließ sie allein der Gedanke vor Sehnsucht erzittern.

»Ich glaube, ich könnte mich überreden lassen, Liebes.« Scherzhaft drohte sie mit dem Finger. »Aber du mußt ein wenig schlafen, mein Schatz. Und in der Zwischenzeit werden dein Papa und ich sehen, was sich machen läßt.«

Zufrieden mit dieser Antwort entwand Elizabeth sich

den Armen ihres Vaters, legte sich neben ihn und war bald eingeschlafen. Ian fixierte seine Frau mit lustvollen Blicken. Ein kleines Lächeln erhellte sein Gesicht, aber genau in diesem Augenblick stimmte sein Sohn Protestgeschrei an. Das Gesicht des Babys verzog sich, und seine jammervollen Augen richteten sich auf seine Mutter.

Ian hob den weinenden Säugling hoch. »Ich weiß, was du willst, mein Junge«, seufzte er, »und ich muß sagen, ich beneide dich um dein Festmahl.«

Sabrina hatte bereits ihre Brust entblößt, wußte sie doch, daß das Baby hungrig war. Ian kniete sich vor sie und legte seinen Sohn in ihre ausgestreckten Arme – das Baby drehte den Kopf und verlor keine Zeit, sich seiner Nahrungsquelle zuzuwenden. Ian lachte über seinen Eifer. Er beugte sich hinunter und küßte den flaumigen Schopf seines Sohnes, dann wand er unmerklich den Kopf und preßte seinen Mund auf das sinnliche, alabastergleiche Fleisch, das seinem Sohn Nahrung spendete. Sabrina holte tief Luft. Mit ihren Fingern fuhr sie zärtlich durch sein langes dunkles Haar.

Kein Wort fiel zwischen ihnen, als Ian sich neben ihr ausstreckte, und das war auch nicht notwendig. Jeder war in diesem Augenblick zufrieden, zufrieden mit der Welt … ja, und ganz sicher … zufrieden mit dem anderen.

Das Baby schmatzte geräuschvoll. Sabrina strich über den Bogen einer zarten, dunklen Augenbraue. Unwillkürlich wanderten ihre Gedanken zurück zu dem Abend seiner Geburt. Ein Schneesturm fegte durch die Nacht, und es war bitterkalt. Und als die Schmerzen immer heftiger wurden, bedauerte sie, daß ihr Kind sich ausgerechnet eine solche Winternacht ausgesucht hatte, um das Licht der Welt zu erblicken.

Mit Hilfe von Edna und Mary, die schließlich auf die Burg der MacGregors zurückgekehrt war, hatte Meredith, die Hebamme, ihn auf die Welt geholt. Zu Merediths unglaublichem Erstaunen hatte der Vater des Babys erneut die ganze Zeit an Sabrinas Seite verharrt.

Und wieder war es Ian, der ihr mit dem stolzesten Lächeln aller Zeiten den Sohn in die ausgestreckten Arme gelegt hatte.

»Schau, meine Süße«, sagte er lachend. »Schau, was wir hier haben.«

»Ja«, bemerkte sie lachend und schluchzend zugleich, »ein weiterer winziger Highland-Prinz!«

Gemeinsam zählten sie Finger und Zehen und erklärten ihn zu dem hübschesten Knaben, der jemals das Licht der Welt erblickt hatte. Und in der Umarmung ihres Ehemanns geborgen, nickte sie schließlich mit dem Kopf in die Richtung des Kindes.

»Wie sollen wir ihn nennen, Ian? Welchen Namen wollen wir unserem Sohn geben?«

Für eine kurze Ewigkeit schwieg er. Eine braungebrannte Hand spielte gedankenverloren mit der des Babys, kraftvoll und dennoch unwahrscheinlich zärtlich. Und dann sagte er etwas, was sie in ihren kühnsten Träumen nicht erwartet hätte …

»Ich denke, wir sollten ihn Jamie nennen.«

Sabrina starrte ihn an. Sie öffnete den Mund. Sprachlos zupfte sie an seinem Ärmel. Ihre Augen hingen an den seinen.

»Aber ich glaubte … Ian, ich glaubte, du … daß du …« Ihr fehlten die Worte. »Warum?« war alles, was sie hervorbrachte. »Warum?«

»Das ist wirklich sehr einfach. Er schenkte mir mein Leben, Sabrina, als er mich ohne weiteres hätte töten können. Das kann ich nicht wiedergutmachen, und ich verdanke ihm soviel … die Luft, die ich atme … einfach alles. Und meinen Sohn jetzt nach ihm zu benennen … ist sicherlich nur eine kleine Geste … und doch erscheint es mir das Mindeste, was ich tun muß.« Ein angedeutetes Lächeln umspielte seine Mundwinkel. »Ich möchte meinen Sohn nach einem Mann der Ehre benennen, einem Mann der festen Überzeugungen ... ich denke, so sollte es sein, falls du einverstanden bist.«

Ihre Hand tastete nach der seinen. Seine Finger umschlossen warm und fest die ihren.

Sabrinas Herz lief über – genau wie ihre Augen. »Ich bin einverstanden«, hauchte sie mit bebender Stimme. »Selbstverständlich.« Sie lächelte unter Tränen. »Unser Sohn wird nach einem Mann der Ehre benannt ... aber von seinem Vater wird er die wahre Bedeutung von Loyalität und Respekt erfahren.«

Er führte ihre Finger an seine Lippen. »Dann heißt er also Jamie«, flüsterte er und blickte ihr tief in die Augen.

Ihr Herz war von einer solchen Zärtlichkeit erfüllt, daß sie dachte, es würde sicherlich bersten. In diesem Augenblick war sie überzeugt, daß sie ihn nicht noch mehr lieben könnte.

Und dennoch tat sie es, mit jedem Tag, der vorüberging, mit jeder Stunde, die verstrich. Und sie wußte, so würde es immer sein.

So kam es, daß ihr Sohn Jamie genannt wurde.

Kaum einen Monat später erschien Sabrinas Vater auf der Burg der MacGregors, um seinen Enkel zu begutachten. Sie hatte ihn seit ihrer Hochzeit mit Ian nur einmal gesehen, als Duncan Kincaid sie anläßlich des ersten Geburtstages von Elizabeth besucht hatte. Und trotz der zwischen ihnen nach wie vor bestehenden Distanz liebte Sabrina ihn immer noch.

Obwohl sie nach Elizabeths Geburt mehrmals geschrieben hatte, hatte sie die Wahrheit über Margarets wirklichen Tod nie enthüllt. Ihr Vater glaubte immer noch, daß sie an jenem weit zurückliegenden Tag in der Nähe von Dunlevy ertrunken war.

Es war besser so, entschied Sabrina, und Ian stimmte ihr zu.

Auch die Dunkelheit erfüllte Sabrina nicht länger mit Furcht. Diese entsetzliche Phobie war langsam und allmählich verschwunden. Und jetzt barg die Dunkelheit ausschließlich lustvolle Versprechen, erregtes Flüstern ... und glühende Leidenschaft.

In diesem Augenblick ergriffen zwei starke Hände das kostbare Bündel an ihrer Brust. Jamies Mund war von ihrer Brustwarze gerutscht – seine Augen waren geschlossen, seine Wimpern warfen lange Schatten auf seine Wangen. Ian legte ihn sanft neben seine Schwester, erhob sich dann leise und streckte die Hand nach seiner Frau aus. Sabrina zögerte nicht, sondern legte ihre Hand in die seine und ließ sich von ihm hochziehen.

Mit einem Kopfnicken deutete er auf den Felsen, unter dem sie sich zum ersten Mal so hemmungslos geliebt hatten – ein Ort, der auch später noch viele solcher leidenschaftlichen Begegnungen erlebt hatte.

Eine Braue wurde schelmisch nach oben gezogen. »Können wir es wagen ...?« flüsterte er.

»Wir können«, erwiderte sie prompt. Da beide Kinder friedlich schlummerten, war es wirklich an der Zeit, daß die Eltern ihre Aufmerksamkeit einander schenkten.

Ian zog sie in den schützenden Hafen seiner Umarmung. »Ach, du bist schon immer ein wagemutiges Mädchen gewesen.«

Smaragdgrüne Augen strahlten zu ihm auf. »Und es hat dir noch nie etwas ausgemacht«, erinnerte sie ihn. Als sie zu Boden sanken, stahlen sich flinke, kühne Finger suchend, findend und streichelnd unter seinen Kilt.

Er stöhnte lustvoll. »Und es macht mir auch jetzt nichts aus.« Er zog sie rittlings auf sich. »So ist es richtig, Liebling. Jetzt. Ja. Jetzt ...«

Es dauerte eine ganze Weile, bis sie vom Gipfel ihrer Wonnen erneut in die Realität hinabstürzten. Ian lachte sanft, als sie auf ihm zusammensank. Er trug sie zur Decke zurück und legte sich neben sie. Auf einen Ellbogen gestützt, schaute er sie an, und in seinem Gesichtsausdruck spiegelte sich eine solch unverhüllte Zärtlichkeit, daß Sabrina dahinzuschmelzen glaubte.

Eine Fingerspitze strich über ihre wohlgeformte Unterlippe.

»Liebst du mich, mein Mädchen?«

Sie legte seine Hand auf ihre Wange und blickte ihn verliebt an. »Unermeßlich.«

»Und versprichst du, mich immer zu lieben?«

Sie schlang ihre Arme um seinen Hals und zog seinen Kopf zu sich hinunter. »Ich verspreche es«, flüsterte sie an seinen Lippen … in sein Herz. »Ich verspreche, dich zu lieben, und nur dich«, sie lächelte, »jetzt und in alle Ewigkeit.«